W.S. Maugham

毛 姆 文 集

W. Somerset Maugham

刀 锋

The Razor's Edge

〔英〕毛姆 著 周煦良 译

上海译文出版社

图书在版编目(CIP)数据

刀锋／(英)毛姆(Maugham, W. S.)著；周煦良译.
—上海：上海译文出版社,2014.6(2024.1重印)
(毛姆文集)
书名原文：The Razor's Edge
ISBN 978-7-5327-6619-2

Ⅰ.①刀… Ⅱ.①毛… ②周… Ⅲ.长篇小说—英国—现代 Ⅳ.I561.45

中国版本图书馆CIP数据核字(2014)第077582号

图字：09-1996-112号

刀锋
〔英〕毛 姆／著 周煦良／译
责任编辑／冯 涛 装帧设计／张志全工作室

上海译文出版社有限公司出版、发行
网址：www.yiwen.com.cn
201101 上海市闵行区号景路159弄B座
浙江新华数码印务有限公司印刷

开本850×1168 1/32 印张11.5 插页6 字数219,000
2014年6月第1版 2024年1月第15次印刷
印数：71,001-74,000册

ISBN 978-7-5327-6619-2/I·3979
定价：56.00元

译本序

威廉·萨默塞特·毛姆,英国现代著名小说家和剧作家,一八七四年一月生于巴黎英国大使馆。他的父亲劳伯特·奥蒙得·毛姆,当时在驻法英国大使馆任法律事务官。毛姆生下时,他父亲已有三个儿子,他是家庭中最小的成员。他八岁丧母,十岁丧父,因家中无人照顾,被送往坎特依叔父处居住。在他渡过英吉利海峡,第一次登上祖国的土地时,他简直不会讲什么英语。由于这个缘故,法语和法国文化一直影响着他。一八九七年,他因染上肺疾,被送往法国南方里维埃拉疗养,开始接触法国文学,特别是莫泊桑的作品。一八九一年,他去德国海德堡住了九个月,在大学里听过古诺·费希尔讲授叔本华的哲学和文学课;一八九二年,在伦敦圣托马斯医院学医;学医期间,曾赴伦敦兰贝斯贫民窟当了三个星期的助产士;这段经历使他动了写作的念头。一八九七年,他医科毕业,同时出版了他的第一部小说《兰贝斯的莉莎》。这部写贫民窟女子莉莎悲剧性结局的小说受到批评界的重视,特别是文坛耆宿艾德蒙·戈斯①的赞扬,使毛姆决心放弃行医,从事文学创作。他听了安德鲁·郎格②的错误劝告,为写历史小说而游历西班牙和意大利,但是,这期间写的小说和短篇很少成功。一九○三年回国后,他的剧本《正直的人》被戏剧学会搬上舞台,但并未引起重视。直到一九○七年,他的剧本《弗莱德理夫人》上演,首次获得成功;一九○八年,他竟有四部剧本同时在伦敦西城的剧院上演;伦敦的滑稽杂志《笨气》还为此登载了一幅漫画,画着莎士比亚看了墙上满贴着毛姆剧本上演的海报,带有恐惧的表情咬着拇指头。人们很容易会设想，经过这次意外成功，毛姆当会像萧伯纳一样以剧本写作为终生事业，但是，不然，他并没有放弃写小说的企图，而且在他的小说获得成功并在经济上使他得到生活保障之后，他于一九三三年反而放弃了剧本写作；然而，他不但从不反对自己的小说和短篇小说搬上银幕，而且还从中襄助。关于这一点，我们只能试行作这样的解释：一部小说或电影的成功取决于广大的读者或观众；评论家的毁誉可以起一点影响，但是，群众仍旧是决定性的。一个剧本的成功常要看上演时的卖座率，特别是第一晚演出后的舆论反映，而伦敦西城那些剧院的"第一晚"观众，也就是伦敦上流社会的交际界人士，一个剧本的生死，在相当大的程度上操在这类人的手里。毛姆的后半生，特别是在里维埃拉购买了一幢豪华住宅之后，虽则招待不少英国上层人士，甚至皇亲国戚，但对欧洲的上流交际界人士却有他的看法。他在《刀锋》中介绍醉心于欧洲交际社会生活的美国人艾略特·谈波登时，有这一段话：

> ……以艾略特的机伶，决不会看不出那些应他邀请的人多只是混他一顿吃喝，有些是没脑子的，有些毫不足道。那些响亮的头衔引得他眼花缭乱，看不见一点他们的缺点。……这一切，归根结底，实起于一种狂热的浪漫思想；这使他在那些庸碌的小小法国公爵身上见到当年跟随圣路易到圣地去的十字军战士，在装腔作势、猎猎狐狸的英国伯爵身上见到他们在金锦原侍奉亨利八世的祖先。

---

① 艾德蒙·戈斯（1849—1928），英国诗人，批评家，传记作者。
② 安德鲁·郎格（1844—1912），苏格兰作家。

这一段话不妨说也代表了毛姆对这些上流社交人士的看法。他放弃戏剧的写作等于是对这些上流交际界的蔑视。

一九一五年,毛姆的自传性小说《人生的枷锁》出版。一个在战争期间和他同住一卧室的达斯蒙德曾经亲眼看见毛姆审阅这部小说的校样;他把这部小说列为与班内特的《老妇故事》,海明威的《永别了,武器》,威尔斯的《吉普斯》同样经得起时间淘汰的现实主义小说;这个评价,除掉《永别了,武器》在时代上稍晚,不应列入外,对《人生的枷锁》是适当的,而且也为后来的许多评论家所承认。但是,后来竟有人认为《人生的枷锁》是毛姆唯一能在文学史上占一席地的小说,这就不对了。《人生的枷锁》虽然是在一次大战的第二年出版,但仍属于英国爱德华时代文学;它的构思是在一次大战前,但是,便在它问世的一九一五年,欧洲人对这次大战的认识和后来的认识是有很大的不同的。当时,英国人对战争的艰苦性大概认为与南非布尔战争差不多,不会动摇大英帝国的基础;法国尽管在作战开头时失利,但毕竟顶住了,绝不会料到这次战争对欧洲文明产生那样深远的影响。《人生的枷锁》是一部杰出小说,但不应视为毛姆的唯一代表作。毛姆应属于两次大战期间的代表作家,虽则他和海明威所代表的"迷惘的一代"有所不同。

毛姆一生最喜欢游历。从他接受安德鲁·郎格的错误劝告开始,这个爱好一直持续到晚年,对他的写作生涯产生了无法估计的影响。在二十年代,他曾经漫游南海群岛,并在塔希提岛发现印象派画家高更画的窗板,回欧洲后便写了以高更为主角的《月亮和六便士》。他继续游历远东、美国、欧洲、北非等地,写的短篇小说、小说和游记都广受欢迎。二十年代末,他与结婚十年的妻子西里·威尔康姆离婚。一九二八年,在法国里维埃拉的法拉特角买下一幢曾属于比利时国王的别墅,继续写作。《寻欢作乐》以托马斯·哈代为蓝本，是他始终最喜爱的一部小说，但书中的主角却是一个随便与人发生关系的女子露西。我个人觉得它并不是一部成功的小说，但是，它的矛头所指，却是英国的那种清教徒的道德观。他对露西毫无指摘，但对书中那个预备为哈代写传的小说家（后来他承认是指与他同时的英国小说家休·沃波尔①）的讽刺，文笔却极为犀利。在书中，他还离开主题，和另一个小说家伊夫林·沃②争论用第一人称写小说的问题。沃认为用第一人称写小说是可鄙的，毛姆则认为人年事愈长，愈觉得对别人的理解不够，因此，只想从个人的角度来写自己所要写的人物。大约余怒未息，就在次年他出版了一部短篇小说集，即以《第一人称》为名。

二次大战爆发后，毛姆由尼斯避难到英国，继而赴美国居住，直到战争结束后才返回里维埃拉的故居。在美国期间，他出版了《刀锋》（一九四四年四月，英国版晚三个月）；这是一部杰作，出版后不但受到广大读者欢迎，而且受到弗吉尼亚·伍尔夫夫人③那个严峻的批评家的称许。《总结》（一九三八）虽然带有自传性质，但主要是叙述他的相当实事求是但不随俗流的文学见解和人生哲学；这部书应和《一个作家的笔记本》（一九四四）作姊妹篇读。他死时九十一岁，遗有一女。他的戏剧、小说和短篇小说有许多于他在世时都拍成电影；这在当代作家中也是少见的。

由于童年在法国度过，青年时期在法国养过病，中年后又定居法国，并且经常旅行，毛姆可说是一个最没有英国气的英国作家。他的外祖母孀居之后，曾经带领两个女儿——大女儿就是毛姆的母亲——来法国以写小说和儿童文学谋生；毛姆好像不但继承了他外

① 休·沃波尔（1884—1941），英国小说家。
② 伊夫林·沃（1903—1966），英国小说家。
③ 弗吉尼亚·伍尔夫夫人（1882—1941），英国小说家，批评家。

祖母的写作才能，而且继承了她的亲法国倾向。在《寻欢作乐》中，他曾经提到笛福、斯特恩、萨克雷、狄更斯、艾米丽·勃朗特和马塞尔·普鲁斯特这些小说家“在世时那样有名，但是，现在无疑已经被人忘却了”。这里面，除掉最后一个是法国人外，其余的都是英国小说家，而且是英国小说的半壁江山。他好像特别和狄更斯过不去。在《总结》中他写道，“现实主义是相对的。最现实主义的作家，由于兴趣的引导，常常歪曲自己的人物。他通过自己的眼睛看他们……才气越大，个性越强，他的人生图画越是光怪陆离。有时，我觉得，后代如果要知道今天的世界是什么样子，最好别去看那些独树一帜的作家，而去读那些平庸的作家，因为他们由于平庸，反而能把周围环境描写得更忠实。这些人我不想提他们的名，因为尽管后世肯定会欣赏他们，被标志为平庸总是不称心的事情。不过我觉得应当承认，人们在安东尼·特罗洛普的小说里，比在狄更斯的小说里更能看到真实的人生图画。”然而巴尔扎克、莫泊桑、司汤达对他的影响，他始终没有否认过。巴尔扎克的石子投入河中的比喻，他在《刀锋》中曾一再运用而不自觉。巴尔扎克小说中的一些人物，他提到时就像我们对《红楼梦》中的人物一样熟悉。他的短篇小说不但受莫泊桑的影响，而且为他赢得了“英国莫泊桑”的声誉。

《刀锋》依旧是用第一人称写的，而且这个人干脆不再是作者惯用的阿辛登笔名，而是直接用了自己的真名实姓。小说写一个参加第一次大战的美国青年飞行员拉里·达雷尔。在军队中，拉里结识了一个爱尔兰好友：这人平时是那样一个生龙活虎般的置生死于度外的飞行员，但在一次遭遇战中，因趋救拉里而中弹牺牲。拉里因此对人生感到迷惘，弄不懂世界上为什么有恶和不幸（这也是毛姆在《总结》中提出过的）。复员后，拉里既不肯进大学，也不肯就业，一心想探求人生的终极。为此，他丢下未婚妻来到巴黎；两年后，和未婚妻解约，又从巴黎遍游世界各地，最后到了印度，找到了印度的吠陀经哲学。于是了悟人生，把自己的一点薄产分散给亲友，自己返回美国，当一个自食其力的出租汽车司机，打算隐身人海，以终天年。小说以拉里为中心，描绘了许多美国男女，有拉里的未婚妻，贪图物质享受的伊莎贝儿；有以买卖古董起家，一心想钻进上流交际社会的艾略特·谈波登；有头脑简单但心地忠厚的格雷·马图林，他原是百万富翁的独生子，但是一九二九年的经济大崩溃使他破了产，他是个只知道做生意发财的典型美国社会产物；有伊莎贝儿的同学，索菲·麦唐纳，因丈夫和儿子在车祸中丧命，被夫家放逐到巴黎来过着堕落的生活，终于被不逞之徒杀害；还有一个模特儿兼妓女的法国女子苏姗·鲁维埃，和拉里与作者都相识，最后和法国一个外地厂商结婚而得到生活保障。作者本人在书中也担任了一个重要角色；他既是演员，又是观众。背景多半是在法国，特别是巴黎。由于毛姆大半生是在法国度过的，而写作本书时，正因战争避地美国，所以写到巴黎时，特别流露出怀乡情绪，如写他在赴拉里约会之前，穿过卢森堡博物馆的公园时，描写园中游人的那一段回忆自己青年时期的描述，完全属于自叙性质，和小说毫无关系。又如第六章论述莱辛的《贝蕾妮丝》，都是离开主题发挥自己的文学见解。书中的主要角色除掉苏姗·鲁维埃外，全都是美国人，使人想起一句调侃美国人的谚语："人死后进天堂，美国人死后去巴黎。"但是，他们最后都死的死了，回国的回国了，连苏姗·鲁维埃也嫁到外地去，如作者所说，"在我的生命中也消失了。"当然，这个小圈子里的人只占据作者生活的很少一部分，但我们仍不免兴一种落寞之感，仿佛作者是"珠箔飘灯独自归"。

正如作者在小说中交代的，他这本书并不想"阐述所谓《奥义书》的哲学体系"。"我懂得太少了，但即使懂得很多，这也不是阐述《奥义书》的地方……我想的只是拉里。”在本书结尾时，他又说，“我是个俗人，是尘世中人；我只能对这类人中麟凤的光辉形象表示景慕，没法步他的后尘。”因此，他和克里斯朵夫·衣修午德①不同，并不打算向西方推荐吠陀经哲学，或者提倡人人都学拉里；单拿一点来说，不近女色，如果人人都像拉里那样奉行，岂不会造成灭种的灾祸！毛姆的道德观是如我国嵇康在《绝交书》中所主张的“四民有务，各得志为乐”。他把拉里捧得很高，但并不把艾略特·谈波登那个“大大的势利鬼”贬得很低。他对放浪形骸的索菲·麦唐纳只有同情，对当模特儿兼妓女的苏姗·鲁维埃能够有一个归宿感到欣幸，对头脑简单的格雷·马图林，在他的笔下绝少挖苦，而往往突出他的忠厚和慈爱，但对伊莎贝儿则毫不徇情地揭露她蓄意破坏索菲和拉里婚事的阴谋，尽管他很欣赏她的美，并且是她多年来的“知心”朋友。但他接着也写伊莎贝儿获悉拉里分散自己财产，并且返回美国预备当司机的消息后，伤心啜泣的情景，从而让读者自己对伊莎贝儿作出结论。不妨说，伊莎贝儿的用心是狠毒的，但是，她破坏的是一个本来不可能有好结果的婚姻，因为如果索菲连伊莎贝儿布置的那点诱惑都抵御不了，拉里即使学会了瑜伽修道士的那点法力，能把她从自甘堕落的道路上拉得回转吗？

尽管作者在本书开头声称，他几乎没有什么故事可述，但是，他仍旧充分运用了叙事的技巧，从而抓住读者的注意力。在翻译本书的过程中，我时常碰到这样的情形，即一面译，一面盘算着不知他对这种铺开的局面怎样收拾法。但是，使我佩服的是他笔头一转，很

---

① 克里斯朵夫·衣修午德（1904—1986），英国出生的美国小说家、剧作家，因写过一些以20世纪30年代初的柏林为背景的小说而名噪一时。《紫罗兰姑娘》（1945）和《再见吧，柏林》（1951）都被改编成电影剧本，获得巨大成功。他是英国30年代以奥登为首的一批左倾作家；后来变得消沉，转向印度的吠陀经哲学。

快就结束掉;例如在第二章末尾,当伊莎贝儿告诉作者自己和拉里解约的经过,以及作者给了伊莎贝儿忠告之后,他只用两三行文字就结束了他们精心策划的汉普顿宫之游:

> 雨仍旧下个不停,我们认为不去看汉普顿宫那些华贵建筑,甚至伊丽莎白女王的床,伊莎贝儿也可以活下去,所以就坐车子回到伦敦。

我想如果有个金圣叹的话,很可能在这一段后面插进一些双行批语:"随手收拾掉汉普顿宫,妙。盖汉普顿宫之游不过是为了找个场合让伊莎贝儿能向作者倾吐胸臆,现在目的已达,再叙述作者领她游览汉普顿宫便是呆鸟矣。"

但是,本书最成功的还是人物的塑造;不但几个主要人物写得非常成功,连些次要人物,如布雷德利太太,矿工考斯第,甚至土伦的警察局长,也都是有血有肉的人。小说从一九一九年开始,一直写到三十年代中期,人物的性格当然不可能没有发展和变化。索菲·麦唐纳和作者在芝加哥初次见到的腼腆少女判若两人,这不难做到;她自己的身世便是解释。伊莎贝儿经过嫁格雷后的纸醉金迷生活,继之以破产和二次来巴黎后依舅父艾略特居住,锻炼成她那样的尤物,作者是煞费了一番苦心的。艾略特·谈波登的变化基本上不大,只是一九二九年之后,排场变得阔绰了,但是,一直写到他临终前拿到爱德娜·诺维马里的请帖,亲自写那封回信之后,作者方才完成这幅社会名流的画像,真可以说是达到笔酣墨饱的地步。只有拉里·达雷尔自始至终好像变化不大,永远是那样一个闲云野鹤似的人物,使人疑心是不是取材自真实生活。可是,一九五九年,却被我无意中发现了拉里的蓝本,原来是剑桥大学新近逝世的哲学教授维特根斯坦。这位教授是奥地利人，在剑桥大学学工程学，偶尔也研究一点哲学，听过罗素和摩尔的课，但颇能发挥自己的独特见解。第一次大战开始，维特根斯坦担任军官并沦为俘虏；战后隐居奥国，当小学教师和修道院园丁。他的剑桥大学同学兰姆赛和布里斯威特在奥地利访求到他，力劝他重新把哲学抓起来，维特根斯坦于是跟当时的维也纳学派石里克等人稍稍往还；一九三〇年，受聘为剑桥大学研究员。后来摩尔退休，维特根斯坦却继摩尔被任命为哲学教授。以一个外国人在英国的学术首府担当这个职务，可以说是殊荣，但维特根斯坦却引以为苦，经常劝他的学生不要在大学教书，尤其不能教哲学。一九四七年年纪不到六十就退职，一九五一年逝世。毛姆在一九四四年出版《刀锋》时，维特根斯坦还活着，所以作者在小说开头时说，"书中角色的姓氏全都改过，并且务必写得使人认不出是谁，免得那些还活在世上的人看了不安。"但是，不管作者怎样改动，总有些蛛丝马迹可寻；举例说，小说开头叙述拉里在俱乐部图书室里死啃威廉·詹姆斯的《心理学原理》，而维特根斯坦讲课时绝不引用别的哲学家的话，但却时常提到威廉·詹姆斯；有一天，甚至告诉学生詹姆斯的《心理学原理》第××页讲的什么，使学生们听了都感觉诧异，这是一。其次，小说写拉里最后把自己的一点财产分散给人，维特根斯坦的父亲死后，留给他一笔很优渥的财产，维特根斯坦全拿来分给富有的亲朋，他的怪理由是富人得到才可以免受金钱的腐蚀，而小说中也没有提到拉里散金的对象是些什么人，这是二。还有，维特根斯坦平日绝少与人交接，凡是大学社交生活和哲学界各种活动都绝迹不参加，这和拉里不喜欢社交活动也有相似之处。根据这几方面的对照，再加上两人性格上的转变，都是因参加一次大战后开始的，可以断言小说中的拉里就是写的维特根斯坦。当然也有不尽相同之处，如拉里告诉伊莎贝儿他读希腊原文的《奥德修纪》所感到的兴奋，但是，维特根斯坦却是什么文学作品都不读，只看侦探小说。但是，毛姆在《总结》中曾讲过这样的话："喜欢听故事和喜欢看跳舞和摹拟表演……同样是人性的自然倾向。从侦探小说的流行可以看出这种爱好至今不衰，连第一流的知识分子也看它们，当然并不当回事，可是的确看它们；为什么？还不是因为他们唯一放在眼里的那些心理的、教育的、精神分析的小说不能满足他们的这种特殊需要吗！"毛姆这段话里面的"第一流知识分子"原文是 the most intellectual persons，所以不仅包括文学权威，也应包括其他学术权威在内。可以揣想，维特根斯坦喜欢看侦探小说，毛姆并不是不知道①；而小说第五章作者从爱德娜·诺维马里的女秘书那里为艾略特偷得请帖后，问女秘书她在化装舞会上预备穿什么服装时，她的回答是，"我亲爱的先生，我是个牧师的女儿，这种愚蠢的事，我留给上层阶级去做。当我看见《先驱报》和《邮报》的那些代表吃了一顿好消夜并且喝了一瓶我们的第二等最好的香槟酒之后，我的责任就结束了。我将回到我的卧室关起门来看一本侦探小说。"这一点描绘，我认为也是从维特根斯坦身上移植过来的。最后，还有维特根斯坦在战后当的小学教师与修道院园丁工作，和拉里回美国后预备当的卡车司机和开出租汽车同样都是不求闻达的表现，毛姆只是把他的蓝本首尾倒置一下而已。

毛姆从不讳言他小说中的人物是从真实生活取材的，所以我的这点考证——如果并没有被别人发现的话——并不足为奇；问题倒是为什么毛姆挑中维特根斯坦这样一个人作为他小说的主角。《刀

① 最近我才得知，维特根斯坦和 A·E·豪斯曼在剑桥大学住在同一宿舍里，维氏的房间比豪斯曼的高一层，但两人的关系并不好；豪斯曼不喜欢维特根斯坦的哲学见解。毛姆在本世纪初曾和豪斯曼的兄弟劳伦斯合编过一个短命的文学杂志《探新》；维特根斯坦的一些生活细节，毛姆很可能是从劳伦斯那里听来的。

锋》出版于一九四四年，是他一九四〇年来美国后的第一部小说。人们可以想象得出在他流寓美国期间，盘算和估量——特别是从大西洋彼岸——他所经历的两次大战之间这段时期，以他阅历之深，接触面之广，而选择了维特根斯坦，一定是经过反复考虑的。现在，我们可以看出，拉里这个人确是一次大战的产物，而他反映的时代——两次大战之间的时代——则是欧洲中心主义的黄昏时代。在这个时期，世界文化中心虽则仍在欧洲，而欧洲的文化中心，在毛姆看来，无疑在法国，但它已经不能给来此寻求人生真谛的人以满意的回答了。拉里在巴黎博览群书，学会了几种语言，但是，巴黎和法国只成为他的中途岛；他最后带回去的，既不是恩夏姆神甫要把他当迷途羔羊圈回去的天主教，也不是他想从波兰矿工考斯第口中探听的神秘主义，而是印度的吠陀经哲学。小说中无一语涉及纳粹的兴起，但是，小说反映的欧洲的精神空虚，已足够说明为什么纳粹主义能够乘虚而入了。

小说不是历史，不需要反映一个时代的全貌，但它反映的那一部分，特别是其中的人物，必须给人以真实感，不能只是影子。有时候，由于文学修养差，欣赏不了作家所创造的人物，这情形是有的。我当学生时，对莎士比亚的李尔王形象就不能欣赏，后来读了A. C. 布雷德利①的《莎士比亚悲剧》才发现自己的文学修养不足。但是，有些名家笔下的人物，如最近我读到的狄更斯的《小杜丽》，就只能说是概念的产物了。毛姆的《刀锋》之所以可贵，就在于为我们提供了两次大战之间那个时期的一个人物画廊。

周煦良

一九八〇年十一月六日

---

① 安德鲁·塞西尔·布雷德利(1851—1935)，英国文学批评家。

一把刀的锋刃很不容易越过；
因此智者说得救之道是困难的。

《迦托—奥义书》

第一章

一

我以前写小说从没有像写这一本更感到惶惑过。我叫它做小说，只是因为除了小说以外，想不出能叫它做什么。故事是几乎没有可述的，结局既不是死，也不是结婚。死是一切的了结，所以是一个故事的总收场，但是，用结婚来结束也很合适；那些世俗的所谓大团圆，自命风雅的人也犯不着加以鄙弃。普通人有一种本能，总相信这么一来，一切该交代的都交代了。男的女的，不论经过怎样的悲欢离合，终于被撮合在一起，两性的生物功能已经完成，兴趣也就转移到未来的一代上去。可是，我写到末尾，还是使读者摸不着边际。我这本书只是追叙我过去认识的一个人，这人虽则和我非常接近，却要隔开很长的时间才碰一次面；他中间的经历我几乎毫无所知。要我杜撰些情节来补足这些脱漏，使故事读起来更加连贯，固然可以，可是，我无意于这样做。我只打算把自己知道的事情记下来而已。

多年前，我写过一本小说叫《月亮和六便士》；在那本书里，我挑选了一个名画家保罗·高更①；关于这位法国艺术家的生平我知道得很少，只是倚仗一点事实的启示，使用小说家的权限，炮制了若干故事来写我创造的人物。在本书里，我一点不打算这样做。这里面丝毫没有杜撰。书中角色的姓氏全都改过，并且务必写得使人认不出是谁，免得那些还活在世上的人看了不安。我写的这人并不出名；也许他永远不会出名；也许他的生命一朝结束之后，这一生留在世界上的痕迹并不比石子投入河中留在水面上的痕迹为多。那时候，我这书倘使还有人读的话，就是由于它本身可能引起的兴趣了。但是，也许他替自己挑选的生活方式，和他性格里面所特有的坚定和驯良，在他同类中间的影响会日益加深，这样，可能在他去世长远以后，有人会恍悟这时代里曾经生活过一个很了不起的人物。那时候，人们就会看出我这本书写的是谁了，而那些想要稍微知道一点他早年身世的人，当可在书中找到些他们想要找的东西。我觉得这书虽有如我所说的种种不足之处，对于替我朋友作传的人，将不失为一本可资征引的书。

书中的谈话，我并不要假充是逐字逐句的记载。在这类或其他场合下，人家的谈话我从不记录下来；可是与我有关的事情我都记得很清楚，所以，虽则是我写的，敢说很能忠实反映他们的谈话。适才说过，我丝毫没有杜撰；现在这句话要改正一下。就像希罗多德②以来的许多历史家一样，我也有擅自增入的部分；故事里角色的谈话有些是我没有亲耳听见，而且也不可能听见的。我这种从权的理由和那些历史家的理由一样，因为有些场合若只是重述一下，就会毫无生气，加进谈话要生动得多，真切得多。我要有人读我的书，所以只要写得人读得下去，我认为总可以做得。至于哪些地方是擅自增入的，明眼的读者自会一望而知，他要摈弃这些不读，完全听他自由。

另一个理由使我从事这部作品时感到疑惧的，是这里面的主要人物都是美国人。了解人不是一件容易的事；我觉得一个人除掉他本国人以外，很难说真正了解什么人。因为人不论男男女女，都不

① 保罗·高更（1848—1903），法国后期印象派画家。
② 希罗多德（约公元前484—425），古希腊历史学家，后代称为历史之父。

仅仅是他们自身;他们也是自己出生的乡土,学步的农场或城市公寓,儿时玩的游戏,私下听来的山海经,吃的饭食,上的学校,关心的运动,吟哦的诗章,和信仰的上帝。这一切东西把他们造成现在这样,而这些东西都不是道听途说就可以了解的,你非得和那些人生活过。要了解这些,你就得**是**这些。正由于你离开观察不能了解一个对于你是异域的人,要在书中刻画得真切就难了。连亨利·詹姆斯①那样一个精细的观察家,在英国住了四十年,也没有能创造出一个十足英国气的英国人来。至于我,几篇短篇小说除外,从没有打算写过本国以外的人;短篇小说里敢于写外国人的缘故,是因为短篇的人物只要一点粗枝大叶;你写个轮廓,细微的地方全可以由读者自己去补充。也许有人要问,既然我能把保罗·高更变做一个英国人,这本书里的人物为什么不可以照做。我的回答很简单:就是不能。那一来,他们就不成其为他们那样的人了。我并不作为他们是美国人眼中的美国人;他们是一个英国人眼中的美国人,连他们的语言特点我都没有打算仿效。英国作家在这方面闯的乱子和美国作家打算模仿英国人说的英语时闯的乱子一样多。俚语是最坑人的东西。亨利·詹姆斯在他的英国故事里经常要用俚语,可是总不像一个英国人说的那样,因此不但不能取得他所企求的俚俗效果,反而时常使英国人读来感到突兀和怪不舒服。

二

一九一九那一年,我起身到远东去,路过芝加哥;为了某种和本书无关的原因,在那边住了有两三个星期之久。不久以前,我出版了一部成功的小说,所以在当时也算是新闻人物,一到芝加哥,就有

① 亨利·詹姆斯(1843—1916),美国小说家。

记者来访问。第二天早上，电话铃响，我去接电话。

“我是艾略特·谈波登。”

“艾略特，我还以为你在巴黎呢。”

“不，我回来看看家姐的。我们找你今天来玩。跟我们一起吃午饭。”

“好极了。”

他把时间和地址告诉我。

我认识艾略特·谈波登已经有十五年。他这时已是将近六旬的人，一表人才，高个儿，眉目清秀，鬈发又多又乌，微带花白，恰好衬出他那堂堂的仪表。他穿着一直考究，普通的买自夏费商店，可是衣服鞋帽总要在伦敦买。在巴黎塞纳河南岸时髦的圣纪劳姆街上有一所公寓。不喜欢他的人说他是古董客人，可是这是诬蔑，他极其痛恨。他有眼光，又有学问，也不否认在已往的年头他刚在巴黎住下时，曾经帮助那些要买画的收藏家出过主意；后来在他的交游中听到有些中落的英法贵族想要卖掉一张精品，碰巧他知道美国博物馆的某某理事正在访求这类大画家的优秀作品时，自然乐得给双方拉拢一下。法国有许多旧家，英国也有些，有时迫于境遇，不得不把一口比尔①签名的橱柜或者一张奇彭代尔②手制的书桌割爱，但是不愿意声张出去，碰到他这样博雅而彬彬有礼的人能够把事情办得一点不露痕迹，正是求之不得。听到这话的人自然而然想到艾略特会在这些交易上捞些好处，但都是深有教养的人，谁也不愿意提。刻薄的人硬说他公寓里的东西全都是出售的，说他每次名酒好菜请美国阔佬们吃一顿午饭之后，他那些值钱的画总有一

① 比尔（1642—1732），法国路易十四御用的家具匠。
② 奇彭代尔（1718？—1779），伦敦十八世纪时名家具匠。

两张不见了，不然就是一口细工精嵌的橱柜换成一口漆的。等到有人问他怎么某一件东西不见了，他就花言巧语地说，那个他觉得还不上品，因此拿去换了一件更好的。接着又说，尽瞧见一样东西真腻味。

“Nous autres américians，”他先调一句法文，“我们美国人就欢喜换花样。这既是我们的短处，也是我们强过人的地方。”

巴黎的有些美国太太，自称晓得他的底细的，说他的家道原来很穷，所以起居能够那样阔绰，只是由于他为人非常精明的缘故。我不清楚他究竟有多少钱，可是那位公爵头衔的房东在他这所公寓上却着实收他一笔房租。公寓里的陈设又是那样名贵：墙壁上挂的都是法国大画家的作品，瓦托①啊，弗拉戈纳尔②啊，克洛德·洛兰③啊，等等；镶木地板上炫耀着萨伏纳里和奥比松④的地毯；客厅里摆了一套路易十五时代精工细绣的家具，制作之精，如他自称的，说不定就是当年蓬巴杜夫人⑤的香闺中物。反正他并不用设法赚钱，就能生活起居有他认为上流人士应有的那种派头。至于他过去通过什么途径才能达到这样，你假如是明白人的话，最好还是别提，除非你有意要和他断绝往来。他既然在物质上不用操心，就一心一意追求他一生中最大的愿望起来，换句话说，社会交际。他初到欧洲时，还是个拿着介绍信去见名流的年轻人，后来和英国、法国那些中落的大家发生商业关系，这就奠定了他先前取得的社会地位。本人在弗吉尼亚州原是旧家，母系方面还可以追溯到一位在独立宣言

---

① 瓦托(1684—1721)，法国风俗画家。
② 弗拉戈纳尔(1732—1806)，法国画家。
③ 克洛德·洛兰(1600—1682)，法国17世纪风景画家。
④ 萨伏纳里，法文原意为肥皂业，因17世纪的芳齐埃和杜邦二人在夏劳特将一家肥皂厂改为地毯厂而成为精美地毯的标志。奥比松是法国18世纪时在奥比松生产的著名地毯；影响所及，别地方的地毯也被称为奥比松地毯了。
⑤ 蓬巴杜夫人(1721—1764)，法国路易十五的情妇。

上署过名的祖先，这点家世使他拿着信去见那些有头衔的美国太太时，很受人看得起。人缘好，人又神气，跳舞跳得不错，打枪不算坏，网球很好，什么宴会里都少不了他。鲜花和高价钱的大盒巧克力，任意买来送人；虽则很少请客，请起客来，倒也别致有趣。那些阔太太们被他带着上一趟苏荷区的异国情调饭馆，或者拉丁区的小酒店，都觉得很好玩。替人效劳，随时随地都来；你要是请他做一件事，不管多么厌烦，没有不高高兴兴替你做的。碰到年纪大点的女人，总是曲尽心意去博她们的欢心，所以不久在许多豪贵人家都混得很熟。为人实在太好讲话了，假如有人失约，你临时拉他来凑数，他毫不介意就来，而且让他坐在一位顶讨厌的老太婆旁边，保管还会替你敷衍得有说有笑。

两三年工夫，在伦敦和巴黎，所有一个年轻美国人攀得上的朋友，他都攀上了；巴黎他是长住，伦敦是每年游宴季末期去，还有就是在初秋时拜访一转乡间别墅。那些早先把他引进社交界的太太们，看到他的交游竟如此广，很觉得诧异。感想是分两方面：一方面是高兴她们抬举的这个年轻小伙子居然有偌大的成功，另一方面，则有点着恼，怎么和他混得很熟的人，和自己的交情只是一点浮面。虽则他对待她们照旧很客气，很肯效劳，这些人总不好受，觉得他利用她们做了社交上的垫脚石。她们担心他是个势利鬼，当然他是个势利鬼，他是个大大的势利鬼，他势利得毫不顾旁人齿冷。哪一家请客，他想厕身被请之列，或是哪一位大名鼎鼎但是有名难缠的老阔寡妇，他想拉拢点关系，就什么都做得出来：钉子照碰，冷言冷语照吃，下不了面子的地方照下得去。在这方面，他可以说是不屈不挠。只要眼睛落在什么上面，他就像植物学家寻求一株异种兰花一样，洪水、地震、瘴热、敌意的土人，什么危险都去冒，非弄到手不肯罢休。一九一四年的大战给他提供最后的机会；战事一爆发，他就去参加一个救护队，先后在佛兰德[1]和阿尔艮战区都服务过；一年后回来，佩起一枚红勋章，在巴黎红十字会弄了一个位置。那时候，他手头已很宽裕，要人支持的慈善事业，他都慷慨捐助。任何铺张扬厉的善举，他必竭尽自己的博雅知识和办事才能来襄助一切。巴黎两家最高贵的俱乐部，他都做了会员。法兰西那些最煊赫的妇女提起他来总是"那个好艾略特"。他终于发迹了。

三

我最初认识艾略特的时候，自己还不过是个平常的年轻作家，他也不把我放在眼里。他从不忘记一张脸，所以不论在哪里碰到，总是很客气地和我拉手，但是，无意和我结交；假如我在歌剧院里看见他，比方说，和他坐在一起的是一位显贵，他就会装作没有看见我。可是，那时我写的剧本碰巧获得相当出人意料的成功，所以，不久我就看出艾略特对我稍微亲热起来。有一天我收到一封短柬，约我到克拉里奇饭店吃午饭，那是一家旅馆，他到伦敦就住在那里。客人并不多，也不怎么出色，我有个感觉，好像他在试探我在交际上成不成。可是，从那时起，我自己的成功也给我添了不少新朋友，因此，和艾略特碰面的机会也多起来。之后不久，我上巴黎去度秋天，住了几个星期，在一个双方都认识的朋友家里又碰见了。他问我住在哪里，一两天后，又寄来一张午饭请帖，这次是在他自己的公寓里。我到了一看，没料到客人竟是相当出色，肚子里暗笑。我知道，以他那样烂熟世故，明知道在英国社交界我这样一个作家并不稀奇，但是，在法国这儿，一个人只要是作家就会被人另眼相看，所以我也了不起了。这以后好多年，我们的交往都相当亲密，不过从没

① 佛兰德，包括现比利时的东佛兰德省和西佛兰德省以及法国北部的部分地区。

有真正成为朋友。我怀疑艾略特·谈波登会和任何人成为朋友。他对别人的一切,除了他的社会地位外,全不发生兴趣。不论我偶尔来巴黎,或是他在伦敦,他请客少一个人,或者逼得要招待旅游的美国人时,总要请我去。这些人,我疑惑有些是他的老主顾,有些是拿介绍信来谒见他的、素昧平生的人。他一生中就是在这些地方受罪。他觉得应酬总得应酬一下,但是,不愿意介绍他们和他那些阔朋友见面。最好的打发办法当然是请吃晚饭,再去看戏,可是这往往很困难,因为他每晚都有应酬,而且早在三个星期前全约好了;就算能做到那样,料想那些人未必就此满足。他因为我是个作家,而且没有什么大关系,就毫不介意把他这些苦恼告诉我。

"美国那些人写介绍信真是太不替别人着想了。并不是说把这些人介绍给我,我不高兴见,不过,我觉得没有理由叫我的朋友跟我受罪。"

他给他们买了大玫瑰花篮和大盒的巧克力糖送去,借此补救一下,可是,有时候还得请吃饭。就在这种时候,他先告诉我一番话,然后又天真地邀请我赴他筹备的这类宴会。

"他们极其想见见你,"信上这样捧我。"某太太是个很有文学修养的妇女,你写的书她一个一个字都读过了。"

某太太后来就会告诉我,她读了我的《裴林先生和特雷尔先生》非常喜欢,而且祝贺我的《软体动物》剧本演出成功,头一本书的作者是休·沃波尔,后一书的作者是哈伯特·亨利·戴维斯①。

四

如果我描写的艾略特·谈波登使读者觉得他是个卑鄙小人,那

① 哈伯特·亨利·戴维斯(1876—1917),英国戏剧作家。

实在是冤枉他。

在某一点上，他可以称得上法国人说的 serviable；这个词，以我所知，在英语里还找不到适当字眼。词典上有 serviceable，古义是指肯帮助人，施惠，厚道。这恰恰就是艾略特。他为人慷慨；虽则在他早期的社会活动中，那种送花、送糖、送礼的豪举无疑有他的用心，到后来没有这种必要时，他还是照做。送东西给人，他觉得很好受。他顶好客；雇的厨师比起巴黎的哪一家来都不差，而且在他那儿用饭，准会吃到最早的时鲜菜。他的酒十足证明他是个品酒的内行。诚然，他挑的客人都是视他们的社会地位而定，不一定是佳客，可是，他至少总罗致一两个能说会笑的客人，因此，他的宴会差不多总是很有意思。有人在背后嘲笑他，说他是个龌龊小人；尽管这样说，他请起客来，还是高高兴兴照去。他的法语说得流利正确，轻重音一点不含糊。他曾经费了很大气力把英语说得像英国人那样，你得有一对很尖锐的耳朵才能捉住他一个美国音。他极其健谈，只是你得设法使他不提那些公爵和公爵夫人；但是，即使谈到这些公爵和公爵夫人时，他也能使人解颐，特别是单独和你在一起时，反正他现在的地位已经是不容置疑了。他有一张顶逗人的刻薄嘴，而这些王公贵人的丑史秽闻又没有一件不吹到他耳朵里的。X 公主最近的孩子的父亲是谁，Y 侯爵的情妇是哪一个，我全是从他那里听来的。敢说连马塞尔·普鲁斯特①知道的显贵秘闻也赶不上艾略特知道的那样多。

在巴黎时，我时常跟他一起吃午饭，有时在他公寓里，有时在饭馆子里。我喜欢逛古董铺，偶尔也买些，不过看看居多，而艾略特总

① 马塞尔·普鲁斯特（1871—1922），法国小说家，著有一部卷帙浩繁的《追忆逝水年华》。

是兴冲冲陪我去。他懂,对于艺术品也真心爱好。我想巴黎这类铺子他没有一家不认识,而且老板个个都是熟人。他最爱杀价;每次我们出发时,他总叮嘱我:

“要是你有什么东西想买,自己不要问。丢个眼色给我,底下的由我来。”

他顶得意的事就是替我弄到一件我看中的东西,价钱只抵要价的一半,看他讲价真是好耍子。他会争论,哄骗,发脾气,想法叫卖方心软,嘲弄他,挑剔毛病,吓唬不再踏进人家店门,叹气,耸肩膀,正言规劝,满脸怒容朝外走,到最后争到他出的价钱时,惨然的样子摇摇头,好像无可奈何只好屈服一样。然后低低用英语跟我说:

“买下来。加倍的价钱都还是便宜。”

艾略特是个热心的天主教徒;他在巴黎住下不久,就碰见一位神父。那人出名的会说人皈依,过去多少相信异端的迷途羔羊都被他圈了回来。他饭局最多,人有名的善于辞令。他的教务活动只限于富贵人家。虽则出身寒微,多少高门大户都尊为座上客。这样一个人,艾略特见了当然动了念头。他偷偷告诉一位新近被这位神父说服改教的美国阔太太,说他家里虽则一直奉的圣公会派,他本人却是对天主教向往已久。有一天晚上,这位太太请他吃饭,跟这位神父见见;就只他们三个,神父是谈笑风生。女主人把话兜到天主教上去,神父谈得非常热烈,丝毫不迂腐,虽则是教中人,就像一个见过世面的人同另一个见过世面的人谈话一样。艾略特发现神父十分知道他的为人,有点受宠若惊。

“范多姆公爵夫人上回还跟我谈起你,她觉得你看事情顶清楚。”

艾略特快活得红光满面,公爵夫人他是进谒过,可是,从没有想到她会对他动一下脑筋。神父心性广阔,见解摩登,态度宽容,一番关于天主教的议论谈得既高明又温和。他把天主教会说得使艾略特听来很像一个任何有教养的人如果不加入就对不起自己的高尚俱乐部。六个月后，艾略特就入了教。这样一改宗，再加上在天主教方面的慷慨布施，那几家以前进不去的人家大门也被他敲开了。

也许他放弃祖传的宗教，动机并不纯正，可是改宗以后，倒的确诚心诚意。每星期要到第一流人士光顾的教堂去做弥撒，过些时就去神父那里忏悔，隔两年总要朝一次罗马。久而久之，教廷因他虔诚，派了他御前侍卫，又见他孜孜恪尽职守，奖给他圣墓勋章。说实在话，他在天主教方面的事业和他在世俗方面的事业，可算一样成功。

我时常问自己，以他这样一个聪明、和蔼、学识优长的人怎么会被势利蒙着心眼儿。他不是暴发户。父亲在南方一个大学当过校长，祖父是相当有名的神学家。以艾略特的机伶，决不会看不出那些应他邀请的人多只是混他一顿吃喝，有些是没脑子的，有些毫不足道。那些响亮的头衔引得他眼花缭乱，看不见一点他们的缺点。我只能这样猜想，跟这些家世缅邈的人过从亲密，做这些人家妇女的近臣，给他一种永不厌烦的胜利感；而且这一切，归根结底，实起于一种狂热的浪漫思想；这使他在那些庸碌的小小法国公爵身上见到当年跟随圣路易①到圣地去的十字军战士，在装腔作势、猎猎狐狸的英国伯爵身上见到他们在金锦原②侍奉亨利八世的祖先。跟这些人在一起，他觉得就像生活在天地广阔的英勇古代里一样。我想他翻阅戈沙年鉴③时，看见一个姓氏接一个姓氏地使他回想起年

---

① 圣路易（1215—1270），即法王路易九世，曾两次率领十字军东征。
② 在法国吉塞尼附近的平原，1520 年英王亨利八世与法王弗朗西斯一世在此会见，因铺张扬厉，极尽豪华而有此称。
③ 戈沙年鉴，1763 年创刊，早先以记载欧洲贵族世系为主；1944 年后相继为希特勒、斯大林和阿登纳禁止出版。

代悠远的战争，史册上的攻城战和著名的决斗，外交上的诡诈和王侯们的私情，他的心就会热得跳起来。总而言之，这就是艾略特·谈波登。

五

我预备洗个脸，梳一下头发，再去赴艾略特约的饭局；正忙着时，旅馆里人打电话上来，说他在楼下等我。我有点诧异，可是一收拾好，就下楼去。

我们握手时，他说："我想我自己来接你要安全些。我不清楚你对芝加哥到底有多熟。"

他这种感觉，我看出好些住在国外多年的美国人都有；他们心目中仿佛美国是个很难走甚至危险的地方，你不能随随便便让一个欧洲人单独去闯。

"还早，我们不妨走一段路，"他提议。

外面微有寒意，可是，天上一丝云都没有，活动活动筋骨倒不错。

我们走着路时，艾略特说："我想你会见家姐之前，顶好先知道一点她的为人，她有一两次住在巴黎我那里过，不过，我记得你那时不在，你知道，今天人并不多，就是家姐和她的女儿伊莎贝儿和格雷戈里·布拉巴宗。"

"是那个室内装饰家吗？"我问。

"对了，家姐的屋子糟透了，伊莎贝儿和我都劝她重新装修一下，我刚巧听见布拉巴宗在芝加哥，所以就叫家姐请他今天来吃午饭，当然，他不是怎么一个上等人，但是很行，玛丽·奥利芬特的拉尼堡，圣厄茨家的圣克莱门特·塔尔伯特府，都是他装饰的。公爵夫人极其喜欢他。你可以看看路易莎的屋子，我永远不懂得，她这么多年怎么住得下去，不过说起这个来，她怎么能在芝加哥住下去，我也永远不懂得。”

我从他嘴里得知布雷德利太太是个寡妇，三个孩子，两儿一女，不过儿子年纪大得多，而且都已结婚，有一个在菲律宾政府里做事，有一个，像他父亲过去那样，在外交界服务，现在人在阿根廷都城。布太太的丈夫过去宦历甚广，在罗马做了几年一等秘书，后来又派到南美洲西岸的一个小共和国当专员，人就是死在那边。

艾略特继续讲下去，“他去世之后，我要路易莎把芝加哥的宅子卖掉，可是，她不忍心。布家这所宅子买下来已有了年代，他们是伊利诺斯一个顶旧的旧家。一八三九年从弗吉尼亚原籍迁来这里，在现在离芝加哥六十英里的地方置下田产，目前还保留着。”艾略特迟疑一下，看看我吃不吃他这一套。“我想你也许会说他家早先是种田的，不过，我不晓得你可知道，在上世纪中叶的时候，中西部开始开发，不少弗吉尼亚的人，好人家的子弟，你晓得都被无名的诱惑打动，离开了丰衣足食的乡土。我姐丈的父亲切斯特·布雷德利看出芝加哥有它的前途，来这里进了一家法律事务所，反正他赚的钱也够儿辈吃用的了。”

艾略特的话虽如此说，从他的神情可以看出，那位已经去世的切斯特·布雷德利离开他祖传的华屋良田，来进律师事务所，原因并不那样简单，不过，从他攒聚了一笔家财上看来，总还值得。后来有一回布太太拿几张乡下她所谓“老家”的照片给我看，艾略特就不很快活；照片上面我见到的是一所不大不小的宅子，有美丽的小花园，可是仓房、牛棚、猪厩都隔开只有一箭之地，四周是一片荒芜的平畴。我不由想到，切斯特·布雷德利先生丢下这儿到城市里去找出路，并不是没有成算的。

过了一会，我们叫了一辆出租汽车。车子把我们开到一所褐色砂石房子面前，房子窄而高，要拾上一串陡峻的石级才到大门。并排是一列房屋，在湖滨道过来的一条街上，房屋外表就是在那天明媚的秋光里也还是阴沉沉的，我不懂得一个人对这样的房子会有什么好感。开门的是个高壮的、一头白发的黑人管家，把我们引进客厅。我们走进时，布雷德利太太从椅子上站起来，艾略特给我引见。她年轻时当是个美丽的女子，眉眼虽则粗一点，却生得不错，眼睛很美。可是那张几乎完全不施脂粉的僵黄脸，肌肉已经松弛下来，显见她和中年发胖的战斗是失败了。我猜她还不肯服输，因为她坐下时，腰杆在硬背椅子上撑得笔直；的确，穿着她那受罪的铠甲一般的紧身衣，这样要比坐在有软垫的椅子上舒服得多。她穿的一件青色衣服，上面满织的花，高领子，鲸鱼骨撑得硬硬的。一头漂亮的白发，烫成波浪纹，紧紧贴在头上，发式做得极其复杂。她请的另一位客人还没有到，我们一面等，一面东拉西扯地谈。

“艾略特告诉我，你是走南路来的，”布太太说。“你在罗马歇了没有？”

“歇的，我在那边住了一个星期。”

“亲爱的玛格丽达王后好吗？”

我被她这个问题弄得很诧异，只好回答说我不知道。

“哦，你没有去看她？真是个好女人，我们在罗马的时候，待我们真好。布雷德利先生那时是使馆的一等秘书。你干吗不去看她？你难道是跟艾略特一样的坏蛋，连奎林纳宫都进不去吗？”

“当然不是，”我笑着说。“事实是我并不认识她。”

“不认识？”布太太说，好像信不了似的。“为什么不认识？”

“告诉你实在话，作家们一般并不跟国王王后厮熟。”

“可是，她是个顶可爱的女人，”布太太好言劝我，好像不认识这位王后完全是我不屑似的。“我敢保你会喜欢她。”

这时候门开了，管家把格雷戈里·布拉巴宗领进来。

格雷戈里·布拉巴宗，空有一个好名姓，并不是个浪漫人物①。这人长得矮而胖；除掉耳朵旁边和后颈有一圈黑鬈发外，头秃得就像只鸡蛋；满脸红光，看去就像要裂成一大堆臭汗一样，骨碌碌的乌眼珠，多肉的嘴唇，厚厚的下巴。他是英国人，我有时在伦敦落拓不羁人士的宴会里碰见他。人很热闹，开心，总看见他咧着嘴笑，可是，你不用是一个出色的人物评判者，就可以看出他和人家那种嘻嘻哈哈的亲密不过是一种遮盖，这里面还有很精明的生意经。多年来，他在伦敦都是最成功的屋内装饰家。他有一副很洪亮动人的嗓子，和一双小而肥的富于表情的手。只要来一套动人的姿势，一大串兴奋的字眼，他就能推动一个踟蹰不决的主顾的想象力，使人简直没法拒绝那在他好像是一份盛情的交易。

管家重又托了一盘鸡尾酒进来。

"我们不等伊莎贝儿了，"布太太拿起一杯酒时说。

"她到哪儿去了？"艾略特问。

"跟拉里打高尔夫去的。说她也许要晚一点。"

艾略特转向我说，"拉里是劳伦斯·达雷尔。伊莎贝儿算跟他订婚了。"

我说，"艾略特，我不知道你喝鸡尾酒。"

"我不喝，"他一面愤然回答，一面呷着手里的酒，"可是，在这个禁酒的野蛮国度里，你有什么办法？"他叹口气，"巴黎有些人家现在也预备这东西了，坏交通把好习惯都搅糟了。"

"简直胡扯淡，艾略特，"布太太说。

---

① 过去有个生在巴黎的英国地主兼画家夏普改名为赫克力司·布拉巴宗，以水彩画出名。他改名的原因不详，但可以肯定他觉得夏普这个姓氏太普通了，不够引人注意。作者在这里暗示这位屋内装饰家的姓名也是假的。

她的口气相当温和，然而坚决，使我不由而然觉得她是个有个性的女人；我并且从她看艾略特那种怡然自得的神情，可以猜出她丝毫没有把他当作了不起。我肚子里寻思，不知她把格雷戈里·布拉巴宗看作是哪一等人。布拉巴宗进来时，我就看见他用内行的眼光把屋子里扫一下，两道浓眉不知不觉抬了起来。这的确是间奇怪的屋子。壁纸、窗帘布、椅垫、椅套，全是一式的图案；壁上厚重金镜框里挂的油画，显然是布家人在罗马时买的。拉斐尔①派的圣母，基多·里尼②派的圣母，苏卡吕尼③派的风景，庞尼尼④派的古迹。还有他们住在北京时的纪念品，雕得都满的海梅桌子，巨大的景泰蓝花瓶，还有些是从智利或者秘鲁买来的，硬石刻的胖人儿，陶制的瓶子。一张奇彭代尔的书桌，一只嵌木细工的玻璃橱。灯罩用白绸做的，不知道哪个鲁莽画家在上面画了些穿瓦托式装束的牧羊男女。屋子看上去真使人作呕，然而不懂什么缘故，却还顺眼。这里有一种安逸的，住了人的气氛，使你觉得这许多荒乎其唐的大杂烩自有它的道理。所有这一切凑合不上的东西都属于同一类，因为它们是布太太生活的一部分。

我们才喝完鸡尾酒，门开处，进来一个女孩子，后面跟着一个男子。

“我们迟了没有？”她问。“我把拉里带回来。可有他吃的吗？”

“想来有吧，”布太太笑着说。“你按下铃，叫尤金添个位子。”

“他才替我们开门的。我已经告诉他了。”

---

① 拉斐尔（1483—1520），意大利16世纪画家，除壁画外还画了不少圣母像，表现了温柔的母性形象。

② 基多·里尼（1575—1642），意大利人像画家。

③ 苏卡吕尼（1702—1788），意大利风景画家，受雇在威尼斯和伦敦作画。

④ 庞尼尼（1691—1765），意大利18世纪著名地形画家，所画古罗马遗迹既准确，又发挥了思古的幽情。

“这是我的女儿伊莎贝儿，”布太太转身向我说。“这是劳伦斯·达雷尔。”

伊莎贝儿赶快跟我握一下手，来不及地就转向布拉巴宗。

“你是布拉巴宗先生吗？我真渴望见你。你替克莱曼婷·多默装饰的屋子我真喜欢。这屋子糟不糟？我好多年来都想法叫妈收拾一下，现在你来芝加哥，真是我们的机会到了。老实告诉我，你觉得这屋子怎样？”

我知道布拉巴宗死也不会说。他很快张了布太太一眼，可是她脸上泰然自若，一点看不出什么。他断定伊莎贝儿是重要人物，就发出一声狂笑。

“我敢说这屋子很舒服，种种都很好，”他说，“不过，你要是直截了当问我的话，那么我觉得确乎相当的糟。”

伊莎贝儿长得高高的，椭圆脸，直鼻梁，俊俏的眼睛，丰满的嘴，这一切看来都是布家的特征。人秀气，不过胖一点，大约是年龄关系，等她长大一点就会苗条起来，一双有力的长得很好的手，不过也嫌肥一点；短裙子露出的小腿也嫌肥。皮肤生得好，颜色红红的，和适才的运动以及开敞篷车回来都不无关系。人容光焕发，充满活力。十足的健康体质，嬉皮笑脸的高兴派头，对生活的满足，和从内心里流露出来的幸福感，使人看了心花儿都开。那种自如若堂的风度，不管艾略特多么文雅，和她一比都不免有点俗气。布太太那张惨白而有皱纹的脸在她的朝气衬托下，看去简直疲惫和衰老了。

我们下楼去吃饭。布拉巴宗一看见饭厅，眼睛就眯起来。壁上糊的暗红纸，算是冒充花布，挂些脸色阴沉死板的男女肖像，画得糟透糟透。这些人都是去世的那位布雷德利先生的近系祖先。他自己也在上面，一撮浓上须，僵直的身体穿着礼服和白粉浆的领子。一张布太太的像，是九十年代一个法国画家的手笔，挂在壁炉上面，穿着灰青缎子的晚服,颈上珠串,发髻一颗钻石星,一只满戴珠宝的手捏一条编织领巾,画得连针脚都一一可数,另一只手随随便便拿一柄鸵鸟羽扇子。屋内家具是黑楠木的,简直笨重不堪。

大家坐下时,伊莎贝儿问布拉巴宗,"你觉得这个怎么样?"

"我敢说一定花了不少钱,"他答。

"的确,"布太太说。"这是布雷德利先生的父亲送我们的婚礼,被我们带着跑遍了全世界。里斯本啊,北京啊,基多啊,罗马啊。亲爱的玛格丽达王后非常艳羡它。"

"假如是你的,你把它怎么办?"伊莎贝儿问布拉巴宗,可是,不等他回答,艾略特就替他说了。

"烧掉,"他说。

三个人开始讨论怎样装饰这屋子起来。艾略特力主路易十五的装潢,伊莎贝儿则要一张僧院式的餐桌和一套意大利式椅子。布拉巴宗认为奇彭代尔比较适合布太太的性格。

他转身看着艾略特,"你当然认识奥利芬特公爵夫人的?"

"玛丽吗?顶熟的朋友。"

"她要我装饰餐厅,我一见到她的人,就决定乔治二世。"

"你真对。上次在她那儿吃饭,我就注意到。雅极了。"

话就这样谈下去,布太太只听他们讲,你猜不出她肚子里想些什么。我讲话很少,伊莎贝儿的年轻朋友拉里(我忘记了他姓什么)简直一言不发。他坐在我对面的布拉巴宗和艾略特之间,我不时看他一眼。他年纪看去很轻,和艾略特差不多高,六英尺不到一点,瘦,而且四肢长得很松弛。顶讨人喜欢相的一个孩子,不漂亮,也不丑陋,相当的腼腆,一点没有出色的地方。我觉得怪有意思的倒是,虽则进屋子来之后记得他没有说上五六句话,人却非常自如,而且奇怪的是,尽管不开口,好像也在参加谈话。我注意到他的手很长，可是，就他的身个论，不能算大，形状看上去很美，同时又有力。我想画家一定高兴画这双手。他体格比较瘦，但是，看去并不文弱，相反地，敢说顽健。一张脸宁静庄重，晒得黝黑，要不是这样就看不出什么血色；五官端正，但并不出众。颧骨相当高，庭穴凹进。深棕色的头发，微微拳曲。眼睛看上去比原来的要大，因为陷在眼窝里很深，睫毛则又浓又长。眼珠的颜色很特别，不是伊莎贝儿和她母亲，舅舅共有的那种浓栗色，非常之深，虹彩和瞳子差不多是一个颜色，这给他的眼睛以一种特别的光芒。他有一种动人的潇洒风度，看得出为什么伊莎贝儿对他倾心。她的眼光不时落到他身上一下，从她的神情里我好像看出不但有爱，而且有喜欢。两人的眼光碰上时，他眼睛里含有一种温情，看去非常之美。没有比看见年轻人相爱更动人的了，这使我这个已届中年的人艳羡他们，同时，不懂得什么缘故，感到难受。这很愚蠢，因为以我所知，是没有什么可以影响到他们的幸福的；两人的境遇都宽裕，你想不出什么理由说他们结不了婚，而且结婚后不能一直幸福地生活下去。

伊莎贝儿、艾略特和布拉巴宗继续往下讲怎样重新装饰屋子，想逼出布太太一句话来，承认是得想个办法，可是，她只蔼然微笑。

"你们不要逼我。我得空下来自己想过。"她转身向那男孩子说，"拉里，你对这一切怎么看法？"

他向桌子四周环顾一下，眼中露出微笑。

"我觉得做不做都无所谓，"他说。

"你这个狗蛋，拉里，"伊莎贝儿叫出来。"我还特地关照你给我们撑腰的。"

"假如路易莎伯母满意她原来的那些，做什么要换掉？"

他发的问题非常在点子上，而且很合乎情理，我不禁笑出来。他看看我，自己也笑了。

“而且请你嘴不要咧得那个鬼相,你自以为讲了一句非常俏皮的话,我觉得很蠢,”伊莎贝儿说。

可是他的嘴咧得更大了,这时我注意到他的牙齿长得又小又白又整齐。他望着伊莎贝儿的神情,不知怎样,使她脸红起来,呼吸也急促了。我假如没有弄错的话,那么,她就是疯狂地在爱着他,可是不知道什么缘故,好像她对他的情意里面还有一种母性的爱。这在这样一个年轻女孩子身上有点令人意想不到。她嘴边微带笑意,重又向布拉巴宗殷勤起来。

“别睬他。他非常之蠢,完全没有受过教育。他什么东西都不懂,只懂得飞行。”

“飞行?”我说。

“他大战时是空军。”

“我还以为他那时年纪轻着,不会参军。”

“他年纪是轻,着实太轻了。他淘气之极。溜出学校,跑到加拿大;说了一大堆谎话,人家真的相信他是十八岁,这样就进了空军。停战时,他还在法国作战呢。”

“你把你母亲的客人缠死了,伊莎贝儿,”拉里说。

“我从小就认识他,他回来时穿一身军装,外套上挂那么漂亮的奖章,非常好看,所以,我就这么坐在他门口阶沿上,缠得他一刻不能安静,只好答应跟我结婚了。那时候,竞争可真激烈。”

“真的吗,伊莎贝儿?”她母亲说。

拉里身子伸过来向我说:

“我希望你一个字也不要信她。伊莎贝儿不是什么坏女孩子,可是个说谎大家。”

吃完午饭,艾略特和我不久就告辞。我先前告诉他打算去博物馆看看画,他说他带我去。我不大愿意有人跟我去逛博物馆,可是,

DAVID KNIGHT

没有法子说我喜欢一个人去，只好让他陪我。路上我们谈起伊莎贝儿和拉里。

我说，“看见两个年轻人这样相爱，怪有意思。”

“他们结婚的确太早一点。”

“为什么？趁年纪轻时恋爱、结婚，要有意思得多。”

“别胡闹。她十九岁，他不过刚满二十。他还没有职业。自己有点小进项，三千块一年，路易莎告诉我的；而路易莎也不是怎样富裕。她的收入只够她自己花。”

“那么，他可以找个事做。”

“就是呀。他不想找事。他好像很满意这样晃膀子。”

“我敢说他在战争中一定吃了不少苦头。也许想休息一下。”

“他休息已有一年。这总够长了。”

“我觉得他像是个很不错的孩子。”

“哦，我对他毫无成见。他的门第以及其他种种都很好。父亲原籍是巴尔的摩；过去是耶鲁大学罗曼语副教授，总之大致如此。母亲是费城教友派的一个老旧家。”

“你口口声声过去，难不成他父母都去世了么？”

“是的，他母亲生孩子亡故，父亲约在十二年前去世。他是他父亲的老同学抚养大的。那人是麻汾的一个医生。路易莎跟伊莎贝儿就是这样才认识他的。”

“麻汾在哪儿？”

“布家的产业在麻汾。路易莎总在那边度夏。她看见这孩子可怜。纳尔逊医生是个独身汉，怎样带孩子连初步的常识都不知道。路易莎力主把这孩子送到圣保罗堂去，圣诞节时她总接他出来过节。”艾略特法国式地耸一下肩膀。“我想她当初总该见到会是这样的结果了。”

这时，我们已走到博物馆，心思就转到绘画上去。艾略特的识见又令我倾倒一番。他领着我在那些屋子里转来转去，仿佛我是一群旅游家似的。讲起那些画来，连任何美术教授都不能比他更使人获益。我决定独自再来一次，那时自己可以随便逛逛，所以现在由他说去。过了一会，他看一下表。

"我们走吧，"他说。"我在博物馆里从不待过一个钟点。这样还得看一个人的欣赏力熬得了熬不了。我们改天再来看完它。"

分手时，我满口道谢。也许走开后我变得聪明一点，可是确很恼火。

我和布太太告别时，她告诉我第二天伊莎贝儿要请她几位年轻朋友来家吃晚饭；我要是愿意来的话，那些孩子们走后，我还可以跟艾略特谈谈。

"你等于救救他，"她接着说。"他在外国待得太久了，到这儿觉得百不如意；简直找不到一个跟他合得来的人。"

我接受了；在博物馆门口台阶上两人分手时，艾略特告诉我，他很高兴我答应下来。

"在这座大城里，我就像迷失了的灵魂，"他说。"我答应路易莎跟她住六个星期，我们自从一九一二年后彼此就没有见过，可是，我盼望回巴黎真像度日如年。巴黎是世界上唯一文明人能住得下去的地方。我亲爱的朋友，你知道他们这儿把我看作什么？看作一个怪物。真是野蛮的人。"

我大笑走了。

六

第二天傍晚时分，我一个人去赴约。事前艾略特打电话来，要来接我，被我推掉，居然平安到达布太太家。因为有人来访，我耽搁了一下，到得稍为晏点。上楼时，听见客厅里人声嘈杂，我以为客人一定很多，不料连我通共不过十二个人。布太太穿一身绿缎子衣服，戴一串细珠项链，非常富丽。艾略特的晚礼服式样做得极好，那种潇洒派头，看上去只有他才配；和我握手时，各种阿拉伯香水气味都冲进我鼻孔里来。他把一位身材高大的人介绍给我；那人一张红红的脸，穿着晚礼服，样子怪不舒服。他叫纳尔逊医生，可是，我当时听到丝毫没有感觉。其他客人都是伊莎贝儿的朋友，不过，那些名字才听到就被我忘掉。女子都年轻貌美，男子都少年英俊。那些人我全没有什么印象，只有一个男孩子，还是因为他的身材特别高大的缘故。他一定有六英尺三四英寸高，而且肩膀宽阔。伊莎贝儿穿着得极美，白绸子衣服曳着长裙，正好遮着她的肥腿；从衣服的式样上看出她有发育得很丰满的胸脯；光膀子稍嫌肥一点，可是颈项很美。人兴高采烈，明眸四射。毫无疑问是个很美很可爱的女子，但是看得出如果不当心的话，人就会胖得过头。

席间，我坐在布太太和一位腼腆的女子之间；她看去比余下的人还要年轻。我们坐下来时，布太太为要使谈话容易进行起见，特地讲给我听，说她的祖父母就住在麻汾，而且伊莎贝儿和她从前是同学；她的名字，我从旁人口中听到，叫索菲，姓什么可不知道。席间，大家尽情笑谑，人人都大声说话，笑声很多。这些人好像都非常之熟。我不跟女主人周旋时，就设法和邻座的那个女孩子攀谈，可是并不怎样顺利。她比其余的人都要沉默些。人不算美，但是，脸长得很有趣，鼻尖微翘，阔嘴，蓝里带绿的眼珠，赭黄色的头发，式样梳得很简单。人瘦，胸部几乎像男孩子一样平坦。大家寻开心时，她也笑，可是，态度显得有点勉强，使人觉得她并不如表面那样真正感到好笑。我猜想她是在尽力敷衍；也弄不懂她是否人有点笨，还只是过分腼腆。我起先和她的几次攀谈都没有谈下去，后来无话可说，就请她告诉我席间这些人是谁。

“啊，纳尔逊医生你总认识吧，”她说，指指坐在布太太对面的那个中年人。“他是拉里的保护人。我们在麻汾都是请他看病。人很聪明，发明了许多飞机零件，可是没有人理会。他没有发明可做时，就喝酒。”

她讲话时淡蓝色眼睛里闪出一丝光彩，我不由而然觉得这孩子肚子里并不如初看上去那样没有货色。接着她把那些年轻人的名字一一告诉我，他的父母是谁，若是男子的话，从前进过什么大学，现在做什么事，都没有什么出色的。

“她很可爱，”或者，“他高尔夫打得很好。”

“那个浓眉毛的大个子是谁？”

“哪个？哦，那是格雷·马图林。他父亲在麻汾河边有一所大房子，是我们里面的百万富翁。我们都以他为荣，他把我们的身价都抬高了。马图林，霍布斯，雷纳，史密斯这些人。他是芝加哥顶顶有钱的人之一，格雷又是个独养儿子。”

她讲到这一连串阔人的名字时，故意加上些逗人的刻薄字眼，使我好奇地瞟了她一眼；她张见，脸红了起来。

“你把马图林先生再讲点给我听。”

“没有什么可讲的。他很有钱，人人都尊敬他。在麻汾替我们盖了一所教堂，还捐了一百万给芝加哥大学。”

“他儿子长得挺漂亮。”

“他不错。你决想不到他祖父是个爱尔兰水手，祖母是饭店里一个瑞典女跑堂的。”

格雷·马图林的相貌不能算漂亮，不过动人。人看去很粗野，毫不修饰；鼻子短而扁，多肉的嘴唇，红红的爱尔兰肤色；长了一头黑发，又光又柔。浓浓的眉毛，下面衬着一双明亮的蓝眼睛。虽则身个高大，四肢五官倒也相称。假如脱掉衣服，一定是个很健美的男性胴体。看来力气想必很大，那种雄赳赳的样子给人印象颇为深刻。拉里就坐在他身边，和他一比，拉里虽则不过比他矮三四英寸，却显得孱弱多了。

“喜欢他的人真多，”我腼腆的邻座说。“我知道有好几个女孩子都在拼命追他，就差要动刀子。可是她们一点指望没有。”

“为什么没有呢？”

“你一点都不知道吗？”

“我怎么会知道。”

“他爱伊莎贝儿爱到了极点，人就像疯了一样，而伊莎贝儿却爱上拉里。”

“他干吗不竞争一下？”

“拉里是他顶好的朋友。”

“我敢说，这一来事情可麻烦了。”

“的确，要是你像格雷那样义气的话。”

我拿不准她这话的意思是当真，还是带有讥讽。她的态度一点不莽撞，也不直率或者冒失，然而，我有个印象，觉得她并不缺乏幽默，也不缺乏精明。我猜不出她这样和我谈着话，肚子里会想些什么，可是，这一点我知道永远也不会弄清楚。她摆明不大信得过自己，我想她大概是个独生女，过去和比她年纪大得多的人过孤寂的生活太久了。她有种幽娴贞静的派头，使人觉得很惹疼，可是，如果我猜她以前过了很久的孤独生活是事实的话，看来她对于和她一起生活的人一定默默观察过，而且对他们都有一定的看法。我们上了年纪的人很少觉察到年轻人对我们的判断多么无情，然而又多么深刻。我又瞧瞧她那蓝里带绿的眼睛。

“你多大了？”

"十七岁。"

"你看书吗?"我大胆问她。

可是,她还没有回答,布太太为了尽女主人的责任,已经拿话和我搭上。我还没有对付掉她,晚饭已经完毕。那些年轻人立刻走得不知去向,剩下我们四个人,就到楼上客厅里去坐。

我很诧异今天自己也在被邀请之列,因为他们闲谈一会之后,就谈起一桩恐怕他们一定愿意背着人谈的事来。我拿不定主意是否要避点嫌疑,抬起脚来走掉,还是以局外人的身份,当一个对于他们有益的旁观者。争论的问题是拉里为什么不肯就业,这太奇怪了,后来又集中到马图林先生答应在他的公司里给拉里一个职位,马图林先生就是适才晚饭时同席的男孩子的父亲。这是一个很好的机会,只要人能干勤快,拉里在一定时间内就可以赚一大笔钱。小马图林急于要他接受。

我记不清楚他们所有的谈话,不过谈话的内容却清清楚楚在脑子里。拉里从法国回来时,他的保护人纳尔逊医生劝他进大学,可是他拒绝了。这也是人情之常,先闲散一个时候;他吃了不少苦,而且两次受伤,虽则不算太重。纳尔逊医生认为他对战争的余悸还没有消除,能够休息些日子直到完全恢复正常,也好。可是,几个星期一拖就是几个月,现在离他退伍时已经有一年多了。他在空军里面混得好像不错,回来在芝加哥很谈得上嘴,因此,好几位商界人士都要罗致他。他谢谢他们,但是拒绝了。也不说什么原因,只说他自己对于做什么还没有打定主意。他和伊莎贝儿订了婚。这事布太太也不诧异,因为两人耳鬓厮磨已有多年;布太太知道伊莎贝儿爱他;她本人也喜欢他,而且觉得他会使伊莎贝儿幸福。

"她的性格比拉里强,她可以弥补他的短处。"

尽管两人年纪都这么轻,布太太却愿意他们立刻结婚,不过拉里总要就业才成。他自己有点钱，可是即使有比这多上十倍的钱，她还是要坚持这一点。照我猜想，她同艾略特想问纳尔逊医生的就是拉里打算做什么。他们想要纳尔逊医生用他的影响使拉里接受马图林先生给他的职位。

“你们知道我从来就管不了拉里，”他说，“便在做孩子时，他就独行其是。”

“我知道，你完全纵容他。他会变得那样好，真可以说是奇迹。”

纳尔逊医生酒已经喝了不少，不乐意地看她一眼，一张红红的脸又红了一点起来。

“我很忙，我自己也有事情要过问。当初我收留他的缘故，是因为他无处可去。他父亲又是我的一个朋友。这孩子是不容易管教的。”

“我不懂你怎么可以讲这样的话，”布太太尖刻地回答，“他的性情很温和。”

“这孩子从不跟你吵嘴，可是完全我行我素；你气极时，他就说声对不起，由你咆哮去，请问你怎样对付？他要是我自己的儿子，我就可以打得。但是，这样一个举目无亲的孩子，他父亲把他托孤给我，以为我会待他好的，我总不能打吧？”

“这全是驴头不对马嘴，”艾略特说，人有点儿发毛，“目前的情形是这样，他游手好闲的时间算得上长了；他现在有一个就业的机会，眼看可以赚很多的钱；他如果要娶伊莎贝儿，就得接受。”

“他总该懂得目前世界上，”布太太插嘴说，“一个人总得做事。他现在已经强壮得和好人一样。我们都知道，南北战争之后，有些人回来从不做事。他们是家庭的累赘，而且对社会毫无益处。”

后来我开口了。

“可是，他拒绝那些人给他找的事时，提出什么理由呢？”

“没有，只说那些事他不喜欢。”

“可是，有什么事是他要做的呢？”

“摆明没有。”

纳尔逊医生给自己又倒上一杯柠檬威士忌，喝了一大口，然后看看他的两个朋友。

“你们要不要听我讲讲我的印象？我不敢说我看人没有错，不过，至少行了三十多年的医，我想总懂得一点。这次战争使拉里变了。他回来时已经不是他走时那样的人。也不是说他年纪大了一点。他不知道碰上什么事情，连性格都变了。”

“碰上什么事情呢？”我问。

“我可不知道。他对自己的战争经历总是讳莫如深。”纳尔逊医生转向布太太，“路易莎，他可跟你谈过他的经历吗？”

她摇摇头。

“没有。他初回来时，我们总设法要他告诉我们一点他的出生入死经历，可是，他总是那样笑笑，说没有什么可谈的。连伊莎贝儿他都没有告诉过。她屡次问他，可是一点没有问出什么来。”

话就这样不痛不痒地谈下去，不久，纳尔逊医生看看表，说他得走了。我准备跟他一同走，但是，艾略特硬把我留下。纳尔逊医生走后，布太太向我打招呼，说拿这些私事麻烦我，恐怕我一定觉得腻味。

“不过，你知道，这的确是我的一件心事，”她最后说。

“毛姆先生人很谨慎，路易莎，你有什么事只管告诉他。我并不觉得鲍勃①·纳尔逊和拉里怎样亲密，不过，有些事路易莎跟我都

① 鲍勃，罗伯特的昵称。

觉得顶好不要跟他提。”

“艾略特。”

“你告诉他不少了，何不把其余的也告诉他。我不知道晚饭时你可留意到格雷·马图林没有？”

“他那样高大，怎么会不注意到他？”

“他也是追求伊莎贝儿的一个。拉里不在的时候，他一直非常之殷勤。她也喜欢格雷。假如战争再拖长一点，她很可能就嫁给格雷。格雷跟她求过婚。她没有接受，也没有拒绝。路易莎猜她是不愿意在拉里回来之前有所决定。”

“格雷为什么不去参战呢？”

“他因为踢足球心脏用力过度，严重是不严重，可是陆军不肯收他。总之，等到拉里回来，他就一点机会也没有了。伊莎贝儿毅然决然把他甩掉。”

我不懂得对这件事应当怎么说，所以不开口。艾略特继续说下去，以他那样的堂堂仪表和牛津口音，足可以当一名外交部的高级官员。

“当然，拉里是个好孩子，而且他私自溜了去参加空军也是十足的壮举，不过，我看人还相当在行……”他微笑一下，说了一句我听到他唯一暗示到他在古董生意上发了财的话，“否则，我现在就不会拥有一笔数额相当大的金边股票①。我的意见是拉里永远不会有什么出息，钱，地位，都说不上。格雷·马图林就全然不同了。有个很好的爱尔兰家声。祖上有一位是当主教的，一个戏剧家，还有几个出名的军人和学者。”

“你怎么知道这些的？”我问。

① 金边股票，指有政府担保的股票。

“人就是这样知道，”他若无其事地回答。“说句老实话，那一天在俱乐部里我碰巧翻一下美国名人字典，恰恰撞见这个姓氏。”

我觉得犯不着多事，把晚饭时我的邻座告诉我的话告诉他，说马图林的祖父母是穷爱尔兰水手和瑞典女跑堂的。艾略特又说下去。

“我们都认识亨利·马图林多年。是个顶好的人，而且很富有。格雷正踏进芝加哥最好的一家经纪人商号。哪一个不买他的账。他想娶伊莎贝儿；替她着想，不能不说是一门很好的亲事。我自己完全赞成，而且我知道路易莎也赞成。”

“艾略特，你离开美国太久了。”布太太说，勉强地一笑。“你忘记在这个国家里，女孩子并不因为她们母亲或者舅舅赞成她们的婚姻就结婚的。”

“这并不值得骄傲，路易莎。”艾略特尖刻地说。“根据我三十年的经验，我可以告诉你，一件婚事把地位、财产、双方的处境都考虑到，要比爱情的结合好十倍。说来说去，法国总是世界上唯一的文明国家了。在法国，伊莎贝儿会毫不迟疑嫁给格雷；往后再过一两个年头，假如她愿意的话，可以把拉里当作她的情人，格雷可以置一所豪华公寓，养一个女明星，这样就皆大欢喜了。”

布太太并不傻；她看看自己兄弟暗自好笑。

“艾略特，碍事的是纽约的剧团每年只到这儿来演一个时期。格雷那所豪华公寓里的娇娘能够住多久，谁也说不准。这肯定对大家都不方便，是不是？”

艾略特笑了。

“格雷可以在纽约的证券交易所里弄一个经纪人的位置。说道地话，人在美国除了住纽约以外，我看不出能住在哪儿。”

这以后不久我就离开了，可是，走之前，我简直不懂得，艾略特为什么忽然问我可愿意和他一起吃午饭，会会马图林父子。

“美国的商界人士中，亨利是最好的典型，”他说。“我觉得你应该见见。他替我们经管产业已经有多年了。”

我并不怎么特别想见这个人，可是没有理由拒绝他，所以说很愿意。

七

有人介绍我在芝加哥逗留期间加入一家俱乐部。俱乐部里有个很好的阅览室；赴筵的次晨，我去那里翻阅一两种大学刊物，因为这些刊物除掉长期订阅外，不大容易碰得见。时间还早，阅览室里只有一个人，坐在大皮椅子里在出神看书。我很诧异看见这人就是拉里。在这样一个地方，他可以说是我最不指望撞见的人。我走近时，他抬起头看，认出是我，做出要站起来的样子。

“别起身，”我说，接着几乎是随口问他，“你看什么？”

“一本书，”他说，微笑一下，可是那一笑非常动人，连他回话里那种顶撞的口吻都毫不使人生气了。

他把书合上，用他那种特殊的没有光彩的眼睛望着我，举起来给我看书名。

“你昨晚玩得好吗？”我问。

“痛快极了，五点钟才回的家。”

“那么你这么早到这儿来，又这样精神，真不容易。”

“我常来这儿。一般在这个时候总是由我独占。”

“我不打搅你。”

“你并不打搅我，”他说，又笑一下，这时候，我才觉出他能够笑得极其可爱，并不是那种漂亮的、闪电似的笑，而是好像含有一种内在的光华，把他的脸都照明了。他坐的地方是用书架围成的一个角落，在他旁边还有一把椅子。他把手放在椅子靠手上说，“你坐一会吗？”

“好的。”

他把手里拿的书递给我。

“我就看这个。”

我看看，原来是威廉·詹姆斯①的《心理学原理》。这当然是部名著，在心理学史上很重要，而且书写得极其流畅；不过一个年轻人，一个飞行员，头一天还跳舞跳到早上五点钟，我决没有想到他手里会有这样一本书。

“你为什么要看这个？”我问。

“我的知识太浅了。”

“你年纪还轻着呢，”我笑着说。

他好一会没有说话，我渐渐觉得窘起来，正打算站起身去找我要找的杂志。可是，我觉得他仿佛要讲什么话似的。他眼睛视若无睹，脸色严肃而紧张，像在沉思。我候着他，心里很想知道是怎么一回事。当他开口时，那就像继续适才的谈话一样，并不感到中间长久的沉默。

“我从法国回来时，他们都要我进大学。我不能。经历过那些事情，我觉得没法子回到学校去。反正我在中学也没有学到东西。我觉得我没法子参加一个一年级大学生的生活。他们不会喜欢我，我也不愿勉强自己做自己不想做的事。而且我不相信那些教师能教给我想要知道的东西。”

“当然，我知道这事与我不相干，”我说，“不过，我并不觉得你对。我想我懂得你的意思，我也懂得一个人参加了两年战争

① 威廉·詹姆斯（1842—1910），美国著名的哲学家、心理学家。

之后，在开头一两年里当那种受人欣羡的普通大学生，是相当腻味的。我不相信他们会不喜欢你。美国大学我不大熟悉，可是，我相信美国的大学生和英国的也差不多，也许粗卤一点，稍为倾向于胡闹，可是，整个儿说来，还是些规矩懂事的孩子；我敢说，你假如不想过他们那种生活，只要稍微使一点手腕，他们总可以让你过你自己的生活。我的弟兄都读过剑桥，我就没有。有过一个机会，可是，我拒绝了。我要到外面来混。后来我一直都懊恼。我想进了大学可以使我少做多少错事。在有经验的老师指导下，你可以学得快得多。你假如没有一个人指导，就会糟蹋掉许多时间，走冤枉路。"

"你也许是对的。我并不在乎做错事。也许在那许多死胡同的一条胡同里，可以找到适合我目的的东西呢。"

"你的目的是什么呢？"

他踌躇一下。

"正是啊，我还不大清楚。"

我没有开口，因为这句话好像没有什么可以回答的。我这个人从年轻时起就有个明确目标在脑子里，颇有点觉得不耐烦；可是，我责备自己；我有个感觉，只能说是直觉，好像这孩子灵魂里在模模糊糊追求一种东西，是不是属于一种半明半昧的观念，抑是一种隐隐约约的情绪，我也说不出，而这种追求却使他整个的人得不到宁息，逼着他，连他自己也不知道要向哪儿去找。他莫明其妙地激起我的同情。我从来没有听他多说话过，现在才觉察到他说起话来极其好听，那声音非常之醉人，就像仙丹。想到这一点，再加上他那迷人的笑，和富于表情的黑眼珠，我很能了解伊莎贝儿为什么爱他。他确乎有种惹人爱的地方。他转过头来，毫不忸怩地望着我，但是，眼睛里有一种表情，像在打量我，又像是好笑。

“昨天晚上我们全走开去跳舞时,你们谈到我的吧?我这猜得对不对?”

“有这么一个时候。”

“我想他们硬把鲍勃大叔邀来,就是这个缘故。他顶恨出门。”

“像是有人给你找了一个很好的事。”

“一个顶好的事。”

“你干不干呢?”

“不见得。”

“为什么不?”

“我不想干。”

这与我毫不相干,我实在是多事,可是我有个感觉,好像正因为我是个局外人,而且来自外国,所以拉里觉得同我谈谈没有关系。

“你知道,一个人什么都做不了时,他就成了作家。”我哧哧笑了。

“我没有才能。”

“那么,你要做什么呢?”

他向我来了一下他那明媚迷人的微笑。

“晃膀子,”他说。

我只好笑了。

“我觉得,芝加哥并不是做这种事的顶好的地方,”我说,“不管啦,让你看书吧。我想去翻一下《耶鲁季刊》。”

我站起来。等到我离开阅览室时,拉里还在出神看威廉·詹姆斯的那部书。我独自在俱乐部里用了午饭,因为阅览室里静,又回到那里去抽雪茄,这样消磨了个把钟点,看书写信。我很诧异看见拉里还在一心看他的书。那神气好像我走开后,他就没有动过。等到我约莫四点钟的时候走开,他还在那里。他这种明显的聚精会神能力，很使人吃惊。他既没有留意到我走，也没有留意到我来。下午我有各种事要做，直到应当换衣服去赴晚宴时，才回旅馆，回来的路上，忽然被一时的好奇心驱使，又走进俱乐部一次，到阅览室里看看。那时候，室内已有不少的人，看报啊，等等。拉里还是坐在那把椅子里，全神贯注在那本书上。怪！

八

第二天，艾略特邀我在巴玛大厦午餐，会会老马图林和他的儿子。就只我们四个人。亨利·马图林也是个大个子，差不多和他儿子一样高大，一张红红的脸，满是肉，大下巴，同样带有挑逗性的塌鼻子，可是，眼睛比儿子的小，不那样蓝，极其狡猾。虽则年纪至多不过五十开外一点，看上去要老十年，头发已经稀得很厉害，而且全白了；初看上去，并不给人好感。他好像多年来自己混得很不错。我得到的印象是一个残酷、精明、能干的人，这种人在生意经上面是毫无慈悲可言的；开头时说话很少，我觉得他在打量我。我当然看出艾略特在他的眼中只是个可笑的人。格雷温和恭敬，几乎一句话不说，倘若不是艾略特的交际手腕老到，尽是滔滔不绝讲些闲话，彼此间就得僵着。我猜他过去和那些中西部商人做交易，一定获得不少经验，那些人不用花言巧语笼络，决不肯花那样惊人的价钱买一张旧名家的画的。不久，马图林先生慢慢高兴起来，也说了两句话。这才显出他并不像表面那样俗气，而且的确还有点冷隽的幽默感。有这么一会，谈话转到证券股票上去。我发现艾略特讲到这上面时头头是道，并不觉得诧异，因为我一向知道他为人尽管那样荒唐，可一点不傻。就在这时候，马图林先生说道：

"今天早上我收到格雷的朋友拉里·达雷尔一封信。"

“爹,你没有同我讲么,”格雷说。

马图林先生向我说:

“你认识拉里吧?”我点点头。“格雷硬要我在公司里安排他一个位置。他们是好朋友。格雷对他佩服得五体投地。”

“他怎么说的,爹?”

“他谢谢我,说他很知道这对于他这样的人是极好的机会。他详详细细把这件事情想过,最后认定自己不够我的期望,想想与其那样,还不如不接受的好。”

“他这人真蠢,”艾略特说。

“的确,”马图林先生说。

“真正对不起,爹,”格雷说。“我和拉里假如能一块儿做事,够多美。”

“你可以把马领到水边,你可没法使它喝水。”

马图林先生说这话看看儿子,狡猾的眼光温和下来。我这才发现这寡情的商人还有其另一面;他简直疼这个大块头儿子。他又向我说:

“你知道这孩子星期天在场子上打两盘让点赛,赢了我七点和六点。我真能够拿球棒把他脑子斫出来。算起来还是我亲自教他打高尔夫的。”

他满脸得意的样子,我渐渐喜欢他起来。

“爹,我的运气太好了。”

“一点也不是运气。你把球从洞里打出来,落下来离洞口只有六英寸远,这难道是运气?三十五码远不多也不少,就是那一球。明年我要叫你去参加业余锦标比赛。”

“我没有法子抽出时间来。”

“我是你的老板,是不是?”

“我难道不知道？迟到写字间一分钟，你发那样的脾气。”

马图林先生咻咻笑了。

“他想把我说成是个专制魔王，”他向我说。“你别信他。我就是我的行业，和我合伙的人都不行，而我又重视我这行业。我叫这孩子先从最下级做起，指望他慢慢升上来代替我时，他就会对付得了。这是很大的责任，我这个行业，有些主顾的投资交给我管总有三十年了，他们信任我。跟你说句实在话，我宁可把自己的钱淌掉，不愿意看他们蚀本。”

格雷笑了。

“前几天，一个老小姐来，要把一千块钱投资在一个什么野鸡事业上，说是她的牧师劝她的，他就不肯替她办。她坚决要做，他就大发雷霆，弄得她哭着出了门。后来他又去会见那牧师，把牧师也着实收拾了一顿。”

“人家把我们做经纪人的总说得不成东西。可是，经纪人里面也有分别。我不要人家蚀本，我要人家赚钱，可是，他们那种做法，多数的人会使你觉得他们活在世界上的一个目的，就是使自己一文不名。”

马图林父子辞去，回写字间。我们离开时，艾略特问我，“你觉得他怎么样？”

“我总高兴碰见新型的人物。我觉得父子之间的感情相当感动人。敢说英国不大碰得见这种情况。”

“他顶喜欢这孩子。这人真是个怪物，说他那些主顾的话全是真的。他手里有几百个老太婆、退伍军人、牧师，他们的储蓄都交给他经营。要是我，就会觉得不值得找这许多麻烦，可是，他很自负有这许多人信任他。不过碰到大生意，而且有厚利可图时，任何人都比不上他残酷和忍心。那是一点慈悲也没有的。非要他的一磅肉①不行，几乎没有什么可以拦得了他的。你把他的脾气搅翻，他不但要叫你倾家荡产，而且事后还要大乐特乐。”

回到家，艾略特告诉布太太拉里回绝了亨利·马图林。伊莎贝儿正跟女友一块午餐。她进来时，姐弟还谈着这件事，就告诉了她。从艾略特的话里，我觉得他很费了一番唇舌。虽则他自己十年来一点工作不做，虽则他用以攒聚一笔富裕家财的工作也毫不艰苦，他却坚持工商业是人类生存必备的条件。拉里是一个极其平常的青年，毫无社会地位，他没有什么理由不遵从他本国共同遵从的习惯。在艾略特这样有眼光的人看来，美国显然正在走上一个空前的繁荣时代。拉里现在有个入门的机会，只要他勤勤恳恳、孜孜不息去做，也许到四十岁的时候，就抵得上几个百万富翁。那时候，他要是愿意歇手，做个寓公，或者在巴黎杜布瓦大街盖一所公寓，或者在都兰置一所府第，他艾略特就没有话说。可是，布太太的话更直截了当，更无答辩的余地。

“他要是爱你的话，就应当准备为你工作。”

我不知道伊莎贝儿对这些话怎样一个回答，可是，她相当的见机，看得出她这些长辈都有着他们的理。她认识的那些年轻男子，哪一个不在学习就业，或者已经在一家公司里忙碌起来，拉里总不能指望靠他在空军里的卓越成绩吃一辈子。战争已经结束，人人都厌恶透顶，恨不能赶快忘记掉，愈快愈好。大家商量之后，伊莎贝儿答应把这件事情和拉里爽爽快快讲个明白。布太太想出一个主意，叫伊莎贝儿找拉里给她开车到麻汾去。布太太正预备定制客厅里的新窗帘，一张量好的尺寸单被她丢掉，所以要叫伊莎贝儿再去量

① 引用莎士比亚《威尼斯商人》中犹太人夏洛克向安东尼逼债的故事。

一下。

“鲍勃·纳尔逊会留你们吃午饭,”她说。

“我有个更好的计划在此,”艾略特说。“你给他们准备一个食物篮子,让他们在廊沿上吃野餐,饭后他们就可以谈。”

“这倒怪好玩的,”伊莎贝儿说。

“再没有比舒舒服服吃一顿野餐更乐的了,”艾略特机灵地说。“老迪泽公爵夫人常跟我说,就是顶桀骜不驯的男人在这种场合也变得能说服了。你替他们的午饭预备什么吃的?”

“蛋荷包①,跟一块鸡三明治。”

“胡说,你要野餐,就不能没有肥肝酱。开头你得给他们咖喱虾仁,后来是鸡脯冻,衬上生菜心色拉,这得由我亲自动手。肥肝酱之后,随你的便,你要是尊重美国习惯的话,就来一个苹果派。”

“我给他们蛋荷包和一块鸡三明治,艾略特,”布太太拿定主意说。

“那么,你记着我的话,事情一定不成,那只能怪你自己。”

“舅舅,拉里吃得很少,”伊莎贝儿说,“而且他吃什么都不知道。”

“我希望你不要以为这是他的优点,蠢孩子,”她舅舅回答。

可是布太太说给他们什么东西吃,他们那天就吃的那些东西。后来艾略特告诉我这次出游的结果时,他非常法国派地耸耸肩膀。

“我告诉他们一定不会成功。我央求路易莎放一瓶蒙特拉夕酒,我在战前送给她的,她不听我话。用热水瓶装了一瓶咖啡,此外什么没有带。你能指望什么呢?”

当时的情形好像是布太太和艾略特单独坐在客厅里,这时候车

① 煮鸡蛋再在里面塞进虾仁和肉末,一般作为冷盆吃的。

子到了门口停下,伊莎贝儿进屋子来。天刚黑,窗帘拉上。艾略特躺在圈椅里,在炉边看一本小说,布太太做一块刺花,预备当遮火屏用。伊莎贝儿没有进来,上楼进了自己卧室。艾略特从眼镜上面望望他姐姐。

“我想她脱掉帽子就会下来,”她说。

可是,伊莎贝儿并没有下来。已经过了好几分钟。

“也许人倦了,或者躺着呢。”

“你难道没有希望拉里跟进来。”

“艾略特,别惹人生气。”

“好吧,反正是你的事,不是我的事。”

他又看书,布太太继续做花。但是,半小时之后,她突然站起来。

“我想,还是上去看看她怎样了。假如休息,我就不惊动她。”

她离开屋子,可是,一会儿就下来了。

“她哭过了。拉里要到巴黎去,去两年。她答应等他。”

“他为什么要到巴黎去?”

“问我没有用,艾略特,我不晓得。她什么都不肯告诉我。她说她了解,不愿意阻挡他。我跟她说,‘他如果打算丢下你两年,对你的爱也就有限了。’她说,‘我没有办法。事实是我非常之爱他。’我说,‘甚至于今天这样之后,还爱他?’她说,‘今天使我比往常更加爱他,而且,妈,他的确爱我,我敢肯定。’”

艾略特想了一会。

“那么两年之后怎样呢?”

“我告诉你我不知道,艾略特。”

“你认不认为这事非常之不如意?”

“非常。”

“这里只有一件事可以说,就是他们的年纪都还轻。等上两年对谁也没有妨碍。在这两年里头,什么事都会发生。”

两人商量之后,都同意最好不要去惊动伊莎贝儿。那天晚上,他们本来要出去吃晚饭。

“我不想叫她难受,”布太太说。“人家如果看见她眼睛完全肿起来,一定会奇怪。”

但是,第二天午饭之后——就只家里三个人用饭——布太太又提起这件事,可是,从伊莎贝儿嘴里一点问不出什么来。

“妈,除掉已经告诉你的之外,实在没有什么可以告诉你的,”她说。

“可是,他要去巴黎做什么呢?”

伊莎贝儿微笑一下,因为她知道自己的回答在她母亲听来一定不通情理之至。

“晃膀子。”

“晃膀子? 你这话怎么讲?”

“就是他告诉我的。”

“我真是受不了你。你如果还有点脾气的话,当时当地就会跟他解约。他简直耍你。”

伊莎贝儿看看她左手戴的戒指。

“我有什么办法呢? 我爱他。”

后来,艾略特参加进来了。他拿出他有名的权术来谈这问题。“并不摆出我是她的舅舅,老兄,而是像一个世情洞达的人和一个没有经验的女孩子谈话。”可是,他的成绩比布太太也好不了多少。我得到的印象是伊莎贝儿叫他别管闲事。当然话说得很有礼貌,但是意思毫不含糊。艾略特是在当天稍晚一点把一切经过告诉我的,就在黑石旅馆我自己的小起坐间里。

“当然路易莎是不错的，”他又说。“这事非常之不痛快，可是，让年轻人自己去找婚姻对象，除了相互爱慕之外，什么也不问，这种事情是必然碰上的。我跟路易莎说不要去愁它；我觉得这事不会变得如她设想的那样糟。拉里不在跟前，小格雷守在这儿——你说，结果不是摆明在那里；否则的话，我就是一点不懂得人情世故了。一个人在十八岁时情感非常热烈；但是不能持久。”

“你真是洞悉世情，艾略特，”我微笑说。

“我的拉罗什富科①总算没有白读。你知道芝加哥是怎样一个地方；他们天天见面。一个女孩子有一个男孩子这样对她钟情当然高兴；等到她知道她的那些女朋友里面没有一个不心甘情愿要嫁给他时——那么，我问你，从人情上讲，她是不是要把每一个人都挤掉呢？我是说，这就像有人家请你的客，明知道去了一定腻味得受不了，而且唯一的吃喝只是柠檬水和饼干，然而你还是去，因为你知道你顶好的朋友都恨不得爬了去，但是没有一个被请的。”

“拉里几时走？”

“不知道。我想大约还没有决定。”艾略特从口袋里掏出一个又长又薄的、白金和黄金合镶的烟盒子，掏出一支埃及烟。发第玛，吉士，骆驼，好运道，②都不是他抽的。他微笑望着我，一脸的鬼心眼儿。“当然我不想跟路易莎这样说，可是，告诉你倒不碍事；我肚子里却同情这年轻的小伙子。我想他打仗时见识过一下巴黎，这是世界上唯一适合文明人居住的城市，他着了迷，我一点不怪他。他年纪轻，我敢肯定他要在开始家庭生活以前，尽情荒唐一下。很自

---

① 拉罗什富科（1613—1680），法国政治家和作家，拥护王后反对红衣主教里希留，著有《箴言录》，对人的性格进行毫不徇情的分析，揭露人类各种不易捉摸和狡猾的自私行径。

② 这些都是美国制造的纸烟。

然，很正当。我要照顾他，把他介绍给那些合式的人。他风度不错，再由我指点一二，就很可以见得人；我敢保带他看看美国人很少有机会看到的法国生活的另一面。老兄，你相信我的话，一般美国人进天国远比他进圣日耳曼大街容易得多。他二十岁，人又风趣。我想我大约能够给他找一个年纪大一点的女人。这会使他成熟。我总觉得，青年男子能做一个上了相当年纪女子的情人，是再好没有的教育。当然，假如这女子是我想象的那种人，一个妇女界名流，你懂吧，这就会使他在巴黎立刻有了地位。”

“你把这话告诉了布太太吗？”我微笑着问。

艾略特哧哧笑了。

“我的老哥，我假如有什么地方值得自负的话，那就是我的权术。我没有告诉她。她不会了解的，可怜的女人。我在有些事情上永远不懂得路易莎，这也是一件；她虽则半辈子都在外交界混，而且世界上一半的首都住了过来，可仍旧是个不可救药的美国人。”

九

那天晚上，我到湖滨道一所大厦去赴宴。房子全是石砌的，看去好像当初的建筑师本来打算盖一座中世纪城堡，后来中途改变主意，决定改建为一幢瑞士木屋。那天是个大宴会，我走进那巨大而奢华的客厅时，满眼都是些石像、棕榈、架灯、古画，和挨挨碰碰的家具。还好至少有几个人是认识的。亨利·马图林给我介绍了他的骨瘦如柴的老婆，搽得一脸脂粉。还有布太太和伊莎贝儿，我都问了好。伊莎贝儿穿一身红绸子衣服，和她的浓栗色头发、深褐色眼睛很配。她看上去兴致很好，没有人会猜到她不久以前还怄了气来。围着她的有两三个年轻人，格雷也是一个，她正和他们谈笑。晚饭时，她坐在另一桌，看不见她。饭后，我们男人都慢腾腾地喝咖啡,呷酒,抽雪茄,好久好久才回到客厅里来。这时我总算找到一个机会和她说话。我跟她不熟,没法子把艾略特告诉我的那些直接向她说,可是,有些事我觉得告诉她之后,她也许会高兴。

“那天在俱乐部里我碰见你的男朋友,”我随随便便说。

“哦,是吗?”

她说话时也像我一样随便,可是,看得出立刻警觉起来,眼睛在张望,而且我能看出里面带有恐惧。

“他在阅览室里看书;那样的专心,我真是意想不到。我十点钟过一点进去时,他在看书;我吃完午饭,回阅览室时,他还在看书;我出外吃晚饭,路过俱乐部进去看看时,他仍旧在看书。敢说他足足有十个钟点坐在椅子里没有动过。”

“他看的什么?”

“威廉·詹姆斯的《心理学原理》。”

她眼睛垂了下去,使我没法知道她听了我这番话后是什么滋味,可是,我有点觉察到,好像她既迷惑不解,又松了一口气。这时主人跑来拉我去打桥牌,等到牌局散时,伊莎贝儿和她母亲已经走了。

十

两天之后,我去向布太太和艾略特辞行,碰到他们正在喝茶。伊莎贝儿随后也来了。我们谈到我未来的远东之行,我并且谢谢他们对我在芝加哥逗留期间的殷勤招待;坐了适当一段时间之后,我便起身告辞。

“我陪你走到药房那儿,”伊莎贝儿说。“我刚想起有点东西要买。”

布太太最后叮咛的话是:“你下次看见亲爱的玛格丽达王后时,

替我问候好吗?”

我再也不打算否认我认识这位尊贵的女人了,就随口答应一定做到。

到了马路上时,伊莎贝儿带着微笑斜瞥我一眼。

“你可想喝一杯冰淇淋苏打?”她问。

“未始不可以,”我小心地回答。

当我们向药房①走去时,伊莎贝儿始终没有说话;我本来没有话,所以也不做声。进了药房,我们找一张桌子坐下,椅背和椅子腿都用铁条扭成,坐着怪不舒服。我叫了两杯冰淇淋苏打。柜台那边有个人在买东西;别的桌子坐着有两三对客人,但是,都忙着谈自己的事情,所以等于只有我们两个。我点起一支香烟等着,伊莎贝儿则显得非常惬意地吸着长麦管。我看出她有点紧张。

“我想跟你谈谈,”她凭空讲了一句。

“我猜到是,”我微笑说。

有这么半晌,她沉吟地望着我。

“前天晚上,你在萨特思韦特家为什么谈到拉里那件事情?”

“我想你也许感觉兴趣。我觉得你可能不完全懂得他说的晃膀子是什么意思。”

“艾略特舅舅真会搬弄是非。当他说要上黑石旅馆找你谈谈时,我就知道他要把所有的事情告诉你了。”

“你知道,我认识他多年。他就喜欢谈论别人的事情。”

“他是这样,”她微笑说。可是,笑只是一刹那。她目不转睛地望着我,眼睛里神情很严肃。“你觉得拉里怎样?”

“我只见过他三次,人好像很不错。”

① 美国的药房兼卖冷饮。

“就这么些吗？”

她的声音有点窘。

“不，不完全如此。我怎么说呢；你知道，我跟他太不熟悉了。当然，他很讨人喜欢。他有一种谦虚、和蔼、温柔的地方，很吸引人。年纪这样轻，可是，人很有主意；跟我在这里见到的别的男孩子全不一样。”

我就是这样支支吾吾地想把自己脑子里还没有怎样弄清楚的印象表达为语言；我这样说时，伊莎贝儿凝神看着我。我讲完之后，她轻轻叹了一口气，仿佛放下心来。然后对我嫣然一笑，几乎带点顽皮。

“艾略特舅舅说他时常对你的观察力感到诧异。他说什么都逃不过你的眼睛，但是，你作为一个作家的最大长处是你有常识。”

“我能够想出比这更可贵的长处，”我淡然说。“例如才气。”

“你知道，我找不到一个人商议这件事情。妈只能从她自己的角度看问题。她要我的未来生活得到保证。”

“这是很自然的事，可不是？”

“艾略特舅舅只看社会地位。我自己的朋友，我是指那些和我年纪相仿的人，认为拉里没有出息。这使我很难受。”

“当然。”

“并不是说他们待他不好。谁也没法对拉里不好。可是，他们看不起他；老是拿他开玩笑，使他们恼火的是他好像并不在乎。他只是笑笑。你知道事情现在弄成什么样子？”

“我只知道艾略特告诉我的那些。”

“我可不可以把我们那天上麻汾去的情形一五一十地告诉你？”

“当然可以。”

下面的叙述一部分是根据伊莎贝儿当时谈话的回忆,一部分是根据我的想象改写的。可是,她和拉里的谈话很长,敢说要比我现在打算叙述的要多得多。就如同人们在这类场合通常做的那样,恐怕他们不但讲了许多不相干的话,而且反复讲了许多同样的话。

那天伊莎贝儿醒来,看见天气很好,就打个电话给拉里,告诉他说,她母亲有点事情要她到麻汾去一趟,叫他开汽车送她去。她除掉她母亲关照尤金准备的一热水瓶咖啡外,又慎重地在篮子里放进一水瓶的马地尼鸡尾酒。拉里新近买了一部双人跑车,很得意。他是个开车快手,开的速度使两人都非常开心。到达之后,伊莎贝儿量了调换窗帘的尺寸,教拉里记下。后来就在廊沿上把午餐摆出来。廊沿上什么风都吹不到,小阳春天气的太阳晒得很舒服。那幢房子造在一条土路边上,和新英格兰那些旧式的木屋比起来,一点不漂亮,顶多只能说得上宽敞舒适,可是从廊沿上望出去的景色却还悦目,一座红色的大谷仓,黑屋顶,一丛老树,再过去是一片一眼望不到头的褐色田野。景色是单调的,可是,阳光和秋深的温暖色调,在那一天却给它添上一种亲切的娇美。展现在你面前的那片寥廓里,有一种欢乐。冬天这里一定寒冷荒凉,夏天可能炎蒸逼人,可是,在这个季节却使人感到异样兴奋,因为宽阔的景色逗得人从内心里感到冲动。

他们就像健康的年轻男女一样,一顿午饭吃得很开心,而且很高兴能够两个人在一起。伊莎贝儿把咖啡倒出来,拉里点上烟斗。

"现在爽快谈吧,心肝,"他说,眼睛里带着好笑的神气。

伊莎贝儿吃了一惊。

"爽快谈什么?"她尽量装出不懂的样子。

拉里扑哧笑了一声。

"亲爱的,你难道把我当作十足的傻瓜?你母亲要是不知道客厅里窗帘的尺寸，就把我的头砍掉。这不是你要我开车子送你下来的理由。"

伊莎贝儿这时已经镇定下来，对他明媚地笑了一下。

"可能是因为我觉得我们两个人单独在一起玩一天很有意思。"

"可能，不过，我觉得事情不是这样。我的猜想是，艾略特舅舅已经告诉你，我谢绝了亨利·马图林给我的事情。"

他说得很愉快，也很轻松；伊莎贝儿觉得用这种口吻谈下去倒也方便。

"格雷一定感到非常失望。他觉得有你跟他在一个写字间里太妙了。你总有一天要找个工作做，而且时间拖得越久，就越难找。"

他抽着烟斗望着她，温柔地微笑着，使她弄不清他究竟是认真，还是在开玩笑。

"你知道，我有个看法，觉得我这一生还可以多做点事情，不能够光卖股票。"

"那么好吧。你就去进律师事务所，或者去学医。"

"不，这两件事我都不想做。"

"那么，你想做什么呢？"

"晃膀子，"他泰然回答。

"唉，拉里，别胡扯。这件事情，关系太大了。"

她的声音有点发抖，眼睛里含着泪水。

"心肝，别哭。我不想弄得你不开心。"

他走过来，坐在她身边，用胳臂搂着她。他的声音里含有一种柔情，使她伤心起来，眼泪再也忍不住了。可是，她擦干眼泪，嘴边勉强装出一点微笑。

"你尽管说你不想弄得我不开心。你就是弄得我不开心。你知道，我爱你。”

“我也爱你，伊莎贝儿。”

她深深叹了一口气；然后挣脱他的胳臂，坐开一点。

“人总要讲道理。一个人总得工作，拉里。这是一个做人的问题。我们国家还很年轻，一个人有责任参加国家的各种活动。亨利·马图林在前两天还讲过，我们正开始一个新的时代，这将使过去时代的成就看上去就像几个小钱一样。他说，他看不出我们的进步会有个完，而且他深信到了一九三〇年，我们将成为世界上最富和最大的国家。你认不认为这太叫人兴奋了？”

“是叫人兴奋。”

“年轻人从来没有碰到这样好的机会过。我会认为你将以参加目前这些工作为荣呢。这是了不起的惊天动地的事情。”

他轻松地笑了。

“我敢说你是对的。那些阿穆尔和斯威夫特公司将会做出更多更好的肉罐头，那些麦考密克公司将会造出更多更好的收割机，亨利·福特将会造出更多更好的汽车。而且人人都会变得愈来愈有钱。”

“为什么不可以？”

“正如你说的，为什么不可以？不过，碰巧我对钱不感觉兴趣。”

伊莎贝儿咯咯笑了。

“亲爱的，别像傻子一样说话。一个人没有钱就不能生活。”

“我有了一点钱。这就使我有机会做我想做的事情。”

“晃膀子吗？”

“对，”他微笑回答。

“跟你真难说话，拉里，”她叹口气。

“对不起，我并不是故意要这样。”

“你是故意。”

他摇摇头，人沉默了一会，在想心思。等到他终于开口时，他的话使伊莎贝儿听了一惊。

“死者死去时那样子看上去多么死啊！”

“你这话究竟是什么意思？”她问，人有点着慌。

“就是这个意思，”他向她苦笑一下。“当你一个人飞上天时，你有许多时间思索。你会有许多怪想法。”

“哪些想法？”

“模糊的。不连贯的。纷乱的，”他笑着说。

伊莎贝儿把这话盘算一下。

“你觉得不觉得，如果你找一个工作，这些想法说不定自己会理出个头绪来，那时候你就会知道是怎么回事了。”

“这个我也想过。我想到说不定跟一个木匠或者去一个汽车修理站做工。”

“唉，拉里，人家会当作你发疯呢。”

“这有关系吗？”

“对我说，是的。”

两个人重又沉默下来。后来是伊莎贝儿先开口。她叹了口气。

“你跟你去法国以前完全是两个人。”

“这并不奇怪。你知道当时我碰上许多事情。”

“你举个例子看。”

“噢，不过是些通常的琐事。我在空军里最要好的朋友为了救我的性命，牺牲了。我对这事一直觉得很难过。”

“跟我谈谈，拉里。”

他望着她，眼睛显出非常痛苦的神气。

“还是不谈的好。归根到底，这只是一件小小的不幸事故。”

伊莎贝儿本来富于感情，眼泪又汪起来。

“你苦恼吗，亲爱的？”

“并不，”他微笑回答。“唯一使我苦恼的是我使你这样苦恼。”他抓着她的手，坚实有力的手抵着她的手时，给她一种非常友善亲切之感，使她不得不咬着嘴唇，不让自己哭出来。他沉重地说，“除非我对一些事情有了一定看法，我将永远得不到平静。”他又迟疑一下。“这很难用语言表达，你才想说出来，就感到尴尬。你跟自己说：‘我算是老几，要在这个、那个和别的事情上动脑筋？也许这只是因为我是狂妄之徒。按照老一套行事，随遇而安，会不会好些呢？’接着，你就想到一个在一小时以前还是个有说有笑、充满生气的人，直挺挺躺在那里；就是这样残酷，这样没有意义。你没法子不问自己，人生究竟是为了什么，人生究竟有没有意义，还仅仅是盲目命运造成的一出糊里糊涂的悲剧。”

拉里讲话的音调非常之美，说说停停，就好像是强迫自己说出自己不愿意说的话，然而是这样沉痛真挚，使人听了不由得不感动；伊莎贝儿等了半晌，然后不由自主地说：

“你出门去走一趟会不会好些？”

她问这话时心沉了下来。拉里等了好久方才回答。

“我也这样想。你竭力想要不理会社会舆论，可是，这不容易。当社会舆论对你是敌对时，你心里也变得敌对起来，这样你就得不到平静。”

“那么，你为什么不走呢？”

“唔，是为了你。”

“亲爱的，让我们相互不要做假。目前我在你的生活里并没有地位。”

“这是不是说，你不想和我保持订婚关系呢？”

她颤抖的嘴唇勉强装出微笑。

“不，胡说，我的意思是我愿意等。”

“也许要一年，也许两年。”

“没有关系。可能会短些。你打算上哪儿去呢？”

他凝神望着她，仿佛想要看到她内心深处似的。她微笑着，以此掩饰自己紊乱的心情。

“我想先上巴黎。那边我一个人不认识。不会有什么人干涉我。我在部队里休假时，去过巴黎几次。我不懂得什么缘故，可是，我有个想法，觉得到了那边，我头脑里一切昏昏乎乎的思想都会得到澄清。那是个怪地方，使你感到你在那边能够把自己要想的事情想个透。我想在巴黎也许可以找到我要走的路。”

“如果万一你找不到呢？”

他哧哧笑了。

“那样我就回到我们美国的十足实际的人生观上来，承认这事行不通，并且回到芝加哥，有什么事情做什么事情。”

这次谈话给伊莎贝儿的刺激太大了，她告诉我时还不免有点动心；讲完之后，她可怜相地望着我。

“你觉得我做得对吗？”

“我认为你不但做了你唯一能够做的事，而且觉得你非常之厚道、宽宏、体贴。”

“我爱他，我要他快乐。你知道，在某一点上，我对他走并不感觉难受。我要他离开这个不友好的环境，不但为了他，也为了我自己。我不能怪那些人说他不会有什么出息；我恨他们，然而我内心里一直怀着恐惧，觉得他们对。可是，你不要说我体贴。他在追求什么，我一点体会不到。”

"也许你感情上体会到,理智上体会不到,"我微笑说。"为什么你不立刻和他结婚,跟他一起到巴黎去?"

她眼睛里微微露出笑意。

"我没有比这件事情更愿意的了,可是我不能。你知道,我的确认为他没有我要好过得多,尽管我非常不愿意承认这一点。如果纳尔逊医生的话说得对,他的病是一种慢性惊恐症,那么,新环境和新兴趣就会将他医好;等到他的精神状态恢复平衡之后,他就会回到芝加哥来,像正常人一样做生意。我不想嫁一个游手好闲的人。"

伊莎贝儿从小的教养方式使她接受灌输给她的那些原则。她并不想到钱,因为她从来就不曾尝到没有她眼前这一切的滋味,可是,她本能地感到钱的重要性。钱意味着权势和社会地位。人应当赚钱是天经地义的事;他的一生显然应当放在这上面。

"你不理解拉里,我并不奇怪,"我说,"因为我敢肯定他自己也不理解自己。他不肯谈他的打算,可能是因为自己也弄不清是些什么打算。你记着,我跟他简直不熟,这仅仅是臆测:他有没有可能在寻找什么,但是,寻的什么他并不知道,甚至有没有他都没有把握,会不会呢?也许他在大战中的有些遭遇,姑且不问是些什么遭遇,使他的心情平静不下来。你认不认为,他可能在追求一种虚无飘渺的理想——就像天文学家在寻找一颗只有数学计算说明其存在的星体一样?"

"我觉得有件什么东西在使他苦恼。"

"是他的灵魂吗?可能他对自己感到害怕。可能他对自己心灵的眼睛迷迷糊糊看到的境界是否真实,自己都没有把握。"

"他有时候使我觉得他非常古怪;他给我一个印象,就像是个梦游者在个陌生地方突然醒过来,摸不清身在何处似的。大战前他人非常正常。他最可爱的地方是对生活的热爱。人吊儿郎当的,兴致总是那么好，跟他在一起真是开心；他的为人既可爱，又可笑。是什么使他变得这样厉害？”

“我也说不了。有时候，一件小事情对一个人就会有很大的影响，那要看他当时的处境和心情。我有一次在全圣节那一天，法国人称作的死者节，到一个村庄的教堂去做弥撒，那个村子在德国人第一次向法国进军时曾经被骚扰过。教堂里挤满了军人和戴孝的女人，教堂墓园里是一排排木制的小十字架。当悲惨而庄严的弥撒在进行时，女人都哭了，男人也哭了。我当时有个感觉，仿佛那些睡在小十字架下面的人可能比那些活人要好受些，我把这个感想告诉一个朋友，他问我这是什么意思。我没法解释，而且看出他认为我是个十足的傻瓜。我还记得，在一次战斗之后，一群死掉的法国士兵重重叠叠地堆在一起，看上去就像是一个破了产的木偶剧团胡乱丢在垃圾角落里的许多木偶，因为它们已经不能再派用场了。当时我想到的就是拉里告诉你的那句话：死者死去时的样子看上去多么死啊！”

我不想给读者一个印象，好像我要把拉里大战中那件使他极端不能平静的遭遇搞得神秘化，到适当时候，再加以揭露。我想他跟任何人都没有谈过。可是，他在多年之后，却告诉了一个我和他都相识的女子，苏姗·鲁维埃，关于那个救了他性命而牺牲了的年轻空军情况。苏姗转告了我，所以，我只能根据第二手材料重述事情的经过。我是根据苏姗的法语转译过来的。拉里显然和他的小分队里另一个男孩子结下很深的友谊。苏姗只知道拉里用以称呼他的带有讽刺性的绰号。

“他是个红头发的小家伙，爱尔兰人。我们经常叫他帕特西，”拉里告诉苏姗，“而且比我认识的任何人都更加精力充沛。哎，简直是生龙活虎一般。他长了一张古怪的脸，笑起来也是那副怪样子，人家只要看见他，就忍不住要笑出来。他是个横冲直撞的家伙，什么想入非非的事都做得出；上级经常把他叫去臭骂一顿。人从来不懂得什么叫害怕，作战时差一点儿就送掉性命，他却笑得嘴咧得多大的，就像这是世界上最好笑的事情一样。可是，他是个天生的飞行员，在天上时，非常沉着和警觉。他教给我不少东西。他比我年纪大一点，把我看作是他的小弟弟；这的确有点滑稽，因为我比他要高出六英寸，如果动起手来，我可以随便一拳就把他打倒。有一次，在巴黎，他吃醉了酒，真的把他打倒过。

“我参加空军小分队时，人有点不够振作而且怕自己做不出成绩来，他总是跟我讲些好话，加强我的自信心。他对战争的看法很怪，对德国鬼子一点没有敌意；可是，他喜欢打架，和德国鬼子打仗，他从心眼里快活。打下他们一架飞机，在他看来，等于和德国人开了一次天大的玩笑。人老脸皮厚的，一点没有管束，一点不知轻重，可是，有那么一点真挚的地方，使你没有法子不喜欢他。在你身上会随便把钱花光，也会把你的钱随便花光。如果你觉得寂寞，或者想家，或者害怕，像我有时候那样，他就会看出来，一张丑陋的小脸，这时就会满堆着笑，说些打中你心坎的话，使你心情恢复过来。”

拉里抽他的烟斗，苏姗等他继续说下去。

“我们时常打假报告，使我们能够一同出去休假；我们一到了巴黎，他人就野了。我们玩得真是开心啊。我们在三月初旬计算要有一个时候假期，那是在一九一八年，我们预先订下计划。不管什么事情，我们都打算尝试一下。走前一天，队里叫我们飞到敌方上空侦察，把我们看到的情况写一个报告。突然间，我们碰上几架德国飞机，我们还没有弄清是怎么回事，就已经干了起来。其中一架在我后面追来，可是我先得了手。我回头看看它会不会摔下去，就在这时，我从眼角里瞄到另一架飞机钉着我的尾巴。我低冲躲开它，可是，它一转眼就追上我，我想这一下可完了；后来，我看见帕特西就像一道闪电似的向它冲下来，把所有的弹药都对准它放。它们吃不消溜走了，我们也回到阵地。我的飞机给打得遍体鳞伤，我侥幸着陆了。帕特西比我先着陆。我下了飞机时，他们刚把他抬出飞机。他躺在地上，人们在等待救护车开来。他看见我时，咧开嘴笑了。

"'我打掉了那个钉着你尾巴的讨厌鬼，'他说。

"'你怎么啦，帕特西？'我问。

"'哦，没有关系。他打中我的胳臂。'

"他脸色惨白。突然间，脸上显出一种古怪神情。他这才恍悟出自己要死了，而死的可能性在他脑子里从来就没有转过。他们还没有来得及拦他，他已经坐了起来，笑了一声。

"'呀，我他妈的，'他说。

"他倒下死了。不过二十二岁。他本来预备战后回爱尔兰和一个姑娘结婚的。"

我和伊莎贝儿谈话的第二天，就离开芝加哥上旧金山，在那边再坐船去远东。

第二章

一

一直到第二年六月底，艾略特来到伦敦，我才和他重又见面。我问他拉里究竟去了巴黎没有；他告诉我去了。艾略特对他很是恼火，使我听了暗笑。

“我对这孩子本来抱有同情，他要在巴黎住上两年，我也不能怪他，我而且准备拉他一把。我告诉他，一到巴黎，就通知我，可是，直到路易莎写信告诉我他在巴黎时，我才知道他来了。我由美国旅行社转给他一封信——这通信地址是路易莎告诉我的——叫他上我家来吃晚饭，好和几个我认为他应当认识的人见见面；我想先让他见见那批法美籍的人，爱米丽·德·蒙塔杜尔和格拉西·德·夏托加亚尔等，你知道，他回信怎么说？他说，他很抱歉，不能够来，而且他没有带晚礼服。”

艾略特眼睛盯着我望，指望这点吐露能引起我的震动，当他看见我处之泰然时，眉毛抬了起来，很不屑的样子。

“他的回信写在一张乌七八糟的信纸上，上面印有拉丁区一家咖啡馆的名字；我写回信给他，要他把他的住址告诉我。我觉得，为了伊莎贝儿的缘故，我非得帮助他一下不可；我想也许他脸嫩吧——我的意思是说我就不相信一个正常的年轻人到巴黎来会不带晚礼服的，而且不管怎样说，巴黎的服装店也还过得去；所以，我就邀他来吃午饭，而且说客人不多，可是，你相信不相信，他不但不理会我要求他把住址告诉我，仍旧是美国旅行社转，而且说他从来不吃午饭。这一来,我可把他没有办法了。"

"不知道他究竟在干些什么?"

"不知道,而且告诉你老实话,我也不想知道。恐怕他是个极端没有出息的青年人,我认为伊莎贝儿嫁给他,是个大错。说到底,如果他过的是正常生活,我在里茨酒吧间或者富凯饭店或者什么地方总该会碰见他。"

这些时髦地方,有时候我自己也去,但是,别的地方也去。就在这一年的秋初,我上马赛去,预备乘法邮公司的船上新加坡,碰巧在巴黎待了几天。有一天傍晚,我和几个朋友在蒙帕纳司区吃过晚饭,一同去多姆咖啡店喝杯啤酒。我四面看看,不久就瞧见拉里一个人靠着一张大理石的桌子,坐在拥挤的走廊上。他在悠然望着来往行人;闷热的白天过后,那些行人正在享受晚凉。我丢下我的朋友向他走去。拉里看见我,脸上露出笑容。他请我坐下,可是,我说,我还有朋友在一起,不能多留。

"我只想问候你好不好,"我说。

"你住在巴黎吗?"他问。

"只有几天工夫。"

"明天跟我吃午饭好吗?"

"我还以为你不吃午饭呢?"

他咯咯笑了。

"你见过艾略特了。我一般不吃,没有时间吃,所以,我只吃一杯牛奶和一块烧饼。可是,我很想跟你一起吃午饭。"

"好的。"

我们约好隔天在多姆见面,先喝杯酒开胃,然后在蒙帕纳司大街上找个馆子吃饭。我回到我的朋友那里,坐着谈天。当我再望望拉里时,他已经走了。

二

第二天上午，我过得很开心。我去卢森堡博物馆[1]花了一个小时看了几张我喜欢的画，然后，在园子里闲逛，追忆着我的青年时代。什么都没有变。那些沿着沙砾小径一对对走着，热烈地讨论那些使他们兴奋的作家的，很可能就是当年那些学生。那些在保姆的监视目光下滚着铁环的儿童，很可能就是当年那些保姆和儿童。那些晒着太阳、看着早报的老人，很可能就是当年那些老人。那些戴着孝，坐在公共长凳上，相互谈着食品价格和用人弊病的，很可能就是当年那些中年妇女。后来我去奥台翁剧院，看看走廊上陈列的新书，而且看见那些青年人和我三十年前一样，在穿着长罩衫侍役的不耐烦目光下，尽量多看一点他们买不起的书。后来我懒懒散散穿过那些亲切而阴沉的小街到了蒙帕纳司大街，再走到多姆咖啡馆。拉里在等我。我们喝了一杯酒，就沿着马路找到一家可以在室外进餐的馆子。

拉里可能比我上次见到他时要苍白些，这使他陷在眼窝里的一双黑眼睛颜色更加深了；可是人还是那么自如，这在一个年纪这样轻的人很是稀奇，而且笑得还是那么天真。我注意到他的法语讲得很流利，重音很好；向他表示祝贺。

"你知道，我以前懂得一点法语，"他解释说。"路易莎伯母给伊莎贝儿聘的一位家庭教师是法国人，他们在麻汾时总要叫我们始终跟她讲法语。"

我问他喜欢不喜欢巴黎。

"很喜欢。"

"你住在蒙帕纳司吗？"

---

① 这个博物馆陈列的都是现当代绘画，从印象派绘画开始。

“是的，”他迟疑了一下才回答；我理解这是因为他不愿意把自己的确切住址告诉我。

“艾略特对你只告诉他一个由美国旅行社转的地址相当不高兴。”

拉里笑笑，但是，没有回答。

“你成天干些什么呢？”

“晃膀子。”

“看书吗？”

“是的，看书。”

“你可听到伊莎贝儿的消息没有？”

“有时候。我们两人都不大欢喜写信。她在芝加哥玩得很开心。明年她要来和艾略特住些时候。”

“那对你不是很好吗？”

“我敢说伊莎贝儿从来就没有到过巴黎。带她去逛一定很有意思。”

他急于想知道我的中国之行怎么样，我告诉他时，他凝神听着；可是当我想使他谈谈自己时，却没有能达到目的。他的嘴非常之紧，使我只能得出一个结论，就是他约我和他吃午饭，只是因为他喜欢我陪陪他。我虽然高兴，但是，有点迷惑不解。才吃完咖啡，他就叫开账。付了账，他就站起身来。

“啊，我得走了，”他说。

我们分了手。我比以前对他的情况并不知道得更多一点。我没有再见过他。

三

一直到第二年春天，我才重到巴黎；那时，布太太和伊莎贝儿已经比她们原先计划的时间早一点到达，在艾略特家里住了下来。这中间隔了有好几个星期，因此，我又得运用想象，把这段时间内的经过补叙一下。她们在瑟堡上的岸，艾略特一直非常体贴，亲自去迎接她们。海关检查以后，三个人上了火车；艾略特等火车开动，才相当得意地告诉她们，他雇了一个很好的身边使唤的女仆照应她们。布太太说这完全没有必要，因为她们并不需要女仆，艾略特对她很不客气。

“不要一到就叫人不耐烦，路易莎。一个人没有女用人就见不了人，我雇下安托瓦内特不但为了你们，也为了我自己。你们穿得不讲究，我也没面子。”

他看了她们穿的衣服，一眼不屑的神气。

“当然你们要买点新衣服。我想来想去，认为只有夏内尔服装店最合适。”

“我以前总是上沃思服装店，”布太太说。

她这话等于白说，因为艾略特根本不睬。

“我跟夏奈尔当面讲过，而且替你们约好下午三点钟。还有帽子。当然在勒布买。”

“我不想花上一大笔钱，艾略特。”

“我知道。我打算全部费用由我来付。你非得给我挣面子不可。哦，路易莎，我已经为你安排了几次宴会，而且告诉我的法国朋友，说迈隆当过大使；这个，如果他活得长一点，是准会当上的；这样给人的印象要好些。我想这件事不会有人问起，不过我还是预先给你打下招呼的好。”

“你真可笑，艾略特。”

“不，我并不。我懂得世情。我知道一个大使的孤孀要比一个专员的孤孀有身份。”

火车开进北站，伊莎贝儿站在窗口，这时喊了出来。

“拉里来了。”

火车才停，伊莎贝儿就跳下车，迎着拉里跑去。他张开胳臂抱着她。

“他怎么知道你们来的？”艾略特酸溜溜地问姐姐。

“伊莎贝儿在船上给他发了个电报。”

布太太很亲热地吻了拉里，艾略特伸出一只不带劲的手让他握一下。时间已是晚上十点。

“舅舅，拉里明天能不能来吃午饭？”伊莎贝儿叫，她和拉里胳臂套着胳臂，脸色急切，眼睛里闪着光。

“我很荣幸，不过，拉里通知过我，他不吃午饭。”

“他明天会吃的，是不是，拉里？”

“是的，”他微笑说。

“那么请你明天一点钟光临。”

他重又伸出手来，想要打发他走，可是拉里老脸厚皮地向他咧着嘴笑。

“我要帮助搬行李，还要给你们叫辆汽车。”

“我的车子在等着，我的用人会照顾行李，”艾略特岸然说。

“好极了。那我们就可以走了。车子坐得下的话，我预备送你们到门口。”

“对的，送送我们，拉里，”伊莎贝儿说。

两人一同沿月台走去，布太太和艾略特跟在后面。艾略特一张冷冰冰的脸，很不以为然的样子。

“啥个腔调，”①他自言自语；在某种情况下，他觉得讲法语能够

① 原文为法语，指拉里硬挨上来，毫无礼貌意。

更有力地表达他的情绪。

第二天上午十一点钟，艾略特盥洗完毕——因为他起身较晚——给他姐姐写了一张便条，叫用人约瑟夫和女仆安托瓦内特送去，约她到书房来谈话。布太太来了之后，他小心把门关上，拿一支香烟装在一根非常之长的玛瑙烟嘴上点起来，并且坐下。

“难道伊莎贝儿和拉里还算订婚吗？”他问。

“我知道的是这样。”

“我对这个年轻人可没有什么好话可以奉告。”接着他就告诉她，他是怎样准备把拉里拉进社交界，以及他计划以一种适当和得体的方式使他取得地位。“我甚至于替他留心到一处底层住房，这恰恰就是他需要的。是小德·雷泰侯爵的房子，他要分租出去，因为他被派到驻马德里的大使馆任职。”

但是，拉里谢绝了艾略特的那些邀请；根据他这种表现，显然他不需要艾略特的任何帮助。

“如果你不想利用巴黎能够给你的机会，你上巴黎来又为了什么呢，我真弄不懂。我不知道他干些什么。他好像什么人都不认识。你知道他住在哪儿吗？”

“我们知道的唯一通信地址就是美国旅行社转。”

“就像个旅行推销员或者度假期的教师。我有把握说，他在蒙马特①的一间画室里跟一个下流女人同居着。”

“胡说八道，艾略特。”

“他把自己的住处搞得这样神秘，而且拒绝和他同样身份的人来往，除了这，还会有什么别的解释？”

“这不像拉里的为人。而且昨天晚上，你可看出他仍旧像过去

① 蒙马特，在塞纳河右岸，巴黎穷画家集中地。

一样爱伊莎贝儿。他不可能这样做假。”

艾略特耸耸肩膀，意思是告诉他姐姐，男人是花样百出的。

“格雷·马图林怎样？还在追吗？”

“只要伊莎贝儿要他，他立刻就可以跟她结婚。”

接着，布太太告诉艾略特，为什么她们比原定的计划提早来欧洲。她发现自己的健康不好，医生告诉她是糖尿病。病情并不严重，只要饮食小心，适当地服用胰岛素，完全有理由活上好多年，可是，她在获悉自己得了这种不治之症之后，急切想看见伊莎贝儿的婚事能够解决。母女两个谈过这件事。伊莎贝儿很懂事理，同意如果拉里在巴黎住了两年之后，不遵照原议回到芝加哥，并且找个工作做，那就只有一条办法，和他解约。可是，布太太觉得要等到约定的时间，然后去巴黎把拉里像个逃犯一样抓回本国，有损个人的尊严。她感到伊莎贝儿这样一来会弄得很失面子。但是，母女两个上欧洲歇夏却是很自然的事，而且伊莎贝儿还是在孩提时到过巴黎，后来就没有去过。她们逛了巴黎之后，可以找一处海滨让布太太养病，再从那边去奥地利的蒂罗尔山区住一个时期，然后从容不迫地穿过意大利。布太太有意约拉里陪她们去，让他和伊莎贝儿看看相隔这么久之后，两人的感情有没有变。拉里经过这次放荡之后，愿意不愿意承担生活责任，到时候自会明白。

“亨利·马图林对拉里拒绝他给他的事情很不痛快，但是，格雷跟父亲说通了，所以只要他回芝加哥，立刻就可以有工作。”

“格雷人好。”

“当然，”布太太叹口气。“我知道他会使伊莎贝儿幸福。”

艾略特然后告诉布太太他替她们安排了一些什么宴会。明天他要请很多人来吃午饭，在周末举行一次排场很阔的晚宴。他还要带她们去参加夏托加亚尔家的招待会，而且替她们弄到两张罗思柴尔德①家即将举行的舞会请帖。

“拉里你总要请吧？”

“他告诉我他没有晚礼服，”艾略特不屑地说。

“不管，你照样请他。归根结蒂，这孩子并不坏。冷淡他对他没有好处，只会使伊莎贝儿更加固执己见。”

“当然，你要我请我就请。”

拉里在约定的时间来吃午饭。艾略特的礼貌本来很周到，对他特别客气。做到这样并不难，原因是拉里很开心而且兴致极好，只有比艾略特脾气坏得多的人才会不喜欢他。谈话都是谈的芝加哥和那边双方都认识的朋友，弄得艾略特除掉摆出一副和蔼样子，装得对这些他认为毫无社会地位的人感觉兴趣外，没有别的事可做。听他们谈他并不在乎；老实说，听着他们谈这一对年轻人订婚了，那一对年轻人结婚了，另外一对年轻人离婚了，使他觉得相当可怜。谁听说过这些人来？他可知道美丽的小德·克兰尚侯爵夫人曾经服毒自杀过，原因是她的情人德·科龙贝亲王抛弃她，娶了个南美洲百万富翁的女儿。这种事情**才是**值得谈的。他看看拉里，不由得不承认他有种异常吸引人的地方；他的陷进的、颜色深得出奇的眼睛，高颧骨，苍白的皮肤和灵活的嘴，使艾略特联想起波提切利②的一幅画像，想到如果给他穿上那个时代的服装，看上去一定充满浪漫气息。他记得自己曾经打算把拉里拉拢给一位著名的法国女人过，同时想到星期六晚宴邀请了玛丽·路易丝·德·弗洛里蒙，自己狡狯地笑了。这个女人

① 罗思柴尔德，欧洲有名的犹太家族和巨富。
② 波提切利(1444？—1510)，15世纪后期佛罗伦萨画派最著名的大师。

是交游广阔和私德败坏兼而有之。她年纪四十岁，看上去却要年轻十年；纳蒂埃①曾经替她的一个女祖先画过一张像，这张像就是通过艾略特本人的关系挂在美国的一个大博物馆里。玛丽生得就和她这个女祖先同样娇艳，而她在性生活方面的口味极大，好像永远不能满足似的。艾略特决定让拉里坐在她身边。他知道玛丽会很快使拉里懂得她的意图。他还请了英国大使馆的一位年轻的侍从武官，认为伊莎贝儿说不定欢喜他。伊莎贝儿很美，而且这人是个英国人，家财豪富，伊莎贝儿没有财产也没有关系。午饭一上来，喝的是上等蒙特拉夕酒，继之以好的波尔多酒，喝得艾略特浑陶陶的；他悠然自得地想着那些展示在他眼前的许多可能性。如果事态的发展像他估计的那样，亲爱的路易莎就没有什么可焦急的了。她对他总是有点不以为然，可怜的人儿，她太闭塞了；可是他喜欢她 。凭他这样一个见过大世面的人，替她把各事安排妥当，对他说来，也是一件称心的事情。

为了不浪费时间，艾略特安排好一吃完午饭就带路易莎母女去看衣服，所以大家才站起来，艾略特就用他最擅长的辞令通知拉里他应当走了，可是，同时，又亲亲热热地敦促他参加自己安排的两次盛大宴会。他根本不用费这么大的事，因为拉里很轻快地全答应了。

但是，艾略特的计划失败了。拉里来参加晚宴时，穿了一套很像样的晚餐服，艾略特看见松了一口气，因为他有点担心，怕他穿了那次午饭时那样一身蓝哔叽来。晚饭后，艾略特把玛丽·德·弗洛里蒙拉到角落里，问她对他的年轻美国朋友觉得怎样。

---

① 纳蒂埃（1685—1766），法国人像画家，1715 年曾被彼得大帝召往俄国，1734 年任奥尔良家族画师。

“他眼睛很美，牙齿也长得好。”

“就这些吗？我让他坐在你身边，因为我认为他恰好是你的一点小吃。”

她疑惑地望着他。

“他告诉我已经跟你的漂亮外甥女订婚了。”

“得了，亲爱的①，一个男孩子属于另一个女子，这件事决不会妨碍你把他从那个女子手里抢走，只要您能够做到。”

“你要我做的就是这个吗？哼，我可不打算替你做这种卑鄙勾当，我可怜的艾略特。”

艾略特笑了一声。

“我猜想，你这话意味着你试过了，但是，发现不成功。”

“艾略特，我喜欢你的是你的品德就像个妓院老板。你不要他要你的外甥女。为什么？他有教养，而且很讨人喜欢。可是他实在太纯洁了。我敢说他一点没有疑心到我的用意。”

“你应当表示得露骨些，亲爱的朋友。”

“我有足够的经验，知道什么时候我在浪费时间。事实是，他的眼睛里只有你的小伊莎贝儿，而且我这话只跟你一人说，她比我讨便宜的是年轻二十岁。而且人很可爱。”

“你喜欢她的衣服吗？我亲自给她挑的。”

“很美，也很合适。不过，当然她不帅。”

艾略特把这话认为是对他的鉴定，他可不能轻易放过，非得戳她一下不可。他亲切地笑了一下。

“亲爱的朋友，一个人非得活到你的成熟年龄，才能像你这样帅。”

---

① 原文为法文。

德·弗洛里蒙夫人手里挥的是一根大头棒，而不是一把短剑。她的反击使艾略特的弗吉尼亚血液沸腾起来。

“我可以肯定，在你们那个帮匪横行的贵国里〔vôtre beau pays d'apaches〕他们决不会错过这样微妙、这样模仿不了的东西的。”

虽则德·弗洛里蒙夫人挑眼儿，艾略特其余的朋友对伊莎贝儿，对拉里，都很喜欢。他们喜欢伊莎贝儿的青春美，喜欢她那样健康，那样精力充沛；他们喜欢拉里的生动外表，彬彬有礼，和淡淡的带有讽刺的幽默。两个人的法语都讲得流利准确，这一点很讨便宜。布太太由于在外交界生活多年，法语尽管说得正确，可是，带有美国土音，而且自己满不在乎。艾略特对他们是盛席款待。伊莎贝儿对自己的新衣服新帽子很满意，对艾略特安排的那些乐事全都觉得有趣，对自己和拉里在一起感到快活，认为从来没有玩得这样开心过。

四

艾略特认为，早饭只能跟陌不相识的人一起吃，而且只在不得已时才这样做，因此，布太太和伊莎贝儿都逼得只好在自己卧房里吃早饭；布太太有点不大愿意，伊莎贝儿则丝毫不觉得什么。可是，伊莎贝儿醒来后，有时候告诉安托瓦内特——就是艾略特给她们雇的那个高贵女用人——把她的牛奶咖啡送到她母亲房间里，俾能一面喝咖啡，一面和母亲谈天。她现在整天没得空，这是她一天中间唯一能够和母亲单独在一起的时刻。就是在这样一个早晨，母女到达巴黎将近一个月的光景，伊莎贝儿告诉母亲头一天晚上怎样玩的，讲她和拉里大部分时间都带着一群朋友逛那些夜总会；讲完之后，布太太就向她提出那个自从来到巴黎之后心里一直想要问的问题。

“他几时回芝加哥呢？”

“不知道。他没有谈到过。”

“你没有问他吗？”

“没有。”

“你是不是有点怕问？”

“不是，当然不是。”

布太太倚在软榻的靠背上，穿着艾略特坚持要给她买的时髦晨服，修着指甲。

“你们两个人单独在一起时，成天谈些什么？”

“我们并不成天在谈。在一起就很好。你知道，拉里一直都比较沉默。我们谈话时，大都是我在讲话。”

“他平时干些什么？”

“我也弄不清楚；只觉得没有什么了不起的事。我想他日子过得很好。”

“还有他住在哪里？”

“这个，我也不知道。”

“他好像很讳莫如深，是不是？”

伊莎贝儿点起一支香烟，当她从鼻孔里呼出一缕烟时，静静地望着她母亲。

“你这话究竟是什么意思，妈？”

“你舅舅认为他租了一所公寓，跟一个女人同居。”

伊莎贝儿扑哧笑了起来。

“你相信吗，妈？”

“不，老实说我不相信。”布太太望着自己的指甲在转念头。“你可曾跟他谈过芝加哥呢？”

“谈过，谈得很多。”

“他可曾有过什么表示打算回去呢?”

“说不上有。”

“他到今年十月已经离开芝加哥两年了。”

“我知道。”

“这是你的事情,乖乖,你认为怎样做对,就怎样做。可是,尽在拖并不能解决问题。”她盯着女儿望,但是,伊莎贝儿避开母亲的眼光。布太太疼爱地向她微笑。“你还是去洗澡吧,否则,午饭要迟到了。”

“我要跟拉里去吃午饭。在拉丁区一个什么地方。”

“好好玩吧。”

一小时后,拉里来接她。他们雇了一辆汽车上圣米歇尔桥,漫步走上行人拥挤的圣米歇尔大街,找到一家外表像样的咖啡馆。他们在走廊上坐下,叫了两杯迪博内①。后来又叫了一辆汽车去一家饭馆,伊莎贝儿胃口极好,拉里给她叫的那些好吃的菜她都吃得很香。她喜欢看那些和他们挨肩擦背坐在一起的人,因为这地方很挤;看见他们显然对食物感到那样强烈的兴趣,自己都笑了;可是,她最最开心的是和拉里单独找一张小台子坐着。她爱看自己兴孜孜地拉呱着时他眼睛里的喜悦神情。这样自由自在和他在一起使她感到心醉。可是,在她脑子的角落里却隐隐约约有种不安,因为虽则他看上去也很自在,她觉得与其说是由于有她,还不如说是由于喜欢这种环境。她母亲早上说的话有点打动了她,现在虽则毫不用心地聊着天,却留心看着他的每一个表情。他和离开芝加哥时并不完全一样,但是,说不出哪儿变了。他的样子和她记得的他同样年轻,同样坦率,只是神情变了;并不是说变得更加严肃了;他的脸

① 一种紫红色的开胃甜酒。

色静下来时一直是严肃的，而且有一种安静的神情，是她以前没有见到过的；就好像解决了自己的什么问题，因而从来没有感到像现在这样心安理得过。

两人吃完午饭之后，他建议上卢森堡博物馆逛一转。

“不，我不想去看那些画。”

“好吧，那就去花园里坐坐。”

“不，这个我也不想。我要去看看你住在哪里。”

“没什么可看的，我住在旅馆里一个很蹩脚的小房间。”

“艾略特舅舅说你住一所公寓，跟一个画家的模特儿发生了不正常的关系。”

“那么，你就亲自去看看。”他大笑说，“从这里去只有几步路。我们可以走过去。”

他带着她穿过一些狭隘的、弯弯曲曲的街道，尽管从街两边的高房子中间可以望见一抹青天，但仍旧很寒伧相，走了一会儿之后，就在一家门面很不像样的小旅馆门口站住。

“我们到了。”

伊莎贝儿随着他走进一间狭窄的厅堂，厅堂的一边有一张书桌，书桌后面坐了一个人，没穿上衣，只穿一件细黑黄条子相间的背心，围一条很脏的围裙，在看报纸。拉里向他要钥匙，那人从身后格子架里把钥匙交给他，同时好奇地瞥了伊莎贝儿一眼，又转为会意的假笑。显然他认为伊莎贝儿去拉里的房间不是干规矩事情的。

他们爬上两串楼梯，楼梯上铺的破旧的红地毯，拉里打开自己的房门，伊莎贝儿走进一间有两扇窗户的小房间。窗子望出去是街对面的灰色公寓，公寓底层是一家文具店。房内放一张单人床，床旁边一只床头柜，一口大衣柜镶着一面大镜子，一张装了垫子但是椅背笔直的圈椅，两扇窗子之间放一张桌子，桌子上有架打字机，一些纸张和好几本书。壁炉板上堆了些纸面装订的书。

"你坐圈椅，椅子不大舒服，可是，这是我拿得出的最好的了。"

他另外拉了一把椅子，自己坐下。

"你就是住在这儿吗？"伊莎贝儿问。

他看见她脸上的神情，哧哧笑了。

"就在这儿，我自从到巴黎来，一直就住在这儿。"

"可是为什么呢？"

"方便，这儿靠近国家图书馆和巴黎大学。"他指指她没有注意到的一扇门，"这里有个浴间，我可以在这儿吃早饭，晚饭一般就在我们吃午饭的那一家吃。"

"这太肮脏了。"

"不，我觉得不错，我只要这样子。"

"可是，这儿住的是些什么人呢？"

"噢，我不清楚。上面阁楼住了几个学生。两三个在政府机关里做事的老单身汉和一个奥台翁剧院的退休女演员；唯一的另外一个有浴室的房间，住着一个包身的女人，她的男朋友每隔一个星期的星期四来看她；恐怕还有些暂住的客人。这地方很安静，很规矩。"

伊莎贝儿弄得相当尴尬，而且由于知道拉里已经看出来并且在笑她，有点存心找岔儿。

"桌子上那本大书是什么？"她问。

"哪个？噢，那是我的希腊字典。"

"你的什么？"她叫。

"没有关系，不会咬你的。"

"你在学希腊文吗？"

“对。”

“为什么?”

“我想到要学一点。”

他望着她时,眼睛里带着微笑,她也对他回笑。

“你可觉得不妨告诉告诉我,你到了巴黎之后,这两年,做了些什么事情?”

“我看了很多书。一天总要看上八小时到十小时。我去巴黎大学听过课。我认为,我已经把法国文学里所有的重要作品都看了,我而且能看拉丁文,至少能看拉丁散文,差不多跟我看法文一样没有困难。当然,希腊文要难些。可是我有一个很好的教师。在你来到巴黎之前,我每星期经常有三个晚上去他那里补习。”

“这样会有什么结果呢?”

“获得知识。”他微笑说。

“这好像不太实际。”

“也许不太实际,另一方面,也许很实际。总之非常之有趣。你决计想象不到读《奥德修纪》的原文时多么令人兴奋。使你感到仿佛你只要踮起脚伸出手来,天上的星星就能碰到似的。”

他从椅子上站起来,就像兴奋得控制不住自己,在小房间内来回走着。

“前一两个月我看了斯宾诺莎①。我不敢说我已经十分懂得,可是感到非常振奋。就像乘一架飞机降落在巍峨群山中的一片高原上。四围万籁俱寂,而且空气非常清新,像佳酿一样沁人心脾;自己感觉到像个百万富翁。”

“你几时回芝加哥?”

---

① 斯宾诺莎(1632—1677),荷兰哲学家。

“芝加哥？不知道。我就没有想过。”

“你说过，如果你两年之后，找不到你要找的东西，你就放弃不干吗？”

“我现在不能回去。我刚要入门：看见广大的精神领域在我面前展开，向我招手，我急切要去那里旅行。”

“你希望在那边找到什么呢？”

“我那些问题的答案。”

他瞥她一眼，简直有点顽皮。如果不是因为她和他这样熟悉，她说不定认为他在开玩笑。“我想弄清楚上帝究竟有，还是没有。我想弄清楚为什么世界上会有恶。我想要知道我的灵魂是不是不灭，还是我死后一切都完了。”

伊莎贝儿倒抽一口冷气。听见拉里讲这些事情，她觉得怪不舒服，幸亏他谈得非常随便，声调就和平时讲话一样，使她还能不露出窘相。

“可是，拉里，”她微笑说，“人们几千年来都在问这些问题；如果能够回答的话，肯定答案早已有了。”

拉里笑了一声。

“你笑得就好像我说了什么蠢话似的，”她生气说。

“没有这个意思。我认为，你说得很在点子上。可是，另一方面，你也不妨说，既然人们对这些问题问了几千年，那么，他们就没法不问这些问题，而且不得不继续问下去。还有，你说没有人找到过答案，这话并不正确。答案比问题还要多，而且不少的人都给这些问题找到完全满意的答案。例如鲁斯布鲁克①那个老头儿。”

“他是谁？”

① 鲁斯布鲁克（1294—1381），古佛兰芒民族的神秘主义者。

"哦,只是巴黎大学一个我不认识的人。"拉里随口回答。

伊莎贝儿不懂得他是什么意思,但他继续往下说。

"这话听上去非常之幼稚。这些事情使大学里二年级学生感到兴奋,但是,离开大学后就忘掉的。他们得养家活口。"

"我不怪他们,你知道,我幸亏还有点钱可以过活。如果没有的话,我也只好像别人那样设法去赚钱了。"

"你难道把钱一点不放在眼里吗?"

"是的,"他笑着说。

"你觉得自己在这些事情上还要搞多久呢?"

"我也说不了。五年。十年。"

"这以后呢?你预备把这种智慧派什么用处呢?"

"我如果有了智慧,我想我当不难懂得怎样派它的用处。"

伊莎贝儿两只手激动地勒在一起,身子从椅子上探出来。

"你完全错了,拉里。你是个美国人,这儿不是你安身立命的地方。你安身立命的地方是美国。"

"等我搞好了,我就回去。"

"可是,你要错过很多机会。我们正在经历着一个世界从来没有经历过的宏伟时代,你怎么能忍心坐在这死气沉沉的地方一动不动呢?欧洲完蛋了。我们是世界上最伟大、最强大的民族。我们正在一日千里地前进。我们什么都有。你有责任参加国家的发展事业。你忘记了,你不知道美国今天的生活多么使人惊心动魄。你有把握说你不参加这种建国大业,是因为你没有勇气去担当目前面临着每一个美国人的重任吗?唉,我知道你多多少少也在工作,但这恰恰是逃避责任,可不是?这难道不恰恰是一种积极的偷懒吗?如果人人都像你这样畏缩不前,美国会弄成什么样子?"

"你很苛刻,心肝,"他笑着说。"我的回答是,并不是每个人都

DAVID KNIGHT

有和我一样的感受。对他们说,这也许是运气,多数人都准备按常规行事;你忘记的是,我想学习就跟——就跟格雷想要挣一大笔钱一样热烈。难道我想花几年工夫教育自己真就是背叛祖国吗?也许我学成以后,将有一点人家高兴要的东西拿出来。当然这要看,可是,如果我失败了,我也不比一个人做生意而没有赚到钱更不如些。"

"那么我呢?我难道对你一点不重要?"

"你对我非常重要。我要你嫁给我。"

"几时呢?十年之内吗?"

"不。现在。越快越好。"

"靠什么呢?妈没有什么奁资给我。而且,她有也不肯。她会认为,这样鼓励你游手好闲是错的。"

"我不要你母亲的什么奁资,"拉里说。"我有三千块一年。这在巴黎很够用了。我们可以有一所小公寓和一个做全天的女用人。我们会生活得非常开心,心肝。"

"可是,拉里,三千块一年是没法子生活的。"

"当然能够。很多人钱比这少得多也能生活。"

"可是,我不愿意靠一年三千块钱生活。我没有理由要这样。"

"我过去只要一半的钱也就生活下来了。"

"可你,是怎么过的!"

她看一下那间寒伧的小房间,厌恶地耸下肩膀。

"这就是说,我储蓄了一点钱。我们可以上卡普里岛[①]去度蜜月,秋天我们再去希腊。我渴想看看希腊。你记得我们过去不是时常谈到一同周游世界吗?"

---

① 在意大利。

"我当然想旅行。但不是这样旅行。我不愿意坐二等舱,也不愿意住三等旅馆,连个浴间都没有,吃饭都在小饭店里。"

"去年十月,我就是这样上意大利去的。玩得真开心。我们可以靠三千块一年把全世界都跑到。"

"可是,我要有孩子,拉里。"

"这没有关系。我们把孩子一起带了去。"

"你真蠢,"她大笑说。"你知道有个孩子要花多少钱?维娥莱·托姆林森去年生了一个孩子,她尽量节省,还花了两千五百块。还有你知道雇一个保姆要多少钱?"她脑子里想到一连串的事情,变得愈来愈激动了。"你一点不实际。你不懂得你要求我的是什么。我年轻。我要找乐子。我要做别人家都做的事情。我要参加宴会,参加跳舞会,我要打高尔夫球和骑马。我要穿好衣服。你可懂得一个女孩子不能穿得跟她一起的那些人一样好,是什么滋味?拉里,你可知道买你朋友穿厌了的旧衣服穿,和感到人家可怜你送你一件新衣服,是什么滋味?我甚至于连去一家像样的理发店做做头发也做不起。我不要坐电车和公共汽车到处跑;我要有我自己的汽车。你想,你在图书馆里看书,我成天干的什么?逛马路,看橱窗,还是坐在卢森堡博物馆的花园里留心自己孩子不要闯祸?我们连朋友都不会有。"

"唉,伊莎贝儿,"他打断她。

"不会是我过去来往的那些朋友。是啊,艾略特舅舅的朋友有时候会看他的面子请我们一次,但是,我们去不了,因为我没有像样的衣服穿,而且我们不会去,因为我们回请不起。我不想认识一大堆上不了台盘的、不修边幅的人。我要生活,拉里。"她突然感到他眼睛里有种神情,虽则盯着她望时永远是那样温柔,但是,带有一点好笑。"你觉得我愚蠢,是不是?你觉得我啰嗦而且蛮不讲理。"

"不,我并不。我觉得你说的这些都很自然。"

他背对着壁炉站着,她站起来,走到他跟前,和他面对面。

"拉里,如果你一个铜子没有,可是,找到一个收入三千块的工作,我会毫不迟疑就嫁给你。我会替你烧饭,收拾床铺,我会不在乎我穿的什么衣服,我会什么都不在乎,我会认为这样非常之有意思,因为我知道这只是一个时间问题,你总会有钱的。可是,现在这样结婚,意味着我一辈子要过这种肮脏的牛马不如的生活,什么指望都没有。这等于说,我要苦挨苦挣一辈子。而为的什么呢?为了使你能够成年累月地给你说的自己都解决不了的问题找答案。这太不像话了。一个人应当工作。他生到世界上来就为的这个,他就是这样造福社会的。"

"总之,他有责任在芝加哥安顿下来,进亨利·马图林的投资公司。你认为劝说我的朋友买亨利·马图林感兴趣的股票,我会大大造福社会吗?"

"掮客总是要有的,这样养家活口完全没有什么不体面,不光彩的地方。"

"你把巴黎有一般收入的人的生活形容得一塌糊涂。你知道,实际上并不如此。人们用不着上夏奈尔服装店,仍旧可以穿着得很好。而且所有有趣的人并不住在凯旋门附近和福煦大道上。事实上,有趣的人简直不住在那儿,因为有趣的人一般钱都不多。我在这儿认识不少的人,画家,作家,学生,法国人,英国人,美国人,什么样式的人都有,我认为你会觉得这些人比艾略特的那些性情毛躁的侯爵夫人和目中无人的公爵夫人有趣多了。你脑筋动得快,而且富于幽默感。听他们一面吃晚饭,一面针锋相对地谈话,你一定很欣赏,尽管喝的只是普通的葡萄酒,而且你用不着有个男管家和两个手下人伺候你。"

“别胡扯，拉里。当然我会欣赏。你知道我并不势利。我很喜欢会见有趣的人。”

“是的，穿着夏奈尔服装店的衣服。你想他们看见你这副打扮会不会认为你是来视察贫民窟的呢？他们不会舒服，你也不会舒服，而且你除了事后告诉爱米丽·德·蒙塔杜尔和格拉西·德·夏托加亚尔，说你在拉丁区碰到一群怪里怪气的不修边幅的人，觉得非常好玩之外，别无收获。”

伊莎贝儿微微耸一下肩膀。

“我敢说你讲得对。他们不是和我一起长大的那种人。他们跟我没有一点共同之处。”

“你这话指的什么？”

“还是我开头讲的话。从我记事以来，我一直就住在芝加哥。我的朋友全都在芝加哥。我的兴趣全在芝加哥。我在芝加哥过得很习惯。这是我的乡土，也是你的乡土。妈现在有病，而且她的病永远不会好了。我就是想离开她也不能离开她。”

“这是不是说除非我回到芝加哥去，你就不想嫁给我呢？”

伊莎贝儿踟蹰了一下。她爱拉里。她要嫁给他。她的整个身心都爱着他。她知道他也要她。她不相信到了摊牌时他不会软下来。她害怕，可是她不得不冒一下险。

“对的，拉里，我就是这个意思。”

他在壁炉板上划了一根火柴①——那种给你的鼻孔装满辛辣气味的旧式法国硫磺火柴——点起他的烟斗后，掠过她，走到一扇窗子前面站着。他向窗外望，沉默了很长一段时间，就像永远没有

① 是一种旧式红头火柴，和现在的黑头安全火柴不同，经过摩擦，自能燃烧。拉里用的这种火柴还浸过半截硫磺，烧起来时间比较耐久。

个完似的。她仍旧站在原来面对着他站着的地方,照着壁炉板上的镜子,但是,看不见自己。她的心乒乒乓乓地跳着,而且感到害怕,他终于转过身来。

“我真想能够使你懂得,我向你建议的生活要比你想象的任何生活都要充实得多。我真希望能够使你懂得精神的生活多么令人兴奋,经验多么丰富。它是没有止境的。它是极端幸福的生活。只有一件事同它相似,那就是当你一个人坐着飞机飞到天上,越飞越高,越飞越高,只有无限的空间包围着你,你沉醉在无边无际的空间里。你是那样的欢乐,使你对世界上任何权力和荣誉都视若敝屣。前几天,我读了笛卡儿①。那样的痛快,文雅,流畅。天哪!”

“可是,拉里,”她急腔急调地打断他,“你难道看不出你在要求我做一件我做不来的事情,是我不感兴趣而且不想感兴趣的事情吗?我对你讲过不知道多少遍了,我只是一个平常的、正常的女孩子,我现在二十岁,再过十年我就老了,我要及时行乐。唉,拉里,我的确非常爱你。所有这些全都是无聊的玩意儿。它不会使你有什么出息的。为了你自己,我求求你放弃它。拉里,做个好样的,做一个男人应做的事情。人家都在分秒必争地干,你却在浪费宝贵光阴。拉里,你要是爱我的话,你就不会为了一个梦想而抛弃我。你已经荒唐过了。跟我们回美国去吧。”

“我不能。这对我说来等于自杀。这等于出卖我的灵魂。”

“唉,拉里,为什么这样说话?那些歇斯底里的肉麻当有趣的女人就是这样说的。这有什么意义呢?毫无意义,毫无,毫无。”

“这恰恰就是我的感受,”他答道,眏着眼睛。

“你怎么可以笑呢?你可意识到,这是一个极其严肃的问题。

① 笛卡儿(1596—1650),法国理性主义哲学家。

我们正站在十字路口，我们现在的决定将会影响我们的一生。”

“我知道。请你相信我，我是在非常严肃地对待。”

她叹了口气。

“跟你讲正经话你不听，那有什么可说的。”

“可是，我不认为这是正经。我认为，你讲的从头到尾都是荒唐透顶的东西。”

“我？”如果不是因为她当时心里非常难过，她就会哈哈大笑。“可怜的拉里，你就像个疯子。”

她慢慢把手上戴的订婚戒指褪了下来，放在掌心里，对着它瞧。那是一粒四四方方的红宝石，用细白金嵌的戒指，她一直都很喜欢。

“你假如爱我，就不应当使我这样不快乐。”

“我的确爱你。不幸的是，一个人想要做自己认为对的事情，却免不了要使别人不快乐。”

她把放着红宝石戒指的手伸出来，颤抖的嘴唇勉强显出微笑。

“还你，拉里。”

“我没有用。你留着作为我们友谊的纪念好不好？你可以把它戴在小拇指上。我们的友谊不需要中止，是不是？”

“我会永远关心你，拉里。”

“那么就留着。我也将永远喜欢你。”

她迟疑了一下，然后把戒指套在右手的小拇指上。

“太大了。”

“你可以改装一下。我们上里茨酒吧间去喝杯酒。”

“好。”

她对这件事解决得这样容易，感到有点诧异。她没有哭。除掉她不会跟拉里结婚外，好像什么都没有改变。她简直相信不了什么都完结了,结束了。她对两人没有大吵大闹有点不甘心。这件事就这样平心静气谈妥了,就仿佛他们刚才谈的是租房子的事情一样。她觉得自己上了当,但同时微微有种满意的感觉,因为两个人的表现都非常文明。她真想知道拉里究竟是什么一种心情。可是,这始终没法知道;他那张吸引人的脸,那双深色的眼睛,她知道只是一种面具,因为尽管她认识他许多年,却猜不透他。她本来把帽子脱掉,放在床上;现在站在镜子前面,把帽子戴上。

"我只是问着玩,"她说,一面把头发抹抹平,"你原来打算跟我解约吗?"

"没有。"

"我想也许可以使你不背包袱。"他没有回答。她转过身来,嘴边露出轻松的微笑。"现在好走了。"

拉里把身后的门锁上。当他把钥匙交给坐在写字台那儿的人时,那人带着狡猾的神情会意地望着他们。伊莎贝儿当然猜出这人当作他们在干苟且的事儿。

"我敢说这个家伙对我的贞操是打问号的,"她说。

他们雇了一辆汽车到里茨喝了一杯酒,谈些不相干的事情,丝毫不显得拘束,就像两个天天见面的老朋友一样。尽管拉里天生不大说话,伊莎贝儿话却很多,老是有一搭没一搭地聊,而且她决心不让相互之间变得沉默下来,弄得没有话说。她不想使拉里觉得她恨他,她的自尊心又逼使她装得使拉里不会疑心她伤心和不快乐。过了一会,她就建议他送她回去。当他把汽车开到门口让她下车时,她轻松地向他说:

"不要忘记你明天跟我们吃午饭。"

"杀头也不会忘记。"

她让他吻了自己的面颊,穿过车道门进去了。

五

伊莎贝儿走进客厅时,看见有几个客人已经在喝茶。有两个是住在巴黎的美国妇女,穿着非常考究,脖子上围着珠串,手上戴着钻石手镯,手指上套着价值昂贵的戒指。虽则有一个的头发用散沫花染成棕红色,另一个的金色头发很不自然,两个人却非常之像。同样涂了油膏的睫毛,同样搽得鲜红的嘴唇,同样抹了胭脂的面颊,同样经过刻苦锻炼保持着的苗条身材,同样清晰如削的五官,同样如饥似渴的彷徨的眼神;你没法不意识到她们的生活就是为了保持自己的徐娘风韵在拼命挣扎。她们鼓着响亮的喉咙东拉西扯地谈着,一刻也不肯停,像是担心只消有片刻的沉默,机器就会停摆,而那个代表她们一切的人为建筑就会土崩瓦解一样。还有一个美国大使馆的秘书,人温和沉默,因为他一句话也插不进,看上去很有点派头;一个矮小的黑皮肤的罗马尼亚王子,总是那样卑躬屈膝,两只又小又玲珑的黑眼睛,一张刮得很光的黑黑的脸,老是看见他来不及地站起来送茶,递蛋糕,或者给人点香烟,对那些在座的人总是厚颜无耻地竭尽恭维的能事。他这样子做是在偿还过去从这些巴结对象获得的晚餐,以及今后希望获得的晚餐。

布太太坐在那里,为了讨好艾略特,比她平常喝茶时穿得讲究。她以惯常的礼貌但是相当淡漠的神情,泰然执行着主妇的任务。她对自己兄弟的这些客人有什么想法,我只能想象。我和她从来没有混熟过,而且她是个什么都放在肚子里的女人。她人并不笨;在外国的首都住了那么多年,见过不少形形色色的人,想来会根据自己根生土长的弗吉尼亚小城市标准,对这些人作出自己的精明结论。恐怕她看着这些人的滑稽样子时,会感到相当好笑,而且敢说她对这些人的神气活现的派头,和对一本小说里人物的哀愁和苦痛同样无动于衷,因为她从一开始就知道小说的结局是圆满的(否则她就不会去看它)。巴黎、罗马、北京对她的美国气息毫无影响,就如同艾略特的虔诚天主教信仰对她的坦率但并无不便的长老会宗教毫无影响一样。

伊莎贝儿的青春、活力和健康美给这种浮华气氛带来一股新鲜空气。她就像个新的尘世女神冲了进来。罗马尼亚王子慌不迭地站起来替她拉过一张椅子,而且做了一大堆手势竭力恭维。两个美国女人一面尖着嗓子很和蔼地跟她讲话,一面上上下下打量她,仔细瞧她的衣服,拿自己和伊莎贝儿的锦绣年华对照,可能心里起一种落寞感。美国外交官看见伊莎贝儿使这两个女人看去多么空虚和憔悴,独自在微笑。可是,伊莎贝儿却觉得她们很有派头;她喜欢她们的华丽衣服和昂贵珠串,而且对她们矫揉造作的姿态感到一丝妒意。她盘算自己会不会有一天变得这样雍容华贵。当然那个小罗马尼亚人很可笑,不过,也相当讨人喜欢,就算他讲的那些好听的话是言不由衷,听听也不坏。她进来时打断的谈话现在又恢复了,而且谈得是那样起劲,那样深信不疑,好像她们谈的事情都是值得谈的,使你简直认为她们谈的话有道理。她们谈自己参加过的宴会,和预备参加的宴会。她们搬弄最近的丑事秽闻。她们把自己的朋友毁得体无完肤。她们从这个大人物谈到那个大人物。她们好像什么人都认识;什么秘密都知道。她们几乎是气也不换地提到最近上演的话剧,最时新的妇女服装设计师,最时新的人像画家,最近上台的首相的最近情妇。人们会当作她们没有一件事情不知道。听得伊莎贝儿都呆了。她觉得,这一切都非常文明。这的确是生活。这使她有种置身其中的惊喜感。这是真的。场合简直太合适了。宽敞的房间,地板上铺的萨伏纳里地毯,华丽的镶了木板的墙壁挂的那些美丽的画,坐的那些精工细雕的椅子,细工镶嵌的橱柜和茶几，每一件都够得上进博物馆；布置这间房间花的钱抵得上一笔财产，可是值得。她从没有像现在这样感到它的美，布置得这样妥帖，因为旅馆里那个寒伧的小房间，那张铁床，她坐的那张硬邦邦的不舒适的椅子，那个拉里认为没有什么不好的房间，还鲜明地印在她脑子里。可说是空空如也，又丧气，又可怕。她想起时不由打了个寒噤。

客人散了，只剩下伊莎贝儿和她母亲和艾略特三个人。

艾略特送那两个可怜的满脸脂粉的美国贱货出门回来。"有意思的女人，"他说，"她们才在巴黎住下时，我就认识她们了。做梦也没有想到她们会变得像现在这样漂亮。我们女子的适应能力真是可惊。你简直看不出她们是美国人，而且是中西部来的。"

布太太眉毛抬了起来，也不言语，只把艾略特看了一眼，可是，以艾略特的机灵哪有不懂得的。

"谁也没法子这样说你，我可怜的路易莎，"他半讥讽半亲热地说。"不过，天知道，你过去是完全做得到的。"

布太太的嘴嘟了起来。

"恐怕我使你感到非常失望，艾略特，不过，告诉你实在话，我对自己现在这样非常之满意。"

"各有各的爱好①，"艾略特叽咕了一句法文。

"我想我应当告诉你们，我已经和拉里解约了。"伊莎贝儿说。

"啧，啧，"艾略特叫出来。"这一来，我明天请的午饭可糟了。这样短短的时间，叫我哪儿再找一个人呢？"

"噢，午饭他还是来吃的。"

"在你跟他解约之后？这好像不大合乎习惯。"

① 原文为法文。

伊莎贝儿咯咯笑了。她眼睛盯着艾略特望,因为她知道,她母亲的眼睛正盯着自己望,而她不愿意和她眼睛碰上。

“我们没有吵嘴。我们今天下午谈了一次话,认为我们订婚是个错误。他不想回美国去;他要留在巴黎,他说他要去希腊。”

“这是为什么?希腊又没有社交活动。事实上,我对希腊艺术从来就不大看在眼里。有些古希腊的东西有那么一点颓废的魅力,还可以看得。可是,菲迪亚斯①:不行,不行。”

“你看着我,伊莎贝儿,”布太太说。

伊莎贝儿转过头来,唇边微带笑意望着母亲。布太太把女儿仔细看了一眼,可是,只哼了一声。这孩子没有哭过,这一点她能看出;她的神情很泰然自若。

“我觉得你解约得好,伊莎贝儿,”艾略特说。“我原来想竭力成全这件事,可是,我一直认为,这个婚姻不对头。他实在配不上你,而且他在巴黎的所作所为很清楚表明他决不会有什么出息。以你的漂亮和你的关系,你可以找一个比他好得多的对象。我觉得,你这件事情做得很有见识。”

布太太瞟了女儿一眼,看得出有点担心。

“你不是为了我解约吧,伊莎贝儿?”

伊莎贝儿断然摇摇头。

“不是,亲爱的,我完全是自愿做的。”

六

那时候,我已经从东方回来,正在伦敦住一个时期。大约在上述事件发生之后两个星期光景,艾略特一天早上打电话给我。我听

① 菲迪亚斯(前490?—前432),希腊雕塑家。

见他的声音并不奇怪,因为他的习惯总是在游宴季节到了尾声时来英国玩乐一下。他告诉我,布太太和伊莎贝儿和他一起来了,如果我今天傍晚六点钟过来喝杯酒,她们一定很高兴看见我。他们当然住在克拉里奇饭店。当时我的寓所离那儿并不远,所以我踱过公园巷,穿过梅费尔区那些安静、高贵的街道到了克拉里奇饭店。艾略特就住在他平时住的一套房间。室内镶的是褐色木头壁板,就像雪茄烟盒子的那种木头,陈设既文静又豪华。侍役领我进来时,艾略特只有一个人在屋里。布太太和伊莎贝儿上街去买东西,眼看就要回来。他告诉我,伊莎贝儿和拉里解约了。

艾略特对于在什么处境下应该怎样做人,有他自己的浪漫和高度保守的看法。他对这两个年轻人的行为很看不惯。拉里不但在解约后的第二天来吃午饭,而且做得就好像自己地位一点没有改变似的。他和平日一样随和,一样彬彬有礼,一样安静愉快。对待伊莎贝儿还是和他过去对待她一样亲亲热热的。他看上去既不感觉窘,也不心烦意乱,也不垂头丧气。伊莎贝儿也不像有心思的样子,人很快活,笑得照样轻松,照样嘻嘻哈哈地打趣,仿佛并不曾在自己一生中刚刚作了一项重大决定;而且肯定是忍痛的决定。艾略特弄得丈二金刚摸不着头脑。他从侧面听到他们一言半语的谈话,打听到他们丝毫没有意思要取消以前讲定的那些约会;所以一得空他就找姐姐谈这件事。

"这不成话,"他说。"他们不能够仍旧像订婚一样两个人到处跑,拉里实在应当懂得一点分寸。而且,这样会毁掉伊莎贝儿的机会。小福塞林根,那个英国大使馆的男孩子,显然很中意她;他有钱,而且社会关系很不错;如果他知道伊莎贝儿已经解约,可能会向她求婚,这我一点不奇怪。我觉得你应当跟她谈一下。"

"亲爱的,伊莎贝儿二十岁了,她有套办法能够婉婉转转告诉你不要管她的事情。这使我一直很难对付。”

“那么，你就是太娇纵她了，路易莎，再说，这是你应管的事情。”

“在这件事情上，你跟她的看法肯定不一样。”

“路易莎，你叫人简直不能容忍。”

“我可怜的艾略特，你假如有个成年的女儿的话，你就会发现她比一头抗拒的小公牛还要难管。至于她内心里想的什么，你还是装作她认为的那种头脑简单的老糊涂虫好得多。我几乎可以肯定她就是这样看你的。”

“可是，你不是跟她谈过这件事吗？”

“我打算谈。她大笑，告诉我实在没有什么可说的。”

“她难过吗？”

“我也不知道。我只知道她吃得很香，睡得就像个孩子。”

“哼，你记着我的话，如果你听任他们这样搞下去，总有一天两个人会溜掉，跟谁也不说一声就结婚了。”

布太太忍不住笑了。

“这一点你尽可放心，在我们现在待的这个国家里，不正常的男女关系有一切方便，结婚则到处会碰壁。”

“很对，结婚是严肃的事情，家庭的保障和国家的稳定全系在这上面。但是，婚姻只有在婚姻之外的关系得到容忍，并且得到认可时，才会保持其尊严。娼妓，可怜的路易莎——”

“得了，艾略特，”布太太打断他。“你对不正常男女关系的社会价值观和道德价值观，我一点不感觉兴趣。”

就在这时候，艾略特提出一个阻止伊莎贝儿和拉里往来的计划，因为他对这种越轨的行动太看不入眼了。巴黎的游宴季节已到尾声，所有的上流人士都准备先上海边或者多维尔，然后去他们在图兰、昂儒或者布列达尼半岛的祖传宫堡度夏。艾略特通常都是在六月底去伦敦，可是，他的家族感很强，对姐姐和伊莎贝儿的感情又很真实；他原来打算，只要她们愿意，即使巴黎像样的人走光了，他也可以完全自我牺牲继续留下来。但是，现在他发现自己的处境很合心意，既能够尽量为别人着想，同时又于自己方便。他向布太太建议，三个人立刻一同上伦敦去，因为伦敦那边游宴季节正处在高潮，而且新的兴趣和新的朋友将会使伊莎贝儿的心情不再缠在这种不幸的遭遇上。据报载，那位专治糖尿病的有名专家这时就在英国首都，布太太正好找他诊治，这样就可以为他们匆促离开巴黎找到合理的解释；伊莎贝儿即使不愿离开，也说不出口了。布太太同意这个计划。她弄不懂的是伊莎贝儿。伊莎贝儿是不是如她表面那样一点不在乎，还是心里痛苦、气愤或者伤心，但是，故意装得硬挣，好掩盖自己的内心痛苦，布太太也肯定不了。她只能同意艾略特的说法，看见新朋友和新地方，对伊莎贝儿有好处。

艾略特忙着去打电话。那天，伊莎贝儿正和拉里一同去逛凡尔赛宫；她回家时，艾略特已经各事就绪，就告诉她已经替她母亲约好那位有名的医生看病，时间在三天以后；他而且在克拉里奇饭店定下一套房间，因此，后天就要动身。当艾略特有点沾沾自喜地把这个消息告诉伊莎贝儿时，布太太留心察看女儿，但见她神色不动。

“啊，亲爱的，我很高兴你能够去看那个医生，”她以平素那种急腔急调的派头叫出来。“当然你不能错过这个机会。而且上伦敦走一趟太有意思了。我们在那里要待多久？”

“再回巴黎就没有意思了，”艾略特说，“因为一个礼拜之内，这里的人都要走光了。我要你们跟我在克拉里奇饭店住完这个夏天。七月里总有些很好的舞会，当然还有温布尔登网球赛①。这以后，

① 一年一度全世界最大的草地网球赛。

还有古德伍德的赛马和考斯的赛船。我肯定埃林厄姆家会欢迎我们坐他们的帆船去看考斯船赛,班托克家在古德伍德赛马时总举行一次很大的宴会。”

伊莎贝儿看上去很高兴,布太太心放下来了。伊莎贝儿好像把拉里根本不放在心上。

艾略特才跟我讲完这些,母女两个就走了进来。我有一年又大半年没见到她们,布太太比以前消瘦一点,而且脸色更加苍白了;人样子很疲倦,气色很坏。可是,伊莎贝儿却是容光焕发,红红的脸色,深褐色的头发,亮晶晶的深栗色眼睛,白净皮肤,给人一种深刻的青春感,好像单是觉得自己活着,就很快活;看到这些,你不禁会高兴得笑出来。她使我产生一个相当荒唐的看法,仿佛她是一只金黄的熟透了的梨子,又香又甜,只等你来吃。她身上发出温暖,使你觉得只要伸出手来就能够感到舒适。人比我上次看见时高了一点;是不是因为穿了高跟鞋的缘故,还是哪个聪明的裁缝把她的衣服剪裁得把她的年轻的丰满体型给遮盖了,我也说不出。她的举止有自幼从事户外运动的女孩子的那种萧洒风度。总之,从性的角度看,她已经是一个非常诱人的少女。我是她母亲的话,会认为她应当赶快结婚才是。

我很高兴有这个机会能答谢我在芝加哥时布太太对我的招待。所以请她们三位晚上一同去看戏;还安排请她们吃一次午饭。

“你还是现在就约定的好,老朋友,”艾略特说。“我已经通知一些朋友,我们到了伦敦,敢说一两天之内,我们这个季节的时间全要排满了。”

我懂得艾略特这话的意思是说他们没有时间和我这样的人在一起,不禁大笑。艾略特看了我一眼,神情有点傲慢。

“可是,当然你下午六点钟来时,一般都会找到我们,我们也很高兴看见你，”他婉转地说，可是，他的用意显然是要我明白，作为一个作家，自己的地位并不高。

但是，瓦片也会翻身。

“你一定要跟圣奥尔弗德家碰碰头，”我说。“听说他们打算卖掉他家的那张康斯特布尔①的索尔兹伯里教堂。”

“我眼下不想买什么画。”

“我知道，可是你说不定可以帮他们处理掉。”

艾略特的眼睛恶狠狠地看着我。

“亲爱的朋友，英国人是一个伟大的民族，可是，他们从来就画不好，而且永远画不好。我对英国画派不感兴趣。”

七

这以后的四个星期中，我很少见到艾略特和布太太母女。他真给她们挣面子。这一个星期他带她们去苏塞克斯一个豪华人家去度周末，另一个周末又带他们去威尔特郡一个更豪华的人家。他带她们坐在皇家包厢作为温莎王室一个年轻公主的客人看歌剧；带她们和些大人物一起吃午饭，吃晚饭。伊莎贝儿参加了几次舞会。艾略特在克拉里奇饭店招待一批批的客人，这些人的名字在第二天的报纸上登得很显眼。他在西罗饭店和大使饭店招待夜餐会。事实上，所有应当做的事情他都做了，艾略特这些为了使伊莎贝儿玩得开心而安排的纸醉金迷场合，伊莎贝儿要避免玩得眼花缭乱，非得有一副复杂得多的头脑不可。艾略特可以自吹自擂，说他费了这么大的劲，没有一点自私动机，完全是为了使伊莎贝儿能忘掉这次不幸的恋爱事件；但是，我看出他对自己能让姐姐亲眼看见他和那些

① 约翰·康斯特布尔(1776—1837)，英国风景画家。

名人,那些时髦人物多么的熟悉,也颇感满意。他是一个很不错的主人,而且喜欢卖弄他那一套交际手腕。

我也被邀请去参加一两次艾略特的宴会,有时候还在下午六点钟去克拉里奇饭店看望他们一下。我看见伊莎贝儿被一些在御林军里的穿漂亮衣服的高大年轻人,和外交部的一些穿着差一点的头面整洁的年轻人包围着。就是在这种场合,伊莎贝儿把我拉到一边。

“我想求你一件事,”她说。“你可记得那天傍晚我们上药房吃冰淇淋苏打的事吗?”

“清清楚楚。”

“那次你很够朋友。你肯不肯再够朋友一次?”

“我总尽力而为。”

“我想跟你谈一件事。能不能哪天我们一同吃午饭?”

“随便你哪一天。”

“找个清静一点的地方。”

“坐车子到汉普顿宫去,在那边吃午饭,你说怎样?那些园子目前应当是花事最盛的时候,而且你可以看看伊丽莎白女王的床。”

这个建议她很中意,我们就约定了日期。可是,到了那一天,原来晴暖的天气忽然变了;阴沉沉的天,还落着小雨。我打电话问伊莎贝儿是不是还是在城里吃午饭。

“我们将没法坐在花园里,而且那些画会非常之暗,一点看不出什么。”

“我在花园里坐得多啦,而且对名画看得腻味透了。我们反正去吧。”

“好的。”

我去接她,两个人坐了汽车下去。我知道有一家小旅馆,饭菜还过得去,所以就一直开到那边。伊莎贝儿在路上和平日一样兴致勃勃地谈她参加的宴会和碰见的人。她玩得很开心,可是,她对自己结识的那些形形色色人物的评论,使我感到她很精明,而且有些荒唐可笑的事情一眼就看出来。由于天气不好,游客绝迹,所以餐厅等于被我们两个独占。这家旅馆以家常的英国菜最拿手,所以我们点了一块好羊腿,外加绿豌豆和新马铃薯,加上大盆烤的苹果排浇上德文郡奶油①;再来一大杯淡啤酒,一顿午餐的确吃得很好。吃完以后,我建议上那边空咖啡室去,因为软圈椅可以坐得舒适点。咖啡室里很冷,但是壁炉里煤和木柴都已放好,所以我擦一根火柴生了火。火焰使寒伧的房间亲切得多了。

"行了,"我说。"现在告诉我,你要跟我谈什么事。"

"和上次一样,"她哧哧笑了起来。"拉里。"

"我猜是如此。"

"你知道我们已经解约了。"

"艾略特告诉了我。"

"妈妈放心了,艾略特很开心。"

她迟疑了一下,然后开始把她和拉里的那次谈话告诉我,这我已经尽量忠实地向读者交代过了。读者也许会诧异,她为什么要跟我这样的人交浅而言深。我和她见面敢说顶多只有十次,而且除掉药房那一次外,从来就没有单独在一起过。这事并不奇怪。单拿一点来说,正如任何作家都会告诉你一样,有些人跟别人不会讲的事情,的确会告诉一个作家。我不懂得这是什么缘故,要么是因为读了他们一两本书以后,他们对这个作家特别感觉亲切;还可能他们使自己戏剧化了,把自己看作是小说中的人物,因此愿意像他杜撰

① 德文郡奶油:将牛奶煮热冷却后,撇取浮在牛奶面上的奶油。

的那些人物一样向他推心置腹。还有,我觉得伊莎贝儿认为我喜欢拉里和她,他们的年轻使我很动心,并且对他们的不幸处境感到同情。她不能指望艾略特好心听她的诉说,因为拉里有过一个年轻人少有的进入社交界的好机会。但是他糟蹋掉了;对于这样一个年轻人,艾略特是不愿意动脑筋的。她母亲也帮助不了她。布太太有她自己的崇高原则和世故。她的世故使她认定,你假如要在这个世界上混得好,你就得接受这个世界的一套,而且不去做别人明白指出的那种不牢靠的事情。她的崇高原则使她相信一个人的责任就是在一个企业里找一项工作做,靠自己的努力找机会赚上一笔钱,按照符合自己地位的生活标准养家活口,使儿子们受到适当教育,俾能在长大成人之后清清白白地生活,并在死后使自己的妻子衣食无忧。

伊莎贝儿记性很好。那次时间很长的谈话的许多重要关节,她全都紧记着。我一直等她讲完,都不吭气听着,她只有一次打断自己话头问我一个问题。

"卢斯代尔是谁?"

"卢斯代尔?他是荷兰的一个风景画家。怎么?"

她告诉我拉里曾经提到他。他说卢斯代尔至少对他提出的问题找到一个答案,她并且重述了她问拉里这是什么人时,拉里给她的轻描淡写的回答。

"你想他是什么意思?"

我忽然灵机一动。

"你想他会不会是说的鲁斯布鲁克?"

"也许是。他是什么人?"

"是一个生活在十四世纪的佛兰芒神秘主义者。"

"噢,"她带着失望说。

伊莎贝儿一点不懂得这里的道理，但是，我却懂得一点。这是我第一次对拉里心里盘算的问题发现一点迹象，所以，当伊莎贝儿继续谈她的经过时，我虽则仍旧凝神在听，可是，一半心思却忙着研究拉里提到这个人可能意味着什么。我不想小题大做，因为可能他提起这位狂热的导师的名字只是作为争辩的理由；也可能有它的用意，但是，没有被伊莎贝儿听出来。当他回答伊莎贝儿的问题，说鲁斯布鲁克是他在中学时一个不认识的同学，他显然是不想伊莎贝儿追问下去。

"你说这一切算什么？"她讲完之后问我。

我等了一会才回答。

"你可记得他曾经说过要晃膀子？如果他这话是当真，他指的晃膀子可能要花费很大的气力。"

"我肯定他这话是真的。可是，你难道看不出，如果他把这么多气力放在什么有出息的工作上，他就可以有一笔很可观的收入。"

"有些人生性就是那样古怪。那些犯罪的人苦心经营的结果只是把自己送进监狱，可是，才从监狱里放出来，他们立刻又重新做起，结果又进了监狱。如果他们把这么多的勤奋、机巧、智谋和刻苦放在正经事业上，他们准会生活得很富裕，而且占据重要的职位。但是，他们的生性就是这样。他们就喜欢犯罪。"

"可怜的拉里，"她哧哧笑起来。"你难道打算说他学希腊文是准备抢一家银行吗？"

我也笑了。

"不，我不是这个意思。我打算告诉你的是，有些人对做某一件事情具有那样强烈的欲望，连自己也刹不住车，他们非做不可。为了满足内心的渴望，他们什么都可以牺牲。"

"连爱他们的人都可以牺牲？"

“是啊。”

“这除了明显的自私外，还能是什么？”

“我也不懂，”我微笑说。

“拉里学习死语言能有什么用处？”

“有些人对知识有种无所为而为的欲望。这不是什么下流的欲望。”

“如果你不预备派知识的用场，知识又有什么好处。”

“也许他就是如此。也许单单有了知识就是满足，正如艺术家能创造一件艺术品就认为满足一样。也可能知识是为了进一步追求什么的准备。”

“他如果要的是知识，他为什么复员之后不去进大学？纳尔逊医生和妈就是这样劝他的。”

“我在芝加哥时跟他谈过。学位对他没有用处。我觉察到他对自己要什么有他的具体想法，而且觉得在大学里得不到。你知道，在治学上有合群的狼，也有单身的狼。我认为拉里是那种除了走自己道路没有别的路好走的人。”

“我记得有次问他想不想写书。他大笑，说他没有东西可写。”

“这是我听到的不肯写作的最站不住的理由，”我微笑说。

伊莎贝儿做了个不耐烦的姿势。她连最温和的调侃都没有心肠听了。

“我弄不懂的是为什么他要变成这个样子。大战以前，他和别人并没有两样。说来你不相信，可是，他网球打得很好，而且高尔夫也打得很不错。他经常做我们其余的人做的那些事情。他是一个正常的孩子，而且我们没有任何理由设想他不会成为一个完全正常的男人。说到底话，你是个小说家，你应当能够解释。”

“人性是这样极端复杂，我有什么资格来解释？”

“今天我要跟你谈谈，就是为了这个，”她接着说，根本不理会我那句话。

“你不开心吗？”

“不，并不完全是不开心。拉里不在时，我很好；但是跟他在一起时，我就感觉非常软弱。现在只是一种难受，就像你好几个月没有骑马，骑马跑一次长途之后身上感到发酸那样；它并不痛苦，也并不使人忍受不了，但是使你感觉到；我会熬过的。我只恨拉里把自己的生活糟蹋成这样。”

“也许他不会。他开始走的是一条悠长艰苦的道路，可是，他最后也许会找到他要找的东西。”

“那是什么呢？”

“你难道没有想到过？从他告诉你的那些话看来，他表示得相当明显。上帝。”

“上帝①！”她叫出来。可是，她这一句是表示极端诧异的惊叹语。我们用了同一字眼，但是，意义却完全两样，使我们对这里的喜剧效果全都不由而然地笑了。但是，伊莎贝儿立刻又严肃起来，我而且觉得她的整个表情带有一种恐惧。“你怎么会想到这个？”

“我只是猜想。可是，你要我告诉你我作为一个小说家是怎样看法。不幸的是，你一点不知道他在大战时碰上了什么事情深深打动了他。我觉得，他的感触是完全出乎他的意料的。我在想，不管拉里碰上了什么，总之，这事使他有种人生无常和痛苦感，同时，觉得世界上的罪恶和痛苦准有一种补救办法。”

我看得出伊莎贝儿不喜欢我把谈话兜到这上面来。这使她觉得坐立不安。

---

① 伊莎贝儿的这句话等于我们的“天哪！”。

"这一切都非常之不正常,是不是?我们得承认眼前的现实。人活在世界上就是要把生活过得好。"

"你大概是对的。"

"老老实实说,我只是一个非常正常的普通女孩子。我要过得开心。"

"看上去你们两个人的气息完全合不到一块去。你在结婚之前能够发现这一点,非常之好。"

"我要结婚,而且有孩子,而且生活得——"

"按照慈悲的上帝高兴给你安排的那样生活,"我打断她,并向她微笑。

"是啊,而且这也没有什么不对,可不是?这样的生活很快乐,我是完全满意的。"

"你们就像两个朋友要一起去度假期,可是,一个要爬格陵兰的雪山,另一个要到印度的珊瑚礁去钓鱼。显然这是办不到的。"

"不管怎样,我说不定会在格陵兰的雪山上弄到一件海豹皮大衣,而印度的珊瑚礁恐怕很难说有什么鱼可以钓到。"

"那还得看。"

"你为什么这样说呢?"她问,眉头有点皱。"你自始至终好像肚子里藏了什么话不说似的。当然我知道我并不是这出戏里的主角。拉里是主角。他是理想家,他在做一个美丽的梦,而且即使这个梦不会实现,能做这样的梦也是令人心醉的。我担任的是那种狠心的、势利的、讲究实际的角色。通常的人是不大同情的,是不是?可是,你忘掉倒霉的是我。拉里会我行我素,遨游天地间,我只得紧紧跟在他后面苦挨苦挣地过日子。我要生活。"

"这个我一点没有忘掉。多年前,当我还年轻的时候,我认识一个医生,而且是一个很不错的医生,可是他并不开业。他许多年来都埋头在大英博物馆的图书馆里，每隔一段很长时间，就写一大本既不像科学又不像哲学的书，由于没有人要看，只好自费印了出来。他在逝世前写了四五本这样的书，没有任何价值。他有个儿子进军界，可是，他没有钱送他进桑赫斯特军事学院，只好去当一名普通兵士，大战时阵亡了。他还有个女儿；长得很美，我对她相当倾心。她去演戏，可是没有天才，只好认倒霉到外省去转，在些二流剧团里演配角，挣的钱少得可怜。他的妻子操了多年的单调而肮脏的苦活，终于健康顶不住，病倒了，那女孩子只好回家来看护母亲，代替母亲做她母亲做不动的苦活。碰壁，碰壁，再碰壁，生命白白浪费，落得个一场空。当你决定离开常轨行事时，这是一种赌博。许多人被点了名，但是，当选的寥寥无几。”

“妈和艾略特舅舅赞成我这样做。你也赞成吗？”

“亲爱的，这对你有什么关系？我对你几乎可以说是个陌生的人。”

“我把你看作是一个无所偏袒的观察者，”她说时嫣然一笑。“我很想征得你的同意。你真的认为我做得对吗？”

“我认为你为你自己做得对，”我说，深信她不会觉察到我的回答里有丝毫的区别。

“那么，为什么我总感到过意不去呢？”

“真的吗？”

她点点头，她嘴边仍带着微笑，可是变得有点像苦笑了。

“我知道这只是起码知识。我知道任何懂道理的人都会认为我做了唯一应当做的事情。我知道从任何实际的立场看，从人情世故的角度看，从普通的常识看，从是非的立场看，我做得都是对的。然而，在我的内心深处，我总感到一种不安，觉得我如果好一点，我如果不斤斤计较利害一点，比较不自私些，比较高尚些，我就会和拉里结婚,并且过他的那种生活。如果我真的爱他,我就会把世界不放在眼里。”

“你也可以把话倒转来说。如果他真的爱你,他就会毫不踟蹰照你的意思行事。”

“我跟自己也这样说过。可是,没有用处。我想女人和男人不同,女人天生是要牺牲自己的。”她哧哧笑了。“路得和异乡麦田①和那一类的事情。”

“你为什么不大胆试一下?”

我们的谈话一直都很轻松,几乎像在随便谈论双方都认识,但是跟我们关系并不密切的一些人的事情;伊莎贝儿甚至于向我叙述她跟拉里的那次谈话时,谈得也很风趣,有时还夹一点诙谐,就好像不要我把她的话太当真似的。可是,现在她的脸色变了。

“我怕。”

有这么半晌,我们两个都没有开口。我从头一直凉到脚,就像我碰到深刻而真实的人类情感时会起的那种古怪反应。我觉得吃不消,而且相当震骇。

“你非常之爱他吗?”我终于问了她一句。

“我不知道,我对他很不耐烦,我对他很恼火。我一直在想他。”

我们重又沉默下来。我不知道怎样说是好,我们坐的咖啡室很小,厚厚的花边窗帘遮着外面的光线。糊着黄大理石花纹壁纸的墙壁上挂些陈旧的游猎印刷品。再加上那些桃花心木的家具,寒伧相

① 《旧约·路得记》:寡妇路得返回原籍伯利恒,在波阿斯田中拾麦穗奉养婆婆拿俄米,波阿斯很照顾她。拿俄米得知,就命路得趁波阿斯在场上睡熟时,掀被睡在他的脚头。波阿斯便娶路得为妻,即大卫王的高祖母。伊莎贝儿在这里提到路得,大约是想到她自荐衾帱之事,所以哧哧笑了。“异乡麦田”一语不见《路得记》,而是济慈在《夜莺颂》中胡乱用的。

的皮椅子和一股霉味，给人一种古怪的感觉，仿佛是狄更斯小说里的咖啡室似的。我拿起火钳拨拨火，加上些煤。伊莎贝儿突然开口说道：

“你知道我原来以为到了摊牌的时候，他会屈服。我知道他很软弱。”

“软弱?”我叫出来。“你怎么会有这种想法？一个人由于决心要走自己的道路，能够一年不理会所有的亲友的反对……”

“过去只要我叫他做什么，他就做什么。我能够把他玩于股掌之上。在我们做的那些事情上，他从来不当头儿。只是跟着大伙儿一起转。”

我点起一根香烟，看着我喷出的烟圈。烟圈变得越来越大，最后在空气中消失。

“妈和艾略特都认为我这事之后仍旧若无其事地跟他出去到处逛，很不对头，但是，我并不放在心上。我一直到最后都认为他会屈服的。我一直相信不了，当他的蠢脑袋意识到我讲的话算数时，他不会让步。”她迟疑一下，带着顽皮的恶意向我一笑。“如果我告诉你一件事情，你会不会大吃一惊?”

“我想肯定不会。”

“在我们决定来伦敦之后，我去看了拉里，问他我们能不能一同消磨我在巴黎的最后一晚。当我告诉家里人时，艾略特舅舅说这非常之不得体，妈说她觉得没有必要。妈说没有必要，意思就是说她对这件事完全不赞成。艾略特舅舅问我这是什么意思，我说，我们打算找个地方吃晚饭，然后去逛那些夜总会。他告诉妈说，她应当禁止我去。妈说，‘如果我禁止你去，你会听吗?’我说，‘不，亲爱的，绝对不听。’她就说，‘这就是我原来设想的，既然如此，我禁止你去好像没有什么意思了。’”

“你母亲好像是个非常通情达理的女人。”

“我敢说很少有什么事情逃得过她的眼睛的。拉里来接我时，我到她房间里跟她说再见。我稍微打扮了一下；你知道，在巴黎非得如此不可，不然的话看上去就太像光着身子了；当她看见我穿的那些衣服时，她把我从头到脚看了一遍，使我很局促不安，觉得她相当敏锐地看出我心里的打算。可是，她什么也没有说，只是吻了我一下，说她希望我玩得开心。”

“你打算干什么呢？”

伊莎贝儿疑惑地望着我，就像决定不了自己究竟坦白到什么程度。

“我敢说我看上去很不错，而且这是我的最后机会。拉里在马克昔姆饭店定了一张桌子。我们点了很多好菜，所有我特别喜欢吃的东西都点了，还喝了香槟。我们杂七杂八地谈，至少我是这样，而且引得拉里大笑。我喜欢他的一件事情是，我总能够使他开心。我们跳了舞。跳舞跳够了以后，我们就上马德里堡①，在那边碰到几个我们相识的人，就加入他们一起；我们又喝了香槟。后来我们又去阿凯西亚。拉里舞跳得很好，而且我们步调很合。又是热，又是酒，又是音乐——我有点飘飘然起来。我觉得毫不在乎。我和拉里脸儿相偎地跳着，我知道他要我。天知道，我也要他啊。我有了一个想法。我觉得这个想法一直就在我脑子里。我想我要把他带回家，只要带回家，嗯，那个不可避免的事情一定会不可避免地发生。”

“我要说，你这样措辞再微妙不过了。”

“我的房间离艾略特舅舅的房间和妈的房间有一段路，因此我认为没有危险。等我们回到美国之后，我想我就写信告诉他我怀孕

① 也是一家饭馆，就在波隆花园入口处，是一家超级饭店。

了。他那时就只好回来和我结婚，而且只要能把他弄回去，我敢说使他留在美国并不难，特别是妈在生病。‘我以前怎么没有想到这个，我这个蠢货，’我跟自己说。‘这一来，当然什么都解决了。’音乐停下来时，我仍旧在那里让他搂着我。后来我说时间晚了，明天中午我们还要上火车，所以我们还是走吧。我们乘了一辆出租汽车。我紧紧偎着他，他用胳臂搂着我，而且吻了我。他吻了我，吻了我——啊，简直是登天。车子开到门口，好像只有一刹那的工夫。拉里付掉车钱。

“‘我走回去。’他说。

“汽车隆隆开走，我拿胳臂搂着他的头颈。

“‘上来再喝一杯酒，好吗？’我说。

“‘行，如果你要我的话。’他说。

“他已经揿了门铃，这时门开出来。我们进门时，他把电灯扭开。我看看他的眼睛；眼睛的神情是那样信任，那样诚实，那样——那样天真无邪；他显然一点没觉察到我在设下一个圈套；我觉得，我不能对他玩这样的卑鄙手段。这就像把孩子手里的糖拿掉。你知道我怎样做的。我说，‘呀，也许你还是不上去的好。妈今天晚上不大好。如果她已经睡了，我可不想吵醒她。晚安。’我仰起脸让他吻了我，把他推出门。事情就这样完结。”

“你懊恼吗？”我问。

“也不高兴，也不懊恼。我只是自己做不了主。并不是我要这样；只是一时冲动，使我没法子不这样做。”她勉强一笑。“我想你会说这是我的性格的好的一面。”

“我想你可以这样说。”

“那么我的好的一面只好自食其果了。我相信将来它会小心点。”

我们的谈话实际上就这样结束。伊莎贝儿对自己能够无拘无束地跟人谈话也许相当感到慰藉，可是，我能给她的只是这一点点。我觉得自己没有能尽到责任，想讲几句话使她多少感到舒服一点。

“你知道，一个人在恋爱，而且事情弄得全然不对头时，心里总是非常难受，而且好像永远不能摆脱似的。可是，你会诧异的是，海在这上面很起作用。”

“这话怎么讲?”

“爱情是个很不行的水手，你坐一次船，它就憔悴了。当你和拉里之间隔开一座大西洋时，你会意想不到地发现，在启程以前，好像无法忍受的苦痛，也变得轻微了。”

“这是你的经验之谈吗?”

“这是一个曾经沧海的人的经验体会。我在爱情上碰了钉子，感到痛苦时，就立刻去搭上一只大海轮。”

雨仍旧下个不停，我们认为不去看汉普顿宫那些华贵建筑，甚至伊丽莎白女王的床，伊莎贝儿也可以活下去，所以就坐车子回到伦敦。这以后我还见过伊莎贝儿两三面，但是，都有别人在场。后来我在伦敦住够了一个时期，就上蒂罗尔山区去了。

第三章

一

这以后，我总有十年没有再见到伊莎贝儿和拉里。艾略特还是经常见到，而且由于某种原因——这我以后再交代——比以前见面的机会的确更多了。我不时从他口中得知伊莎贝儿的近况。可是关于拉里，他一点讲不出来。

“以我所知，他仍旧住在巴黎，可是，我不大可能碰到他。我们交游的圈子不一样。”他又接上一句，有点心安理得的样子。“非常遗憾的是，他会堕落到这种地步。他是好好人家出身，我敢说，如果他把事情交给我来安排，我总可以使他混出一点名堂来。反正对伊莎贝儿说，她总算幸免了。”

我的交游并不限于艾略特认识的那些人；我在巴黎认识的有些人，艾略特说不定认为很不像样。巴黎我虽然时常经过，但是待的时间都不太长；也曾问过里面某些人可曾碰见拉里，或者听到他的消息没有；有几个和他偶然相识，但是，都谈不上和他有深交，所以谁也没法告诉我拉里的情况。我去他常吃晚饭的那家饭馆，但是，发现他已经好久不去，所以都认为他一定走了。我在蒙帕纳司大街那些咖啡店里也从来没有看见过他，这些咖啡店是住在附近的人总会去的。

拉里在伊莎贝儿离开巴黎之后，原来的打算是去希腊，但是他放弃了。他的实际行踪多年后才由他亲口告诉我，但是，为了把事情尽量按照时间顺序排列，读起来方便些，我还是现在来叙述的好。

他整个夏天都住在巴黎，一直工作到秋深。

“那时我觉得需要把书本子放一下，”他说。“我一天看八小时到十小时的书，这样已经有两年了。所以我就到一家煤矿去做工。”

“你到那儿去？”我叫出来。

他看见我这样诧异，笑了起来。

“我认为从事几个月体力劳动对我有好处；这会使我有时间把自己的思想理理清楚，使自己平静下来。”

我没有开口；我不知道这是否拉里采取这一意外步骤的唯一理由，还是和伊莎贝儿拒绝和他结婚也有关系。事实是，我就不知道他对伊莎贝儿的爱有多深。大多数人在恋爱的时候会想出各种理由说服自己，认为照自己的意旨行事是唯一合理的举动。我想不幸的婚姻那么多，就是这个原因。他们就像那些把自己的事情交给一个明知道是坏蛋的人去管一样；由于这个坏蛋和自己很好，他们就不愿意相信一个坏蛋首先是坏蛋，然后才是朋友，而且坚决认为这个人尽管对人不老实，对自己决不会如此。拉里不肯为了伊莎贝儿牺牲自己选择的生活，是相当坚强的，但是，失掉伊莎贝儿可能比他自己预料的要更加不能忍受。可能他就和我们多数人一样，又要吃饼子，又要留着看。

“哼，你讲吧，”我说。

“我把我的书和衣服放在两只箱子里，交给美国旅行社保管。然后把一套替换的衣服和些内衣打了一个包，就动身了。我的希腊文教师有个妹妹嫁给朗斯附近一家煤矿的经理，所以写了一封信介绍我去见他。你知道朗斯吗？”

“不知道。”

“在法国北部，离比利时边界不远。我在那边只住了一晚，就在车站旅馆，第二天坐当地的火车去了煤矿那边。你去过煤矿村吗？”

“在英国。”

“啊，我想大约是差不多的。有煤矿，有经理的房子，一排排矮小的三层楼房，全是一个样，完全一个样，单调得使你看了心情非常抑郁。有一座新近造的、怪模怪样的教堂，还有几家酒吧间。我到达时，天气又阴又冷，而且下着毛毛雨。我到了经理的办公室，把信交给他。经理是个矮胖子，两颊红红的，看上去像是个贪嘴的家伙。矿上正缺乏工人，许多矿工在大战中都牺牲了，有不少波兰人在这儿做工，敢说有二三百名。他问了我一二个问题，他不喜欢我是个美国人，好像觉得这里面有鬼，可是，他舅爷的信上说我很好，而且他反正愿意用我。他要给我一个地面上的工作，可是，我告诉他我想到矿下面去干活。他说，如果我没有做惯，会觉得人吃不消，但是，我告诉他，我早有准备，这样，他就说，我可以做一个矿工的助手。这其实是男孩子做的，不过，男孩子也不够周转。这人很不错，他问我有没有找过房子，当我告诉他还没有去找时，他就拿一张纸条子写了个地名，说我如果拿这个纸条子去，那个房子的女人就会给我一个地方睡。她是个寡妇，丈夫是矿工，大战中阵亡了，两个儿子都在矿上做工。

“我拿了包，离开经理室，找到那所房子，一个身材高大的女人来开门，头发已经花白，一双乌黑的大眼睛；眉眼长得不错，过去有一个时候一定好看过；如果不是因为门牙少掉两颗，她也不至于像现在这样憔悴。她告诉我没有房间，但是，她租给一个波兰人的房间里有两张床，我可以睡那一张空床。她的两个儿子睡在楼上的一个房间，另外一间她自己睡。她给我看的那个房间在楼下，我想原来大概是作为起坐间的；我很愿意能够单独有间房间，不过，我想还是不要啰嗦吧；外面的毛毛雨已经淅淅沥沥下起来，而且我的衣服打湿了。我不想再跑别的地方，把衣服淋得湿透。所以，我说这样行，就住了下来。他们把厨房当起坐间，厨房里有两张摇摇晃晃的圈椅。院子里有个堆煤的棚，也用来作浴室。两个男孩子和那个波兰人已经跟他们吃过午饭，但是，她说，我可以跟她在中午一起吃饭。这以后，我就坐在厨房里抽烟，她一面做家事，一面跟我谈她的身世和家庭情况。早班做完，别的人陆续回来，先是那个波兰人，后来是两个男孩子。波兰人穿过厨房，当房东太太告诉他，我要和他睡一个房间时，只跟我点一下头，并不开口，从壁炉架上拿起一只大水壶到煤棚里洗脸去了。两个男孩子都是高个子，尽管脸上有煤污，看上去还很漂亮，而且好像愿意跟我要好。他们把我看作是个怪物，因为我是美国人。一个男孩子十九岁，解除军役不过几个月，另一个十八岁。

"波兰人回来了，两个男孩子就去洗刷。波兰人的姓是那种很难叫的波兰姓氏，可是他们都叫他考斯第。一个大家伙，比我要高出两三英寸，长得又长又壮；一张苍白肥胖的脸，鼻子短而宽，大嘴；蓝眼睛，由于没有能把眉毛和睫毛上面的煤灰洗掉，看上去就像化了妆一样。黑睫毛把眼珠的蓝颜色衬得简直令人骇异；是个丑陋肮脏的家伙。两个男孩子换了衣服出去了。波兰人继续坐在厨房里抽烟斗，看报。我口袋里有本书，所以拿了出来，也开始看书。我注意到他有一两次张我一眼，不久便放下报纸。

"'你看的什么？'他问。

"我把书递给他，让他自己看。是一本《克莱夫王妃》①，我在巴黎火车站买的，因为本子小，可以放在衣袋里。他看看书，又看看我，有点奇怪，就把书还我。我看出他嘴边露出讽刺的微笑。

"'你觉得好看吗？'

① 法国拉法耶特夫人（1634—1693）著，是一部开心理小说先河的作品。

CAFE-
BÀR
LENS 18K
DAVID KNIGHT

“‘我觉得很有意思——甚至很引人入胜。’

“‘我在华沙上学时读过。看得我腻味死了。’他法文讲得很好，一点波兰口音也没有。‘现在我除掉报纸和侦探小说外，什么都不看。’

“杜克娄克太太——这就是我们房东太太的名字——一只眼睛瞄着火上在烧的晚饭吃的汤，一面靠着桌子补袜子。她告诉考斯第，我是煤矿经理介绍来的，并且把我认为可以告诉她的话重述一遍。他一面听，一面抽着烟斗，一双雪亮的蓝眼睛瞅着我，眼光严厉而精细。他问了我几个关于我的问题。当我告诉他我从来没有在煤矿上做过工时，他嘴角露出讽刺的微笑。

“‘你不知道自己来做什么。一个人只要有别的工作可做，决不肯上煤矿来工作。不过这是你的事情，肯定有你的理由。你在巴黎住在哪里？’

“我告诉他住在哪里。

“‘有一个时期，我每年都要去巴黎一趟，不过，都是在那些大街上逛。你到过拉吕饭店没有？那是我最喜欢去的馆子。’

“这使我有点诧异，因为你知道，这馆子并不便宜。”

“一点不便宜。”

“我想他看出我有点诧异，因为他嘴边又露出那种讽刺的微笑。可是，他显然觉得并不需要进一步解释。我们东聊聊，西聊聊，后来两个男孩子回来了。我们一同吃晚饭。吃完晚饭，考斯第问我可高兴和他上小酒店去喝杯啤酒。小酒店只是一间相当大的房间，房间的一头是酒吧间，另外有几张大理石面的桌子，四周围放些木椅。有一架自动钢琴，有人放进一个硬币，钢琴正放着舞曲。除掉我们坐的那张桌子外，只有三张桌子坐有人。考斯第问我可会打比陆。我曾经跟我的那些学生朋友学过，所以说会打；他就建议我们赌谁会啤酒账。我同意,他叫人把纸牌拿来。我输了一杯啤酒,接着又输掉一杯啤酒。后来他建议我们赌现钱。他拿的牌好,我的运气很坏。不过赌的输赢不大,我只输了几个法郎。这一赢加上啤酒使他的兴致高了,他就谈起来,从他的谈吐和举止,我不久就看出他是个受过教育的人。当他重又谈到巴黎时,他就问我可认识某某,某某,某某,就是路易莎伯母和伊莎贝儿住在艾略特家里时我碰见的那些美国女人。他好像比我跟这些人熟悉得多,我弄不懂他怎么会落到现在这样。时间并不晚,可是,我们天一亮就得起来。

"'走之前,我们再喝一杯啤酒吧,'考斯第说。

"他一面呷着啤酒,一面用他精细的小眼睛瞄着我。我知道他当时使我联想起的什么,是一个坏脾气的猪猡。

"'你为什么到这个混蛋的煤矿来做工?'他问我。

"'体验一下。'

"'你是个傻瓜,小伙子,'他说。

"'那么,你为什么在这儿做工呢?'

"他耸耸自己厚实而臃肿的肩膀。

"'我做孩子时就进了贵族军事学校,我父亲是沙皇下面的一个将军,上次大战时我是骑兵军官。我受不了皮尔苏斯基①。我们策划杀死他,可是有人出卖了我们。我们的人凡是被他捉到的,都被枪毙。我总算来得及越过边境。这时我只有参加法国军团,或者到煤矿上做工的两条路。这两件坏事,我选择了后一件坏得少些的。'

"我已经告诉过考斯第,我预备在煤矿上做什么工作,他当时没

---

① 皮尔苏斯基(1867—1935),波兰元帅和政治家,因主张波兰独立,屡次被捕,最后成为波兰的独裁者(1918—1922),1926年曾任国防部长。

有说什么,可是,现在他把胳膊肘搁在大理石台面上,跟我说道:

"'你试试把我的手摊开看。'

"我懂得这是一种老式的角力,所以摊开手掌抵着他的手掌。他笑了。'几个星期之后,你的手可不会这样软了。'我使尽力气推,可是,他的力气非常之大,简直动不了他;他慢慢地把我的手推回去,一直推到桌子下面。

"'你相当有力气,'他总算没有笑我。'没有多少人能够顶得住这样久的。你听我说,我的助手很不行,他是个矮小的法国人,连个虱子的力气也没有。明天你跟我来,我跟工头说叫你做我的助手。'

"'我很愿意,'我说。'你看他肯吗?'

"'要点人情。你拿得出五十个法郎吗?'

"他把手伸出来,我从皮夹子里拿出一张钞票给他。两个人回家睡觉。我劳累了一整天,睡得像猪一样。"

"你可觉得煤矿的活不好干吗?"我问拉里。

"开头干得人腰酸背痛,"他咧开嘴笑了一下。"考斯第和工头一起干活,我当考斯第的助手。那时候,考斯第干活的地方只有旅馆浴室那样大小,而且进去时要通过一条很低的隧道,只能手足齐用爬进去。里面热得像火炉,我们干活时只穿一条裤子。考斯第那个又胖又白的上半身看了叫人极其厌恶,就像只无大不大的蜒蚰。在那么狭窄的一点地方,气刀的声音吵得人耳朵都聋了。我干的活是把他劈下来的煤块装满一篮子,再把篮子拖到隧道口,等地下煤车隔段时间开来时,把它装上,煤车再开到电梯那边。这是我平生碰到的唯一的一个煤矿,所以不知道一般的做法是不是都是如此。这好像是很起码的操作法,可是这活儿却他妈的非常吃力。做了半个工的时候,我们坐下来休息,吃午饭,抽烟。做完一天之后,我并不难受，而且洗个澡真是开心。我当作我的脚永远不会干净似的，黑得就像墨水。当然我的手划破了，而且酸痛得厉害，但是长好了。我对工作慢慢习惯起来。”

“你坚持了多久呢？”

“这个活我只做了几个星期。那些把煤装到电梯那边的煤车，是用一辆拖拉机拖的，司机不大懂机器，引擎经常出毛病。有一次他没法子开动车子，而且好像想不出一点办法。我相当会修机器，所以把机器检查一下，半小时之内，就把车子修好了。工头告诉了经理，经理把我找了去，问我可懂得开车子。结果他就叫我担任司机；当然工作是单调的，但是轻松，而且由于引擎没有再出什么毛病，他们对我都很喜欢。

“考斯第对我离开他恨得要死。他和我很配合，而且跟我搞习惯了。我同他成天一起工作，吃完晚饭一起上小酒店，睡一个房间，当然和他熟悉。他是个怪家伙。这种人你一定会喜欢。他不跟波兰人来往，波兰人去的咖啡馆我们也不去。他总忘记不了自己是贵族，而且当过骑兵军官，所以，他把那些波兰人都看成狗屎。波兰人当然恨他，但是，一点没有办法；他壮得就像条公牛，打起架来，不管有刀子没有刀子，五六个人一齐上也胜不了他。可是，我照样认识了几个波兰人；他们告诉我，他在一个漂亮的骑兵分队里当过军官是真的，但是，为了政治原因离开波兰，则是说谎。他是因为打牌作弊，被人捉住，从华沙军官俱乐部里被赶出来，并且解职的。他们叮咛我不要跟他打牌；说他碰见他们都有点怯，因为他们太熟悉他的底子。谁都不肯跟他打牌。

“我打牌一直输给他，你知道，不过输得不多，只有几个法郎，而且他赢了以后，总要争着会酒账，所以实在算不了什么。我认为，自己只是运气不好，或者牌打得没有他好的缘故。可是，在那些人告诉我之后，我的眼睛就留神起来，而且百分之百肯定他在作弊，可是，你知道，我怎么也看不出他是怎样作弊的。哎，他真是聪明。我知道他根本不可能永远拿到好牌。我就像个山猫盯着他看。他就像狐狸一样狡猾，而且我猜想，他已经看出我对他提防起来。有一天晚上，我们玩了一会牌之后，他带着相当残酷而讽刺的微笑——这是他懂得的唯一笑法——望着我说：

"'要不要我变两个戏法给你看？'

"他把纸牌拿过去，叫我说一张牌，然后洗了牌，叫我随便取一张；我取了一张看时，就是我说的那一张。他又变了两个戏法，然后问我打不打扑克。我说会打，他就发给我几张牌。我一看，手里的牌是四个 A 一个 K。

"'你拿到这副牌总会押上很多的钱吧，是不是？'他问我。

"'我会把所有的钱都押上去，'我答。

"'傻瓜。'他把自己手里的牌摊给我看，是同花顺子。他是怎么搞的，我不知道。他看到我大为惊讶，哈哈大笑。'我假如不是个规矩人，我就会使你到现在连老婆都输掉。'

"'现在你也没有吃亏，'我笑着说。

"'小意思。连在拉吕吃顿晚饭都不够。'

"我们每晚仍继续打牌，而且打得很高兴。我得到的结论是，他作弊与其说是为了钱，还不如说是为了寻乐子。他对自己能够愚弄我感到一种异样的满足，而且我觉得，他发现我明知道他在作弊却看不出他是怎样作的，感到好笑之至。

"可是，这只是他的一方面，而使我感觉兴趣的却是他的另一方面。我简直无法把这两方面调和起来。虽则他自夸除掉报纸和侦探小说以外，什么都不看，但他实在是个有文化的人。人很健谈，谈起话来刻薄、严峻、讥诮，但是，听他谈话，常使人笑不可仰。他是个虔诚的天主教徒，床头挂一个十字架，星期天经常去做弥撒。星期六晚上总要喝醉酒。我们去的那家小酒店，星期六总是挨挨挤挤的人，室内烟雾弥漫。有的是带了家人来的沉静的中年矿工，有的是成群结队的吵吵闹闹的年轻人，有的汗污满面围着桌子一面打比陆，一面大声叫唤，他们的老婆则坐得稍后一点看着。这些人和这些声音对考斯第产生一种古怪的影响；他会变得严肃并且谈起神秘主义来——在许多你想象不到的问题中间，偏偏会谈这个。我当时对神秘主义毫无所知，只是在巴黎读过一篇梅特林克论鲁斯布鲁克的文章。可是，考斯第却谈到柏鲁丁诺①、雅典最高法院法官德尼②、鞋匠约考白·波伊姆③和梅斯特·艾克哈特④。听这样一个被自己的世界开除出来的大块头和游民，带着讽刺、怨恨和绝望的口气谈万物的本性，谈与上帝结合后的极乐境界，简直是匪夷所思。这些我都从来没有听过，弄得我又莫名其妙，又兴奋。我就像一个躺在黑房间里但是醒在床上的人，忽然看见窗帘上透进一道光线，心里知道只要拉开窗帘，眼前就会展开一片晨光朗照的原野似的。可是，在他清醒的时候，我想要逗他谈谈这个问题，他就会对我大发脾气，恶狠狠地望着我。

"'我连自己讲的什么都不知道，怎么会知道自己谈些什么?'他打断我。

"可是，我知道他在扯谎。他完全知道自己谈些什么。他懂得很多。当然他当时是吃醉了，可是，他眼睛的神情，他那张丑陋脸上心旷神怡的表情，并不仅仅是吃了酒的缘故。这里面很有道理。他

① 柏鲁丁诺(205? —270)，新柏拉图主义哲学家。
② 即圣德尼(? —272?)，巴黎第一任主教，于公元250年由罗马派往巴黎向高卢人传教，因宣传犹太教义被调回罗马，受酷刑并斩首。
③ 约考白·波伊姆(1575—1624)，波兰的神秘主义者。
④ 梅斯特·艾克哈特(1260? —1327?)，德国神秘主义者，主张泛神论。

第一次这样跟我谈时,有些话我始终不能忘记,因为我听了觉得骇然。他说,世界并不是上帝创造的 ,因为无不能变为有;世界是永恒的一种表现;这还罢了,可是,他接着又说,恶和善一样,都是神性的直接表现。坐在那个肮脏吵闹的咖啡馆里,加上自动钢琴伴奏着舞曲,听着他讲这些话,真给人一种古怪的感觉。"

二

为了使读者休息一下,我在这里另起一节,但是,这样做只是为了读者的方便;拉里的谈话并没有中断过。我不妨借这个机会说,拉里谈得很从容,时常小心选择他的字眼。虽则我并不自命把这些谈话记录得完全无误,可是,我不但竭力重述了他的谈话内容,而且也复制了他的谈话风度。他的声音清脆,具有一种音乐美,听上去很受用;他谈话时,不作任何手势,只抽着烟斗,有时停下来把烟斗重新点一下,盯着你望,深色的眼睛里带有一种讨喜的,往往是古怪的表情。

"后来春天来了。在那片平坦而荒凉的乡间,春天来得很晚,仍旧是阴雨和寒冷;可是,有时候,也会有一天晴暖,使人不想离开地面,坐着摇摇晃晃的电梯钻到一百英尺下面的地球肚里去,里面挤满了穿着煤污工人裤的矿工。春天固然是春天,但是,在那片污浊的原野上,春天来得很羞涩,就像拿不准会不会受到人们欢迎似的。它像朵黄水仙,或者百合花,开在贫民区住房窗沿上的一只盆子里,使你弄不懂它在那儿做什么。星期天早晨,我们躺在床上——因为我们星期天早上总是起身很晚——我在看书,考斯第望着外面蓝天,对我说:

"'我要离开这儿。你可要跟我一起走?'

"我知道有许多波兰人夏天都回波兰参加割麦子,不过,时令还早，而考斯第波兰是回不去的。

"'你上哪儿去?'我问。

"'流浪。穿过比利时到德国，再沿莱茵河走。我们可以在农场上找到工作，把一个夏天混掉。'

"我毫不迟疑就决定了。

"'这听上去不错，'我说。

"第二天，我们就去告诉工头我们不干了。我找到一个人愿意拿一只背包和我换皮包。我把不需要的和背不动的衣服送给杜克娄克太太的小儿子，因为他的身材和我差不多。考斯第留下一只口袋，把些要用的东西打一只背包，就在第二天老太婆给我们喝了咖啡之后出发了。

"我们一点不着忙，因为我们至少要等到庄稼可以收割的时候才能找到一处农场干活，所以，两个人懒懒散散地由那慕尔和列日穿过法国和比利时，然后经由亚琛进入德国境内。每天顶多走十英里或十二英里路；遇到一个村子看上去不错，就住了下来。总有一个客栈之类的地方可以过夜，总有一家酒店可以吃到饭，喝到啤酒。整个说来，天气都很好。在煤矿里干了好几个月的活之后，能够跑到野外来，的确开心。敢说我从来就没有体会到一片绿茵看上去有这样好看，一棵树还没有长出叶子，但是树枝笼罩着一层淡绿色薄雾有多么的美好。考斯第开始教起我德语来，我而且相信他的德语和法语讲得一样好。我们一路行来，他就会告诉我经过我们面前的那些形形色色的东西德文叫什么，一头牛，一匹马，一个人等等，后来又叫我复述简单的德文句子；就这样把时间消磨掉。等到我们进入德国境内时，我至少已经能够跟人家要我要的东西了。

"科隆并不完全是顺路，可是考斯第坚决要去那里，他说是为了那一万一千殉道修女①。等我们到了科隆时,他去酗酒胡闹。我有三天没见到他;等他回到那有点像工人宿舍的房间时,脸色非常阴沉,原来他和人家打了架,眼睛打青了,嘴唇也划了一道口子。那相貌可不怎么好看,我可以告诉你,他睡了二十四小时,后来我们就沿着莱茵河流域向达姆施塔特出发;他说那一带乡间很好,我们很有机会找到工作。

“我从来没有这样痛快过。天气仍旧很好,我们漫步穿过小镇和村落;碰到有什么可看的,就停下来看看。只要有地方可以过夜,就住下来;有一两次,睡在稻草堆上。吃饭在路旁的客店里吃,等到我们到达酿葡萄酒的乡间时,就不喝啤酒,喝起葡萄酒来;在客店喝酒时,就跟店里那些人交朋友。考斯第有一种粗野的快活派头,使那些人对他很信任;他会跟他们打斯卡特,那是一种德国的牌戏。玩牌时,他会偷牌,可是人脾气好,而且讲些他们欣赏得了的下流笑话,所以那些人输给他那几个大钱也不介意。我和他们练习讲德语;在科隆时我买了一小本英德会话语法,进步得很快。到了晚上,考斯第喝了两大盅白葡萄酒之后,就会以一种古怪的病态方式谈论从逃避孤独而找到孤独,谈灵魂的黑夜,谈造物和主宰合为一体的极乐境界。可是到了清早,当我们穿行在明媚的乡野,草上还沾着露水时,我想要他再告诉我一点,他却变得非常生气,几乎要动手打我。

“‘住口,你这蠢材,’他说。‘你要知道这些无聊的事儿做什么? 来,让我们学德文。’

“一个拳头就像汽锤而且说打就打的人,你跟他有什么争辩头。

① 科隆的圣乌尔苏拉教堂(建于11和13世纪)相传藏有为匈奴杀戮的1万1千名修女遗骸。遗骸以某种葬礼式的镶嵌图案造在墙上,教堂内各处都可见到。圣徒和她的几个亲密伴侣的头颅则藏在金室内金银神像的头内。

我曾经看见他发过火。我知道他可以把我打昏过去，把我丢在水沟里，而且用不着我提，他就会在我昏倒时把我的口袋掏光。我对他这个人简直摸不透。当葡萄酒打开他的话匣子，他谈到至高无上的主宰时，他会避开平时讲的那些粗野下流话，犹如脱掉在煤矿里穿的煤污工人裤一样；他会谈得很文雅，甚至很有口才。我敢肯定他并没有弄虚作假。不知道我是怎样会想起的，但是，我多少有种想法，好像他从事煤矿上那种辛苦的非人劳动是为了折磨自己的血肉之躯。好像他憎恨自己那个巨大的臃肿不灵的身体，要给他罪受；他的诈欺行为，他的仇恨，他的残酷，都是他的意志对——唉，我不知道你会称它做什么——他的意志对一种根深蒂固的神圣本能的反抗，对自己渴求上帝的欲望的反抗，那个使他害怕同时又使他困惑的上帝。

"我们并不赶时间，春天差不多快过去了，树木全长得青枝绿叶的。葡萄园里的葡萄开始灌浆。我们总尽量沿土路走，现在路上的灰尘大了起来。我们已到了达姆施塔特附近，考斯第说我们还是找个工做吧。我们的钱快用光了。我口袋里还有半打旅行支票，可是，我拿定主意只要能够不用，还是不用。当我们看见一家看去还不错的村舍时，我们就停下来，问他们要不要两个帮工。我要说我们的外表并不怎样讨人喜欢；身上又是灰尘，又是汗，又是肮脏。考斯第样子像个大流氓，我的样子想来也好不了多少。我们几次三番被人拒绝了。有一个地方的农夫说，他愿意雇用考斯第，但是不能用我；考斯第说我们是好朋友，不能分开。我叫他去，可是他不肯。我很诧异。我知道考斯第喜欢我，虽则我想不出是什么缘故，因为我现在已经对他没有用处了，但是，我决计没有想到他喜欢我到这种地步，会为我而拒绝工作。当我们走开后，我感到有点良心责备，因为我并不真正喜欢他，事实上，我觉得他相当可厌，但是，当我想要说几句话，表示我对他这样做感到高兴时，他把我臭骂了一顿。

“但是，我们总算时来运转了。我们刚穿过一处坐落在低谷中的村子，就望见一幢单独的村舍，外表还不错。我们敲敲门，一个女人来开门。我们像平时一样问她可要帮工的，说我们不要工钱，只要有饭吃，有地方住就行，想不到她并没有请我们吃闭门羹，而是叫我们等一下。她向屋子里面叫人，不久就出来一个男人。这人把我们仔细打量一下，问我们从哪儿来的。他要我们把证件给他看，看到我是美国人时，把我又瞪了一眼。他好像不大高兴这一点，但仍旧请我们进去，并且喝杯葡萄酒；他把我们带到厨房，三个人一同坐下。那女人端来一大盅酒和几只杯子。他告诉我们，他雇的帮工被公牛牴伤了，现在在医院里，要等到庄稼收割之后才能复工。战争里死了那么多人，余下的人又都进了莱茵河沿岸兴起的那些工厂做工去了，现在找帮工他妈的可真不容易。这个我们知道，而且早已算计到了。总而言之，他说他可以雇用我们。房子里地方很大，可是，我想他大约不愿意我们住在家里；不管怎样，他告诉我们稻草棚上面有两张床，我们就在那里睡。

“农场上的活不重。牛要喂食，还有猪也要喂食；机器很不灵，我们得好好收拾一下；但是，我还是有点空闲。我喜欢那些芳香的草坪，傍晚时常常到处闲逛，遐想，日子过得很不错。

“这家人家姓贝克尔，有老贝克尔，他的妻子，他的寡媳和孙儿女。贝克尔年近五十，肥硕的身躯，花白头发；他在大战时参过军，腿上受了伤，现在走起路来还是一拐一拐的。腿上的伤使他很痛苦，只能靠喝酒解痛；睡觉前总是喝得醉醺醺的。考斯第和他相处得很好，晚饭后，时常一起上酒店，打斯卡特，大喝其酒。贝克尔太太原是婢女。他们把她从孤儿院里领出来，贝克尔在妻子死后不久就娶了她。她比贝克尔年纪小一大截，也还有点姿色，长得丰满，两颊红红的，浅色的头发，有股风骚劲儿。考斯第不久就看出这里面有点花头的结论。我告诉他不要当傻瓜。我们有个好工作，可不愿意丢掉。他只是嘲笑我；说贝克尔满足不了她，而且是她自己在要。我知道叫他规规矩矩是白说，但还是关照他当心点；贝克尔可能看不出他的企图，但是还有他的媳妇。你逃不脱她的眼睛。

"爱丽——就是那个媳妇的名字——是个又高又壮的年轻女人，只有二十来岁，黑眼睛，黑头发，一张长方的阴沉沉的脸。她仍旧替自己在凡尔登阵亡的丈夫戴着孝。是个虔诚教徒，每逢星期天早晨，都要步行到村子里去做早弥撒，下午又要跑去做晚祷。她有三个孩子，其中一个是遗腹子；吃饭时除掉骂孩子外，从不开口。她在农场上只做少量的活，多数的时间都花在带孩子上，晚上总是一个人坐在起坐间里开门看小说，这样哪个孩子哭她就能听到。两个女人感情很坏。爱丽看不起贝克尔太太，因为她是个弃儿，做过用人，而且对于她是一家的主妇，能够发号施令痛恨之至。

"爱丽是个富庶农夫的女儿，嫁过来时带了一大笔奁资。她并没有在村里上学，而是上的最邻近的斯温根堡镇的一个女子体育学校，受到很好的教育。可怜的贝克尔太太十四岁就到了农场，能够看书写字在她已经很不错了。两个女人关系搞不好，这是另一个原因。爱丽一有机会就卖弄她的知识，贝克尔太太气得满脸通红，就问有知识对于一个农夫的妻子有什么用。于是，爱丽就会看着自己用钢链绕在手腕上的死去丈夫的身份牌，对着贝克尔太太愠怒的脸恶狠狠地说：

"'不是一个农夫的妻子。只是一个农夫的寡妇，一个把生命献给国家的英雄的寡妇。'

"可怜的老贝克尔为了使她们不要吵嘴，只好把农活搁下来。"

"可是，他们对你怎样看法呢？"我打断拉里的话。

“哦，他们当作我是从美国军队里逃出来的，弄得回不了美国，回去就得坐牢。我不愿意跟贝克尔和考斯第上酒店去喝酒，他们认为就是这个缘故。他们觉得我不愿引起人们注意，弄得村警来盘问我。当爱丽得知我打算学德文时，她就把自己的旧课本拿出来，说要教我。因此，晚饭后，她就和我走进起坐间，把贝克尔太太丢在厨房里；我读给她听，她改正我的读音，并设法使我懂得那些我不认识的单词。我猜想她这样做与其说是帮助我，还不如说是摆点颜色给贝克尔太太看。

“考斯第这一向一直都在设法勾引贝克尔太太，但是没有进展。她是一个快活的、嘻嘻哈哈的女人，很随便地和他一起揶揄说笑，考斯第对女人很有他的一套。我猜她知道考斯第的用心，而且敢说自己感到得意，但是，当考斯第开始拧她时，她却教他放规矩些，并且掴了他耳光。我敢打赌，那一记打得很重。”

拉里有点迟疑，有点不好意思地笑了一下。

“我从来不是那种认为女人在追我的人，可是，我感到——嗯，贝克尔太太看中了我。这使我很不舒服。单拿一点说，她比我大得多，而且老贝克尔一直对我们很尊重。吃饭时，贝克尔太太管分菜，我没法不感到她给我的菜总比给别人的多一点。我总觉得，她在找机会同我单独在一起。她会以一种我想你会称做的挑战姿态向我微笑，曾经问我可有女朋友，并且说一个年轻人在这种乡下，一定因为找不到女朋友而感到苦闷。这类事情你是懂得的。我只有三件衬衫，而且都穿得很破了。有一次，她说我穿得这样破烂真丢脸，要我把衬衫拿来让她给我缝缝补补。爱丽听到了，因此，下一次她和我单独在一起时，就说我如果有什么东西要补的，让她来补。我说没有关系。可是，一两天后，我发觉我的袜子洞全补好了，衬衫也打上补钉，放在阁楼上我放东西的长凳上，但是，不知道是她们哪一个做的。当然，我并不把贝克尔太太放在心上；她是个忠厚女人，我觉得这可能只是她的母性表现；但是，有一天，考斯第跟我说：

"'你听着，她要的不是我而是你。我一点指望也没有。'

"'别胡说八道，'我跟他说。'她大可以做我的母亲。'

"'这有什么关系？你只管追她，老弟，我不会碍你的事。她可能不那么年轻，但是身体长得很不错。'

"'不要胡说。'

"'你迟疑做什么？不要因为我的缘故，我希望。我是个哲学家，我懂得此处不着那处着。我不怪她。你年轻，我也年轻过来。**青春是稍纵即逝的**。'

"考斯第这样把稳，我并不高兴，我不愿意相信有这种事情。我不知道怎样对付这种局面是好，后来，我追溯了当时曾经触动我的许多事情，爱丽讲的那些我没有怎样留意的话。可是，现在我懂了，我有把握说爱丽也知道是怎么回事。贝克尔太太和我单独在厨房里时，爱丽会突然跑进来。我有个印象好像她在监视我们。我很不喜欢，觉得她想要当场捉着我们。我知道她恨贝克尔太太，只要有点风吹草动，她就闹出来。当然我知道她没法子抓到我们的把柄，但是，这个女人的心眼儿很坏，说不定会编出一套谎话来灌输给老贝克尔。我不懂得怎样对付，只好假装我是个大傻瓜，一点领会不了这个女人的用心所在。我在农场上过得很快活，干活也干得很开心，不想在收割之前就离开。"

我不由得笑起来。我可以想象得出拉里当时的模样，穿着补过的衬衫和短裤，脸和脖子被莱茵河的太阳晒得黝黑，灵活而瘦削的身体，一双深色眼睛嵌在凹进的眼窝里。我可以有把握说，他这副相貌会使贝克尔太太这样白皙、这样胸部丰满的主妇欲火中烧起来。

“那么，后来怎样呢？”我问。

“是啊，夏天一天天过去。我们像牛马一样干着活。割掉麦子，堆起麦子。后来樱桃熟了。考斯第和我爬梯子摘樱桃，两个女人把樱桃装进大箩筐，由老贝克尔送到斯温根堡镇上卖掉。后来我们又割裸麦。当然始终还要照顾牲口。我们总是天没亮就起来，一直干到天黑才歇手。我想贝克尔太太已经看出我这人没有指望，把我放弃了；我总是保持和她若即若离，但是，尽量不得罪她。晚上，我已经非常瞌睡，谈不上读什么德文；吃完晚饭就回到阁楼上去，往床上一倒。贝克尔和考斯第大都上村里的酒店，可是考斯第回来时，我已经酣呼大睡了。阁楼上很热，我睡觉时总脱得赤条条的。

“有一天夜里，我被弄醒了。开头我弄不清是怎么回事；我半睡半醒，我感到一只热乎乎的手捂着我的嘴，这才发觉有人和我睡在一起。我把手挪开，接着就有一张嘴抵着我的嘴，两只胳臂抱着我，我感到贝克尔太太的两只大奶子抵着我的身体。

“‘不要响，’她低声说。

“她身体紧紧抵着我，用又热又丰满的嘴唇吻我，两只手不住摸我的身体，两条大腿夹在我大腿中间。”

拉里停下来，我哧哧笑了。

“你怎么办呢？”

他不屑地笑一下，甚至脸有点红起来。

“我有什么办法？我能够听见考斯第在我旁边的床上鼾声很大。这是约瑟的处境①，而且我过去一直觉得有点可笑。我只有二十三岁。我不能闹出来，把她赶去。我也不想使她伤心；只好依她。

① 《旧约·创世记》第39章，约瑟为埃及人管家，遭埃及人的妻子勾引，要和他同寝，约瑟不从；她拉着他的衣裳，约瑟丢掉衣裳逃去。她以衣裳作证，说约瑟勾引她，将约瑟下狱。

“后来她溜下我的床，轻手轻脚下了阁楼。我可以告诉你，我深深叹了口气，心放了下来。你知道，我吓坏了。‘天哪，’我说，‘真险！’我想贝克尔很可能吃得大醉回来，昏昏沉沉睡了，可是，他们睡一张床，说不定他会醒来，看见自己老婆不在床上。还有爱丽。她总是说睡得不好。如果她醒着，她就会听见贝克尔太太下楼走出屋子。接着我忽然想起一件事情来。贝克尔太太和我睡在一起时，我觉得有块铜片碰到我的身体。当时我没有注意到，你知道在这种情况下，人们一般都不注意这些事情的，我而且一直没有盘算到他妈的这是什么。现在我想起来了。当时我坐在床沿上，正在盘算这一切事情的后果而且发愁时，忽然吓了一大跳，人站了起来。那个铜片是爱丽丈夫的身份牌，被爱丽一直缠在手腕上的，所以和我睡在一起的并不是贝克尔太太，而是爱丽。”

我哈哈大笑，笑得不可开交。

“你可能觉得好笑，”拉里说。“我可不觉得。”

“现在你回想一下当时的情景，是不是认为这件事情有点滑稽味道吗？”

拉里嘴边勉强露出微笑。

“也许。可是这事情弄得非常尴尬。我不知道这会引起什么后果。我不喜欢爱丽。我觉得她是个顶讨厌的女人。”

“可是，你怎么会把她当作另外一个呢？”

“那时屋子里漆黑。她除了叫我不要作声外，一句话也没说。她们两个身材都高大。我认为贝克尔太太看上了我。从没有想到爱丽会把我放在心上。她总是想念自己的丈夫。我点起一支香烟盘算当时的情形，越想越不高兴。看来最好的办法是离开这儿。

“我时常恨考斯第不容易叫醒。在煤矿上时，我总要死扯活拉把他叫起来，使他不至于迟到。可是，现在我倒很感谢他睡得这样沉了。我点灯穿上衣服,把衣物打在背包里——我的东西不多,所以一会儿就打好了——把胳臂套在背带里。只穿袜子穿过阁楼,一直到楼梯下面才穿鞋,把手里的灯吹熄。夜很黑,没有月亮,可是,我识得大路,到了大路上就向村子的方向走去。我走得很快,因为我打算在有人走动之前穿过村子。这儿离斯温根堡只有十二英里,我到达时,刚开始有人走动。这次夜路我永远不会忘记。路上除了我的脚步声外,一点声音没有,只偶尔从农场那边传来一声鸡叫。后来天上露出一点既不是亮又不是黑的鱼肚白,接着,是晨曦微露,太阳出来,鸟儿全开始歌唱起来。还有那绿油油的田野、草地和树林,田里的小麦,被清晨的宁静光线照得金里泛银。我在斯温根堡喝了一杯咖啡,吃了一只小面包,然后上邮局打了一个电报给美国旅行社,叫他们把我的衣服和书寄到波恩去。"

"为什么到波恩?"我打断他。

"我们沿莱茵河步行时在那里耽搁过,我很中意那个城市。我喜欢阳光照在屋顶上和河上面的那种情调,那些小街,那些别墅、花园、栗子树的大道和大学的洛可可式[①]建筑。当时,我就想到在那儿待一个时候倒不坏。可是,我觉得在到达那里之前,该把外表收拾得像样一点。我的样子就像个流浪汉,敢说我如果找到一处供应膳宿的人家,要租赁一间房,人家不会信得过我,所以我坐了火车上法兰克福,去买了一只皮包和一些衣服。我在波恩断断续续住了有一年光景。"

"你这番经历使你有什么收获呢?我的意思是说在煤矿上和在农场上。"

"有,"拉里点头微笑着。

---

① 17、18世纪欧洲流行的纤巧华美的房屋装饰法。

可是，他没有告诉我是哪些收获，而且那时候我已经很熟悉他的为人，他愿意告诉你时，就告诉你，他不愿意告诉你时，就会半开玩笑地把你的问题支开，再问他也是白费。我得提醒读者，这一切都是在十年之后他才告诉我的。在这以前，也就是我和他重又碰面之前，我一直就不知道他的行踪，或者他在干什么。拿我来说，他等于死了一样。如果不是由于我和艾略特的交往，经常使我得悉伊莎贝儿的生活经过，从而想起拉里，我肯定早已忘掉有这个人了。

三

伊莎贝儿和拉里解约后的第二年六月初，就和格雷·马图林结婚了。这时候，巴黎的游宴季节正处在高潮，艾略特有很多的盛大宴会要参加，当然不愿意离开，可是他的家族感情非常之强，对这种在他认为是履行社会责任的事，他决不能不管。伊莎贝儿两个哥哥，供职的地点都太远，没法离开，所以只好由艾略特作一次不愉快的旅行，上芝加哥做伊莎贝儿的主婚人。他想起那些法国贵族都是穿着盛装上断头台的，所以特地上伦敦订做一套新晨礼服，一件青灰色双排钮扣的大衣和一顶丝绒大礼帽。回到巴黎来时，他请我来看他穿上这套衣装的派头。他选定他认为婚礼应当打的淡灰色领带，弄得他平日别在领带上的珍珠别针一点不显眼，正感到恼火。我建议他改用他那枚翡翠和钻石的别针。

“我如果是客人——那可以，”他说。“但是，处在我要担任的主婚人地位，我的确觉得珠子是一种象征。”

他对这门亲事很高兴，认为从各方面看，都符合他的标准；谈起来时，就像个居孀的公爵夫人对于拉罗什富科家的幼子和蒙莫朗西家的女儿门当户对的结婚，谈得津津有味。为了明白表示自己的满意，他不惜重金买了一张纳蒂埃的法国王室公主的一幅精美画像，预备带去作为婚礼。

亨利·马图林好像给这对年轻夫妇在阿斯特街买下一幢房子，使他们靠近布太太家，同时离开自己在湖滨道的宫殿式府第也不太远。说也凑巧，而且我疑心这里面有艾略特做了手脚，在买下这幢房子时格雷戈里·布拉巴宗恰好在芝加哥，因此，房子的内部装饰就交给了他。当艾略特返回欧洲，放弃了巴黎的游宴季不参加而直接到了伦敦时，他带来了一些屋内装饰的照片。格雷戈里·布拉巴宗放手大干了一场。客厅和餐厅完全是乔治二世风格，非常华贵。书房是格雷将来的窝；格雷戈里是靠慕尼黑的阿马连堡宫一间屋子给他的启发来装饰的；除掉没有地方放书籍外，可以说无懈可击。至于卧室，把双人床除外，格雷戈里给这对年轻美国夫妇装饰得太舒适了，连法王路易十五世在这里会见他的蓬巴杜夫人也会同样满意，但是，伊莎贝儿的浴室连路易十五见到也会大开眼界；全是玻璃——墙壁、天花板、浴缸——墙上有许多银色的鱼在金色的水草中游来游去。

“当然，房子不大，”艾略特说，“但是，亨利告诉我，屋内的装修花了他十万块。对某些人说来，简直是一笔财产。”

婚礼是在圣公会教会所能做到的范围内极尽铺张的能事中举行的。

“不像巴黎圣母院的那种婚礼，”他心安理得地告诉我，“但是，就新教的婚礼来说，总算有气派。”

报纸的报道很像样，艾略特随便把些剪报扔给我看。他给我看伊莎贝儿和格雷的结婚照片，伊莎贝儿穿着新娘服装，个子很高但是漂亮，格雷虽然块头大，但是，身材长得不坏，穿着礼服稍微有点不大自如。还有一张新婚夫妇和伴娘们的照片，一张和布太太、艾略特一起拍的照片，布太太穿一件华贵的衣服，艾略特拿着新丝绒大礼帽的派头可以算一绝。我问他布太太身体怎样。

“体重减少了许多,而且我觉得她的脸色不大好看,但是人倒精神。当然整个婚事使她很累,不过,现在事情办完,她总可以休息一下了。”

一年后,伊莎贝儿生了一个女儿,根据当时的风气,她给她取名叫琼;隔了两年,又生了一个女儿,又根据当时风气,取名普丽西拉。

亨利·马图林一个合伙的人死了,另外两个在压力下不久也退休了,所以,这个一直由他独断独行的企业,现在完全归他所有。他长期以来抱的野心既然实现,就叫格雷跟他合伙。生意从来没有这样兴旺过。

“他们赚钱就像随手捞似的,老兄,”艾略特告诉我。“怎么,格雷才二十五岁,已经赚五万块一年了,而且这只是开头。美国的富源真是没有个完。这不是暂时的繁荣,而是一个伟大国家的正常发展。”

他的胸臆装满了一种少见的爱国热情。

“亨利·马图林不会永远活下去,高血压,你懂吗?格雷到了四十岁时,总会有两千万元。了不起,老兄,了不起。”

艾略特和姐姐经常保持通信,年去年来,不时把他姐姐告诉他的一些事情告诉我。格雷和伊莎贝儿过得很快乐,而且两个孩子都可爱。他们的生活方式使艾略特深感满意,认为完全适合他们的地位;请客的场面阔绰,人家请他们也是如此;艾略特非常满意地告诉我,说他们三个月里没有一次两个人单独在一起吃过晚饭。这种纸醉金迷生活因马图林太太的逝世打断了一下——就是那个脸色苍白、高颧骨的女人,当初亨利·马图林娶她是为了自己在芝加哥能有点地位,因为他父亲当初来到芝加哥时不过是个乡下佬。为了纪念马图林太太,小两口儿有一年工夫请客顶多只请六个人。

“我一直说八个人是最合适的，”艾略特说，拿定主意从乐观的角度来看待这件事。“这样比较亲切，谈话全照应得到，人数又够得上像个宴会。”

格雷在妻子身上很肯花钱。生头一个孩子时，他给了伊莎贝儿一只方钻石戒指；生第二个孩子时，送了她一件黑貂皮大衣。由于太忙，他很少离开芝加哥，但是，只要能够放几天假，他们都要到亨利·马图林在麻汾的那幢大房子去度假日。亨利对儿子非常钟爱，有求必应，有一次圣诞节，在南卡罗来纳州买了一处农场，使他能在射猎季节时去打两个星期的野鸭子。

“当然，我们的商业巨头跟意大利文艺复兴时期靠商业发财的那些伟大的艺术倡导人很相似。例如，美第奇家族。两个法国国王并不认为娶这家望族的女儿有失身份，我预见到有一天欧洲的贵族也会向我们的金元公主求婚的。雪莱是怎样说的？‘世界的伟大时代将重新开始，黄金的年头要回转来。’”

多年来，布太太和艾略特的投资都交给亨利·马图林管，姐弟对他的眼光很信任，而且有十足的理由这样做。亨利从来不考虑做投机，把他们的钱都放在可靠的股票上，但是，由于股票的价值大大增长，他们发现自己有限的那点财产却增加得很可观，使他们又惊又喜。艾略特告诉我，他不用动一根指头，眼下一九二六年已经有他在一九一八年的财产的两倍。他现在六十五岁，头发花白，脸上有皱纹，眼睛下面有眼袋，但是仍不服老；身材依然瘦削，而且和过去一样腰杆笔挺；在烟酒上向来有节制，而且很注意外表。只要他能够有伦敦最好的裁缝给他做衣服，有自己的特约理发师为他理发修面，有推拿的人天天早上来使他的优美身形保持常态，他决不听任自己的身体受到时光的摧残。他早已忘记自己曾经沦为商贾之流，总倾向于暗示自己早年曾经在外交界做过事，但是从不明白说出，因为他人并不笨，决不会讲一句难免会被人戳穿的谎言。我得承认，如果我有机会描写一位大使的话，我毫不迟疑会选上艾略特做我的蓝本。

但是，世道在变。当初把艾略特提拔进社交界的那些仍然活着的伟大妇女，年事已经很高。那些英国的贵族夫人，在她们的爵爷去世后，只得把府邸让给媳妇，自己住进切尔登南的小别墅或者摄政公园一带的普通房屋。斯达福德府改为博物馆①，古松府成了一个机构的办事处，德文郡府在出卖。艾略特在考斯常坐的帆船转了手。眼下当道的那些时髦人物觉得艾略特这样大年纪的人没有用。他们嫌他烦不过，而且可笑。他们仍旧愿意参加他在克拉里奇饭店招待的盛大午宴，可是，艾略特相当机伶，知道他们来是为了相互之间碰头，而不是来看他。过去请帖散在写字台上随便他挑选的情形，现在已经没有了；他常常弄得只好在自己旅馆的套间里一个人吃晚饭，这种丢脸事情他很不愿意有人知道。英国有地位的女子，由于一件风流事件遭到交际界抵制之后，就对艺术感觉兴趣起来，在自己身边罗致一些画家、作家和音乐家。艾略特太心高气傲了，可不愿意丢这样的脸。

"遗产税和战争暴发户把英国交际界毁了，"他告诉我。"人们好像对于和什么人来往全不在乎。伦敦的裁缝和鞋帽匠还是不错的，敢说我活在世上时还会如此，但是，除掉这些，伦敦已经完了。老兄，你可知道圣艾尔斯家用女人伺候饭桌吗？"

这话是他和我吃完午宴一同从卡登府胡同走出来时讲的。那天的午宴上发生了一桩不幸事件。我们的尊贵主人藏画很有名，一

① 伦敦斯达福德府是在1912年由莱佛赫尔姆勋爵购下捐献给政府，改为大英博物馆的，毛姆在这里为了行文方便，把这件事说成在20年代。

个叫保罗·巴顿的年轻美国人第一次上这儿来，表示想看看这些藏画。

“你是不是有张提香①？”

“我们从前有过。现在在美国了。一个犹太佬出了一大笔钱买它，而我们那时候手头他妈的正非常之紧，所以老爵爷就卖掉了。”

我注意到艾略特耳朵竖了起来，对这位谈笑自若的侯爷恶狠狠看了一眼，就猜到当初原是他买下这张画的。他听到自己这个出生在弗吉尼亚而且祖先在独立宣言上签过名的后裔被人家这样奚落，简直气炸了。他有生以来从没有受过这样的羞辱。更使人受不了的是，他对保罗·巴顿一向就深恶痛绝。这人年纪虽轻，在大战后不久就到了伦敦。二十三岁，白白的皮肤，长得很漂亮，人又风趣，舞跳得非常之好，并且很有钱。他带了一封信来见艾略特，艾略特天生是个好心肠，就介绍他认识自己的那些形形色色的朋友。这样还不满足，还给了他一些宝贵的忠告，教他怎样做人。他根据自己已往的经验指给他看，只要对老太婆献些小殷勤，对名流的谈话，不管怎样腻味，你都洗耳恭听，便是一个举目无亲的人也能钻进社交界。

可是，保罗·巴顿进的社交界和二十年前艾略特·谈波登辛辛苦苦钻进的社交界，完全是两个世界。这个世界一心只顾自己享乐。保罗·巴顿的豪兴、漂亮仪表和翩翩风度在几个星期之内就达到艾略特花了多年刻苦和决心所达到的程度。不久他就不需要艾略特的帮助，而且并不想法子遮盖这一事实，两人碰面时，巴顿还是很讨喜，可是，那种随随便便的派头，使这个年纪大的人非常生气。艾略特请的客人并不是根据自己喜欢不喜欢，而是看他们能不能使

① 提香（1477—1576），意大利画家，威尼斯派。

宴会开得好。由于巴顿的人缘不错，所以艾略特每星期请午宴时，仍旧邀他；但是，这个成功的年轻人一般都有约会，而且有一两次在最后五分钟时拆他的台。这样的事情艾略特自己过去做得太多了，明知道这是因为另外的一家请客，比艾略特的宴会更有吸引力。

"我也不要求你相信我的话，"艾略特气吁吁地跟我说，"可是，这是千真万确的事，我看见他时，他总要强过我。**我**。提香，提香，"他连话都说不连贯。"就是有张提香，他也对面不识。"

我从来没有看见艾略特气成这个样子过。我猜想他所以发火是因为他认为保罗·巴顿问起这张画是出于恶意；他不知道怎样打听出艾略特买了这张画，就想利用这位高贵主人的回答拿艾略特开一次玩笑。

"他是一个卑鄙无耻的势利小人，世界上我最深恶痛绝的就是势利。要不是我，他什么都谈不上。你可想得到，他父亲是打办公室家具的。办公室家具。"这几个字他讲得特别不屑。"我告诉人家，他在美国是个提不上嘴的人，出身非常寒微，但是，他们好像并不在乎。你记着我的话，老兄。英国交际界整个儿完了，就像渡渡鸟①。"

艾略特认为，法国的情形也不大妙。他年轻时候的那些伟大妇女，如果还活着的话，都把时间花在打桥牌（他最讨厌的一种牌戏）、做祈祷和带领孙子孙女上面。开厂的人，阿根廷人，智利人，和丈夫分居或者离了婚的美国妇女，住在贵族派头的华丽大厦，请起客来，竭尽豪华之能事，可是，艾略特在他们的宴会上碰到的都是法语发音鄙俗的政客，吃相难看的新闻记者，甚至演员，气得他直骂。名门望族的小儿子娶开店人家的女儿并不认为是丢脸。诚然，巴黎

① 一种近于绝种的鸟。

是热闹的，但是，这种热闹多么寒伧啊！那些年轻人一味疯狂地追求享乐，都认为再没有比在一家乌烟瘴气的小夜总会，喝一百法郎一瓶的香槟酒，挤在城里不三不四的人里面跳舞跳到天亮五点钟，更有意思的了。烟气、热气、嘈杂声，闹得艾略特头都痛了。这不是他三十年前所认为的精神家园的巴黎。这不是善良的美国人死后进入的巴黎①。

四

可是艾略特有个预感。一个知道内情的人提醒他，里维埃拉②就要重新成为贵族和时髦人物的游乐地。过去由于在教廷供职，他从罗马回来，或者拜访了戛纳他那些朋友的乡村别墅之后，总要在蒙特卡洛的巴黎饭店住上几天，所以对这一带海滨相当熟悉。不过，那都在冬天，近来却听到传说，认为这地方也是个很不错的消夏胜地。那些大旅馆夏天仍旧开着；夏季的游客都一一列在巴黎的《先锋报》交际栏上，艾略特看到他们的熟悉名字甚中下怀。

“我有点吃不消这个世界，”他说。“我现在已经到了偌大年纪，很想享受享受山水乐趣。”

这话好像讲得很含糊。其实并不是那么一回事。艾略特一直认为，山水是社交生活的障碍；那些人眼面前摆着一只摄政时代的衣柜或者一张瓦托的画不去欣赏，却要费那么大的事去游山玩水，这种人他最受不了。当时他手头正好有一大笔现金。亨利·马图林一方面因儿子力劝，一方面看见他那些做证券交易所的朋友转眼成为巨富，很是恼火，终于向潮流屈服了；他逐渐放弃自己的陈旧保

---

① 由于美国人都很羡慕巴黎生活，有一句笑话说：善良的人死后进天堂，善良的美国人死后进巴黎。

② 法国与意大利境内地中海沿岸的一带地方，为旅游胜地。

守主义，认为自己没有什么理由不可以插一手。他写信给艾略特，说他仍旧和过去一样反对赌博，但是，这并不是赌博，这只证实了他对国家无穷尽资源的信仰。他的乐观主义是根据常识来的。他看不出有什么事情能够阻止美国进步。最后，他又说，他替亲爱的路易莎·布雷德利在最低价时买进若干硬股票，而且很高兴告诉艾略特，她现在已经赚了两万元了。最后，他说，如果艾略特想要赚点零钱，让他根据自己的眼光行事，保管不会使他失望。艾略特总喜欢引用陈词滥调，说他就是抵御不了诱惑；其结果是，从那时候起，《先锋报》和他的早饭一起送进来时，多年来他都是先翻交际栏，现在却首先注意证券市场的报道了。亨利·马图林代表他做的那些交易非常成功，所以，艾略特现在手边足足有五万块不费吹灰之力得来的现款。

他决定把这笔钱取出来，在里维埃拉买一所房子。作为一个避世的逋逃薮，他选择了昂蒂布。这地方在戛纳和蒙特卡洛之间占有一种战略地位，他可以很方便地从这里到上述两处去；昂第布不久就成为时髦社会的中心，他选择这个地方是出于天意，抑是靠本能的指引，谁也说不出。住在一个带园子的乡村别墅里，有一种近郊的庸俗气息，使艾略特这种凡事苛求的人很有反感，所以，他在旧城临海的地方买了两幢房子，并成一幢，安装上暖气、浴间和卫生设备，这都是美国的先例强加给一个顽梗的大陆的。当时正时新酸洗，所以他把古老的普罗旺斯家具全都酸洗过，再用现代纺织品蒙上——很慎重地迁就现代风尚——将屋子陈设起来。他对毕加索[1]和布拉克[2]这类画家仍然不愿意接受——“不成样子，老兄，不

① 毕加索（1881—1973），西班牙立体派画家。
② 布拉克（1882—1963），法国画家，野兽派绘画的早期提倡者，立体派的奠基人之一。

成样子"——认为这些人大都是某些走入魔道的热心家哄起来的，但是，对于印象派画家终于觉得未始不可以兼收并蓄一下，所以墙上挂了些美丽的画。我记得有一张人们在河里划船的莫奈①，一张毕沙罗②画的塞纳河的码头和桥，一张高更的塔希提岛风景，和一张勒努瓦③画的少女侧像，黄头发从背上披下来，很令人着迷。等到房子装修完工，真是焕然一新，赏心悦目，不同凡响而又朴素无华，而这种朴素却是教人一看就知道不耗费巨资是办不到的。

这以后就开始了艾略特一生最煊赫的时期。他把自己在巴黎的名厨师带下来，不久人们便公认他家里的菜在里维埃拉首屈一指。他的管家和用人一律穿上白衣服，肩膀上钉上金带子；请起客来非常豪华，但是，从不搞到庸俗的地步。沿地中海海岸从欧洲来的王公贵族几乎俯拾即是。有些是因为爱上了那儿的气候，有些是逃亡在外，有些是由于过去在国内弄得声名狼藉，或者门第不当的婚姻，使他们觉得住在国外比较方便。这些里面有俄国的罗曼诺夫皇族，奥地利的哈司布格王族，西班牙的波旁王族，两个西西里王族和帕尔马王族；有温莎王室的公主；有布拉干萨王室的公主；有瑞典的王族和希腊的王族；艾略特都招待他们。有从奥地利、意大利、西班牙、俄罗斯、比利时来的没有王室血统的王子和公主，公爵和公爵夫人，侯爵和侯爵夫人，艾略特都招待他们。冬季，瑞典国王和丹麦国王来海滨小住，西班牙的阿丰索也不时地来匆匆一游，艾略特也招待他们。我对他向这些高贵人物鞠躬的派头一直非常钦佩，因为他既能够彬彬有礼，同时又保持一个据称是人类生来平等的国家的公民的那种独立姿态。

---

① 莫奈（1840—1926），法国印象派画家。
② 毕沙罗（1830—1903），丹麦印象派画家。
③ 勒努瓦（1841—1919），法国印象派画家。

我经过这些年的东奔西走，这时刚好在弗拉特角买了一所房子，因此和艾略特时常见面。我在他眼中很荣幸地已经升得很高，所以，他有时候也请我参加他的最盛大的宴会。

“来帮帮我的忙吧，老朋友，”他会说。“当然我跟你一样知道，皇族破坏宴会的气氛。可是，别的人却想见见他们，而且我觉得应当对这些可怜的人儿稍稍关顾一下。不过，天知道，他们是不配的。他们是世界上最忘恩负义的人；他们要利用你，而当他们不再需要利用你时，就会把你当作穿破的衬衫一样扔掉；他们会从你手里接受无数恩惠，但是，里面没有一个会走到马路对面替你做一点点事情。”

艾略特费了很大苦心和当地的上级官员搞好关系，因此区长和教区主教和主教的总教士时常成为他的座上客。主教在进教会之前是个骑兵军官，大战时并且指挥过一个骑兵团。他是一个脸色红红的、身材高大的人，讲话故意学军队里的那种粗鲁而率直的派头，他的那位严峻、颜色枯槁的总教士常常手脚发麻，生怕主教会说出什么下流话来。他带着不以为然的微笑听着自己上级讲他那些喜欢的故事。可是，主教管理自己的教区非常能干，他在布道台上的口才很感动人，就像他在午餐席上的打趣同样使人解颐一样。他称许艾略特对教会的虔诚布施，喜欢艾略特那样和气和艾略特招待他的好酒好菜；两个人成了好朋友。所以，艾略特很可以自鸣得意，说他在这两个世界里都混得不错，而且如果按照我的大胆说法，在上帝和魔鬼之间摆得很平。

艾略特对自己的房子甚为得意，急于想让自己的姐姐看见；他总觉得布太太对他的称许里面带有保留味道，很想让她看看自己现在生活起居的派头，看看和他交好的那些朋友。这是对她的保留的最具体回答。她将没法不承认他混得很好。他写信给布太太邀她和格雷和伊莎贝儿一同来，不是住在他家里，因为家里没有地方，而是作为他的客人住在附近的“角上旅馆”。布太太回信说，她已经过了旅行年龄，因为健康欠佳，想想还是待在家里的好；反正格雷在芝加哥也脱不了身；生意很发达，他赚了很多的钱，非得待下去不可。艾略特跟姐姐感情很深，这封信使他慌张起来。他写信问伊莎贝儿。伊莎贝儿回了一个电报，说母亲身体虽然很不好，每星期得卧床一天，但目前还没有危险，老实说，如果当心一点，说不定还会活上好多年；可是，格雷倒需要休息，而且有他父亲在芝加哥照应着，他大可以出来度一个假期；今年不行了，明年她和格雷将来欧洲一行。

一九二九年十月二十三日，纽约的证券市场崩溃了。

五

我当时在伦敦；开头我们在英国的人并不意识到情形会那么严重，也不懂得它的后果是那样地不可收拾。拿我自己来说，虽然对损失了相当大的一笔钱感到着恼，但是，损失的大部分是票面利润，等到局势澄清以后，我发现自己的现款并不减少。我知道艾略特过去在投机生意上赌得很大，很担心他会跌得眼青鼻肿，可是，一直到我们两个都回到里维埃拉度圣诞节时，我方才看见他。他告诉我，亨利·马图林死了，格雷破产了。

我对生意经一点不懂，敢说我根据艾略特告诉我的关于这些事情的叙述，读起来有点儿乱。在我看来，他们的公司所以碰上那样大的灾难，一半要怪亨利·马图林的固执，一半要怪格雷的急躁。亨利·马图林开头不相信崩溃的严重性，反而自以为这是纽约掮客的阴谋，想要偷外省掮客的鸡，因此咬紧牙关拿出大笔的钱来支撑市场。他对芝加哥的掮客们听任自己被纽约那些坏蛋吓得屁滚尿流，非常生气。他的那些小户头，有固定收入的寡妇，退休的军官等等，过去听他的忠告，从来没有损失过一个铜板，这件事他一直引以自豪，现在为了不使他们受到损失，就自己掏腰包来弥补他们的空头账。他说，他准备破产，他可以重新挣一笔家财，但是，如果让那些信任他的人变成赤脚，他就永远抬不起头来做人。他自以为慷慨豪爽；其实是狂妄。他的巨大家财溶化掉了，一天晚上，他发了心脏病。他已经六十多岁，而且一直工作过度，玩乐过度，饮食过度；经过几个钟点的痛苦，他就因冠状动脉血栓形成死掉了。

剩下格雷一个人对付这个局面。他额外做了大量的投机，但是，没有他父亲的知识，自己陷入极大的困难。他要摆脱困境的努力失败了，银行不肯给他贷款；交易所里老一辈的人告诉他，唯一的办法就是宣告失败。余下的事情我也不大清楚。好像他没法偿还自己的债务，因此宣告破产；他自己的房子早已抵押出去，乐得把房子交给受押户；他父亲在湖滨道的房子和在麻汾的房子都三文不值二文卖掉；伊莎贝儿卖掉自己的首饰：他们唯一剩下的财产是在南卡罗来纳州的农场，这是过户在伊莎贝儿名下的，可是找不到买主。格雷赤脚了。

"你怎么样，艾略特？"我问。

"噢，我毫无怨言，"他轻松地回答。"上帝对弱者是仁慈的。"

我没有再问下去，因为他的经济情况与我无关，可是，不管他遭受什么损失，想来和我们一样都吃了苦的。

不景气对里维埃拉的打击，开头并不严重。听说有两三个人的损失很大，许多别墅冬天都没有开放，有几所挂起牌子出售。旅馆住不满，蒙特卡洛的赌场埋怨今年冬天的生意清淡。一直到两年之后，里维埃拉才感受到这次飓风的影响。这时候，一个地产商告诉我，从土伦到意大利边界的地中海沿岸，大大小小总有四万八千处房地产要出售。赌场的股票跌得很低。大旅馆减价,想多吸引一些顾客,但是没有收效。唯一看得见的外国人是那些一直都穷得不能再穷的人,他们没有花钱是因为无钱可花。开店的全都大失所望。但是,艾略特并不像许多人那样,既不辞退他的用人,也不减少他们的工资。他继续用好酒好菜招待那些王公贵族,还买了一辆崭新的大汽车,是从美国进口的,为这辆汽车付了很大一笔关税。主教组织的给失业家庭施舍饭菜的善举,艾略特都慷慨捐款。事实上,他生活得就好像从来没有发生过危机,而且东半球并没有被危机冲得立足不定似的。

我碰巧发现这里的原因:艾略特现在除掉一年一度去伦敦两个星期做衣服外,已经不去英国了,但是他仍旧每年秋天带着用人去巴黎在自己的公寓里住三个月,还有五月和六月,因为在这个时期艾略特的那些朋友不上里维埃拉来。他喜欢里维埃拉的夏天,一部分是由于有海水浴,但是,我觉得主要是因为炎热使他有机会穿上五颜六色的衣服来纵容一下自己,而这是他为了体统逼得一直避免的。这时候,他会穿上颜色鲜艳的裤子,红的,蓝的,绿的或者黄的,同时穿上色调相反的汗衫:紫红的,淡紫的,紫褐色的或者杂色的,并且接受人们对这套装束所要求的恭维,嘴边露出一点鄙薄的神情,就像一个女演员听见人家说她扮演一个新角色时演得非常成功一样。

那年春天我在遄返弗拉特角途中,在巴黎待了一天,邀艾略特和我一同吃午饭。我们在里茨饭店的酒吧间碰头。这地方已经不再挤满了美国来的寻乐子的大学生,而是像一个戏剧家在一出不成功的戏第一晚上演后那样受到冷落。我们喝了一杯鸡尾酒——这个大西洋对岸传来的习惯,艾略特终于向它妥协了——就叫午饭。吃完午饭,他建议一同去逛逛古玩店;虽则我告诉他我没有钱花在古玩上，但仍旧很高兴陪他去。我们步行穿过旺多姆广场，他问我可介意跟他到夏费服装店去一下；他在那家店里定做了一点衣服，想问问做好没有。看来他好像定做了几件汗衫和一些衬裤，并且把自己姓名的缩写字母绣在上面。汗衫还没有做好，可是衬裤好了，店员问他要不要看。

“看看吧，”他说，就在店员去拿衬裤的同时，他接着又向我说了一句，“我叫他们给我定制了我自己的图案。”

衬裤拿来了，和我时常在麦西服装店买的一个样子，只不过是绸子的，但是，引起我注意的是在那个 E. T. ①两个交错的字母上面是一个男爵的冠饰。我没有言语。

“很好，很好，”艾略特说。“等汗衫做好，一同给我送去。”

我们离开铺子；艾略特走开时，带着微笑向我说。

“你注意到那个冠饰吗？告诉你老实话，我拉你上夏费来时，已经忘记掉这件事情。我记得我还没有机会告诉你，教皇陛下给我恢复了我的古老家族头衔。”

“你的什么？”我问，客气中带有骇异。

艾略特不以为然的神气把眉毛抬了一下。

“你不知道吗？我在母系方面是德·劳里亚男爵的后代，他是随从菲利普二世到英国来，并且娶了玛丽王后的一个贵嫔。”

“我们的老朋友嗜杀的玛丽吗？”

“我认为这是相信异端的人叫她的，”艾略特回答，口气很不自然。“恐怕我没有告诉过你，一九二九年九月我是在罗马过的。我觉得去罗马是件头痛的事，因为罗马在这时候当然没有什么人，可是，幸亏我的责任感超过我追求世俗享乐的欲望。我在梵蒂冈的朋

① 艾略特·谈波登英文名字的缩写。

友告诉我，经济大崩溃就要来到，坚决劝我把所有的美国股票全卖掉。天主教会拥有两千年之久的智慧，所以我毫不迟疑。我打电报给亨利·马图林把我所有的股票卖掉，买进金子，我并且打电报给路易莎叫她照做。亨利·马图林回电问我是不是疯了，并且说除非我用电报再发出我的指示，他决不卖出。我立刻回电给他，口气极其坚决，叫他立即照办，并在办好后打电报告诉我。可怜的路易莎没有听我的话，因此吃了苦头。”

“原来大崩溃来时，你坐得很舒服呢。”

“这是我们美国语言，我看你还是尽量不用的好，可是，这句话用来形容我的情形倒非常恰当。我一点没有损失；事实上，我还捞了一点你会叫作的油水。过了一个时期以后，我只花了很少一点钱就把原来卖掉的那些股票全买回来了；由于这一切只能形容为上帝的直接干预，我觉得我也应当做点事情来报答上帝。”

“噢，那么，你是怎样报答的呢？”

“嗯，你知道领袖①在庞廷尼沼地收回了大片的土地，他们告诉我，说教皇陛下对那边的居民缺少一个做礼拜的地方甚感焦灼。因此别的不多说了，我就造了一座小小的罗马风格的教堂，和我在普罗旺斯看到的一座一式一样。教堂造得非常道地，我自己要说，简直是个宝。它是献给圣马丁的，因为我的运气很好，刚好被我买到了一扇有关圣马丁事迹的古染色玻璃窗，上面的圣马丁正把他的袍子一剖为二，把半边袍子给了一个赤身露体的乞丐；由于这里的象征非常恰当，所以我买了下来，装在高祭坛上面。”

我没有打断艾略特的话，问他在圣马丁的著名行动和他的行动之间有什么相似之处，因为他不过靠了及时卖掉股票赚了一笔钱，

① 指墨索里尼。

现在把些铜子角票剔了出来酬谢上帝，就像给代理人佣金似的。不过，对我这样的俗人来说，象征手法时常是隐晦的。艾略特又继续说：

“当我有幸把这张照片呈献给教皇看时，他很夸奖，说他一眼就看出我是个很有眼光的人，并且说，他很高兴在这个世风日下的时代能碰到一个既忠于教会，又具有这样难得的艺术修养的人。这是一次难忘的经验，老兄，难忘的经验。但这以后不久，当教会通知我，教皇很高兴赐给我一个爵位，我比谁都感到诧异。作为一个美国公民，我觉得不用这个头衔要谦虚些，当然除非在梵蒂冈，那是非用不可的。我而且禁止我的约瑟夫称呼我‘**男爵先生**’，我相信你也会尊重我对你的信任。我不想把这件事情声张出去。但是，我不愿意使教皇觉得我不珍惜他给我的这项荣誉，所以我把冠饰绣在我个人的衬衣上，这完全是出于对他的尊敬。我不妨告诉你，我对于把我的头衔藏在美国公民的文静内衣上面，感到一种谦虚的骄傲。”

我们分手了。艾略特告诉我，他将于六月底到里维埃拉来。他没有来得了。他刚刚准备好把用人从巴黎转过来，自己坐着汽车消消闲闲开着，俾能在到达时各事都已就绪，就在这时，他接到伊莎贝儿的电报，说她母亲突然病重。艾略特，如我以前说过的，不但跟姐姐要好，而且家族观念很强。他从瑟堡搭第一条船出发，从纽约到了芝加哥。他写信告诉我，布太太病得很厉害，瘦得使他见了吓了一跳。她可能活上几个星期，甚至几个月，可是不管怎样，他觉得自己有个痛苦的责任给她送终。他说，芝加哥的高温比他预计的容易忍受得多，但是，缺乏像样的交际活动他只是勉强容忍，原因是在这种时刻他反正没有心思参加。他说，他看到自己国人对经济萧条的反应，感到失望；他原来指望他们对这场灾祸更看得开些。再没有比勇敢忍受别人的灾难更容易的了；鉴于这一点，我觉得，艾略特既然有生以来从没有像现在这样富有过,恐怕根本没有资格对别人要求这样严。最后,他请我带信给他的几个朋友,并且请我务必记着向所有碰见的人解释,为什么他的房子今年夏天没有开放。

这以后不到一个月,我又接到他的信,告诉我布太太死了。信写得很诚恳动人。我早就认为尽管他为人势利,而且有许多荒唐做作的地方,他还是一个好心的、多情的和诚实的人;如果不是这样,我就决计想不到他会表现得这样得体、真实和单纯。信中告诉我,布太太身后的情况看来相当没有头绪。她的大儿子是个外交官,现在由于驻日大使离任,正在东京担任代办,当然无法离开职守。二儿子谈波登在我初认识布家时,原在菲律宾群岛,后来已调回华盛顿,并在国务院担任要职。他在母亲病危时,曾经带着妻子来到芝加哥,但是,安葬之后,非得立刻回首都不可。由于这些情形,艾略特觉得自己只得留在美国把事情料理好。布太太把财产平均分给三个孩子,可是,看上去,她在一九二九年经济大崩溃时,损失不轻。所幸他们在麻汾的农场找到了一个买主。艾略特在信中把农场说成是亲爱的路易莎的乡间住宅。

他写道,"一个人家弄到要卖掉自己祖传的房子,总是伤心的,不过,近年来,我看见我的许多英国朋友逼得这样做的太多了,所以,我觉得我的两个外甥和伊莎贝儿必须以同样的勇气和淡泊接受这种不可避免的后果。有权利就有义务![1]"

他们也很幸运能处理掉布太太在芝加哥的房子。原来早就有人打算把布太太住了一幢的那排房屋拆掉,改建一座大公寓,但是,布太太非常顽固,坚决要死在自己住的房子里,所以,这个计划始终没有实现。布太太一断气,立刻就有掮客跑来出了一笔价钱,布家

① 这是一句法国谚语,所以艾略特用法文写。

立刻就接受了。可是,尽管如此,伊莎贝儿还是不够开销。

大崩溃之后,格雷曾经设法找工作,即使在那些顶过风暴的掮客的写字间里当个职员也行,可是,总不成功。他找他的老朋友们要点事情做,不管地位多小,也不管薪金多么低,但是没有用。过去他企图避免那场最后使他冲家的灾难时,曾经作过疯狂的挣扎;再加上焦虑的压力,以及后来的屈辱,他的神经终于崩溃了。他开始患一种剧烈的头痛病,整整二十四小时之内一点不能动弹。头痛停止以后,人就像块湿抹布一样垮了。伊莎贝儿觉得只有带着他和孩子到南卡罗来纳州那边农场上去住,等格雷健康恢复再说。这个农场当初靠出产的大米,一年就可以有十万元进项,但是,多年来只是一片沼泽地和橡皮树材的荒野,只对喜欢打野鸭的人有用,找不到一个买主。他们从大崩溃之后就住在那边,现在仍旧打算回去,等国内情形好转,格雷能找到职业时再作计较。

"我不许他们这样做,"艾略特在信上写道,"怎么,他们就像猪猡一样生活着,伊莎贝儿没有一个女用人,孩子没有家庭教师,只有两个黑种女人照顾她们。所以,我把巴黎的公寓让给他们住,等到这个荒唐国家的情形改变之后再说。我要给他们弄几个用人,事实上,我厨房里的女用人菜就烧得不错。我预备把她留给他们,我可以另外找个人代替她,这并不难。我预备由我来负担全部开销,伊莎贝儿的那一点点收入让她买点衣服,或者用在家庭的小乐惠上。这当然意味着我的大部分时间要在里维埃拉过掉,因此,老兄,我希望能够比过去和你更多地见面。照伦敦和巴黎现在这种情形,老实说,我住在里维埃拉要习惯得多。这是唯一我能碰见讲我自己语言的人的地方。我要说,我有时还会上巴黎去住上几天,不过就是去巴黎,我也毫不在乎在里茨饭店挤一下。我很高兴我总算使格雷和伊莎贝儿接受了我的要求,现在只等把必要的事情料理好,就带他们来。家具和油画（很蹩脚，老兄，而且真伪难辨）再下个星期可以拍卖掉。目前，由于我觉得在老房子里住到最后一刻会使他们伤心，所以把他们带到德莱克饭店来跟我住在一起。等我们到了巴黎之后，把他们安顿好，我再来里维埃拉。别忘记替我向你的皇家邻居问好。”

谁能够否认艾略特这个最大的势利鬼，也是最仁慈、最体贴、最慷慨的人呢！

第四章

一

艾略特把马图林一家安顿在左岸自己那所宽大的公寓里之后，就在年尾回里维埃拉去了。他这幢房子是为了适应自己的方便而设计的，容纳不下一个四口之家，所以，即使他自己愿意，也没法留他们和自己住在一起。我想他对此并不难受。他完全意识到人家请客，一个人要比总是伴随着一个外甥女和外甥女婿受欢迎得多；而他自己的那些出色的小宴会（他在这件事情上往往煞费苦心），如果每次家里非要有两个人参加不可的话，那是无法安排的。

"对他们来说，在巴黎定居下来，习惯一下文明生活，只有好。还有，两个女孩子年龄也不小，该上学了，我而且打听到离我的公寓不远，有一所学校敢说是很上等的。"

由于这个原因，我直到次年春天方才见到伊莎贝儿。那时候，我由于某项工作需要，得在巴黎待上好几个星期，所以在离旺多姆广场不远的一家旅馆租了两间房间。这家旅馆我是常住的，不但因为方便，还因为它有一种情调。那是一所大房子围着一个大院落，被人开设为旅店将近二百年了。浴室根本谈不上讲究，抽水马桶更不能使人满意；卧室里都是铁床，漆成白色，那些老式的白床罩和有镜子的巨大衣橱，式样都很寒伧；但是，起坐室里的家具却是古色古香。长沙发和圈椅都是拿破仑第三时代的那种华而不实的货色，不过，尽管谈不上舒适，看上去却还花花绿绿，很好看。坐在这间屋子里，人仿佛生活在法国那些伟大的小说家时代似的。我望着玻璃罩子里的帝国式时钟，就会想到一个头发梳成小发卷，穿荷叶边衣裳的美丽女子，当初说不定在一面望着时钟的长针，一面等候着拉斯第耶克登门拜访；这个拉斯第耶克就是巴尔扎克在小说里写的那个向上爬成性的人。巴尔扎克一部小说接一部小说从他的微贱出身开始一直写到他最后的荣华富贵，把他的一生都包括进去了。还有比安松医生对巴尔扎克是那样真实的一个人物，以至于巴尔扎克临死时还说，“只有比安松医生能够救我”；说不定当年他也会走进这间房间，替一位阔寡妇按脉搏、看舌头；这位阔寡妇是从外省来到巴黎找律师商议一件诉讼案子，生了点小毛小病而请医生的。在那张写字台前，可能坐着一个穿撑裙的钟情女子，头发对中分开，在那里给她的负心情人写一封热情的信，也可能坐着一个性情暴躁的老头儿，穿一件绿礼服大衣，围一条硬领巾，在字斟句酌地写一封愤怒的信给他挥霍无度的儿子。

我到达的第二天，就打电话给伊莎贝儿，问她如果我五点钟来，能不能请我喝杯茶。我和她已经十年不见。一个脸色庄重的管家把我领进客厅时，她正在看一本法国小说，立刻站起身，握着我的双手，热情而妩媚地微笑，向我问好。我和她过去见面顶多不过十一二次，而且只有两次单独在一起，可是，她使我立刻觉得我们是老朋友，而不是泛泛之交。过去的十年，已经缩小一个年轻女子和一个中年男子之间的鸿沟，我不再觉得我们的年龄是那样悬殊了。她以一个见过世面女子的不露痕迹的奉承对待我，好像我和她的年龄相仿，所以不到五分钟，我们就谈得很体己，很没有拘束起来，就像我们从小就在一起玩，经常见面，从没有间断过似的。她已经学会了一种随便、落落大方和泰然自若的派头。

可是，使我最感吃惊的是她外貌的变化。我记忆中的她是一个美丽的、肌肉丰满的女子，使人担心她会发胖。我不知道她是否意识到这一点而采取了勇敢措施来减轻自己的体重，还是生育孩子偶然碰上了一个可喜后果；不管怎样说，总之她现在的身材非常苗条，可以说完全合乎理想。眼前的服装风气又突出了这一点。她穿了一身黑；我一眼看出她的绸衣服既不太朴素，也不太华丽，是在巴黎一家最讲究的服装店定制的，而她穿在身上却是那样满不在乎，那样若无其事，犹如她天生就是应当穿考究衣服的。十年前，尽管有艾略特替她出主意，她的衣服总有点不够文静，而且穿在身上老是不十分自如。现在玛丽·路易丝·德·弗洛里蒙可不能再说她不帅了。她从头到脚一直到涂成桃红色的指甲尖都帅。她变得更加清秀了。我还发觉她的鼻梁是我看见的女子中长得最直、最美的。不论在前额上或者在她淡褐色的眼睛下面，都看不见一丝皱纹，而且皮肤虽则不像少女时期那样光彩焕发，但是仍旧非常细腻；所以能这样，不用说是和使用化妆品以及面部按摩分不开的，但是这一来却使她的皮肤显得滋润光滑，简直动人。修削的双颊淡淡抹点胭脂，唇膏也不涂得太浓。浓栗色的头发按照当时的风尚剪得很短，并且烫过。手上没有戴戒指，我想起艾略特告诉过我，她把首饰都卖掉了；一双手，虽则特别小，但是长得很好。在那些年代里，女人白天衣服都穿得很短，我能看见她着淡黄长丝袜的腿很美，又长，又瘦削。许多漂亮女子就坏在腿长得不够好看。伊莎贝儿的腿，在她当闺女时，本来是使人最看不上眼的，现在却变得异常好看了。事实上，过去她吸引人是靠健康活泼和精神饱满，现在却由一个漂亮女孩子变为一个美妇人了。至于她的美貌有多少靠的是艺术、锻炼和皮肉吃苦，似乎是无所谓的。总之，结果是极端令人满意就行了。很可能她这种绰约风姿和娴雅举止，着实花了一番苦心，但是看上去却非常自然。我有个想法，觉得她在巴黎住的这四个月，给她多年来惨淡经营的这件艺术品进行了一次最后的加工。艾略特，即便拿出他最苛刻的条件来衡量,也不得不赞许她;我本来不是一个难以取悦的人,当然被她迷住了。

格雷上毛特芳丹打高尔夫去了,可是,伊莎贝儿告诉我,他马上就会回来。

"而且你得看看我的两个女儿。她们上杜伊勒里公园去玩,可是,快回家了。孩子们很可爱。"

我们东拉西扯地谈。她喜欢巴黎的生活,而且住在艾略特的公寓里很舒服。艾略特在离开他们之前,曾经把他认为他们会喜欢的一些朋友介绍给他们,所以他们现在已经有一批人过从得很开心了。艾略特总是逼着他们像他过去惯常做的那样,广为交际。

"你知道,我们生活得就像阔人一样,而事实上,我们是穷光蛋。想到这里,我真好笑死了。"

"真弄到这样糟吗?"

她咯咯笑了,这使我想起十年前我觉得非常可爱的那种轻松愉快的笑。

"格雷是一文不名;我的收入几乎完全同拉里要和我结婚而我不肯的时候拉里的收入相等;那时候,我觉得我们没法子靠这点钱生活下去,而现在我又多了两个孩子。相当可笑,是不是?"

"我很高兴你认为这件事情可笑。"

"你知道拉里的情况吗?"

"我吗? 没有。在你上一次离开巴黎之前,我就没有看见过他。他熟悉的人里面,有几个我还算认识,而且的确问过他们拉里的情况,不过,那是多年以前的事了。没有人知道一点点他的情形。他就这么不见了。"

"我们认识芝加哥拉里有存款的那家银行的经理;他告诉我们,他偶尔会收到拉里从什么怪地方开来的一张支票。中国啊,缅甸啊，印度啊。他好像在到处跑。”

我毫不踟蹰地把到了嘴边的一句话问了出来。说到底，你如果想知道一点什么的话，最好的办法就是问。

“你现在可想到早该和他结婚吗？”

她眯眯地笑了。

“我跟格雷结婚很幸福。他是一个好得不能再好的丈夫。你知道，一直到大崩溃到来之前，我们都过得开心之至。我们喜欢同一样的人，而且喜欢做同一样的事。他待我真好。有人对你倾倒备至总是好受的事；而且他现在爱我就如同我们刚结婚时一样。他觉得我是世界上最了不起的女子。你无法想象他多么的温柔和体贴。在穿的、戴的、用的方面，他大方得简直到了荒唐的程度；你晓得，他认为没有什么我不配享受的。我们结婚这么多年，他从来没有对我讲过一句不体贴或者严厉的话。我真是太幸运了。”

我肚子里想，她是不是认为这就是回答了我的问题。我换了话题。

“谈谈你的两个小女儿。”

我说话时，门铃响了。

“她们来了。你自己看吧。”

不一会，两个孩子就进来了，后面跟着保姆。伊莎贝儿先给我介绍大的一个，琼，然后介绍小的，普丽西拉。每个人和我握手时都略为蹬一下，表示礼貌。她们一个八岁，一个六岁，个子都不算矮；伊莎贝儿当然是高的，格雷我记得是个大块头；不过两个孩子也只是像一般儿童那样好看。她们看上去很孱弱；长了父亲的黑头发，母亲的淡栗色眼睛；在生人面前并不害羞，都兴冲冲地告诉母亲在公园里做的事情。她们的眼睛盯上伊莎贝儿的厨师为喝茶准备的精美糕点，不过，我们还没有动过。当她们母亲准许每个人挑一块吃时，两个人在选择哪一块上都显得有点为难起来。看见她们对自己母亲表现的那种明显感情很好受；三个人扯在一起形成一幅很动人的图画。当她们吃完自己选择的那块糕点之后，伊莎贝儿便打发她们走，两个孩子没有吭一声就出去了。我的印象是，伊莎贝儿把孩子教育得很听话。

孩子们走后，我讲了些对孩子母亲通常讲的话，伊莎贝儿听了我那些恭维话显然很高兴，但是，有点儿不放在心上。我问她格雷可喜欢巴黎。

"相当喜欢。艾略特舅舅留下一辆汽车给我们，所以他几乎能够每天都去打高尔夫球；他并且加入了旅行家俱乐部，在那边打桥牌。当然，艾略特舅舅让出这所公寓把我们养起来，是雪中送炭。格雷人完全垮了，而且现在仍旧发那种可怕的头痛病。他现在即使谋到一个职位，也干不了；这当然使他很着急。他要工作，觉得自己应当工作，想到不能工作使他感到低人一等。你知道，他认为做一个男人就应当工作；如果不能工作，那还不如死掉的好。他不能容忍自己成为一个多余的人；我只是解劝他，说休息和换一下环境会使他恢复正常，才把他拉到巴黎来的。可是，我知道，生活不上轨道他是不会快乐的。"

"恐怕在过去这两年多时间里，你们的日子可够受的。"

"嗯，你知道，崩溃才开始时，我简直相信不了。说是我们会垮掉，我认为是不可想象的事。我能够理解到别的人会垮掉，但是，说我们会垮掉——哼，那简直是不可能的事。我一直认为，到了最后，总会来点什么运气之类使我们得救。后来，打击终于落到了我们头上，我觉得没法再活下去，觉得简直没法正视未来的日子，太黑暗了。有两个星期，我简直不是人受的；天哪，什么都得放弃掉，知道以后再没有什么欢乐可言，一切我喜欢做的事情都没有我的份儿，真是可怕——后来两个星期过去了，我说：‘唉，滚他妈的，我决计不再去想它了，’告诉你真话，我从此就没有想过。我一点点都不懊恼。当时我是得乐且乐，现在完了，就完了罢。”

“摆明的，住在上等住宅区的一座豪华公寓里，有一个能干的管家，一个菜烧得很好的厨师，不要自己花一个钱，还可以给自己的瘦骨头穿上夏奈尔定制的衣服，破产的痛苦是容易忍受的，是不是？”

“不是夏奈尔，是朗万，”她哧哧笑了。“我看出你十年来没有怎么变。你这个鬼灵精，想来是不会相信我的话的，不过我接受艾略特舅舅的好意是为了格雷和两个孩子，这一点我倒是有把握的。靠了我每年的两千八百块的收入，我们在农场上可以过得很好，我们会种稻子、黑麦、玉米和养猪。说到底，我是生在伊利诺斯的一个农场并且在那边长大的。”

“也不妨这样讲，”我微笑说，明知道她实际上是出生在纽约的一家高级妇产科医院里的。

这时候格雷走进来了。十二年前，我确实只和他见过两三面，可是，我看见过他的结婚照片（艾略特把照片装上漂亮的镜架，和瑞典国王、西班牙王后、德·吉斯公爵签名的那些照片一同放在钢琴上面），他的样子我记得很清楚。见面时，我吓了一跳。他的鬓角秃得很厉害，头上还有一小块秃顶，脸养得肥肥的，红红的，重下巴。多年来讲究酒食的结果使他的体重大大增加，只是由于个儿高大，才使他不至于成为一个十足的胖子。可是，最引起我注意的是，他那双眼睛的神情。我完全记得当初他前途无量，一点不用操心的时候，一双深蓝色眼睛里的那种无忧无虑的坦率；如今我好像在这双眼睛里看见一种无名的沮丧，而且即使我不知道事情经过，恐怕我也不难猜到是什么意外事故摧毁了他对自己以及对世界秩序的信心。我觉得他有一种自卑感，就像做了坏事，虽则不是出于有意，但是感到羞愧。很明显,他垮了。他很有礼貌地欣然向我问好,而且的确像老朋友见面时一样,显得很高兴,但是,我的印象却是他的这种开心样子只是做惯的一套,嘴里嚷的和内心的感受毫无共同之处。

用人送来了酒,他给我们调了鸡尾酒。他打了两轮高尔夫球,自己觉得很满意;谈他碰到一只难进的洞时他是怎样解决的,讲得相当啰嗦仔细,伊莎贝儿好像听得津津有味。过了几分钟后,我和他们约好一个日子吃晚饭和看戏,就告辞了。

二

我逐渐养成一个习惯,每天下午做完一天工作之后,就去看望伊莎贝儿,一个星期总有三四次。这时候,她大都一个人在家,很高兴有人来聊天。艾略特给她介绍的那些人,比她的年纪要大得多,我而且发现她很少有什么和她年纪相仿的朋友。我自己的朋友在晚饭之前大都很忙,我而且觉得与其去我的俱乐部,和那些并不怎样欢迎外人插进来的没好气的法国人打桥牌,还不如跟伊莎贝儿聊聊好受些。她那种把我当作和她年纪相当的人的妩媚派头,使得我们谈起话来很随便;我们相互笑谑,欢笑,打趣,有时候谈我们自己,有时候谈我们共同的朋友,有时候谈书,谈画,所以时间很开心就消磨掉了。我生性有个缺点:对不好看的相貌永远看不惯;一个朋友的性格不管多么善良,即使多年来时常过从,也不能使我看见他的坏牙齿或者歪鼻子感到顺眼;另一方面,我对朋友的标致相貌却永远感到喜欢,而且尽管交往了二十年之久,我对于长得像样的额头或者线条柔和的颧骨仍旧喜欢看。因此,我每次看见伊莎贝儿时,对她那张完美的椭圆脸型,凝脂似的皮肤,栗色眼睛里的明快神情,总会重新感到一点心旷神怡。

后来发生了一件意想不到的事。

三

在所有大城市里，总存在着许多自给自足的集团，相互不通音问；它们是一个大世界里的许多小世界，个个过着自己的生活，只有成员和成员之间交往过从；每个小世界是一个孤岛，中间隔着无法通航的海峡。根据我的经验，没有一个城市比巴黎更加是这样了。在巴黎，上流社会很少让外界人进得去的；政客们把自己局限在他们生活糜烂的圈子里；大大小小的资产阶级相互来往；作家和作家聚集在一起（在安德烈·纪德①的日记里，有一点很突出：他好像除掉那些跟他从事一样职业的人以外，很少和什么人接近的），画家和画家亲近，音乐家和音乐家交游。伦敦也是同样情形，不过不是那么显著；在伦敦，同一类的人不大聚集在一起，而且有这么十几家人家的宴会席上，你可以同时碰见一个公爵夫人，一个女演员，一个画家，一个议员，一个律师，一个服装设计师和一个作家。

我在生活上的遭遇，使我在不同的时间里，在巴黎差不多所有这些小世界里都待过一个短暂时间，甚至圣日耳曼大街那个关闭社会（通过艾略特）也进去过；但是，我最喜欢的是以蒙帕纳司大街为干线的那个小社会，比起以现在叫做福煦大道为中心的那个甄别很严的小圈子，比起常去拉吕饭店和巴黎咖啡馆的那一批不管国别的人士，比起蒙马特尔区那群喧闹而破烂的寻欢作乐的人来，都还要喜欢。在我是个青年时，我曾经在贝尔福狮子咖啡馆附近的一个小公寓里住过一年，公寓在六层楼，从上面可以瞭望那片公墓②，眼界

① 安德烈·纪德（1869—1951），法国小说家，先后受象征主义和尼采超人哲学影响。
② 指蒙帕纳司公墓，有许多文学家、艺术家都葬在这里。

非常开阔。蒙帕纳司在我眼中仍旧具有当初它特有的那种外省乡镇的安静气息。当我经过阴暗而狭窄的奥德萨街时,我会感到一阵惆怅,想起当初我们经常聚餐的那家简陋饭店。我们里面有画家,雕刻家,插图家,除掉阿诺德·班内特①偶尔来来外,我是唯一的作家;我们会坐得很晚,兴奋地、荒谬地、愤怒地讨论绘画和文学。现在沿着蒙帕纳司大街走去,看着那些和我当年一样的青年人,并且替自己杜撰些关于他们的故事,对我仍旧是一种乐趣。当我没有事情可做时,我就叫一辆汽车去老多姆咖啡店坐坐。它已经不再像当年那样,为放荡不羁的艺术家包下来的集会场所;邻近的小商贩常会上这儿来,而塞纳河对岸的陌生人也会跑来,企图看一看那个已经不复存在的世界。当然,学生们仍旧来这里,还有画家和作家,但多半是外国人;当你坐在咖啡店里听周围的人谈论时,你听到的俄语、西班牙语、德语和英语和你听到的法语一样多。可是,我有个感觉,好像他们谈论的东西跟我们四十年前谈论的东西大致一样,只是他们现在谈的是毕加索而不是马奈②,是安德烈·布雷东③而不是纪尧姆·阿波利内尔④而已。我真向往他们啊。

我来到巴黎两个星期之后,有一天晚上,坐在多姆咖啡店里;由于露台上人挤,我只得在前排找一张桌子坐下。天气晴暖。悬铃树正要冒叶子,空气中有巴黎所特有的那种闲散、轻松和欢快的情趣。我觉得很平静,不是由于疲乏,而是由于畅快。忽然间,有个男子在我面前走过,停下来向我咧开嘴笑,露出一口雪白的牙齿,说声:“哈啰!”我瞠眼望着他。这人又高又瘦,没有戴帽子,乱蓬蓬的深棕色

---

① 阿诺德·班内特(1867—1931),英国小说家。
② 马奈(1832—1883),法国印象派绘画的奠基人。
③ 安德烈·布雷东(1896—1966),法国诗人,文论家和批评家,提倡超现实主义。
④ 纪尧姆·阿波利内尔(1880—1918),法国现代派诗人,主张“革新”诗歌,完全破坏诗歌形式与句法结构。对法国超现实主义作家发生过影响。

头发，早就应当剪了；上嘴唇和后腮全被浓密的棕色胡须掩盖起来；前额和头颈晒得黑黑的；穿一件破衬衫，没有打领带，一件穿得很旧的棕色上褂，灰色裤子也破烂得不成样子。他像个乞丐，我有十足的把握从来没有见过他。我断定他是那种没出息的人流落在巴黎，存心等他编一套落难的故事，骗我几个法郎去吃顿晚饭和找个地方过夜。他站在我的面前，两手插在口袋里，露出白牙齿，深棕色的眼睛显出好笑的神气。

“你不记得我了？”他说。

“我有生以来从没有见过你。”

我准备给他二十法郎，可是，我不准备放过他胡说什么我们见过。

“拉里，”他说。

“老天啊！请坐。”他哧哧笑了，向前走一步，在我桌子的空椅子上坐下。“喝杯酒。”我招呼侍役。“你脸上这样胡子拉碴的，怎能指望我认得你呢？”

侍役来了，他要了橘子水。现在我再看看他，想起他眼睛的那种特别神情是由于虹膜和瞳孔的颜色一样黑，使眼睛看上去既强烈又没有光彩。

“你在巴黎待多久了？”我问。

“一个月。”

“预备待下去吗？”

“住一个时候。”

当我问这些问题时，脑子里却不停地盘算。我注意到他的裤脚管已经毛了，上褂靠肘腕那儿也有些洞。他的样子和我过去在东方那些港口碰见的贫民一样寒伧。在那些日子里，人们是很容易联想到不景气的，所以我盘算是不是一九二九年的经济大崩溃使他变得赤贫了。想到这里，我很不好受，可是，我向来不喜欢兜三绕四的，所以就开门见山问他：

“你是不是没法子混了？”

“没有，我很好，你怎么会想到这上面？”

“哦，你看上去好像三天没有吃饭的样子，而且你穿的衣服只配扔到垃圾箱里。”

“有这么糟吗？我从来没有想到过。事实是我本来打算置办些零碎东西，不过，我好像从来就没有能兑过现。”

我觉得他害臊或者放不下架子，但是，我认为犯不着容忍他这一套胡说。

“别傻了，拉里。我不是个富翁，但是，我也不穷。如果你缺少钱用的话，让我借几千法郎给你。不会搞垮我的。”

他哈哈大笑。

“多谢，不过，我并不缺少钱用。我的钱尽够我花的了。”

“大崩溃之后还是这样吗？”

“哦，大崩溃并不影响我。我所有的钱都买了政府公债。我不知道这些是不是跌价了。我从来没有打听过。只知道山姆大叔①仍像往常一样规矩，继续付利息。事实上，过去几年中我的用度极小，所以手里的现钱一直很可观呢。”

“那么，你是从哪里来的呢？”

“印度。”

“哦，我是听说你去过那里。伊莎贝儿告诉我的。她显然认识你在芝加哥的银行的经理。”

“伊莎贝儿？你是几时看见她的？”

① 美国政府的绰号。

Pte ROYAL
CASINO DE PARIS
CAFÉ DU DÔME
SUZE

“昨天。”

“她难不成在巴黎吗？”

“她的确在巴黎。就住在艾略特·谈波登的公寓里。”

“这太有意思了。我真愿意看看她。”

当我们这样交谈时，我虽则相当留神观察他的眼睛，可是，除掉通常的诧异和高兴之外，并没有察觉出什么更加复杂的心情。

“格雷也住在那里，你知道他们结婚了。”

“是啊，鲍勃大叔——纳尔逊医生，我的保护人——写信告诉我的，可是他几年前死了。”

我想起这可能是他和芝加哥以及他在芝加哥那些朋友之间的唯一联系，现在这条线断了，他很可能对这几年发生的事情毫无所知。我告诉他，伊莎贝儿生了两个女儿，亨利·马图林和路易莎·布雷德利都死了；告诉他格雷完全破产和艾略特的慷慨行为。

“艾略特也在巴黎吗？”

“不在。”

四十年来，艾略特第一次不在巴黎过春天。尽管样子看上去还年轻，他已经是七十岁的人了。人上了这样年纪，总有些时候感到疲倦和不舒适。他除掉散步外，别的锻炼逐渐都放弃掉。他对自己的健康很不放心，他的医生一个星期来看他两次，在两边屁股上轮流打针，皮下注射一种当时流行的针剂。每次吃饭，不论在家里或者在外面，他总要从口袋里掏出个小金盒子，取出一粒药片吞下去，就像履行宗教仪式一样郑重其事。他的医生劝他去蒙特卡地尼疗养，那是意大利北部的一个水疗场；这以后他建议去威尼斯寻找一个制作适合放在他的罗马式教堂里的圣水盘。他对巴黎的兴趣已经大不如前了，原因是他觉得巴黎的社交生活一年不如一年。他不喜欢年纪大的人，而且非常痛恨人家请客时碰见的都是和他一样年纪的人，但是，年轻人他又觉得语言无味。装修他建造的这座教堂现在成了他生活中主要的兴趣；在这上面，他可以放开手买，以满足自己对艺术品的那种根深蒂固的热爱，同时感到心安理得，觉得是在颂扬上帝。他曾经在罗马物色到一座蜜黄色石头砌的早期祭坛，并在佛罗伦萨花了六个月时间的讨价还价，买下一块锡耶纳①派的三联雕刻放在祭坛上面。

后来拉里问我格雷喜欢不喜欢巴黎。

“恐怕他有点不知如何是好的。”

我试行向他描绘格雷给我的印象。他一面听，一面眼睛紧紧盯着我的脸看，一睐也不睐，像在沉思；这使我觉得——连我也不懂得是什么缘故——他不是用耳朵，而是用一种内在的、更灵敏的器官在听。这很古怪，而且叫人不舒服。

“不过，你会亲眼看见的，”我讲完时说。

“是啊，我很愿意去看他们。我想电话簿上会找到他们的住址。”

“可是，如果你不想把他们吓得灵魂出窍，并且使两个孩子叫得像着魔一样，我想你还是去剪个头，把胡子刮刮。”

他笑了。

“我也想到过。没有道理使自己这样刺眼。”

“既然你这样说，也不妨给自己买一套新衣服。”

“我想我是有点破烂相。当我快要离开印度时，我发现只剩下身上这一套衣服。”

他看看我穿的衣服，问我是哪一家裁缝做的。我告诉了他，不

① 锡耶纳在 14 世纪时宗教热达到高潮，出现不少宗教画家和艺术家。

过附带告诉他这家铺子在伦敦，所以纵使知道，也派不上多大用场。这个问题丢下之后，我就重新谈起格雷和伊莎贝儿来。

“我时常和他们见面，”我说。“他们一块儿过得很快乐。我从没有机会单独和格雷谈话过，不过，敢说他反正不会跟我谈到伊莎贝儿。可是，我知道他对她的爱情很专。他静下来时，脸色相当难看，眼睛里带有一种迷惘，可是，当他看见伊莎贝儿时，就会显出一种温柔恩爱的神情，相当感动人。我有个想法，在他们出事的那些日子里，她从头到尾都像岩石一样和他站在一起，所以他永远不会忘记她待他的好处。你会发现伊莎贝儿变了。”我没有告诉他，伊莎贝儿从来没有像她现在这样美丽过。他未见得能识别得出当初那个好看的高个儿女孩子，怎样变成这样极端文雅娇艳的女子。有的男人对于艺术给女性美的加工是痛恨的。“她待格雷很好。尽了最大的力量帮助他恢复自信。”

可是，时间已经晏了；我问拉里要不要和我到大街上去一同吃晚饭。

“不，我不想吃，谢谢，”他答。“我得走了。”

他站起身，很和气地点个头，三脚两步到了人行道上。

四

第二天，我看见格雷和伊莎贝儿，就告诉他们我碰见拉里。他们和我昨天一样感到出乎意料。

“看见他太好了，”伊莎贝儿说。“让我们立刻去看他。”

我这才想起自己忘记问他住在哪里。伊莎贝儿把我狠狠收拾一顿。

“我即使问他，恐怕他也不会告诉我，”我一面笑，一面抗议说。“这很可能跟我的潜意识有关系。你可记得他从来不喜欢告诉人他住在哪里。这是他的怪癖之一。他随时都可以走进来。”

“这倒像他的为人，”格雷说。“便是在过去，你也拿不准会在你指望的地方找到他。他今天在这儿，明天就不见了。你明明看见他在房间里，过会儿想要过去招呼他一下，可是，你转过身去时，他已经失踪了。”

“他一直是个顶叫人恼火的家伙，”伊莎贝儿说。“这是无法否认的。看来我们只好等他高兴的时候大驾光临了。”

那天他没有来，第二天也没有来，第三天也没有来。伊莎贝儿硬说是我编出来使他们怄气的。我向她保证没有，并且想出些理由来说明他不来的原因。但是，这些理由不大讲得通。我自己心里盘算，他是不是经过重新考虑，决定不见格雷和伊莎贝儿，并且离开巴黎到什么别的地方游荡去了。我已经觉得他从来不在什么地方扎根，只要有了一条他认为是良好的理由，或者自己一时高兴，他就会随时抬起脚来走掉。

他终于来了。那是个下雨天，格雷没有去毛特芳丹打球。我们三个人都在一起，伊莎贝儿和我在喝茶，格雷呷着一杯威士忌掺贝里埃①；这当儿，管家开了门，拉里踱了进来。伊莎贝儿叫了一声立刻站起来，投入他的怀抱，吻他的两颊。格雷的一张红红胖胖的脸比平时更红了，热烈地拉他的手。

“嘻，真高兴看见你，拉里，”他说，声音激动得有点咽着。

伊莎贝儿咬着嘴唇，看出她在硬忍着没有哭出来。

“喝杯酒，老兄，”格雷摇摇晃晃地说。

两个人看见这个流浪汉如此的高兴，深深打动了我。拉里看见

---

① 贝里埃-尤特是著名香槟酒厂家；这里的贝里埃当然是指商标，但肯定不是香槟，而可能是梨汁或苹果汁制的果子酒。

自己在他们心里这样重,一定很好受,他快乐地笑着。可是,在我看来,他仍然十分冷静。他注意到桌上的茶具。

"我喝杯茶吧,"他说。

"嘘嘘,你不想喝茶,"格雷叫出来。"让我们开瓶香槟酒。"

"我喜欢茶,"拉里微笑说。

他的镇定对这对夫妇产生了一种可能是他预期的效果。两人都平静下来,但是,仍旧带着喜悦的眼光望着他。我这话并不意味着说他以冷冰冰的僵硬态度来回答人家的由衷热情;相反,他显得非常之有礼貌和可爱;不过从他的眉宇之间可以觉察到一种只能称之为超然的派头,而且弄不懂这代表什么。

"你为什么不立刻来看我们,你这个鬼?"伊莎贝儿叫,假装生气。"这五天来,我一直在张望窗子外面,看你来了没有,而且每次门铃响,我的心都要跳到嘴里来,要费很大的劲才能咽得下去。"

拉里哧哧笑了。

"毛姆先生告诉我,我的样子太野蛮了,你们的用人不会放我进门的。我飞往伦敦去买点衣服。"

"你用不着上伦敦去买,"我笑着说。"你可以在春光百货公司或者美丽园买一套现成的。"

"我想果真要做衣服的话,那还是做得像样些。我有十年没有买西方服装了。我上你的裁缝店去,说我要在三天之内做一套衣服。他说要两个星期,因此折衷下来改为四天。我是一小时前从伦敦回来的。"

他穿了一套藏青哔叽衣服,和他的瘦长身材非常相称,一件白衬衫,配上软领子,打一条蓝领带,脚上穿一双黄皮鞋。头发已经剪短,脸上胡子都已剃光。他看上去不但整洁,而且头发梳得很光;简直是变了一个人;由于长得很瘦,颧骨显得更加突出,庭穴更凹进去，深陷在眼窝里的那双眼睛比我记得的还要大些；尽管如此，外表还很漂亮；说实在话，那张晒得黑黑的、没有一丝皱纹的脸使他看上去异常年轻。他比格雷小一岁，两人都是三十开外的人，可是，格雷看上去要老十岁，而拉里则要年轻十年。格雷由于身材高大，动作迟缓而且比较滞重，拉里的动作则是轻快随便。拉里的神情像个孩子，又快活又高兴，可是，同时带有一种宁静，使我特别感觉到，并且和我过去认识的这个青年有所不同。谈话一直就没有停，这在老朋友之间是很自然的事，因为许许多多记忆都是共同的；格雷和伊莎贝儿还插进些芝加哥的新闻，都是些零星花絮，从一件事勾起另一件事，引起轻盈的笑声。当他们这样谈笑时，我一直有一个印象，就是拉里虽则笑得很开朗，而且听着伊莎贝儿那样随便拉呱表现出明显的喜悦，但是，有一种很特别的洒脱派头。我不觉得他在做假，他非常自然，决不会做假，而且他的诚恳是一望而知的；我只觉得他内心里有一种东西，不知道叫它知觉，还是感性，还是力量，使他始终说不上来地有点落落寡合。

两个女孩子被保姆带了进来，和拉里见过，并且有礼貌地行一下屈膝礼。拉里伸出手来，柔和的眼睛带着动人的慈祥神气望着她们；孩子们握着他的手，一本正经地睁眼望着他。伊莎贝儿兴孜孜地告诉拉里，她们的功课都很不错，给了她们每人一片小饼饼，就打发她们走了。

“你们睡觉时，我来给你们念十分钟故事书。”

她不愿意在这时候打扰她看见拉里的快乐。女孩子去向父亲道晚安。看见这个大块头搂着孩子吻她们时一张红脸上显露出来的爱，确很动人。谁也看得出他对她们非常钟爱，非常得意；当她们走后，他转向拉里，唇边显出一种甜蜜的微笑说：

“两个孩子不错吧?”

伊莎贝儿亲热地瞟他一眼。

“我要是听任格雷不管,他就会把她们惯坏了。这个大坏蛋,他会把我饿得个要死,而用鱼子酱和肝酱去喂两个孩子。”

他微笑望着她说:“你说谎,而且知道你在说谎。我是崇拜得你五体投地的。”

伊莎贝儿的眼睛里也露出笑意,算是回答。这一点她知道,而且很高兴。真是一对幸福的夫妇。

她坚决要我们留下吃晚饭。我想他们大约愿意单独和拉里在一起,就推说有事,但是,伊莎贝儿决计不听。

“我去告诉玛丽在汤里多放一根胡萝卜,就够四个人吃的了。有只小鸡,你和格雷可以吃腿,我和拉里吃翅膀;她的奶蛋酥总可以做得够我们四个人吃的。”

格雷好像也要我留下;我本来不想走,就服从他们的劝阻。

在等待晚饭时,伊莎贝儿又把他们的遭遇详细讲了一遍,就是我简单告诉拉里的。虽则她叙述自己的悲惨遭遇时尽量讲得轻松,格雷绷着个脸显得很不好受。她设法使他高兴一点。

“反正现在全过去了。我们摔了跤,但是,我们还有前途。等情形好一点,格雷将会谋得一件好事,发笔大财。”

鸡尾酒送进来,两杯酒下肚,使这个可怜人儿的兴致好一点起来。我看见拉里虽然拿了一杯酒,但是,简直没有碰;格雷没有注意到,给他再来一杯时,他拒绝了。我们洗了手,坐下来吃晚饭。格雷关照人开一瓶香槟酒,可是管家给拉里倒酒时,他告诉管家他不喝酒。

“唉,可是你非喝一点不可,”伊莎贝儿叫。“这是艾略特舅舅最好的酒,他只在招待特客时才开呢。”

“告诉你老实话，我还是欢喜喝水。在东方待了这么些年，能够喝到干净的水已经是福分了。”

“这是庆祝。”

“好吧，我喝一杯。”

晚饭烧得很好，可是，伊莎贝儿注意到，我也注意到，拉里吃得很少。大约她忽然想起一直是自己在谈话，而拉里除掉洗耳恭听外，简直没有机会说什么，所以，现在开始问拉里自从上次见面以后，这十年来做了些什么。他回答得很诚恳坦率，但是，含糊其辞，等于没有告诉我们什么。

“噢，我在晃膀子，你知道。我在德国待了一年，在西班牙和意大利待了些年。在东方胡乱跑了一阵。”

“你刚从哪里来？”

“从印度。”

“你在印度多久？”

“五年。”

“玩得好吗？”格雷问。“打到老虎没有？”

“没有，”拉里笑了。

“你干了些什么，要在印度待上五年呢？”伊莎贝儿说。

“到处玩，”他答，忍俊不禁的样子。

“那个绳子戏法①是怎么回事？”格雷问。“你看见过没有？”

“没有，没看见。”

“你看见什么呢？”

“很多的事情。”

① 这种戏法据别的小说里形容的，是将一根绳子笔直地伸入云中，再命小儿爬上去，以此勒索观众给钱。

我这才向他提出一个问题。

“据说瑜伽师①具有我们认为的神奇能力,是真的吗?”

“我弄不清楚。我只能告诉你,印度一般都这样认为。但是,最有智慧的人并不把这些能力看得怎样了不起;他们觉得只会妨碍修真。我记得他们里面有一个人告诉我,有个瑜伽师来到河边,没有渡河钱,摆渡的船夫不肯白白带他,于是他就走到河上,踏着水面到达对岸。告诉我这件事的瑜伽师,相当鄙夷地耸耸肩膀说,‘这样的奇迹只抵得上一个渡河钱的价值。’”

“可是,你认为瑜伽师真的能在水上行走吗?”格雷问。

“告诉我的那个瑜伽师摆明是相信的。”

听着拉里讲话,使人觉得很好受,因为他的声音非常之悦耳,清脆,圆润而不深沉,有种特殊的抑扬顿挫。吃完晚饭,大家回客厅喝咖啡。我从来没有到过印度,急于想多知道一点。

“你跟作家和思想家有过接触吗?”我问。

“我看你把他们当作两种不同的人,”伊莎贝儿取笑我说。

“我有心要去接触他们,”拉里回答。

“你怎样同他们交谈的呢? 用英语吗?”

“他们里面最有意思的人,即使会说英语,也说得不大好,理解就更差了。我学了兴都斯坦语。后来去南方,又学了不少泰米尔语,所以相当混得下去。”

“拉里,你现在懂得几国语言?”

“噢,我也不知道。半打左右吧。”

“我还想多了解一点瑜伽师的情形,”伊莎贝儿说。“你跟他们

① 瑜伽师或修瑜伽行者,一般即指修道士,与哲学派别或佛教都无大关系。他们各有一套修炼术,道行各有高低。

里面的人可有搞得很熟的?"

"熟得不能再熟了,"他微笑说。"我在一个瑜伽师的亚西拉马住了两年。"

"两年? 亚西拉马是什么?"

"啊,我想你不妨称它做隐居的地方。有些圣徒总是单独生活,或是在庙里,或是在林子里,或者在喜马拉雅山的山坡上。另外有些瑜伽师吸引了一些门徒。有些乐善好施的人为了积功德,对某一个瑜伽师的虔诚深怀景仰,就为他造一间房子住;房子有大有小,那些门徒就跟着他住,或者住在阳台上,或者住在厨房,如果有厨房的话,或者住在树底下。我在这处丛林有一间小房子,刚好放得下我的行军床、桌椅和书架。"

"这地方在哪儿?"我问。

"在特拉凡哥尔,那是一处美丽的乡野,青绿的山谷,缓缓的河流。山上有老虎、豹子、象和野牛,可是,那个亚西拉马是在环礁湖上,周围长着椰子树和槟榔树。它离开最邻近的城镇也有三四英里远,但是,人们常常从那边或更远的地方徒步或者坐着牛车来听这位瑜伽师讲道;那是在他高兴讲的时候;他不讲道时,就坐在他的脚下,在晚香玉的氤氲空气中,共同享受从他的道行所散发出来的宁静和安乐气氛。"

格雷在椅子上不安地扭动着。我猜想谈话的内容使他感到不大好受了。

"来杯酒吗?"他问我。

"不要,多谢。"

"那么,我来一杯。你怎么样,伊莎贝儿?"

他挪动自己沉重的身体从椅子上起来,走到放威士忌和贝里埃及酒杯的台子前面。

“那儿有别的白人吗？”

“没有，我是唯一的一个。”

“你怎么能待得了两年之久呢？”伊莎贝儿叫。

“那就像一转眼似的。我过去的有些日子过得好像比这两年的时间长得多呢。”

“这两年你干些什么？”

“读书。散步，散很长的步。坐一条船在环礁湖上游。冥思。冥思非常之吃力；两三个小时之后，你就像赶了五百英里路的马车一样筋疲力尽，以后只想休息，什么事都不想干。”

伊莎贝儿眉头微微皱一下。她弄得迷惑了，敢说她有一点儿害怕。可能她开始感觉到这个几小时前走进屋子里来的拉里，虽则外表上没有变，而且和以前一样开朗和亲热，但是，和她过去认识的那个拉里，那个非常坦率、平易、和蔼，执拗不听她的话但是讨人喜欢的拉里已经不是一个人了。她曾经失掉他，现在重新见面，她认为他还是旧日的拉里，不管经过世情变化，他仍旧是她的；现在呢，她好像在把一道日光抓在手里，而日光却从她握紧的手指间漏掉了；这使她感到有点迷惑不解。那天晚上，我总是在看她，这在我是一件赏心乐事；我看出她的眼光落到拉里那修剪得很整齐的头上，两只小耳朵贴着脑壳时，眼中有股喜悦的神情，而当她注意到他深陷的庭穴和瘦削的双颊时，眼睛的神情又是怎样变化的。她望望他的一双又长又瘦的手，尽管看上去憔悴，仍旧强壮有力。后来她的眼睛又盯着他那富于表情的嘴看，嘴形长得很好，丰满但没有肉感；盯着他开阔的额头和端正的鼻子看。他的那一套新衣服穿在身上不像艾略特那样风度翩翩，可是，自如落堂，就好像穿了有一年，而且天天穿，日日穿似的。他好像引起了伊莎贝儿的一种母性本能，而这种本能是我在伊莎贝儿和她的女儿中间不曾见到的。她是个有经验的女人;而他看上去还只是个男孩子;我从她的神情仿佛察觉到一种母性的骄傲,因为自己的成年孩子能够侃侃而谈,而且别人也都在听,觉得他的话有道理。我不相信拉里那些话的涵义能打中她的心坎。

可是,我的话还没有问完。

“你的瑜伽师是什么样子?”

“你指外表,是不是?怎么说呢,他个子不高,人不瘦,也不胖,暗棕色皮肤,胡须剃得光光,白发剪得很整齐。身上除掉一件围腰布外,什么也不穿,然而能够使人看上去和布罗克斯兄弟公司广告上的男人一样穿着整齐。”

“那么,他有什么地方使你特别看中的呢?”

拉里凝神看着我整整有一分钟方才回答。他陷在深窝里的那双眼睛像在企图钻进我的灵魂深处。

“圣徒气息。”

他的回答使我微微感到不安。在这间陈设着精美家具、墙上挂着名画的房间里,这句话就像浴缸漫出的水从天花板上漏下来,扑腾的一声。

“我们全都读到过圣徒。圣佛兰西斯啊,十字架的圣约翰啊,但是,这都是几百年前的事了。我从来没有想到过会在今天碰见一个活的圣徒。从我第一次看见他,我就毫不怀疑他是个圣徒。这是个了不起的经验。”

“你得到的又是什么呢?”

“宁静,”他随口回答,淡淡地一笑。然后突然站了起来说,“我得走了。”

“唉,等等,拉里,”伊莎贝儿叫。“时间还早呢。”

“晚安,”他说,一面仍旧笑着,毫不理会她的央求。他吻了一下她的秀颊。“我一两天内再来看你们。”

“你住在哪里？我来看你。”

“哦，别找这些麻烦了。你知道在巴黎打一个电话多么困难，而且我们的电话常常出毛病。”

我看见拉里这样不落痕迹地拒绝把住址告诉人，肚子里好笑。这是他的一个怪癖，总是瞒住自己的住址。我建议后天晚上请他们全体在波隆花园吃饭。在这样令人心醉的春天，露天坐在树下面吃饭，确是快意之至，而且格雷可以用他的小轿车开我们去。我同拉里一同离开，本来很愿意跟他走一段路，可是，一走到街上，他就和我拉拉手，大踏步走了。我坐上出租汽车。

五

我们约好在公寓里碰头，先喝杯鸡尾酒，然后出发。我在拉里之前到达。我约他们去的是一家很讲究的餐馆，总以为伊莎贝儿会穿上盛装；有那么多的女人全穿得花枝招展的，肯定她不愿意比不过人家。可是，她只穿了一件素净的羊毛上衣。

“格雷又发头痛病了，”她说。“他人非常难过。我不能丢下他。我告诉过厨娘，给孩子们吃了晚饭之后，就可以走了，所以我得亲自给格雷烧点吃的，并且劝他吃下去。你还是和拉里单独去吧。”

“格雷睡在床上吗？”

“没有，他发头痛时，从来不肯躺在床上。天知道，他最好是睡下来，可是他不肯。他在书房里。”

这是一间有棕色和金色护壁板的小屋子，护壁是艾略特从一座古堡里弄来的。书籍都有镀金格子护着，并且加上锁，以防止人们翻阅；也许这样做倒好，因为这些书大部分是十八世纪的有插图的淫书；不过，用现代摩洛哥皮面装订起来，看上去倒着实漂亮。伊莎贝儿把我带进书房。格雷弓着身子坐在一张大皮椅子里,旁边地板上散着画报。他闭着眼睛,往日的那张红脸现出死灰色,显然人非常痛苦。他打算站起来,但是,我拦着他。

“你给他吃阿司匹林没有?”我问伊莎贝儿。

“阿司匹林毫不抵用。我有个美国配方,但是,吃了也不见效。”

“唉,别管我了,亲爱的,”格雷说。“明天我就会好了。”他勉强一笑。“很对不起,做了你们的包袱。”他向我说。“你们全去波隆花园。”

“谈也不要谈,”伊莎贝儿说。“你想我会玩得开心吗,一面知道你被这个鬼病折磨着?”

“这个魔鬼,我想他爱上我了,”格雷说,把眼睛闭上。

接着他的脸突然抽搐起来,你几乎可以觉出他头里面那种痛如刀割的滋味。门轻轻开了,拉里走了进来。伊莎贝儿把情形告诉他。

“真糟糕,”他说,同情的样子看了格雷一眼。“有什么办法能够使他好过一点呢?”

“没有,”格雷说,眼睛仍旧闭着。“你们能够做的事情就是别管我,每一个人;离开这儿,自己去寻乐儿。”

我心想,这其实是唯一合理的办法,不过,伊莎贝儿恐怕良心上过不去。

“让我来看看能不能帮助你一下,”拉里说。

“谁也帮助不了我,”格雷有气无力地说。“这个病简直要我的命,有时候我真盼老天这样做。”

“我说也许能够帮助你一下,是我说错了。我的意思是也许我能够帮助你帮助一下自己。”

格雷慢慢睁开眼睛，看着拉里。

"你怎样帮助呢？"

拉里从口袋里掏出个像银币似的东西，把来放在格雷手里。

"用手紧紧勒住，手掌朝下。不要抗拒我。不要用劲，只是把银币勒在手里。在我数到二十以前，你的手就会张开，银币就会落在地上。"

格雷照他说的做了。拉里坐在写字台那儿，开始数起来。伊莎贝儿和我始终站着。一，二，三，四。数到十五时，格雷的手并没有动，后来好像抖了一下，我有个印象，简直说不上是看见，好像那些勒住的手指在松开。大拇指离开拳头。我清清楚楚看见手指在颤动。当拉里数到十九时，银币从格雷的手里掉下来，滚到我的脚边。我拾起来看看。银币很重，而且形状不整齐，一面生动地刻了一个年轻的头像，我认出是亚历山大大帝。格雷茫然望着自己的手。

"我没有让银币落下去，"格雷说。"是它自己落下去的。"

他坐在皮椅子里，右臂搁在椅子靠手上。

"你坐在这椅子上舒服吗？"拉里问。

"我头痛得不可开交时，只有坐在这里最舒服。"

"那么，你人完全松下来。不要紧张。不要做什么。不要抗拒。在我数到二十以前，你的右手将要从椅子靠手上抬起来，一直到把手举过头。一，二，三，四。"

他用自己银铃似的抑扬声调数着那些数目；当他数到九时，我们看见格雷的手从搁手的皮面上抬了起来，起先只是勉强看得见，然后高到大约有一英寸光景。有这么一会又停止下来。

"十，十一，十二。"

手震动了一下，接着是整个胳臂开始向上移动。胳臂不再搁在椅子上了。伊莎贝儿有点吓，抓着我的手。情形真是古怪。一点不像自愿的动作。我从来没有见过人梦游过，但是，可以想象梦游的人走动起来就像格雷的手臂动作一样古怪。看上去就像本人的意志并不是动力。想来通过自觉的努力把手臂抬得这样慢以及动作这样匀称，是非常困难的。它给人的印象是，有一种心灵不能控制的潜意识力量在抬起这只胳臂；动作就像活塞在汽缸里非常缓慢地上上下下。

“十五，十六，十七。”

数目字说得很慢，很慢，很慢，就像洗脸盆的水龙头出毛病滴水一样。格雷的胳臂抬着，抬着，一直到手举过头为止。当拉里说完最后一个数字时，胳臂自动地落回到椅子靠手上。

“我没有把胳臂举起来，”格雷说。“只是没法阻止它这样抬起来。是它自己抬起来的。”

拉里淡淡一笑。

“没有关系。我觉得这样说不定会使你对我产生信心。那块希腊银币呢？”

我把银币给他。

“把它抓在你手里。”格雷把银币拿过来。拉里看着表。“现在是八点十三分。在六十秒钟之内，你的眼皮将会变得重起来，使你不得不闭上眼睛，然后你就会睡去。你将要睡六分钟。八点二十分时，你会醒来并且不再感到头痛了。”

伊莎贝儿和我都不说话，眼睛看着拉里。拉里也没有再说什么；眼睛直盯着格雷，但是眼光好像不在看他，而像是透过他，越过他看出去。出现在我们中间的沉寂，给人以一种阴森的感觉，就像夜色降临时园中花丛里那种沉寂一样。突然间，我觉得伊莎贝儿抓着我的手紧起来。我张一下格雷。他的眼睛已经闭上，呼吸通畅均匀；人睡着了。我们站在那里的一段时间就像没完没了似的。我渴想抽支烟，但是不想点。拉里一动不动，眼睛注视着渺茫的远方。除掉眼睛还睁着外，他可以说是处在一种木然块然状态。忽然间，他好像松了下来；眼睛重又是往常的那种神情。他看看表。当他看表时，格雷的眼睛睁开了。

"噢唷，"他说，"我敢说我睡觉了。"接着他一惊。我注意到他脸上的那种惨白完全消失。"我的头不痛了。"

"很好，"拉里说。"抽一支烟，然后我们一起出去吃晚饭。"

"这是个奇迹。我觉得人好极了。你怎样做的？"

"我没有做。你自己做的。"

伊莎贝儿去换衣服，我和格雷则喝着鸡尾酒。尽管拉里摆明不想再提，格雷却坚决要谈适才发生的一切。他一点弄不明白是怎么一回事。

"你知道，我根本不相信你会有什么办法，"他说。"我听你摆布只是因为我懒得跟你辩。"

他接着形容自己发病时的情形，受到的折磨，以及头痛过去后人就像垮掉一样。他简直弄不懂怎么刚才醒来时，人会跟平时一样精力充沛。伊莎贝儿回来了；穿的一件衣服是我从前没有见过的；衣服一直拖到地，大约是用一种叫马罗坎的极薄的白平纹绸做的，外镶一圈黑纱边。我不由而然觉得她会为我们争光。

马德里宫堡①那天特别热闹，我们都兴高采烈。拉里杂七杂八谈些逗趣的话——我从来没有听见他这样谈过——使我们全都笑了。我感到他这样做的用意，是使我们不要再去想他适才显示了自己的非凡能力。但是，伊莎贝儿是个意志坚强的女子。不碍她的事时，她可以顺着你滚，可是，她满足自己好奇心的打算决不放弃。吃

① 这是在波隆花园入口处的一家特别时髦也特别昂贵的饭馆。

完晚饭,大家喝着咖啡和甜酒,伊莎贝儿大约认为一顿好饭和那杯葡萄酒以及亲密的谈话,已经削弱了拉里的防范,就把一双亮晶晶的眼睛盯着他看。

“现在告诉我们你是怎样治好格雷的。”

“你自己不是看见了,”他微笑着说。

“你是在印度学会这套玩意儿的吗?”

“是的。”

“他被病魔折腾得很苦。你认为可以使他断根吗?”

“我不知道。也许能够。”

“这会使他的整个生活变样子。像他现在这样一来就病倒四十八小时,怎么能担任正正经经的工作。而他除非又有了工作,是决不会开心的。”

“你知道,我是做不出奇迹的。”

“可是你做的就是奇迹。我亲眼见来。”

“不,这不是奇迹。我只是使格雷脑子里有一种想法,余下的都是他自己做的。”他转向格雷。“明天你做什么?”

“打高尔夫。”

“我六点钟来,我们一起谈谈。”接着,向伊莎贝儿眯眯一笑:“伊莎贝儿,我有十年没有跟你跳舞了。你要不要试一下我行不行。”

六

这事以后,我们就时常和拉里碰面。接下去的一个星期,他每天都到公寓来,和格雷单独关在书房里半个小时。看来他是要劝说格雷——如他自己笑着说的——摆脱掉那种使他振作不起来的忧郁心理,而格雷则是孩子气地对他极端信任。从格雷那些零零星星谈话里，我觉察到拉里同时也在设法使格雷恢复对自己的信心。大约在十天以后，格雷的头痛又发作了，碰巧拉里要到傍晚才来。这次的头痛并不太厉害，可是，格雷现在对拉里的异常能力已经充满信心，认为只要找得到拉里，他就能在几分钟内治好他的头痛。可是，他们不知道他的住址；伊莎贝儿打电话问我，我也不知道。等到拉里终于来了，并且治好格雷的头痛后，格雷就问他住在哪里，以便紧急时立刻可以找到他。拉里笑笑。

"打电话给美国旅行社，留一个口信。我每天早上打电话给他们。"

伊莎贝儿后来问我为什么拉里要把住址保密。他从前就是这样，后来发现他住在拉丁区一个三等旅馆里，并没有什么不可告人的地方。

"我一点不懂得，"我回答说。"我只能提出些想入非非的理由，可能完全是捕风捉影。也许他的某种古怪本能迫使他把自己精神的一些隐秘部分转移到他的栖息之所。"

"你这是他妈的什么意思？"她相当恼火地问。

"你可注意到他和我们在一起时，尽管那样平易近人，和和气气，但是，总有种超然物外的味儿，就好像他并不把自己全部公开出来，而是把某些东西保留在自己的灵魂深处。是什么使他脱离我们呢？一种拉力？一个秘密？一种向往？某种知识？我也不知道。"

"我从小就认识拉里，"伊莎贝儿不耐烦地说。

"有时候，我觉得他就像个伟大的演员，在一出蹩脚戏里把一个角色演得无懈可击，就像埃莱奥诺拉·杜丝①在《女店主》②那样。"

① 埃莱奥诺拉·杜丝(1859—1924)，意大利名女演员。
② 《女店主》是意大利名喜剧作家哥尔多尼(1707—1793)的作品。

伊莎贝儿听了沉吟一下。

“我想我懂得你的意思。大家玩得很开心，而且觉得他是我们里面的一员，犹如别的人一样，可是，突然间，你觉得他就像你想要抓在手里的烟圈一样逃脱你的掌握。你说是什么使他变得这样古怪呢？”

“也许很稀淡平常，所以人们简直觉察不到。”

“比方说？”

“例如，人好。”

伊莎贝儿眉头皱起来。

“我希望你不要这样说。使人听了怪不是滋味的。”

“还是心灵深处有那一点点苦痛呢？”

伊莎贝儿盯着我看了好长一会，像在考虑我在想些什么。她从旁边桌上取一支香烟，点起来，靠在椅背上；望着烟袅袅升到空中。

“你要我走吗？”我问。

“不。”

我有半晌不开口，尽看着她，欣赏着她的俊俏的鼻子和下巴的优柔线条。

“你是不是非常之爱拉里？”

“你这个狗蛋，我有生以来从来没有爱过别的人。”

“那你为什么嫁给格雷呢？”

“我总得嫁人。格雷疯狂地追我，妈也要我嫁给他。人人都说我和拉里解约很对。我很欢喜格雷；我现在仍旧喜欢他。你不知道他多么的可爱。世界上没有人能够像他这样更温和更体贴的了。他看上去好像脾气很大，是不是？可是，他对我永远那样温柔。他有钱的时候，总要叫我欢喜这个，欢喜那个，这样他就可以给我买来，并且自己觉得好受。有一次，我说，如果我们能有只帆船周游世界多么好，倘若不是因为经济大崩溃，他就会买来。”

“他听上去太好了，有点叫人信不过似的，”我说。

“我们曾经生活得非常美满。在这方面，我将永远感激他。他使我过得非常幸福。”

我看看她，没有开口。

“我想我并不真正爱他，可是，一个人没有爱满可以过得下去。在我的内心深处，我渴想的是拉里，可是，只要不和他见面，这并不真正打扰我。你可记得你跟我说过，只要隔开三千英里的大洋，爱情的痛苦就变得可以忍受了？我当时觉得这是一句极端带有讽刺意味的话，但是，话当然是对的。”

“如果你看见拉里感到痛苦，那么，不和他见面，你说是不是更聪明些呢？”

“可是这种痛苦是天堂啊！再者，你知道他是怎样的人。随便哪一天，他都会像太阳落山后的影子一下子消失掉，而且多年和他见不到面。”

“你从来没有想到和格雷离婚吗？”

“我没有理由要和他离婚。”

“没有理由并不能阻止你们国家的女人要和她们丈夫离婚。”

她大笑。

“你认为她们为什么要离婚呢？”

“你不知道？因为美国女人指望她们的丈夫十全十美，就同英国女人指望她们的男管家一样。”

伊莎贝儿把头傲然向后一甩，我简直认为她要把头颈骨扭断。

“你看见格雷不那样能说会道，就以为他一无可取吗？”

“你弄错了，”我赶快打断她。“我觉得他有种动人的地方。人非常之多情。只要看看他望着你时的脸，就知道他对你的情感是多么真挚，多么深。他对自己的孩子比你爱得多。”

“我想你现在要说我是个坏母亲了。”

“相反，我觉得你是个很好的母亲。你照顾得她们很周到，很快乐；注意她们的饮食，留心她们大便是否正常；教给她们礼貌，读书给她们听，命她们做祈祷；一有毛病立刻就请医生，而且小心服侍她们。但是，你不像格雷那样，全心全意放在她们身上。”

“本来没有必要这样做。我是个人，我把她们也当作人看待。一个做母亲的把儿女当作自己唯一的生命，只会对儿女有害处。”

“我认为你很对。”

“而且她们照样崇拜我。”

“这一点我也留意到了。她们把你看作是她们理想中的一切，文雅、美丽、高贵。但是，她们和你在一起不像和格雷在一起时那样适意和随便。她们崇拜你，这是事实；但是，她们爱格雷。”

“他是可爱。”

我很喜欢她这样说。她的性格中一个顶可爱之处就是对赤裸裸的事实从不恼火。

“大崩溃之后，格雷完全垮了。有好多个星期，他在写字间里一直工作到深夜。我时常在家里坐得胆战心惊；生怕他会自杀，因为他觉得太丢脸了。你知道，那些人过去对公司，对他父亲，对格雷都非常信赖，对他们的正直和判断的正确非常信赖。倒并不完全是因为我们把自己的钱蚀光了，而是因为所有那些信任他的人把钱全蚀光了，使他交代不过去。他觉得自己早就应当看出一点苗头。我没法子说服他认为事情不能怪他。”

伊莎贝儿从手提包里取出一支口红，涂涂嘴唇。

“但是，我要告诉你的并不是这个。我们剩下的唯一一块财产就是农场；我觉得格雷的唯一机会就是离开当地，所以我把两个孩子交给妈,和格雷上农场去住。农场他是一直喜欢的,但是,从来没有单独去过;过去总是带上一大堆人,玩得非常痛快。格雷的枪法很好,可是,当时没有心思打猎。他过去时常一个人坐一条船,划到沼泽那边,待上几个钟头,观察野禽。他时常在小河里划来划去,两边是浅灰色的蒲草,头上只看见蓝天。有些日子,那些小河就像地中海一样蓝。他回来总不大肯说,只说妙极了。可是,我能看出他感受很深。我知道他的心被这种美,这种寥廓,这种幽静打动了。在太阳刚要落山之前,沼地上有这么一会儿光线很是迷人。他往往站在那里凭眺,心里感到非常受用。他时常骑马到那些孤寂而神秘的林子里跑得老远;那些树林就像梅特林克①一出戏剧里的那种树林一样,灰暗、沉寂,简直有点阴森;而且春天有这么一个时候——顶多只有半个月——山茱萸盛开,橡皮树抽叶,嫩绿色的叶子被灰色的西班牙苔藓一衬,就像一首欢乐的歌曲;地上开遍白色的大百合花和野杜鹃,像铺了地毯一样。格雷形容不出自己的感受,但是感受极深。他被妩媚的春光弄得浑陶陶的。啊,我知道我讲得不好,可是我没法告诉你,看见这样一个大块头被这样纯洁、这样美的感受提到这样高的境界,叫人简直要哭出来。如果天上有个上帝的话,那么格雷是非常接近上帝的。"

伊莎贝儿告诉我这段话时,人有点儿动心,所以掏出一块小手绢,小心地把眼角两边的晶莹眼泪揩掉。

"你在制造幻想,是不是?"我微笑说。"我觉得你在把你指望格雷具有的思想和情感说成是真事。"

"如果他没有,我怎么能看到呢?你知道,我是怎样的人。我除非感觉到人行道上脚底下的水泥,和沿街商店大橱窗里有帽子、皮

---

① 梅特林克(1862—1949),比利时剧作家,诗人。

大衣、钻石手镯和镶金的化妆用品盒可看，就不觉得真正快乐。”

我笑了；有这么一会，双方都没有开口。后来，她回到我们先前谈的话题上来。

“我决不会和格雷离婚。我们共同经历的事情太多了。而且他是绝对离开不了我的。这使人相当得意，你知道，也使人产生一种责任感。再者……”

“再者什么？”

她斜瞥了我一眼，眼睛里闪出一种调皮的神情。我认为，她拿不准我对她打算讲的话抱什么态度。

“他在床笫之间很不错。我们结婚已经有十年，可是他还是和开头一样对我那么热火。你在你的一个剧本里不是说过，一个男子对一个女子不会爱到五年以上的？哼，当时你只是胡说八道。格雷就跟我们刚结婚时一样爱我。在这方面，他使我很快乐。不过单看我的样子，你不会想到我是那样的人。我是个很风骚的女人。”

“你完全错了，我会这样想的。”

“那么，这并没有什么要不得的地方，对不对？”

“恰恰相反。”我仔细看了她一眼。“你可懊悔十年前没有和拉里结婚吗？”

“不。当时如果和他结婚，那简直是发疯。不过，当然喽，当时如果我像现在这样懂得，我就会溜走和他住上三个月，然后，把他从我的生活中排除出去，一了百了。”

“你没有做这样的试验，恐怕算你的运气；你说不定会发现自己没法摆脱掉他。”

“我不相信。这不过是一种肉体的诱惑。你知道，克服肉体欲望的最好办法往往就是让它得到满足。”

“你可曾想到过你是一个占有欲很强的女人？你告诉过我，格雷的情感有深刻的诗意，你又告诉我，他是个热烈的情人；我深信这两者对你都极其重要；但是，你没有告诉我比这两者加在一起还要重要得多的是什么——那就是把他抓在你那美丽但并不太小的手掌心里的感觉。拉里将永远逃脱你的掌握。你可记得济慈①的《希腊古瓮颂》？‘大胆的情人，你永远，永远不能吻到，虽则逐渐接近目标。’”

“你往往自命你懂得的比你知道的多，”她说，话有点尖刻。“一个女子只有一个法子能抓住男人，你是知道的。让我再告诉你一点：她要抓住男人不在乎第一次和他睡觉，而是看第二次。如果一个女子抓住了一个男人，那么，就此永远抓住他了。”

“你这话可以说是探骊得珠。”

“我到处跑，眼睛和耳朵又没有闲住。”

我有半晌没有开口；心里在盘算。

过了一会，我说道，“我不知道拉里过去是不是**真正**爱你。”

她坐起来；脸色有点变，眼睛含怒。

“你讲的什么？他当然爱我。你认为一个女孩子碰到有人爱她都不知道吗？”

“噢，我敢说他在一定程度上是爱你的。他认识的女孩子里没有一个像你这样接近的。你们从小就在一起玩。他指望自己爱你。他有正常的性欲本能。你们应当结婚是非常自然的事情。你们除掉住在一起，睡在一起外，相互的关系并没有任何特殊不同。”

伊莎贝儿气平了一点下来，等着我继续说下去；我知道女子总是喜欢人谈论爱情，所以接着说道：

---

① 济慈（1795—1821），英国诗人。

“道德家总想说服我们，把性的本能和爱情看作是两码子事。他们总倾向于把性说成是一种附带现象。”

“附带现象，这放的什么屁？”

“有些心理学家是这样看的，认为意识是伴随脑的活动出现的，并且由脑活动决定，但是意识对脑的活动并不产生任何影响。意识就像水里的树影，离开树不能存在，但是对树丝毫没有影响。有人说，没有热情也可以有爱，我认为是胡说；他们说热情没有了，爱仍旧可以存在，他们指的是另外一种东西，感情，好心，共同的爱好，兴趣，和习惯。特别是习惯。两个人可以由于习惯继续发生性关系，就像到了吃饭的时候肚子觉得饿一样。当然，人可以有欲望而没有爱。欲望并不是热情。欲望是性的本能的天然结果，它比人这个动物的其他功能并不更重要些。所以有些做丈夫的在时间地点适合时偶尔放纵一下，他们的妻子那样大惊小怪，实在愚蠢。”

“这难道专指男人吗？”

我笑了。

“你一定要问的话，我得承认对两者都适用。唯一不同的是，对一个男子来说，这种露水关系毫无情感价值，对一个女子来说就不同了。”

“那要看是什么样的女人。”

我不预备让她打断我的话。

“爱没有情欲，就不是爱，而是别的东西；而且情欲并不是由于满足而是由于阻挠变得强烈的。你想济慈告诉他的希腊古瓮上的情人不要难受是什么意思？‘你将永远爱着，而她将永远美好！’为什么？因为她是得不到手的；不管这情人怎么疯狂地追求，她仍旧逃脱他的掌握。原因是他们被拘禁在我所谓的一件无情艺术品的大理石上面。你对拉里的爱，和拉里对你的爱，就和保禄与弗兰采斯加的爱情[1]，和罗密欧与朱丽叶的爱情，一样单纯和自然。所幸是，你们没有碰上一个悲惨的结局。你和一个有钱的人结了婚，拉里则云游世界，想弄清妖女唱的是什么歌[2]。情欲在这里没有起过作用。”

“你怎么知道的？”

“情欲是不计代价的。巴斯噶[3]说感情有其为理智所不理解的理由。如果他的意思是我设想的那样，那就是指情欲控制着感情的时候，感情就会发明一些不但言之成理的理由，而且可以充分证明世界在爱的面前可以为了爱完全毁掉。它使你相信牺牲荣誉是值得的而蒙耻受辱是便宜事情。情欲是毁灭性的。它毁掉安东尼和克莉娥彼特拉[4]，毁掉特里斯丹和绮瑟德[5]，毁掉巴奈尔和吉蒂·奥赛[6]。如果它不毁掉人，它就死掉。到了那时候，一个人才会废然若失，发现自己虚掷了一生的大部分时间，熬受因妒忌引起的剧烈痛苦，蒙辱含垢，忍气吞声，把自己的全部柔情蜜意，自己灵魂的全部财富，都浪费在对方身上，而对方不过是只破鞋，一个蠢货，是自己制造许多梦想的一个借口，连一块橡皮糖都抵不上。”

我发挥掉这段议论之前，已经满看出伊莎贝儿并不凝神听我，而是一个人在出神。可是，她下面的一句话却使我出乎意料。

“你想拉里是处男吗？”

“亲爱的，他已经三十二岁了。”

① 但丁《神曲·地狱篇》中一对恋人。
② 希腊史诗《奥德修纪》中以歌声引诱航海者的女妖。
③ 巴斯噶（1623—1662），法国数学家和思想家，著有《沉思录》。
④ 见莎士比亚的同名悲剧。
⑤ 见瓦格纳的同名歌剧。
⑥ 查理斯·司都亚特·巴奈尔（1846—1891），英国议员，以主张爱尔兰自治，成为英国政界当时最有权势的风云人物，使格拉斯通都同意他的爱尔兰自治主张。1890年，奥赛上尉控告妻子有外遇要求离婚案中，巴奈尔成为共同被告，从而毁掉他的政治前途。次年6月他与吉蒂·奥赛结婚，于同年10月突然死亡。

“我肯定他是的。”

“你怎么会有这样看法?”

“对这种事情女人天生有一种本能。”

“我知道有一个年轻人冒充他从来没有和女人睡过觉,把一个个美丽女子都骗了过去,因此混得很不错。他说这就像巫咒一样灵。”

“你怎样说我也不管。我是靠直觉知道的。”

天已经快晚了,格雷和伊莎贝儿有朋友约他们吃晚饭,她要换衣服。我无事可做,因此,沿着拉斯拜尔大街一路行来,享受着春天傍晚的愉快气息。我对女人的直觉从来就不大相信;它和她们的主观愿望太适合了,使人对它的可靠性不得不产生怀疑。当我想到和伊莎贝儿的那一大段谈话的末尾,自己不由得笑了出来。这使我想起苏姗·鲁维埃来,我有好几天没有和她见面了。不知道她目前在干些什么。如果没有什么事,说不定愿意跟我一起吃晚饭,并且去看个电影。我叫住一辆在街上彷徨的汽车,告诉车夫鲁维埃的公寓地址。

七

我在本书开头时,曾经提到过苏姗·鲁维埃。我认识她已有十一二年;在我现在讲到她的时候,她已是将近四十岁的人。人长得并不美;实际上,可以说相当丑。在法国女人里面,个子算是高的,短身体,长胳臂,长腿;动作笨拙,就好像不知道把长长的四肢怎么对付似的。头发的颜色看她的高兴,多数的时间是红褐色。一张小方脸,高高的颧骨胭脂搽得红红的;大嘴,唇膏涂得很厚。所有这些全谈不上动人,但是,偏偏有人看中她。诚然,她皮肤长得很好,还有雪白有力的牙齿,和大而有神的眼睛。这是她相貌最美的部分,所以她把睫毛和眼皮都染黑了，尽量使得眼睛更好看。人看上去既精明而又和善，而且有种随遇而安的派头；性情非常敦厚，也相当地硬挣。就她所过的那种生活来说，她非得硬挣一点不可。母亲嫁了一个政府的小公务员，丈夫死后，回到昂儒原籍那个村子靠抚恤金过活。苏姗十五岁时，被送到邻镇一个服装店里学生意，离家很近，每星期都能回家；十七岁那年，苏姗有两个星期假期，被来到她村子画风景的一个画家勾引上了。苏姗知道得很清楚，自己一个铜子没有，结婚的机会是谈不上的，所以，在夏天快完时，画家建议带她上巴黎去，她欣然答应了。他带她在蒙马特尔区像兔子窝一样全是画室的地段找到一个住处，快快活活过了一年。

一年后，他告诉她说，自己一张画都没有卖掉，因此没有能力再养活一个情妇。她对此早已料及，所以泰然处之。他问她要不要回家去，当她回答说不想回去时，他就告诉她说，另外有个画家愿意要她，就在同一条街上。他提的这个人曾经勾引过她两三次；虽则她顶了他回去，但是，嘻嘻哈哈的，所以并不使他难堪。她对这个人并不讨厌，所以服服帖帖接受这个建议。搬家很方便，连出租汽车都不用叫，就把箱子搬了过去。她的第二个情人比第一个情人年纪大得多，但是仍旧长得很体面，把她各式各样的姿势都画到了，穿衣服的，裸体的。她和他同居了两年，过得很快活。她感到得意的是，他的第一张真正成功的画就是以她当模特儿的；她拿给我看这张画的一张印刷品，是从介绍这张画的一个画报上剪下来的。这张画后来被一家美国画店购去。一张裸体，和活人一样大小，躺的姿势和马奈的《奥林匹亚》差不多。画家很快就看出她的身体比例有一种现代情趣，所以把她的瘦削身材画得更加瘦弱，腿和胳臂画得更长，两个高颧骨更为突出，蓝眼睛画得特别大。从复制品里当然看不出用的什么颜色，但是使人感到构图是漂亮的。这张画给他带来一点小名气，从而使他能够娶一个有钱的寡妇，引得人人欣羡。苏姗完全理解一个男人应以自己前途为重，一点没有吵闹，就和他断绝这种亲切关系。

原来到了这时，她已经认识到自己的价值。她喜欢艺术家的生活，高兴让画家画她，当模特儿；在一天工作之后，上咖啡店去跟画家们、画家的妻子和情妇坐在一起，听他们谈论艺术，咒骂画商，讲些下流故事，她觉得开心。就在这种场合，她看见有机可乘，自己打定好主意。她挑中了一个没有相好女人的年轻画家，而且在她看还有点才气；当画家单独坐在咖啡店时，她就找一个机会明白讲出自己的处境，也不来什么开场白，就建议两个人同居。

"我二十岁而且很会理家。我会替你省钱，而且省掉你雇用模特儿的钱。你看看你的衬衫，真不像个样子；你的画室简直是一团糟。你需要有个女人照应你。"

他知道她是个好样的；对她的建议觉得很好玩；她看出他有意思接受。

"反正试试没有害处，"她说。"万一不行的话，我们至多和现在一样，谁也没有损失。"

他是个非表现派的画家，给她画像画的全是些方块和长方块；画她只有一只眼睛，没有嘴；把她画成一幅黑、棕、灰色交织的几何图案；画成一大堆杂乱无章的线条，这里面勉强可以看出一张人脸。她和他同居了一年半，后来自动地离开他。

"为什么？"我问她。"你不喜欢他吗？"

"我喜欢他，他是个很好的男孩子。我觉得他没有进步。他在重复自己。"

她毫无困难地又找到一个继承者。她始终忠于画家们。

"我总是和绘画打交道，"她说。"我和一个雕塑家待了六个月，可是，不懂得为什么，我始终不能欣赏。”

她引以为慰的是她和那些情人分开时从没有发生不快过。她不但是个很好的模特儿，也是很好的主妇。她喜欢在自己暂时栖身的画室里工作，把画室收拾得整整齐齐的，并且引以为荣。她的菜烧得很好，能够花很少一点钱烧出很可口的菜来。男人的袜子破了，给他补好；衬衫的纽扣掉了，给他钉上。

“我永远不明白为什么一个人因为是个画家，就不能穿得整整齐齐的。”

她只失败过一次。这次是同一个年轻的英国人；人比她以前认识的画家都有钱，还有一辆汽车。

“可是，没有多久就吹了，”她说。“他时常喝醉酒，喝醉酒之后真够烦人。如果他是个不坏的画家，我也就不在乎了，可是，亲爱的，他画得简直不堪入目。我告诉他我要离开他之后，他哭了起来，说他爱我。

“‘我可怜的朋友，’我跟他说。‘你爱我不爱我都无关紧要，重要的是你没有才气。你顶好回到本国去开个杂货店。这是你的本分。’”

“他听了你这番话之后怎么说的?”我问。

“他火高三丈，叫我滚出去。可是你知道，我跟他讲的全是忠告；真希望他能够采纳。他人并不坏，就是画得太坏了。”

世情洞达和心地忠厚对于一个风尘中人说来，常会使她的人生历程比较顺利，但是苏姗选的职业也和别的职业一样有它的成功和失败。例如当初那个斯堪的纳维亚人。苏姗很孟浪，竟然爱上了他。

她告诉我说，“亲爱的，他是个神。个子非常之高，就像埃菲尔铁塔一样，宽肩膀，阔胸脯，腰只有那一点细，只消两只手几乎就可以围过来，肚子是平的，平得和我的手掌一样，肌肉结实得像个职业运动家；头发是金黄色的鬈发，皮肤像蜂蜜一样细腻。画得也不坏。我喜欢他的笔触，有力而且泼辣，色彩用得浓厚鲜明。”

她拿定主意要和他生个小孩。他反对，可是，苏姗说由她负责来养。

“孩子生下来时，他相当喜欢。哦，真是个可爱的娃娃，粉红色，淡颜色头发，跟父亲一样长了一双蓝眼睛。是个女孩子。”

苏姗和他同居了三年。

“他有点愚蠢，有时候使人厌烦，但是他很可爱，而且长得非常之美，所以我并不真正在乎。”

后来他接到瑞典的一封电报，说他父亲病危，他必须立刻回家。他答应回到巴黎，可是苏姗有个预感，觉得他永远不会回来。他把钱全留给她；走后，一个月听不到他的消息，后来收到他一封信，说他父亲死了，身后有一大堆事情要料理，他认为自己有责任侍奉母亲，并且经营木材生意。信中附了一张一万法郎的支票。苏姗不是那种容易弄得心灰意懒的女人，她很快就打定主意，认为带一个孩子在身边非常碍事，所以把孩子带到乡下，连同那一万法郎，交给她母亲去抚养。

“这使我很伤心。我非常爱这孩子，可是在生活上，人一定要讲求实际。”

“后来怎样了？”我问。

“哦，还不是过下去。我又找到一个朋友。”

可是，接着她就害了伤寒。她提起来时总是说“我的伤寒”，就像百万富翁会说“我的棕榈滩”或者“我的松鸡泽”一样。她病得几乎死掉，在医院里住了有三个月。出院之后，人只剩皮包骨头，身体弱得风都吹得倒，人动不动就要哭。当时她这个人可以说一点用处没有，做模特儿，身体吃不消，钱也很少。

“**哎呀呀**，”她说，“我那些日子真是够受的。所幸是我还有些好朋友。不过，你知道画家都是哪一种人，他们能够混口饭吃，已经是不容易了。我从来就不怎么漂亮，当然姿色还是有一点，但是已经不再是二十岁的小姑娘了。后来我碰到那个和我同居过的立体派画家；自从我们分手之后，他已经结了婚并且离了婚；他并且放弃了立体派，变成超现实派。他觉得可以利用我，并且说他感到寂寞；他只能供给我住宿和吃饭，老实告诉你，我欣然答应了。”

苏姗和他同居到认识那个工厂主的时候为止。这位工厂主是一个朋友把他带来的，指望他说不定会买下一张这位前立体派画家的画。苏姗急于拉拢这笔交易，竭尽所能地敷衍这位客人。工厂主当场不能决定买还是不买，但是，说他想要再来看一次。两个星期后，他果然来了。这一次，苏姗有个印象，好像他是来看她，而不是为了看画。离开时，他仍旧没有买，但是，和她拉手拉得有点过分亲热。第二天，那个带工厂主上门的朋友趁她上街买小菜时半路上拦着她，告诉她那位工厂主看上了她，问她在他下一次来巴黎时，愿意不愿意和他一起吃晚饭，因为他想向她提出一项建议。

“你想，他看中了我什么地方？”苏姗问。

“他是一个近代绘画的业余爱好者。他看见过你的画像。你使他着了迷。他是外省人，而且是个生意人。你在他眼中代表巴黎，艺术，风流韵事，总之，这一切是他在里尔①所得不到的。”

“他有钱吗？”苏姗老老实实地问。

“很多。”

“好的，我愿意和他吃晚饭。不妨听听他有些什么话要说。”

---

① 里尔：法国北部省的省会。

他带她上的马克昔姆饭店，使她觉得他为人还不算小气。那天她衣服穿得很文静，再把周围的那些女人看看，觉得自己很充得过一个上流已婚女子。他叫了一瓶香槟，这一点她也认为是对她的尊重。到了喝咖啡时，他把建议提了出来。她觉得条件很不错。他告诉她，自己经常每隔两个星期都要上巴黎来开一次董事会；晚上总是一个人吃晚饭，如果想找女人的话，就上妓院去；这种生活很腻味。以他这样的地位，结了婚，而且有了两个孩子，这样的生活安排实在不能令人满意。那个他们共同认识的朋友把苏姗的身世全部告诉了他，他认为她是个很懂得分寸的女人。他自己已近中年，不想和那些朝三暮四的女孩子牵牵搭搭。他多少又是一个收藏现代绘画的人，而她在这方面的关系使他感到有种同好。接着他就提出具体安排，他准备给她租下一所公寓，全部装修好，包括家具在内，另外每月给她两千法郎。交换条件是，每两个星期能够有一个晚上和她在一起。苏姗有生以来从来没有过这么多钱供她零花过；她很快就计算出有了这笔钱，不但吃的穿的可以和她现在的地位相称，还可以供应自己的女儿，并且积攒一点下来以备不虞。可是她迟疑了一下，原因是她一直自命“在绘画界”里转，现在要做一个生意人的情妇，敢说感到有点降低身份。

“C’est à prendre ou à laisser,”他说。“你可以接受或者不接受。”

她并不讨厌他，而且他纽孔里挂的玫瑰形勋章，说明他还是个头面人物。她笑了。

“Je prends,”她说。“我接受。”

八

苏姗虽说一直住在蒙马特尔区，可是，她认为有必要和过去的生活割断,因此,在蒙帕纳司大街附近的一幢大房子里租下一所公寓。公寓只有两间房间,一间小厨房,一间浴室;是在六层楼,但是有电梯。对苏姗说来,有浴室和电梯,尽管电梯只容得了两个人,开得像蜗牛爬,下楼还得步行,这一切不但代表舒适,而且有气派。

在他们结合的头几个月里,亚希尔·戈万先生——这就是他的名字——每隔两个星期来到巴黎时,总是住在旅馆里;晚上和苏姗做完好事以后,仍旧回到旅馆里一个人睡觉,第二天到时候起来,搭火车回去做他的生意,和享受安静的家庭乐趣。后来是苏姗向他指出,这种旅馆钱花得毫无道理;为什么不可以在公寓里住到早上,既省钱,人也舒服得多。戈万先生当然觉得这话很有道理。他对苏姗这样体贴自己的生活感到高兴——老实说,在一个寒冷的冬夜跑到街上,找一辆出租汽车,并不是什么愉快的事——而且很赞成她不愿意看见他为自己浪费钱财。一个女人不但自己省钱,还要为自己的情人省钱,确是个好女人。

亚希尔先生过得十分满意。他们一般都是上蒙帕纳司大街一家比较考究的饭店吃晚饭,但是,有时候,苏姗也在公寓里给他烧一顿晚饭吃。那些菜烧得滋味很好,吃得亚希尔先生很喜欢。天气暖和的一些傍晚,他往往只穿一件衬衫吃晚饭,对这种放浪不羁的生活方式觉得很有味道。他总欢喜买画,可是,苏姗看不上的画决不让他买;不久,他对她的眼光也服帖了。她决不跟掮客们打交道,总是把他带到画家的画室去买,所以花的钱只抵在外面买画的一半。亚希尔先生知道她在积钱;后来苏姗告诉他,自己逐年在本村里买了一点地时,亚希尔先生心里感到一阵得意。他懂得在法国人的血液里,每一个人都想要占有土地,所以苏姗也有田地使他对她就更加器重了。

就苏姗这方面来说,她也很满意。她既不忠于他,也不不忠于他；那就是说，她很注意不同另一个人发生永久关系，可是，如果她碰上一个她中意的人，也并不拒绝同这个人睡觉。但是，决不让他在公寓里过夜，这一点她始终坚守不渝；认为这是她对那位有钱势地位的亚希尔先生应尽的责任，她眼前的这种安定和受人尊敬的生活还不是全亏的他。

我是在苏姗和一位画家同居时认识她的。这位画家刚巧是我的一个相识；苏姗在画室里让他画时，我时常坐在旁边看。后来偶尔也碰见她，不过不大经常；真正和她关系密切起来，是在她搬到蒙帕纳司之后。当时好像是亚希尔先生——苏姗在背后和当面都是这样称呼他——读了一两本我的小说的法译本，于是，在某天晚上，请我在一家饭馆里和他们一起吃饭。他身个很小，比苏姗矮半个头，铁灰色头发，修得整齐的灰色上须。人偏胖一点，而且是个大肚皮，但是并不过分，只衬出他的有钱派头；走起路来像个矮胖子那样神气十足，显然对自己甚感得意。一顿晚饭请得很讲究；人也有礼貌。他告诉我，他很高兴苏姗有我这样一个朋友；他一眼就能看出我是有教养的①，而且很高兴我看重苏姗。他的事业，唉，总是把他捆在里尔，使得苏姗往往非常之寂寞；想到她能有机会接近一个有教养的人，他感到安慰。他是个生意人，但是，对艺术家一直钦佩。

"啊，我亲爱的先生②，艺术和文学一直是法兰西的一对掌上明珠。当然，还有它的军事技术。我作为一个毛织品厂商，毫不迟疑地要说，我是把画家、作家和军事家、政治家放在同等地位的。"

再没有比他这番话讲得更中听了。

苏姗决不肯雇一个女佣料理家务，一半是为了省钱，一半是因

① 原文为法文。
② 原文为法文。

为(她自己知道得最清楚)她不喜欢有人插进她叫做的个人事务中来。那间小公寓被她收拾得干干净净、整整齐齐,而且是按照当时最时新的式样陈设的;所有的内衣都由自己亲手来缝。可是,虽说如此,由于她现在不再充当模特儿了,日子过得有点百无聊赖,可她是个勤劳的女人,不久,她就想起既然过去让那么多的画家画她,为什么不可以自己也画一点;于是,她买了画布、画笔和油彩等等,就动起手来。有时候,我约她出去吃晚饭,去得早一点时,就会看见她穿着罩衫在忙着作画。正如胎儿在子宫里大体上重演物种进化的过程一样,苏姗也重演了她过去所有情人的风格。她画风景就像那个风景画家,画抽象画就像那个立体派画家,还借助一张风景明信片画了一只停泊的帆船,和那个斯堪的纳维亚人画的一样。她不会素描,可是,色彩感还不错,所以即使画得并不怎样好,自己却画得很开心。

亚希尔先生鼓励她画。想到自己的情妇是个画家,使他感到某种满足。就是在他的敦促之下,苏姗送了一张画去参加秋季沙龙;画挂出来时,两人都非常得意。亚希尔先生给了她一条忠告。

“不要画得像男人一样,亲爱的,”亚希尔先生说。“像个女人那样画。不要着眼于有笔力;只要讨人喜欢就行。而且要诚实。在生意经上,欺骗有时候会得手,但是在艺术上,诚实不但是最上策,也是唯一的策略。①”

在我写到这里时,他们发生关系已经有了五年;而且双方都感到满意。

“显然他这个人并不使我感动,”苏姗告诉我。“可是,他人聪明,而且有地位。到了我这样年纪,我有必要考虑一下自己的处境

---

① 西谚,诚实是最上策。

才是。”

她心肠好，而且明白事理；亚希尔先生很尊重她的意见。他和她谈到自己的生意和家庭之间的事务时，她都有滋有味听着。亚希尔先生的女儿一次考试失败，她和他一样难受；亚希尔先生的儿子和一个有钱的女孩子订婚，她和他一样开心。亚希尔先生自己讨的就是一个同行的人的独养女儿；两个厂家原来是对头，这样一合并，对双方都有好处。现在亚希尔先生的儿子能懂得这个道理，认识到幸福的婚姻必须建筑在共同物质利益的基础上，当然使他满意。亚希尔先生还把自己的心事告诉苏姗，说他有个野心想把女儿嫁给一个贵族。

“为什么不可以，有她那一大笔钱？”苏姗说。

亚希尔先生替苏姗打通门路，把她自己的女儿送进一所修道院学校，使她能受到好的教育，并且答应等她的女儿到达适当年龄时，由他出钱去学习打字和速记，以便日后靠此谋生。

“她长大了会是个美人，”苏姗告诉我，“可是受点教育，而且能够敲敲打字机，摆明并没有害处。当然她现在年纪很小，谈什么都太早，也许她会变得没有气质。”

苏姗没有明说。她让我靠自己的聪明推想她是什么意思。我推想得没有错。

九

一个多星期后，我完全出乎意料地碰见拉里。有天晚上，苏姗和我一同吃晚饭，又去看了电影，后来坐在蒙帕纳司大街的精美咖啡馆喝啤酒；就在这时候，拉里随随便便走了进来。苏姗吃了一惊，而且使我诧异的是喊住了他。拉里走到我们桌子面前，吻了她，并和我握手。我能看出苏姗简直信不过自己的眼睛。

“我可以坐下吗?”他说。“我还没有吃晚饭,要叫点东西吃。”

“唉,可是看见你真高兴,**我的宝贝**,”苏姗说,眼睛里显出光彩。“你从哪里跳出来的?而且这么些年来怎么连个影子都看不见呢?天哪,你真瘦啊。我简直当作你已经死了。”

“可是,我并没有死,”拉里答,眼睛眨着。“奥代特好吗?”

奥代特是苏姗女儿的名字。

“啊,她已经长成一个大女孩子了。而且很美。她还记得你。”

“你从来没有告诉我你认识拉里,”我对苏姗说。

“为什么要告诉你?我从来不知道你认识他。我们是老朋友了。”

拉里给自己叫了火腿蛋。苏姗把自己女儿的事情全部告诉他,后来又告诉他关于自己的情况。她一面拉呱,拉里一面蔼然微笑听着。她告诉他,自己已经有了个家,还在作画。她转向我说:

“我有了进步,你说是不是?我并不自命是个天才,可是,我的才能和我认识的许多画家比起来并不差。”

“你卖掉画吗?”拉里问。

“我不用卖画,”她轻松地回答。“我有私人收入。”

“好运气。”

“不,不是运气,是聪明。你一定要来看看我的画。”

她在一张纸上写下自己住址,并且逼着他答应来。她由于兴奋,滔滔不绝地谈下去。后来拉里叫侍役开账。

“你难道要走吗?”她问。

“我是要走,”拉里微笑说。

他付掉钱,向我们挥一下手就走了。我大笑起来。他这种派头一直使我觉得很特别,刚才还和你在一起,一转眼间没有一点解释人已经走了,如此突兀,仿佛在空气中消失掉。

“他为什么这么快就走?”苏姗生气地问。

“也许有个女孩子在等他,”我带着玩笑回答。

“这等于废话。”她从手提包里取出粉镜来在脸上扑粉。“哪一个女人爱上了他,算她倒霉,**哎呀呀**。”

“你为什么这样说?”

她有这么一分钟盯着我望,脸色非常严肃,我很少看见她有这样过。

“我自己有一度几乎爱上了他。这无异于爱上了水里的一个影子,或者一线阳光,或者天上的一块云。我总算是幸免了。便在现在,我一想起当时的险境,还觉得不寒而栗。”

管他妈的分寸不分寸。只要是人,总想知道这一切是怎么一回事。碰巧苏姗根本就不懂得什么叫守口如瓶。

“你怎么竟然会认识他?”我问。

“噢,那是好多年前的事了。六年前,还是七年前,我也记不清楚。奥代特当时只有五岁。他认识马塞尔,那时候,我正和马塞尔同居。他常上马塞尔的画室,坐在那里看马塞尔画我。有时候,他请我们出去吃晚饭。他几时来,你从来没有数。有时候,接连好几个星期不来,接着,又会两三天连着来。马塞尔往往喜欢他到画室来,说有他在旁,就画得满意些。后来我就生了我那场伤寒病。我从医院出来之后,日子过得非常之苦。”她耸耸肩膀。“可是,这些我以前已经跟你说过了。总之,有一天,我正兜那些画室,想找个工作做,但是,没有人要我。整整一天我只喝了一杯牛奶和一只油炸面包,而且连房钱都没有着落,就在这时,我在克利希大街上偶然撞见拉里。他停下来,问我近来怎样;我告诉他生了伤寒症的经过,后来,他就跟我说:‘你看上去好像需要好好喂一顿。’他说话的声音和他眼睛里的神情有种地方使我很感动;我哭了起来。

“我们隔壁就是玛丽埃特大娘饭店，所以，他挽着我的胳臂拉我找一张桌子坐下。我肚子饿极了，连皮靴都吞得下，可是，摊鸡蛋上来时，我觉得一口也吃不下。他逼着我吃了一点，又给我叫了一杯勃艮第酒[1]。这一来，人觉得好些，就吃了一点芦笋。我把全部困难都告诉他，身体是这样弱，怎么能做模特儿；人剩了皮包骨头，样子真难看，不可能指望找到个男人。我问他能不能借我一点钱，让我回到本村子去。至少我还有个小女儿在那边。他问我是不是真的要去，我说当然不是。妈并不要我；物价这样高，她靠那点抚恤金都不容易过活，而我寄给奥代特的钱已经全都花光了。可是，如果我到了家门口，她也没法不放我进去，她会看出我病得多么厉害。拉里看了我好半天，我想他大约要告诉我，不能借钱给我。后来他开口了：

“‘你可愿意我把你带到乡下我认识的一个小地方去，你和你的孩子一起？我需要度一个时候假期。’

“我简直不相信自己的耳朵。我认识他这么多年，可是他从来没有勾搭过我。

“‘照我现在这样？’我说，自己忍不住笑了出来。‘我的好朋友，’我说，‘眼下什么男人都不会要我的。’

“他望着我笑了。你可曾留意过他笑起来是多么的迷人？简直像蜜一样甜。

“‘别这样胡扯，’他说。‘我并不是指的那件事。’

“听了这话，我不禁痛哭起来，连话都说不出。他给我钱，把孩子接出来，我们一起到了乡下。他带我们去的那个地方风景真可爱啊。”

---

① 原产于法国勃艮第地区的葡萄酒，这里泛指同勃艮第酒相似的葡萄酒。

苏姗把那个地方形容给我听。它离一个小镇有三英里远；小镇的名字被我忘了。他们坐汽车开到一家旅馆，那是河边上一幢东倒西歪的房子，有一片草地一直铺到水边。草地上有悬铃树，他们就在树阴下吃饭。夏天，画家们都来作画，不过，时节还早，所以，旅馆等于被他们包下来。这里的菜烧得很好；星期天中午，别地方的人往往开车子来大啖一顿，但是，在别的日子里，他们的安静生活很少受到干扰。由于得到休息，而且饮食又好，苏姗的身体逐渐好了起来，而且有孩子在身边，过得很开心。

"他很喜欢奥代特，奥代特也非常亲近他。我得拦阻奥代特不要缠着他，可是，拉里不管奥代特怎样闹，都好像不介意。这情况常常引得我大笑，他们在一起就像两个孩子。"

"你们做些什么事情呢?"我问。

"噢，事情有的是。我们常常坐条船出去钓鱼；有时候，借了旅馆老板的雪铁龙汽车开到镇上去。拉里很喜欢这个小镇。旧式的房子，广场。镇上非常之静，你走在铺了鹅卵石的路上，足声是唯一听得见的声音。有一所路易十四时期的市政厅和一座老教堂；小镇边上是宫堡和勒诺特尔①设计的花园。当你坐在广场的咖啡馆里时，你感到就像回到三百年前一样；停在路边上的那部雪铁龙汽车好像根本不属于这个世界。"

我在本书开头叙述的关于那个年轻空军的故事，就是拉里在一次出游时告诉苏姗的。

"我不懂得他为什么要告诉你，"我说。

"我也不懂。大战时，镇上有过一所医院；公墓里是一排排的十字架。我们去看了；时间并不长，因为我有点毛骨悚然——那么多

① 安德烈·勒诺特尔(1613—1700)，法国风景园艺的创始人。

可怜的年轻人睡在那里。回家的路上,拉里非常沉默。他向来吃得不多,可是,到了晚饭时,他一口都没有吃。我记得非常清楚,那天的夜晚很美,满天的星,我们坐在河边上,白杨树在黑暗中望去就像剪影,景色很美,拉里抽着烟斗。忽然间,平白无故地[①],他告诉我他的这个朋友,和他怎样为了救他而送命的。"苏姗喝了一口啤酒。"他是个怪人。我将永远不理解他。他时常喜欢念书给我听。有时候,在白天,我一面听,一面给小东西缝衣服,有时候,在晚上,在我打发小东西睡觉以后。"

"他念些什么呢?"

"啊,各式各样的书。德赛维涅夫人的书信[②]和圣西蒙[③]的一些片段。你可想得到,我以前除掉报纸以外,什么都不读的;偶尔看一本小说,是因为在画室里听见人谈论它,不想使自己被他们当成傻瓜才看的。我从没有想到读书这样有味道过。那些旧作家,他们并不像人们设想的那样乏味。"

"谁会这样设想的?"我哧哧笑了。

"后来他就叫我和他一同念。我们读《费德尔》和《贝蕾妮丝》[④]。他念男人的台词,我念女人的台词。你决想不到有那样好玩,"她天真地补充一句。"当我念到那些凄凉的台词哭起来时,他往往很古怪地看着我。当然那只是因为我的身体还没有复原的缘故。你知道,这些书我现在还在手里。便在今天,我读到他向我念的德赛维涅夫人的几封信时,耳朵里仍然好像听见他的可爱声音,

---

① 原文为法文。

② 德赛维涅侯爵夫人(1626—1696),1644 年与德赛维涅侯爵结婚,婚后生活十分痛苦,因此,她专给女儿写信,一共写了 1 千多封信,这些信不但反映了路易 14 时期的政治内幕,而且文情并茂,既虔诚又风趣。

③ 圣西蒙(1675—1755),以生动描述当时朝政的《回忆录》传名后世。

④ 都是法国诗人兼剧作家拉辛(1639—1699)写的诗剧。

仍然看见河水静静流着,看见河对岸的那些白杨树;有时候,我简直读不下去,它使我心里非常难受。现在我认识到这几个星期是我一生中过得最快乐的。他这个人,真是像天使一样可爱。”

苏姗觉得自己变得感情冲动起来,怕我会笑她(其实我不会)。她耸了耸肩膀,微笑说。

“你知道,我一直心里有这样的打算,等我活到适当的年纪,再没有男人愿意跟我睡觉的时候,我就跟教会妥协,忏悔自己的罪行。但是,我跟拉里犯的罪,不管谁怎样说,我决不忏悔。决不,决不,决不!”

“可是,像你适才所形容的,我看不出有什么地方是你应当忏悔的。”

“后半段我还没有告诉你呢。你知道,我的体质本来不错,现在成天在室外走动,吃得好,睡得好,一点心思没有,这样有三四个星期,人已经和过去一样健康了。而且样子也好看起来;两颊红红的,头发也有了光泽。人变得年轻了。拉里每天早上在河里游泳,我时常在一旁看他。他的身体长得很美,不像我那个斯堪的纳维亚人的运动员身体,而是强壮有力,又非常匀称。

“我身体很坏时,他非常忍耐,但是,现在我已经完全复原,我觉得没有理由叫他继续等着。我给了他一两次暗示,表明我可以干那活儿了,但是,他好像不懂得。当然,你们盎格鲁撒克逊人是古怪的;你们粗暴,同时又容易动感情;你们不是谈情说爱的好手,这是无法否认的。我跟自己说,‘也许这是他体贴的地方,他待我这么好,他让我把孩子带来,也许他不好意思要求我报答他;其实这是他的权利。’所以,有一天晚上,当我们去睡觉之前,我对他说,‘你要我今晚上你的房间来吗?’”

我大笑。

“你相当直截了当,可不是?”

“是啊,我没法要他到我的房间来,因为奥代特睡在里面,”她坦然回答。“他用他那双和善的眼睛看了我一下,然后微笑说,‘你要来吗?’

“‘你想呢——你这样漂亮的身体?’

“‘好吧,你就来吧。’

“我上了楼,脱掉衣服,然后,沿着过道溜进他的房间。他躺在床上看书,抽着烟斗。他放下烟斗和书,移过身子让出地方给我。”

苏姗有这么一会没有说话,我也不想向她提出问题。可是,过了一会,她又继续说道:

“他是一个很特别的情人。亲热,甚至温柔,健壮而不热烈,不知道你懂得我的意思没有,而且一点不下流。他爱得就像个青年学生一样。那情形相当可笑,但又令人感动。我离开他时,觉得应当是我感谢他,而不是他感谢我。当我关上门时,我看见他又拿起书,继续从刚才撂下的地方看下去。”

我开始笑了。

“我很高兴使你觉得开心,”她带有恶意说,可是,她自己也有点忍俊不禁,所以哧哧笑了。“我不久就发现,如果我要等他来请,那就说不定要永远等下去,所以,我感到需要时,自己就到他的房间去,爬上床。他始终都很好。总之,他也有人类天性中的那些本能,但是,他就像一个心不在焉的人忘记吃饭一样,你只要给他烧一顿好饭,他也能吃得有滋有味的。一个人爱我不爱我,我是清楚的。如果我认为拉里爱我,那我就是个傻瓜,但是,我想他会跟我过得很习惯。一个人在生活上应当实际一点,所以,我跟自己说,如果我们回到巴黎之后,他带着我和他住在一起,我也非常愿意。我知道他会让我把孩子带在身边,这一点我很喜欢。我的本能告诉我,如果我爱上他，那就很愚蠢，你知道女人是很不幸的；时常，她们一堕入情网，自己就变得不可爱了，所以，我打定主意不上这个当。”

苏姗抽了一口香烟，把烟从鼻子里喷出来。时间已晚，许多桌子都已经空了，但是，还有一群人围在酒柜台那边。

“有天早晨，吃过早饭，我正坐在河边上做针线，奥代特玩着拉里给她买的积木，这时，拉里走到我面前来。

“‘我是来向你告别的，’他说。

“‘你要到什么地方去吗？’我说，感到诧异。

“‘是的。’

“‘你就此不回来了吗？’我说。

“‘你现在身体已经很好了。这里的一笔钱够你过完夏天，并且回到巴黎重新开始了。’

“我一时间心里非常难过，简直不知道说什么是好。他站在我面前，像平日那样坦然微笑着。

“‘我有什么地方使你不快吗？’我问他。

“‘一点没有。千万不要有这种想法。我有工作要做。我们在这儿过得非常开心。奥代特，来跟叔叔说再见。’

“奥代特太小了，什么也不懂。拉里把她抱起来，吻了她；然后又吻了我，就走回旅馆去；一分钟后，我听见汽车开走了。我看看手里的银行支票。一万二千法郎。事情来得是这样快，我连反应都来不及。‘那么，管他妈的①，’我跟自己说。至少我有一件事情得感谢老天，我没有让自己爱上他。可是，我简直弄不懂这是怎么回事。”

我不禁笑了。

① 原文为法文。

“你知道，有一个时候，我只是简简单单把事情真相说出来，竟给自己挣得一个很不坏的幽默家头衔。对多数人说来，他们完全想象不到事实就是如此，所以当作我是说笑话。”

“我看不出这里的关系。”

“你知道，我觉得拉里在我认识的人当中，是唯一能够完全无所为而为的人。这就使他的行动显得古怪。有些人不相信上帝，但是，他们的所作所为却完全是为了上帝之爱；这种人我们是不习惯的。”

苏姗瞠着眼睛望我。

“我可怜的朋友，你酒喝得太多了。”

第五章

一

我在巴黎拖拖拉拉地写作。春天真是好过，香榭丽舍大街上那些栗子树开花了，许多街道的光线非常悦目。空气中有一种快乐，一种轻飘飘的短暂快乐，使人心旷神怡而不涉邪想，使人的步履更加轻捷，头脑更加清醒。我和自己五花八门的朋友一起玩得很开心，心里充满往日亲切的回忆，至少精神上恢复了一点青春的活力。这种片刻的欢愉我说不定永远不会再充分享受到；我倘若让写作来干扰我，那我就是傻瓜，我跟自己说。

伊莎贝儿、格雷、拉里和我常常一同去游览近郊的名胜：尚蒂伊和凡尔赛，圣日耳曼和枫丹白露。我们不管去哪儿，午饭都吃得很好，很多。格雷由于他的大块头身体需要，胃口最大，而且酒喝得往往有点过头。他的健康肯定有了好转，是否由于拉里的治疗，还仅仅是日子久了的缘故，我也说不上。总之，他的头痛病已经不发了。我来巴黎和他初见面时，他眼睛里那种惘然若失的神情，使人看了很难受的，现在也消失了。他谈话不多，只是偶然谈些冗长的故事，但是，伊莎贝儿和我胡说八道时，他会哈哈大笑。他玩得很开心；尽管人并不风趣，但是脾气好而且容易满足，人不由得不喜欢他。这种人，你是不愿意和他度过一个寂寞的夜晚的，而且说不定会高兴地期望和他过六个月。

他对伊莎贝儿的爱，看了真使人喜欢；他崇拜她的美，而且认为她是世界上最有才华、最动人的女子；他对拉里的忠诚，像狗对主人一样的忠诚,也使人感动。拉里也玩得很开心;他似乎把这段时间看作是一种休假,使他暂时把脑子里的打算——且不问是什么打算——放一放,安心安意地尽情享受。他也不大讲话,但是没有关系,有他在一起,就和谈话差不多;人很随便,而且总是那样兴致勃勃,使你觉得这样已经很够了,不需要再对他有所要求;我而且满知道我们度过的这些日子所以能这样快活,全是由于有他和我们在一起。虽则他从来没有说过一句动人的或者风趣的话,少他一个就会感到无聊。

有一次,在我们作了这类短程游览的归途中,我目睹了一幕使我相当骇异的情景。我们玩了夏尔特尔①之后,正回到巴黎来。格雷开车子,拉里坐在他旁边;伊莎贝儿和我坐在后面。一整天玩下来,全都觉得疲倦。拉里一只胳臂伸出来搭在前座椅背上。这个姿势使他的袖口拉了上去,露出瘦长而有力的手腕和微微长了一层茸毛的棕色皮肤的小臂。阳光把那些茸毛照成金黄色。伊莎贝儿一点声息没有,使我觉察到这里有异,便瞄她一眼。她一动不动,使人简直当作她受了催眠似的。她呼吸急促;眼睛直瞪着那长了金黄茸毛的坚韧手腕和那只瘦削、修长而有力的手望,当时她脸上的那种如饥似渴的淫荡,我在任何人脸上都没有见到过。那是一只肉欲的假面具。我决没有想到她的美丽容貌会表现出这样放纵的骚态来。它是兽欲,而不是人性。脸上的美全剥掉了;神情变得丑陋和骇人。它可怕地使人想起一只春情萌动的母狗,我感到有点厌恶。她并不感到我在旁边;她感到的只是那只随随便便搭在椅背上、使她欲火中烧的手。后来就像是一阵痉挛掠过她的脸,她打了个寒噤,闭上

① 巴黎西南 55 英里的一个城市,以城中的教堂闻名;教堂建于 12 世纪,是哥特式的优美建筑。

眼睛往车角上一靠。

"给我一支烟，"她说，声音是那样嘶哑，我简直听不出是她。

我掏出烟盒，给她点上一支。她死命抽着。在汽车余下的路程中，她始终望着窗外，一句话也不说。

格雷开到家时，请拉里把我开回旅馆，然后把车子开进车间。拉里坐上司机的座位，我坐在他身边。穿过人行道时，伊莎贝儿挽着格雷的胳臂，紧贴着他，向格雷做了个脸色；我虽然没有看见脸色，但可以猜出那意味着什么。我想格雷今天晚上将会发现自己妻子特别狂热，但是，他将永远不懂得是什么良心责备促使她这样热烈的。

六月快完了，我得回里维埃拉去。艾略特的某些去美国的朋友把他们在迪纳尔①的乡下别墅借给马图林夫妇住，他预备等孩子学校放假立刻动身。拉里留在巴黎工作，但是，自己买了一辆旧雪铁龙，答应在八月里上他们那儿去住几天。在我离开巴黎的前夕，我请他们三个人和我一同吃晚饭。

就在这天晚上，我们碰见了索菲·麦唐纳。

二

伊莎贝儿有意观光一下那些冶游场所；由于我对这些地方比较熟悉，就要求我做他们的向导。我不大愿意，因为在巴黎的这类地方，那些人对美国来的游客很不喜欢，而且毫不掩饰，所以往往弄得人不开心。但是，伊莎贝儿非去不可。我预先打她招呼，说这会使人很扫兴，请她千万穿得朴素一点。我们很迟才吃晚饭，先去仙女

① 布列塔尼半岛的一个海滨浴场休养地。

游乐厅①看了一小时戏，然后出发。我先带他们到圣母院附近的一处地下室，是歹徒和他们的那些家属常去的地方。由于老板和我相识，他找一张长桌子给我们让出几个空位子；长桌子那儿还坐着几个很不像样的人，可是，我叫了酒请大家喝，并且互祝健康。室内又热又脏又烟雾迷漫。后来我带他们去斯芬克司舞厅；这里的女人穿着漂亮而俗气的晚服，里面什么都不穿，奶子等等全看得见，面对面坐在两张长凳子上；乐队奏乐时，就一对对没精打采地跳起来，一面眼睛搜索着舞厅周围靠大理石面桌子坐着的男人。我们叫了一瓶没有冰过的香槟酒。有些女人经过我们面前时，把伊莎贝儿狠狠看了一眼，我不知道她可懂得这是什么意思。

后来我们又去了拉白路。那是一条寒伧狭窄的巷子；你才走进巷子，就给你一种下流淫秽的印象。我们走进一家咖啡馆。弹钢琴的是那种通常的苍白而浪荡的年轻人，另一个拉着小提琴的则是一个又老又疲倦的老头子，还有第三个人吹着不协调的萨克斯管。这地方挤满了人，看上去好像一张空台子都没有，但是老板看出我们是肯花钱的主顾，毫不客气地把一对男女赶到另外一张已经坐了人的桌子去，请我们坐下。那两个被打发掉的客人不甘心，讲了一些涉及我们的很不中听的话。不少的人都在跳舞；帽上系红绒球的水手；男人多数戴着便帽，或者用手帕围着脖子；成年的妇女和年轻的女孩子，眼睛全画起来，光着头，穿着短裙和颜色罩衫。男人和眼睛化了妆的矮胖男孩子跳；瘦削，面目凶恶的女子和染了头发的胖女人跳；男人和女人跳。一股烟气杂酒气的臭味和汗酸味。音乐没完没了地奏着，这一群气味难闻的乱七八糟的人不停地在屋子里转，脸上闪耀着汗水，一本正经的劲头里带有一种可怕的样子。有几个

① 巴黎的一家黄色舞剧院。

大个儿的样子很粗暴,但多数人都矮小而且营养不足。我打量那三个奏乐的人。他们不妨说是机器人,因为演奏完全是机械式的;我心里盘算,有没有可能在过去某一个时候,当他们刚刚开始时,曾经想到自己说不定是人们会跑老远的路来听并向之喝彩的音乐家呢。便是把小提琴拉得很坏,你也得请人教,也得练习啊:难道这个提琴手费了那么大的事,就是为了在这个臭气熏人的狗窝里拉狐步舞曲子,拉到天快亮吗?音乐停止了,钢琴家掏出一块脏手绢揩揩脸。跳舞的人或者懒洋洋地,或者歪着身体,或者扭扭捏捏地,回到自己座位上。忽然间,我们听到一个美国口音。

“我的老天啊!”

一个女人从屋子对面的一张台子站起来。和她在一起的男子打算拦住她,但是,她把他推在一边,自己摇摇晃晃从对面走过来。她已经很醉了,走到我们台子边,站在我们面前,身体带点摇晃,傻里傻气地咧开嘴笑。她好像觉得我们这些人的样子怪有意思的。我望一下我的同伴。伊莎贝儿木然望着她,格雷皱着眉头,一脸愠怒,拉里盯着她看,像是相信不了自己的眼睛。

“哈罗,”她说。

“索菲,”伊莎贝儿说。

“你还他妈的当作是哪一个?”她咯咯笑了。她一把抓着身边走过的侍役,“芬山,拿张椅子来。”

“你自己拿,”他说,挣开她的手。

“畜生①,”她骂,向他吐了一口唾沫。

“别介意,索菲②,”一个大胖家伙说;他的大脑袋上长了一头油

① 原文为法文。
② 原文为法文。

光光的头发，只穿件衬衫，就坐在我们邻座。“这儿有椅子。”

“想不到这样子碰见你们大伙儿，”她说，仍旧有点晃。“哈啰，拉里。哈啰，格雷。”她在那个男子搬在她身后的椅子上一屁股坐下。“大家来杯酒，老板①，”她叫。

我早已注意到老板的眼睛在盯着我们，这时走了过来。

“你认识这些人吗，索菲？”他问，用熟悉的第二人称单数②称呼她。

“住嘴③，”她醉醺醺地大笑。“他们是我小时候的朋友。我要请他们喝一瓶香槟。你可不要给我们什么马尿④吃。拿点人咽得下去不会呕出来的。”

“你吃醉了，我可怜的索菲，”他说。

“滚你的。”

他走了，很高兴能卖掉一瓶香槟酒——我们为了安全起见，只喝白兰地掺苏打水——这时索菲木木然看了我一会儿。

“你这位朋友贵姓，伊莎贝儿？”

伊莎贝儿把我的姓名告诉她。

“哦？我记得的，你有一次到过芝加哥。派头很神气的，是不是？”

“也许，”我笑说。

我一点想不起她来；这并不奇怪，因为我已经有十年多没有去过芝加哥，而且当时和以后都接触过不少的人。

她相当高，站起来时看去更高，因为人很瘦。她穿了一件鲜绿

---

① 原文为法文。
② 相当于中国不称“您”，而称“你”。
③ 原文为法文。
④ 原文为法文。

的绸罩衫，但是，弄皱了而且有污迹，下面着一条黑短裙。染成棕红色的头发剪得很短，马马虎虎卷了一下，而且弄得乱七八糟。妖里妖气的打扮；两颊的胭脂搽到眼睛，上眼皮和下眼皮涂成深蓝色；眉毛和睫毛都搽上很浓的黑油；嘴唇用口红染成鲜红；两只手的指甲也都染红，但是手很脏。她的样子比屋子里别的任何女人都更下流。我怀疑她不但喝醉了而且吸了毒。不过，也不能否认她具有一种邪恶的吸引力；她的头以一种傲慢的姿态稍稍向后仰起，脸上的打扮把她眼珠的绿色衬得更加刺目。尽管醉得颠三倒四的，她却有一种厚颜无耻的派头，使我能够想象得出是所有下流男人都喜欢的。她向我们鄙薄地一笑。

“敢说你们并不怎么高兴看见我，”她说。

“我听说你在巴黎，”伊莎贝儿懒洋洋地说，脸上带着冷淡的微笑。

“你何妨打电话给我。电话簿上有我的名字。”

“我们来了不久。”

格雷来解围了。

“你在巴黎玩得开心吗，索菲？”

“开心。你生意失败了，格雷，是不是？”

格雷的脸本来就红，这一下涨得更红了。

“是的。”

“真倒霉。我想眼下芝加哥的日子大约很不好过。幸亏我及早就离开了。天哪，那个狗娘养的怎么不拿点酒来我们喝？”

“他就来了，”我说；一个侍役盘子里托了几只杯子和一瓶酒，正穿过台子中间走来。

我的话使她注意到我。

“我的可爱的婆家人把我赶出芝加哥。说我败坏了他家——名声。"她咯咯地狞笑起来。"我现在靠国内的汇款生活。"

香槟来了,斟好了。她一只颤抖的手把杯子举到嘴边。

"神气十足的小人物见鬼去,"她说。她把酒喝光,看看拉里。"你自己好像没有什么说的,拉里。"

拉里脸上毫无表情地望着她。自从她来了以后,他的眼睛就一直没有离开她,现在很和气地对她一笑。

"我讲话本来不多,"他说。

音乐又奏起来。一个人走到我们面前;他个子相当高,而且长得结实;大鹰钩鼻子,锃亮的黑头发,大嘴和多肉的嘴唇。那样子就像个成了反面角色的萨伏纳洛拉①。像这里的多数男人一样,他不戴领子,小腰身的上褂扣得很紧,显出一点腰来。

"来,索菲。我们去跳舞。"

"走开。我没有空。你难道没有看见我有朋友吗?"

"我才不管你那些朋友②。滚你妈的朋友。来跳舞。"

他抓着她的胳臂,但是,她挣脱他。

"别缠我,混蛋③,"她突然怒气冲冲叫出来。

"坏东西④。"

"你才坏⑤。"

格雷不懂得他们讲些什么,可是,我看出伊莎贝儿完全理解,因为她具有多数正经女子有的那种对猥亵的奇异知识,所以她脸板下来,皱着眉头表示厌恶。那人举起胳臂,张开手——一只长满老茧

---

① 萨伏纳洛拉(1452—1498),意大利黑袍教僧侣,代表教会反对文艺复兴时期的艺术放纵和社会风气败坏。政治上拥护法国的查理8世,引起教皇亚历山大6世的敌意,以宣传异端罪被处火刑。
② 原文为法文。
③ 原文为法文。
④ 原文为法文。
⑤ 原文为法文。

的工人的手——正预备打她耳光，这时格雷从椅子上半抬起身子。

“滚开①，”他用自己的恶劣声调喊。

那人停下来，恶狠狠看了格雷一眼。

“当心，可可，”索菲说，狞笑一下。“他会把你打个半死。”

那人把格雷的高大身材、体重和力气打量一下，悻悻地耸耸肩膀，向我们骂了一句脏话，溜走了。索菲醉意十足地哧哧笑了。在座其余的人都不作声。我重新给她把杯子斟满。

“你住在巴黎吗，拉里？”索菲把酒喝光之后问他。

“暂时。”

跟一个喝醉酒的人谈话总是很吃力的，而且不用说，清醒的人都处在不利地位。我们继续谈了几分钟话，谈得既乏味，又尴尬。后来索菲把椅子往后一推。

“我再不回到我的男朋友那儿去，他就要气疯了。他是个生闷气的浑蛋，可是老天啊，是个好样的。”她摇摇晃晃站起来。“再会，朋友们。来玩嘛。我每天晚上都在这儿。”

她挤到那些跳舞的人中间，在人群中消失了。我看见伊莎贝儿的高贵容貌上那种冷冰冰的鄙夷表情，几乎要笑出来。我们谁也不讲话。

“这是个下流地方，”伊莎贝儿突然说。“我们走吧。”

我付掉我们叫的酒和索菲的香槟酒账，大家一同离开。大部分人都在舞池里，我们看也不看就出去了。时间已过两点，我觉得应当睡觉了，但是，格雷说他肚子饿，所以，我建议上蒙马特尔的格拉夫饭店去吃点东西。车子开出去时我们全都不说话。我坐在格雷旁边指挥他开到那个装潢得很俗气的餐馆。阳台上还坐了一些人。

① 这里应是法文，即滚开意，说话的人把音念别了。

我们走到里面，叫了火腿蛋和啤酒。伊莎贝儿至少表面上重又镇定了下来；她恭维我认识巴黎的这些比较下流的场所，也许带有一点调侃味儿。

“是你要去的，”我说。

“我玩得十分开心。今天晚上痛快极了。”

“见鬼，”格雷说。“叫人要呕出来。还有索菲。”

伊莎贝儿无动于衷地耸一下肩膀。

“你还记得她吗？”她问我。“你第一次到我们家来吃晚饭时，她就坐在你旁边。当时她的头发还不是红得这样不像话。它原来的颜色是暗赭色。”

我把往事回忆一下；想起了一个年纪很轻的女孩子，蓝得几乎像绿色的眼睛，头微微斜向一边，很逗人；不能算美，但是活泼坦率，杂有腼腆和俏皮，使我觉得很有趣。

“当然我记得。我喜欢她的名字。我有个姑母就叫索菲。”

“她嫁了一个叫鲍勃·麦唐纳的男孩子。”

“人不错，”格雷说。

“他是我碰见的最漂亮的男孩子之一。我永远不懂得他看中索菲的什么地方。她是紧接着我之后结婚的。她的父母离婚了；母亲改嫁了一个在中国的美孚石油公司的人。她跟着父亲住在麻汾，那时我们时常看见她，但是，她结婚之后就和我们这群人有点疏远下来。鲍勃·麦唐纳是个律师，但是挣的钱不多，住在城北一所没有电梯的公寓里。但是，这不是原因。他们不愿意看见任何人。我从来没有看见有两个人相爱得这样狂热的。便在他们结婚已经有两三年而且生了一个孩子之后，两个人上电影院时，还是像情人一样；他搂着她的腰，她的头靠在他的肩膀上。他们在芝加哥被人当作笑话说。”

MISTINGU
CASIN
E PARI
DNAL
DAVID KNIG

拉里听着伊莎贝儿讲,不赞一词。脸上有一种莫测高深的神情。

“后来怎样呢?”我问。

“有天晚上,他们开着自己的小敞篷汽车回芝加哥,把孩子带在身边。他们总是把孩子带着,因为家里没有帮手,索菲什么事都亲自动手,而且他们对孩子异常钟爱。一伙醉鬼开着一部大轮车以每小时八十英里的速度和他们迎头撞上。鲍勃和孩子当场撞死,可是,索菲只受到脑震荡,另外断了一两根肋骨。他们尽量瞒着,不让她知道鲍勃和孩子已经死了,但是,最后只好告诉她。他们说那情形真使人受不了,她就像疯了一样;叫得房子都要塌下来。他们得日夜看守着她,有一次,几乎被她从窗子里跳出去。当然我们凡是能够做的都做了,可是,她好像恨我们。她从医院出来之后,他们把她送进疗养院,在那边住了好几个月。”

“可怜的人儿。”

“当他们放她出来之后,她开始喝酒;喝醉之后,谁找上她,她就跟谁睡觉。她的夫家人吃她不消。他们都是些善良的安分的人,对这种丑事非常愤恨。开头我们全都想帮助她,但是没办法;如果你请她吃晚饭,她来的时候就已经喝醉了,而且很可能客人还没有散,她就醉得不省人事了。后来她和一班坏蛋混起来,我们只好不睬她。有一次,她因喝醉酒开汽车被捕。和她在一起的是她在地下酒店结识的一个达果①,一查原来是个官方要缉拿的人。”

“可是,她有钱吗?”我问。

“有鲍勃的人寿保险;那辆把他们撞倒的汽车的主人是保了险的,她从他们那里也拿到一点钱。不过,这点钱维持不了多久。她花钱就像喝醉酒的水手,两年之内就赤脚了。她的祖母不肯让她回

① 美国人用以指意大利人、西班牙人或葡萄牙人的贬语。

麻汾。后来,她的夫家人说,如果她肯出国,并且住在外国不回来,就给她生活津贴。我想,她现在就是靠的这笔钱过活。”

“事情又还原了,”我说。“从前有一个时候,败家子是从英国送到美洲去的;现在的败家子显然是从美国送到欧洲来了。”

“我真替索菲可惜,”格雷说。

“是吗?”伊莎贝儿冷静地说。“我不。当然这是一个打击,当时我比任何人都更加同情她。我们一直彼此都很熟悉。但是,一个正常的人碰到这种事情总要恢复过来的。她所以垮掉是因为她本来就有劣根性;天生就是个不健全的人;连她对鲍勃的爱情都嫌过分。她如果性情坚强的话,总应该有办法过下去。”

“如果坛坛罐罐全都……你是不是太狠心了,伊莎贝儿?”我咕噜说。

“我不认为如此。这是常识,我认为不需要对索菲感情用事。天晓得,谁也不比我更爱格雷和两个孩子的了;如果他们在一次车祸中送了命,我会变得神志失常,但是,迟早将会振作起来。格雷,你是不是赞成我这样做,还是赞成我每晚喝得酩酊大醉,并且和巴黎的随便一个流氓睡觉?”

格雷的回答很妙,也可以说是我听见格雷的讲话最有风趣的一次。

“当然我赞成你穿一件摩林诺时装店新制的衣服跳进我的火葬堆里,不过,既然现在不行殉葬,我想最好的代替办法是打桥牌。你而且要紧记住,除非你有把握一出手就拿三叠半到四叠牌,不要上来就叫无王牌。”

我不想向伊莎贝儿指出,她对自己丈夫和孩子们的爱虽则出于真心,但一点谈不上热烈;这不是时候。可能她已经看出我脑子里在想的什么,所以带有挑战的味道问我道:

“你怎么说?”

“我和格雷一样,很替这女孩子惋惜。”

“她不是女孩子,她已经三十岁了。”

“我想她的丈夫和孩子丧命时,世界对她说来已经完结了。生命待她太残酷了,所以她也不管自己变得怎样,一头钻进酗酒和淫乱的堕落泥坑,作为对生命的报复。她本来住在天堂,现在天堂失去了,她住不惯平凡人的平凡世界,因此,绝望之余,一头钻进地狱。我可以想象得出,既然她不再能喝到天神的琼浆玉液,那还不如饮小便的好。”

“这是你们在小说里写的一套。它是胡扯,你也知道是胡扯。索菲滚进泥潭里是因为她喜欢。别的女人也有死掉丈夫和孩子的。她变坏并不是这个原因。坏不是由好变过来的。坏本来就已经有了。等到那次车祸冲破她的防线,她就露出本来面目来。别把你的怜惜浪费在她的身上;她现在变成这样,说明她一直就是这样。”

拉里自始至终没有开口。他像在沉思,我们讲些什么恐怕他听都没有听见。伊莎贝儿讲完话后,暂时有一段沉寂。后来他开始讲话了,但是,声音很古怪、很单调,不像朝着我们,而像自言自语;眼睛像在望着模糊的已往岁月。

“我记得她十四岁时,把长头发从前额梳到后面,在后面打一个黑蝴蝶结,一张长了雀斑的严肃的脸。是一个谦虚的、高尚的、充满理想的孩子;碰到什么书都看,我们时常在一起谈书。”

“在什么时候?”伊莎贝儿问,眉头微微有点皱。

“哦,在你和你母亲出去交际的时候。我常上她祖父家里去,我们会坐在他们家那棵大榆树下面,相互读书。她喜欢诗歌,自己也写了不少诗歌。”

“很多女孩子在这样年纪都写诗。相当蹩脚的东西。”

“当然那是好多年以前的事了,而且敢说我自己就不懂得什么好坏。”

“你自己顶多也不过十六岁。”

“当然是模仿的。有不少地方学的罗勃特·弗罗斯特[1]。不过我的感觉是,年纪这样轻的女孩子能写成这样,是了不起的。她的耳朵很灵敏,而且有节奏感;对乡野间的声音和气味有感情,诸如空气中早春的温柔气息和干旱土地上雨后发出的清香。”

“我从来不知道她写诗,”伊莎贝儿说。

“她保守秘密,怕你们大家笑她。她很害臊。”

“她现在可不害臊。”

“战后我回来时,她几乎已经是成人了;读了许多关于工人阶级情况的书,而且是在芝加哥亲自看到了那些情况。她迷上了卡尔·桑德堡[2],拚命写自由诗,描写穷人的困苦生活和工人阶级的受剥削情况。我要说那些诗写得平淡,但是诚实,而且带有同情和高尚感情。当时,她想要做一个社会工作者。她的牺牲精神很使人感动。我觉得,她的能力很强。她并不傻,也不感情冲动,但是,给人一种悠闲贞静和灵魂高洁的印象。那年夏天,我们时常碰面。”

我能够看出,伊莎贝儿听得越来越毛躁。拉里一点不觉得自己在拿一柄匕首戳进她的心里,而且每一个单词都像匕首在她心里搅。可是,伊莎贝儿开口时,嘴边却露出淡淡的微笑。

“她怎么选上你做她的知心人的?”

拉里一双诚实的眼睛望着她。

“我不知道。你们这些人都很有钱,她在你们中间是一个穷女孩子,而我则不属你们之列。我来到麻汾,只是因为纳尔逊叔叔在

① 罗勃特·弗罗斯特(1875—1963),美国诗人,以写新英格兰乡村风光知名。
② 卡尔·桑德堡(1878—1967),美国当代诗人,继承惠特曼传统,写自由诗。

麻汾行医。想来她觉得这使我和她有共同的地方。”

拉里一个亲戚也没有。我们多数人至少有些堂兄弟、堂姐妹或者表兄弟、表姐妹；这些人我们可能简直不认识，但至少使我们感到自己是这个家族的一部分。拉里的父亲是独生子，母亲是独生女；他的祖父是教友派教徒，年纪很轻时就在海上遇难，他的外祖父没有兄弟，也没有姐妹。世界上没有一个人像拉里这样孤零的。

“你曾想到过索菲爱你吗？”伊莎贝儿问。

“从来没有，”他笑了。

“她是爱你的。”

格雷冒冒失失的样子说，“拉里打完仗作为一个受伤军人回来时，半个芝加哥的女孩子都在追他。”

“这不仅仅是追。她崇拜你，我可怜的拉里。难道你是说你不知道吗？”

“我当然不知道，而且我不相信。”

“想来你认为她太高尚了。”

“对我说来，她现在仍旧如在目前；一个瘦瘦的小女孩子，头发打了个蝴蝶结，脸色庄重，读起济慈的颂歌来，声音有点抖，含着眼泪，因为诗太美了。不知道她如今在哪里。”

伊莎贝儿微微吃了一惊，带着迷惑不解的神情把拉里看了一眼。

“晚得不像话了，我人疲倦得不知道怎么办。我们走吧。”

三

第二天傍晚我坐蓝钢车去里维埃拉，两三天后，就上昂第布去看艾略特，告诉他巴黎的新闻。他看上去气色很不好。蒙特卡地尼的疗养并没有取得预期的疗效，而事后去各处旅行又弄得他精疲力竭。他在威尼斯找到一只洗礼盆，然后又上佛罗伦萨去买下那张他和人家讨价还价的三联画。为了急于把这些东西安装好，他亲自上庞廷尼沼地去了一趟，住在一家很蹩脚的小旅馆里，热得使人简直吃不消。他买的那些名贵艺术品要好多天才能运到，但是，他下定决心非要达到目的决不离开，因此继续住下去。当一切总算照他所要求的那样安装就绪以后，他感到非常满意，并且得意扬扬地把自己拍的那些照片拿给我看。教堂虽然小，但是有气派；内部装修华丽而不俗气，证明艾略特确有眼光。

"我在罗马看见一口早期基督教时代的石棺，非常中意，考虑了好久，想把它买下来，但是，最后打消了。"

"你怎么想到要买一口早期基督教的石棺，艾略特？"

"给我自己睡，老兄。制作非常之精，我觉得和门那边的圣水盘正好扯平①，不过，那些早期基督徒都是些矮矮胖胖的人，我睡不进去。我总不能躺在那儿等那张最后的王牌②跑来使我的膝盖顶着下巴，就像胎儿那样，怪不舒服的。"

我大笑，艾略特却是一本正经。

"我想了一个更好的办法。我跟教堂方面商量好——是碰到些困难的，不过也是意料中事——把我葬在祭坛前面，就在圣坛东面台阶底下；这样的话，当庞廷尼沼地那些可怜的农民前来领圣餐时，他们那些沉重皮靴就会踏在我的骨头上面。相当帅，你说是不是？只是光秃秃一块石板上面刻了我的名字和两行生卒年月。Si monumentum quoeris，circumspiece③。如果你要找他的碑，你四下看

---

① 艾略特设想他进入天国，还得受洗。
② 指上帝。
③ 艾略特在这里套用了英国著名建筑师克里斯托弗·雷恩爵士（1632—1723）的墓志铭（雷恩死后葬在圣保罗大教堂），又自己在下文译了出来。

看，就知道了。”

“我拉丁文还算懂得，一句陈词滥调还用不着译给我听，艾略特。”我有点刻薄地说。

“对不起，老兄。我一向习惯于上流人士的愚昧无知，一时间忘记我是在和一位作家谈话。”

口头上还是被他占了便宜。

他又继续说道，“不过，我要告诉你的是：我已经在遗嘱上把葬礼应当注意的事情全写上了，但是，我要你当监视人。我决不和里维埃拉那批退休军官和中产阶级的法国人葬在一起。”

“我当然愿意照办，艾略特，不过，我觉得多年后的事情用不着现在就考虑得这样周到。”

“我年纪不小了，你知道，而且说实在话，离开人世我并不难过。兰道尔[①]那几句诗是怎么说的？我烘我的双手……”

我对诗文的记性虽则很差，但是，这首诗很短，所以我能背得出来。

我从不与人争，没有人值得我与之争；
我爱自然，其次爱的是艺术；
我向生命之火伸双手取暖；
火快烧残了，我也准备离去。

“对了，”他说。

我私心认为艾略特硬要拿这首诗来形容自己，实在非常牵强。

---

① 沃尔特·兰道尔（1775—1864），英国作家，诗人，是一个具有反抗性的文人，传世之作有《想象的谈话》。

可是，他说，“它完全表达了我的心情。我唯一要增入的地方是，我一直和欧洲最上流的人士交往。”

“在一首四行诗里，添上这一点恐怕不容易。”

“交际界完结了。有一个时候，我曾经希望美国会取代欧洲建立一个为‘大众’①所尊重的贵族阶层，可是，不景气把这种可能性完全摧毁了。我可怜的祖国越来越变得不可救药地庸俗。你决不会相信的，我亲爱的朋友，上次在美国时，一个开出租汽车的司机竟然称呼我‘老兄’。”

里维埃拉受到一九二九年市场大崩溃的打击仍未恢复；虽然它远不是过去那样，艾略特照旧举行宴会，并参加人家的宴会。他从不和犹太人过从，只有罗思柴尔德家族除外，但是，现在有些最盛大的宴会却是这些上帝的选民②举行的，而只要是宴会，艾略特都舍不得不去参加。他在这些聚会里东跑跑西站站，风度翩翩地和这个人握手，或者对那个人行吻手礼，但是，带有一种无可奈何的超然派头，就像一个被放逐的皇族看见自己和这批人混在一起感到有点不自在似的。可是，那些被放逐的皇族却玩得非常快活；对他们说来，认识一个电影明星好像是他们一生中最大的愿望。时下的这种风气，把戏剧界人士看作是交际对象，艾略特也看不入眼；但是，有一个退休的女演员就在他的邻近造了一所豪华的住宅，还经常招待宾客。部长、公爵、名门闺秀之流在她家里一住就是几个星期。艾略特也成了经常的客人。

“当然，人色很不整齐，”他告诉我说，“不过，你不喜欢的人用不着理睬。她是美国人，我觉得应当帮她撑撑场面。她招待下榻的

---

① 原文为希腊文。
② 上帝的选民指犹太人。

那些客人发现有人和他们有共同语言,一定会解除不少疑虑。”

有时候,他显然身体非常不好,使我不得不劝他参加社交活动何必这样积极。

“老兄,在我这样的年纪,我是经不起掉队的。我在上流社会混了快五十年了,难道我不懂得这里的道理:只要你不经常在重要场合出现,你就会被人家忘记掉。”

我弄不懂他是否意识到自己当时作了一次多么可悲的自白。我不忍心再嘲笑艾略特了;他在我眼中成了一个极其可怜的人物。他活着就是为了社会交际;宴会和他是息息相关的;哪一家请客没有他,等于给他一次侮辱;一个人溜单是羞耻的;而现在人已经老了,他对受冷落尤其怕得要死。

夏天就这样过掉。艾略特从里维埃拉的这一头到里维埃拉的那一头忙得团团转,在戛纳吃午饭,在蒙特卡洛吃晚饭,拿出全副本领来适应这一家的茶会或者那一家的鸡尾酒会。而且不管自己多么疲劳,总竭力做得和蔼可亲,谈笑风生。他的内幕新闻来得个多,敢说最近的一些丑事秽闻的细节,除掉直接有关系的人外,谁也不比他知道得更早。假如你说他这种人生无益于时,他会瞠眼望着你毫不掩饰他的骇异。他会觉得你简直愚昧无知。

四

秋天到了。艾略特决定上巴黎住些时候,一半是看看伊莎贝儿、格雷和两个孩子过得怎么样,一半是如他说的为了在首都露一下脸[①]。这以后,他预备上伦敦定制些新衣服,顺带看望看望几个老友。我自己计划直接去伦敦,但是,他邀我和他一同坐汽车上巴

① 原文为法文。

黎。这样上路很舒服,所以我答应下来,同时觉得自己不妨在巴黎至少也呆上几天。一路上走得很从容,只要哪儿饭菜做得好,就停下来休息。艾略特的腰子有毛病,只饮维希矿泉水,但是,我喝的半瓶葡萄酒,他总坚持要替我挑选;他心地忠厚,尽管自己现在享受不了品酒的乐趣,看见我夸奖酒好,从心里感到快活。他非常慷慨,我要花费许多唇舌才能说服他让我付掉我那一部分的房饭钱。他谈论过去认识的那些大人物,听得人有些生厌,但是这趟旅行还是开心的。我们经过的大部分是乡间,初秋的景色很迷人。在枫丹白露吃了午饭之后,一直到下午才到达巴黎。艾略特把我送到我那家中等的老式旅馆,便绕过街角去里茨饭店。

我们预先通知伊莎贝儿说我们要来,所以,看见她在旅馆里留交给我的便条,并不感到突然,可是,便条的内容却使我吃了一惊。

你一到就来。出了大事情了。别把艾略特舅舅带来。看在上帝的份上,请你立刻就来。

我和别人一样急于想知道究竟,但是,我得洗个脸,换上一件干净衬衫;然后,叫了一辆汽车,开到圣纪尧姆街的公寓。用人把我领进客厅。伊莎贝儿立刻站了起来。

"你这半天上哪儿去了?我等了你好几个钟点。"

时间是五点钟,我还没有来得及回答,管家已经把喝茶的东西送进来。伊莎贝儿双手紧勒,看着管家摆茶具简直不耐烦。我想象不出究竟是怎么回事。

"我刚到。我们在枫丹白露吃午饭,把时间拖得太长了。"

"老天啊,他摆得多慢。人都要急疯了!"伊莎贝儿说。

管家把托盘连同茶壶放在桌上,把糖缸和茶杯放在桌上,然后以一种的确恼人的安详在桌子四周摆上一盆盆的面包、牛油、蛋糕、甜饼。他出去时,随手把门带上。

"拉里要跟索菲·麦唐纳结婚。"

"她是谁?"

"别这样蠢,"伊莎贝儿叫出来,眼睛里闪出怒火。"就是在你带我们去的那家下流咖啡馆里我们碰到的那个喝醉酒的婊子。天知道你为什么把我们带到那种地方去。格雷倒尽了口味。"

"哦,你是指你们的那个芝加哥朋友吗?"我说,不理会她的不公正责备。"你怎么知道的?"

"我为什么要知道? 昨天下午他亲自来告诉我的。从那时候起,我一直恼火到现在。"

"你不妨坐下来,给我倒杯茶,一五一十地告诉我。"

"你自己倒。"

她坐在喝茶桌子对面,一股不耐烦的样子看着我给自己倒茶。我在靠近壁炉的一张小小的长沙发上舒舒服服坐下。

"我们和他最近不大见面,我是说,自从我们从迪纳尔回来之后;他去迪纳尔待了几天,但是,不肯跟我们住在一起,住在一家旅馆里。他常到海边来,跟两个孩子玩。孩子们喜欢得他要命。我们去圣布里亚克打高尔夫。格雷有一天问他后来见到过索菲没有。

"'见到,见过好几次,'他说。

"'为什么,'我问。

"'她是老朋友嘛,'他说。

"'我要是你的话,决不在她身上浪费时间,'我说。

"他听了微笑一下。你懂得他笑的那种派头,好像认为你的话很好笑,然而,事实上,一点也不好笑。

"'可是,你不是我,'他说。

“我耸耸肩膀，谈到别的上面去了。这件事我从来没有再盘算过。当他上这儿来，告诉我他们要结婚时，你可以想象得出我的震动多大。

“‘你不可以，拉里，’我说。‘你不可以。’

“‘我预备跟她结婚，’他若无其事地说，就好像他要再来点马铃薯似的。‘我而且要你好好接待她，伊莎贝儿。’

“‘这个要求太过分了，’我说。‘你疯了。她是坏人，坏人，坏人。’”

“你怎么会这样想的？”我打断她。

伊莎贝儿望着我，眼睛里直冒火。

“她从早到晚喝得烂醉。不管什么流氓要跟她睡觉，她就跟人家睡觉。”

“这并不意味着她就是坏人。不少有身份的人酗酒，而且喜欢干下流事情。这些是坏习惯，就像咬指甲一样，说它坏，也只能坏到这个地步。我认为，那些说谎、欺骗、残酷的人才是真正的坏人。”

“你假如偏袒她，我就要你的命。”

“拉里怎样又碰见她的？”

“他在电话簿上找到她的住址。他去看了她。她正在生病，这也不奇怪，过的是那种生活。他替她请了医生，并且找个人服侍她。关系就是这样开始的。拉里说她戒了酒；这个蠢货认为她的病已经治好了。”

“你记得拉里治格雷的头痛吗？他不是把他治好了？”

“那不同。格雷要自己的病好。她不要。”

“你怎么知道？”

“因为我理解女人。一个女人堕落到像她那样，就完结了；是永远不会回头的。索菲所以堕落到现在这样，是因为她一向就是这样一种人。你认为她会永远跟拉里吗？当然不会。迟早还是要跟他崩掉。她天生有一种劣根性。她喜欢的是流氓，这种人能给她刺激，她要找的是这种人。她会把拉里的生活搞得一塌糊涂。”

“看来很有可能，不过，我看不出你能想出什么办法。他又不是糊里糊涂这样做的。”

“**我**是没有办法，但是，你有。”

“我？”

“拉里喜欢你，他会听你的话。你是唯一能对他施加影响的人。你见多识广。你去找他，叫他不要做这种傻事。告诉他这会毁掉他的。”

“他会干干脆脆告诉我这不关我的事，而且他这样讲完全对的。”

“可是，你喜欢他，至少你对他是感觉兴趣的，你总不能抄着手站在旁边，看着他把生活搞得一团糟。”

“格雷是他最要好的朋友，而且认识最早。我并不是说这会有什么帮助，不过，我觉得跟拉里谈，格雷最适合。”

“格雷，哼，”她说，不耐烦的样子。

“你知道，事情未见得如你设想的那样糟。我有两三个朋友，一个在西班牙，两个在东方，他们都娶的妓女做老婆，结果家庭处得很好。她们都感谢自己丈夫，我是指给了她们生活上保障，而她们对怎样讨男人的欢心，当然都是知道的。”

“你真啰嗦。你认为我牺牲自己，就是为了让一个疯狂的淫荡女人把拉里抓在手里吗？”

“**你**怎样牺牲自己的？”

“我放弃拉里的唯一一条理由，是我不想影响他的前途。”

“去你的，伊莎贝儿。你放弃拉里是为了方形钻石和貂皮大衣。”

话才出口，一盘黄油面包就向着我的头飞来。总算运气，盘子被我接住，可是，黄油面包都落在地板上。我站起身，把盘子放回在桌子上。

“你把艾略特舅舅的王冠德比盘[①]打破一只，他可不会感谢你。这些当初是替第三代多塞特公爵烧制的，几乎是无价之宝。”

“把黄油面包拾起来，”她气吁吁地说。

“你自己拾起来，”我说，又在沙发上靠起。

她站起身，一面生气，一面把散在地上的黄油面包拾起来。

“你还自称是一位英国上流人士呢，”她恶狠狠地说。

“不行，这件事情我一生从来没有做过。”

“滚出去。我再不要看见你了。你的样子叫我厌恶。”

“很抱歉，因为你的样子一直使我欢喜。可有人告诉过你，你的鼻子跟那不勒斯博物馆里普绪刻[②]石像的鼻子一模一样。这座石像是存世的代表少女美的最优秀作品。你的腿很美，又长又有线条，我看见时总是感到诧异，因为你做女孩子时，你的腿很粗而且不匀称。我没法想象你是怎样做到的。”

“靠坚强的意志和上帝的恩泽，”她怒冲冲地说。

“可是，你的手当然是你最勾引人的部位。这样纤细瘦削。”

“我有个印象，好像你觉得我的手太大了。”

“就你这样的身材来说，不能算大。你使用两只手起来姿势异常美妙，我十分叹服。不管是出自天工，或者人为，总之，你的手的每一动作总给人以美感。它们有时候像花朵，有时候像飞鸟。它们

① 英国德比以烧瓷出名，这种王冠德比盘的图案是在 D 字母上缀一王冠。
② 希腊神话中以少女形象出现的人类灵魂化身。

比任何语言更富于表现力。它们就像艾尔·格列柯①的画像里的那些手;说实在话,我看着你的手时,想到艾略特原来胡扯你家祖上有一个是西班牙贵族,说不定有道理。"

她头抬了起来,悻悻然的样子。

"你讲的什么?我还是第一次听到。"

我把德·劳里亚娶玛丽王后贵嫔的事告诉她,这是艾略特从母系方面追溯上去的。伊莎贝儿一面听,一面心安理得地端详着自己的长手指和修剪涂染过的指甲。

"人总是什么人的后代,"她说,接着轻盈一声笑,顽皮的样子把我看看,一点怨气没有了。"你这个鬼儿子,"她又说。

一个女人,你只要告诉她真情实话②,就很容易使她讲理。

"有时候,我并不怎样真正恨你,"伊莎贝儿说。

她走来靠着我,在长沙发上坐下,把胳臂和我的胳臂套起,探出身子来要吻我。我把面颊避开。

"我可不要脸上沾上口红,"我说。"你假如要吻我,就吻我的嘴,这是慈悲的上苍指定的地方。"

她哧哧笑了,用手把我的头转了对着她,嘴唇在我的嘴唇上印上一条细红颜色。那滋味很好受。

"现在你既然这样表示了,也许可以告诉我你是什么打算。"

"要你出个主意。"

"我很愿意给你出,不过,敢说你一时接受不了。你只能做一件事,就是勉为其难。"

---

① 艾尔·格列柯(1541—1614),生于克里特岛,本名多明尼可·狄奥托可普。青年时期在威尼斯、罗马。1577年到西班牙,旋定居托莱多,创作以肖像画和宗教题材为主;也是雕塑家和建筑家。

② 这是作者讥讽的话,他根本不相信艾略特关于自己母系祖先那一套。

她又火起来，抽开胳臂，站起身，一屁股坐在壁炉那一边的一张沙发上。

“我不愿意眼看着拉里把自己毁掉不管。我要不惜一切阻止拉里娶那个贱货。”

“你不会成功的。要知道，他是被一种最强烈的最动人心弦的情感迷惑住了。”

“你难道认为他真正爱上了她？”

“不是。爱和这种情感比起来，是微不足道的。”

“什么？”

“你读过《新约全书》没有？”

“总算读过吧。”

“你记得基督是怎样被圣灵引到旷野，禁食四十天的？当时，他感到饥饿，魔鬼就来找他，对他说：你若是上帝的儿子，可以命令这些石头变成面包。但是，基督拒绝了他的引诱。后来魔鬼就教基督站在殿顶上，对基督说：你若是上帝的儿子，就跳下去。因为天使受命照应你，会将你托着。但是，基督又拒绝了。后来魔鬼又把他带上一座高山，指给他看世上的万国，说你若俯伏拜我，我就把这一切都赐给你。但是基督说：滚开吧，撒旦。根据心地善良单纯的马太的记载，故事的结尾就是这样。但是，故事并没有完。魔鬼很狡猾，他又来找基督，对他说：如果你愿意接受耻辱，鞭挞，戴上荆棘编的冠，让人家把你钉死在十字架上，你将使人类得救，因为为了朋友牺牲自己的生命，是人所能表现的最伟大的爱。基督中计了。魔鬼笑得肚子都痛了，因为他知道坏人会借了为人类赎罪的名义来干坏事。”

伊莎贝儿愤然瞧着我。

“你从哪儿听来的这段话。”

“哪儿也没有。是我临时诌出来的。”

“我觉得这段故事很愚蠢,而且亵渎神圣。”

“我只想向你指出,自我牺牲是压倒一切的情感,连淫欲和饥饿跟它比较起来都微不足道了。它使人对自己人格作出最高评价,驱使人走向毁灭。对象是什么人,毫无关系;值得也可以,不值得也可以。没有一种酒这样令人陶醉,没有一种爱这样摧毁人,没有一种罪恶使人这样抵御不了。当他牺牲自己时,人一瞬间变得比上帝更伟大了,因为上帝是无限和万能的,他怎么能牺牲自己?他顶多只能牺牲自己唯一的儿子。”

“老天啊,你真唠叨,”伊莎贝儿说。

我不理会她。

“当拉里被这种情感牢牢掌握着时,你想跟他讲通常的道理,或者劝他小心从事,会对他有影响吗?你不知道他这多年来在追求什么。我也不知道,我只是猜想。但是,这许多年的辛勤收获,所有这些年积累的经验,现在都敌不过他的欲望——啊,岂止是欲望,是一种急切的、如饥似渴的压迫:去救一个他过去认识的清白女孩子而现在已成为荡妇的人的灵魂。我认为你是对的,我认为他是在做一件没有指望的事;以他那样敏感,他将要像受天罚的人一样吃足苦头;他的毕生事业,不管那是什么,将永远完成不了。卑鄙的帕里斯一箭射中阿喀琉斯的脚后跟,使他送了命。① 拉里恰恰缺少这点狠毒,而这点狠毒便是圣徒为了取得正果,也是少不了的。”

“我爱他,”伊莎贝儿说。“上帝知道,我一点不要求他什么。我一点不指望他什么。谁也不会像我爱他那样毫无自私之心。这

① 希腊神话,特洛亚国王子帕里斯拐走了斯巴达国王美丽的妻子海伦,引起希腊攻打特洛亚的十年战争。阿喀琉斯是希腊方面的勇猛的战士,是他杀死特洛亚的大将赫克托耳。阿喀琉斯据说被帕里斯的冷箭射死,但是,荷马史诗未载。

底下的日子他可着实不好过呢。”

她开始哭起来。我觉得哭哭对她有好处,所以不加劝阻。我无意间脑子里出现一个想法,借此消磨时间。一个人在想着玩。我敢大胆断言,魔鬼目睹基督教挑起的那些残酷战争,教徒对教徒进行的那些迫害和刑罚,以及残忍、虚伪、褊狭,一定对这本账感到心满意足。而且当他想起基督教给人类背上了一个原始罪恶的痛苦包袱,使美丽的满天星斗昏暗下来,给世上那些供人们享受的赏心乐事投下一道邪恶的阴影,他准会咯咯笑起来,一面咕哝着:活该受这报应,这个鬼。

不一会,伊莎贝儿从手提包里取出一块手帕和一面镜子,看看自己,小心地揩揩眼角。

“你他妈的很同情,是不是?”她愤然说。

我若有所思地望着她,但不答话。她在脸上扑扑粉,涂上口红。

“你刚才说你猜想他这多年来在追求什么东西。你这是什么意思?”

“告诉你,我只能猜测,而且有可能完全错了。我觉得他是在寻求一种哲学,也可能是一种宗教,一种可以使他身心都获得安宁的人生准则。”

伊莎贝儿把我的话盘算了一下,叹口气。

“你认不认为奇怪,一个伊利诺斯州麻汾镇的乡下孩子会有这样的想法?”

“路得·伯班克出生在马萨诸塞州的农场,会种出一种无核的橘子,亨利·福特出生在密执安州的一个农场,会发明一种小汽车,拉里并不比他们更奇怪。”

“可是,那些都是实用的东西。是在美国传统之内的。”

我笑了。

“世界上还有什么比学会生活得最好更实用的吗?”

伊莎贝儿作了一个没精打采的姿势。

“你要我怎么办?”

“你不想完全失掉拉里,是吗?”

她点头。①

“你知道拉里是非常忠实的:你假如不睬他的老婆,他也不会睬你。你如果懂道理的话,就得跟索菲交朋友。你得忘掉过去,在有可能时,尽量对她好。她要结婚了,我想她要买些衣服。为什么你不提出陪她去买。我想她准会喜出望外。”

伊莎贝儿眼睛眯起听我说。她好像很注意听我的话。有这么一会儿,她在盘算,可是,我猜不出她脑子里在想些什么。后来她使我吃了一惊。

“你请她吃午饭好吗?在我昨天给拉里那顿发作之后,我请是相当尴尬的。”

“我如果请的话,你肯循规蹈矩吗?”

“像个光明天使,”她带着最魅人的微笑回答。

“我立刻就敲定。”

屋内有电话。我很快查到索菲的电话号码;经过一段通常的耽搁——凡是使用法国电话的人,都得耐心耐性——我接上了她。自己报了名字。

“我刚到巴黎,”我说,“就听说你跟拉里要结婚了。我向你道喜。希望你们过得非常幸福。”伊莎贝儿站在我身边,把我胳臂上的肉狠狠拧一下,我几乎叫了出来。“我在巴黎只呆很短一段时间,不

① 原文是摇头,这是英美人同意否定句问话的习惯,为了使中国读者不致误会,只好改为“点头”。

知道你跟拉里后天能不能到里茨饭店和我一起吃午饭。我还要请格雷、伊莎贝儿和艾略特·谈波登。”

“我来问问拉里。他就在这儿。”停了一下。“好的,我们很高兴来。”

我讲定了时间,说了一句客气话,放下耳机。这时,我瞥见了伊莎贝儿眼睛里有种表情,使我不放心起来。

“你在想什么?”我问她。“我不大喜欢你脸上的神情。”

“对不起;我还以为你真正喜欢我的就在这种地方。”

“你会不会肚子里面藏了什么坏主意,伊莎贝儿?”

她眼睛睁得多大的。

“我向你保证没有。事实上,我急切想看见拉里使索菲改邪归正之后,看上去是什么样子。我只希望她上里茨饭店来的时候,不要搽得一脸的胭脂花粉。”

五

我的小宴会开得还不坏。格雷和伊莎贝儿先到;拉里和索菲·麦唐纳五分钟之后到。伊莎贝儿和索菲亲热地互吻,伊莎贝儿和格雷又祝贺她订婚。我瞥见伊莎贝儿的眼睛迅速地把索菲的外表打量了一下。索菲的样子使我吃惊。以前我在拉白路那家下等咖啡馆看到她时,她搽得一脸脂粉,头发染成棕红色,穿一件鲜明的绿衣服,尽管神情放荡而且喝醉了,但是,带有一种挑衅的味儿,甚至有股骚劲儿;可是,现在,看上去则很寒伧,虽则比伊莎贝儿肯定要小一二岁,但是,样子比她老多了。头仍旧像上次那样傲然翘着,但不知道什么缘故,却是一副可怜相。她已经让头发恢复原来的颜色,染过的头发和新长出来的头发看上去邋里邋遢的。除掉嘴唇涂了红色以外,脸上什么脂粉不施。皮肤粗糙,而且带有不健康的苍白色。我记得她的眼珠是鲜明的绿色，可是，现在变得暗淡无光了。身上穿一件红衣服，显然是新买的，还配了一色的帽子、鞋子和手提包；我并不自命懂得女人应当怎样穿衣服，但总觉得有点刺眼，而且在今天这样场合稍嫌过分讲究一点。胸口戴了一件很触眼的人造宝石的首饰，就是人们在雷奥里路买到的那路货色。伊莎贝儿穿一件黑绸子衣服，挂一串人工培养的珍珠项链，戴一顶很漂亮的帽子；和她一比，索菲显得很俗气，更谈不上派头。

我叫了鸡尾酒，不过拉里和索菲都拒绝喝。后来艾略特来了。可是，他穿过那间辽阔的厅堂走来时，却被一个接一个的熟人拦住，跟这个拉手，吻那个的手。他的举止就好像里茨是开在他家里的，而他正在向自己客人的惠然光临表示衷心感谢。我们把一切都瞒着他，只告诉他索菲的丈夫和孩子在一次车祸中丧命，现在要和拉里结婚。当他终于走到我们面前时，他使出自己最拿手的一套，风度翩翩地向这对未婚夫妇祝贺。大家一同走进餐厅；由于我们是四男二女，所以我叫伊莎贝儿和索菲就一张圆桌面对面坐下，索菲的两旁边坐着格雷和我。桌子很小，谈话大家都听得见。午餐我已经预先订好，管酒的侍役这时把酒单拿来。

艾略特说，“老兄，你酒一点不在行。阿尔勃特，把酒单给我。”他翻着酒单，一面说。“我自己只喝矿泉水，但是，我不能容忍别人喝次等酒。”

他跟管酒的侍役阿尔勃特是老朋友。经过热烈的讨论后，两人决定我应当叫什么酒请客人喝。然后他转向索菲。

“你们预备上哪儿去度蜜月，亲爱的？”

他瞧了她衣服一眼，眉毛几乎令人觉察不到地抬了一下，使我看出他对这件衣服看不上眼。

“我们预备去希腊。”

“我想去希腊总有十年了，”拉里说，“可是，不知道什么缘故，总是去不成。”

“这个季节应当是风光最好的时候，”伊莎贝儿说，表示很起劲。

她记得，我也记得，当初拉里要跟她结婚时，提议带她去的就是希腊。对拉里说来，去希腊度蜜月好像已经成为固定的了。

谈话进行得并不怎样容易，如果不是亏了伊莎贝儿，我这个主人就会觉得事情很难办。她表现得非常之好。只要讲话有中断的危险，而我在开动脑筋想找个新话题来谈时，她就插进些轻松的话。这使我很感激。索菲简直不大开口，只在有人跟她谈话时，方才勉强讲几句。她神气索然。你会说这个人已经是个半死人了；我肚子里在盘算拉里是不是约束她过头了，使她简直受不了。我猜想她不但酗酒，而且吸毒；这倘然属实，一下子把这些戒掉准会使她的人垮掉。有时候，我瞥见他们相互对看一眼。拉里的神情含有温存和鼓励，索菲的神气带有恳求，使人感到恻然。格雷天性忠厚，可能本能地觉察到我猜测的情况，所以跟索菲谈起拉里怎样治好那个使他成为废人的头痛病，接着又告诉她他是怎样离不开拉里，感激拉里。

“现在我一点病都没有了，”他继续说。“只要有一天找到事，我就会重新工作起来。现在我有几件事都在接头，希望不久能够敲敲定。嘘，回国去真是开心。”

格雷完全出于好意，可是，他讲的那些话也许不大策略；因为照我的想法，拉里用来治愈索菲酗酒的痼疾的，可能用的是治愈格雷的同一的暗示术（在我看，就是这个法子）。

“你现在一点不发头痛了吗，格雷？”艾略特问。

“三个月来从没有发过；如果我感到它要发作了，我就立刻抓着我的护身符，我就好了。”他说着从口袋里摸出拉里给他的那块古钱,“这是我的无价之宝。”

午饭已毕,上咖啡了。管酒的侍役过来问要不要来点甜酒[1]。我们全拒绝了,只有格雷说他要一杯白兰地。瓶子拿来时,艾略特坚持要看看是什么牌子。

“行,我认为可以喝。对你没有害处。”

“您来一小杯吗?”侍役问。

“唉,我现在是禁酒了。”

艾略特详详细细告诉侍役,自己的腰子有毛病,医生不允许他喝酒。

“喝一点苏布罗伏加对您不碍事。这酒有名的治腰痛。我们刚从波兰运来一批。”

“真的吗?这种酒近来很难得。把瓶子拿来我看看。”

管酒的侍役是个身材魁梧、神气十足的家伙,脖子绕了一根长长的银项链,跑去拿酒瓶。艾略特向我们解释说这是波兰酿制的一种伏特加酒,但在种种方面比伏特加高级得多。

“我住在拉德齐威尔斯家里参加打猎时,常饮这种酒。你们应当瞧见那些波兰亲王喝起这种酒来的派头;成大杯地喝,一点不动声色,我这话丝毫没有夸张。当然都是些金枝玉叶;一举一动完全是贵族味儿。索菲,你非得尝一下这个酒不可;伊莎贝儿,你也要尝。这个机会不能轻易放过。”

管酒的侍役把酒瓶拿来。拉里、索菲和我都拒绝了,但是,伊莎贝儿说她愿意试试。我感到诧异,因为她一向酒喝得很少,而今天她已经喝了两杯鸡尾酒和两三杯葡萄酒了。侍役倒了一小杯淡绿色的甜酒,伊莎贝儿擎起来闻闻。

---

① 甜酒这里指的像樱桃白兰地那类浓味甜酒,一般在餐后用小杯子饮。

“哦,多香啊!”

“是不是?”艾略特说。“香味是因为里面泡了有一种药草;酒的味道好也是这个缘故。我也陪你喝一点点。偶尔一次对我不会有什么害处。”

“酒味真美,”伊莎贝儿说。“像甘露一样。我从来没有喝过这样美的酒。”

艾略特把杯子举到唇边。

“唉,这酒使人想起已往的日子。你们从没有在拉德齐威尔斯家住过的人,就不懂得什么叫生活。那个场面真大啊。封建的场面,懂吗?你简直觉得自己像置身在中世纪。上车站来接你的是一辆六匹马驾驶的车,还有驭者骑在马上。吃饭时,每个人后面都站着一个穿制服的男用人。”

他继续形容那家府邸的阔绰华贵,以及那些筵席的豪华;我忽然起了一阵疑心——当然是无足轻重的——好像这件事整个儿是艾略特和那个管酒侍役商量好的,让艾略特借这机会大谈特谈一下这个王族的豪华排场,以及他在他们的宫堡作客时结识的那一大堆波兰贵族。要阻止他不谈是不可能的。

“再来一杯,伊莎贝儿?”

“哦,我不敢来了。不过酒实在太美了。我很高兴知道有这种酒;格雷,我们得想法买几瓶。”

“我叫他们送几瓶到公寓去。”

“呀,艾略特舅舅,你肯吗?”伊莎贝儿兴孜孜地说。“你待我们太好了。格雷,你非尝一下不可;它闻上去就像新割的稻草和春天的花草,像百里香和薰香草,尝上去一点不辣,非常适意,就像在月光下面听音乐。”

这样呱啦呱啦地前言不搭后语,不像伊莎贝儿的为人,我疑心她是不是有点醉了。筵席散了,我同索菲握手道别。

“你们几时结婚?”我问她。

“再下个星期。我希望你能来参加婚礼。”

“恐怕我那时候不在巴黎。我明天就去伦敦。”

当我和其他客人握别时,伊莎贝儿把索菲拉到一旁,跟她谈了几句话,就转身向格雷说:

“哦,格雷。我要等一等回去。摩林诺时装店有一个时装展览,我要带索菲去看。她应当看看最新的衣服式样。”

“我很愿意,”索菲说。

我们分手了。当晚我带苏姗·鲁维埃去吃晚饭,第二天早上就动身去英国。

六

两个星期后,艾略特抵达克拉里奇饭店;之后不久,我就便道去看他。他已经给自己定制了几套衣服,并且有点不厌其烦地详细告诉我他挑选的什么料子,而且为了什么理由。当我终于能插话时,我就问他拉里的婚礼是怎样举行的。

“没有举行,”他冷冷地说。

“你这话是什么意思?”

“婚礼要举行的前三天,索菲失踪了。拉里到处寻她。”

“真是怪事! 他们吵嘴了吗?”

“没有。根本谈不上。什么都准备好了。我还担任把新娘交给新郎的角色。他们预备婚礼举行后立刻去搭东方快车。你现在问我,我觉得拉里做得完全不对头。”

我猜想伊莎贝儿已经把什么都告诉他了。

“究竟是怎样一回事情?”我问。

“好吧，你记得那天你请我们在里茨吃午饭之后，伊莎贝儿带索菲上摩林诺去。你记得她穿的那件衣服吗？不像样子。你可注意到两个肩膀？一件衣服剪裁得好不好，你只要看肩膀合身不合身就行了。当然，可怜的孩子，摩林诺的价钱是她付不起的，可是，伊莎贝儿，你知道她是非常慷慨的，伊莎贝儿打算送她一件衣服，使她至少在结婚那一天有件像样的衣服穿。总之，长话短说，有一天，伊莎贝儿约索菲三点钟上她公寓来，一同去服装店最后试样。索菲来了，但是不幸的是伊莎贝儿要带两个孩子上牙科医生那里去一趟，四点钟后方才到家，那时候，索菲已经走了。伊莎贝儿以为她等得不耐烦，自己去摩林诺了。她立刻赶到摩林诺去，但是，索菲没有来过。最后，她只好放弃，自己又赶回家。他们晚上要在一起吃饭；拉里晚饭时来了，伊莎贝儿问他的第一件事就是索菲哪里去了。

“他不懂得什么原因，就打电话到她公寓，但是，没有人接，因此拉里说他要亲自去找她。他们把晚饭尽量延迟，但是，两个人都没有来，他们只好自己吃了。当然你知道你们在拉白路碰见索菲之前，她过的是什么样的生活；你把他们带到那种地方去是一件非常不幸的事件。总之，拉里整整一夜把她去的那些地方跑遍了，但是，哪儿也找不到她。他一次又一次回到她的公寓去，但是，看门的人说她没有回来过。他花了三天工夫找她的下落。她就这样失踪了。第四天，他又上她的公寓去。看门人告诉他索菲回来过了，打了一只提包，叫一辆出租汽车走了。”

“拉里是不是很难过？”

“我没有见到他。伊莎贝儿告诉我他相当不好受。”

“她没有写信来或者留下什么字条吗？”

“什么都没有。”

我考虑了一下。

“你对这件事情什么看法?”我说。

“老兄,跟你的看法完全一样。她熬不下去了;所以又开了酒戒。”

这摆明是这样,但尽管如此,还是很古怪。我不懂得为什么她偏偏选在这个时候溜掉。

“伊莎贝儿怎样看的?”

“当然她很难受,不过,她是个懂事的女子,所以,她告诉我,她认为拉里娶这种女人是不会有好结果的。”

“拉里呢?”

“伊莎贝儿对他很体贴。她说难办的是他不肯跟她谈这件事。他会恢复的,你懂得;伊莎贝儿说,他从来就没有爱上索菲,他娶她只是出于一种不正常的怜惜心理。”

我能够想象伊莎贝儿对事态转变得这样如她的心愿,是会表现得非常坚强的。我敢肯定,下次我见到她时,她准会向我指出她早就知道会是什么结局了。

可是,我几乎在一年以后才重又见到伊莎贝儿;那时候,我可以把索菲的情形说给伊莎贝儿听,让她仔细想一想,但是,鉴于当时的处境,我不想跟她谈。我在伦敦一直住到圣诞节,然后直接回到里维埃拉自己家里,在巴黎没有停留。我着手写一部小说,这以后几个月都闭门谢客。艾略特有时候见见面。他的健康显然很坏,但是尽管如此,他还坚持参加社交活动,真使人看了替他难受。他对我很不开心,因为我不肯从三十英里外开车子来参加他继续举行的定期宴会,认为我喜欢坐在家里工作太自命不凡。

“老兄,这个季节比往年特别热闹,”他告诉我。“像你这样把自己关在屋子里,外面什么活动都不参加,简直是犯罪。而且你为什么选择里维埃拉那段完全过了时的地区居住,我就是活上一百年也弄不懂。”

可怜的、可爱的、可笑的艾略特;很显然,他是活不到这么大年纪的。

到了六月,我的小说初稿已经完成,觉得自己应当休息一下,所以打了一只包,乘上那只夏天常把我们开到福斯湾洗海水浴的单桅帆船,并且沿着海岸向马赛驶去。由于风时起时歇,所以大部分时间我们都把附装的马达一路上轧轧开着。我们在戛纳港过了一夜,在圣马克昔姆又过了一夜,在萨纳里过了第三夜。后来就到达土伦。这个海港我对它一直有好感。法国的舰队赋予它一种既浪漫而又亲近的气息,而且在那些老式街道上闲逛,从不使人厌倦。我能够在码头上流连几个钟点不走,看那些上岸休假的水兵一对一对地或者带着女友闲逛,平民来回溜达着,就好像除掉享受欢乐的阳光外,世界上没有其他的事可做似的。由于所有这些船舶和渡船都是把扰攘的人群带往这个大海港的各个据点去,所以,土伦给你的印象是大千世界各种活动的一个终点站。当你坐在一家咖啡馆里,眼睛被天光和海水照耀得有点眼花缭乱时,你的幻想就会将你带往金光灿烂的海角天涯。你坐一条狭长的船在太平洋上一座珊瑚岛上登陆,周围长着椰子树;你走下舷梯,到了仰光的码头上,坐上一部黄包车;你的船向太子港疾驶着,你从上甲板察看那些嘈杂的、做着手势的一群黑人。

帆船在上午较晚时到达。我于下午三点左右上岸,沿着码头走去,看看店铺,看看身边经过的行人,看看坐在咖啡店天篷下面的客人。忽然间,我看见索菲;在同一时候,她也看见了我。她笑着向我招呼。我停下来和她拉手。她一个人靠一张小台子坐着,面前放一只空玻璃杯。

“坐下来喝杯酒,”她说。

“你跟我一同喝一杯，”我说，同时在一把椅子上坐下。

她穿了一件法国水手穿的蓝白条子紧身衣，一条大红裤子，脚上穿的凉鞋，露出涂了趾甲的大足趾。她没有戴帽子，头发剪得短短的而且烫过，淡金色简直近于白银。和我们在拉白路碰见她时一样浓妆艳抹。从桌上的盘子可以看出她已经饮过一两杯，不过人还清醒。她对我的态度还算亲热。

“巴黎的那些人好吗？”她问。

“想来都还好。自从那天我们一起在里茨饭店吃午饭之后，我还没有碰见过谁。”

她从鼻孔里喷出一大股烟，大笑起来。

“我总算没有跟拉里结婚。”

“我知道。为什么？”

“亲爱的，事到临头一想，我觉得我不能让拉里做耶稣基督，我来做抹大拉的马利亚①。不行，先生。”

“你为什么到最后关头改变了主意？”

她嬉皮笑脸地望着我。头傲然抬起一点，小奶子，狭窄的腰身，加上这身打扮，她看上去简直像个顽童。可是和我上次看见的她一比，穿着那件红衣服，那种又漂亮又乡气的使人看了不起劲的派头，不能不说她现在要吸引人得多。脸和脖子都被太阳晒黑了，虽则皮肤的棕色把两颊搽的胭脂，眉毛涂的黑色衬得更加刺眼，但是，这种俗气所产生的效果也有其妩媚的地方。

“要不要我告诉你？”

我点点头。侍役把我叫的啤酒和她叫的白兰地苏打送过来。她用手里刚吸完的粗丝卷烟燃起另外一支。

---

① 参阅《新约 · 路加福音》第 7 章第 37—39 节，第 8 章第 2 节。

“我那时有三个月没有喝过一杯酒。没有抽过一次烟。”她看见我微微吃惊的神情，不禁大笑。“我不是说香烟。是鸦片。我觉得难受之极。你知道，有时候，我一个人时，我简直要把房子叫塌了；我常说，‘我支持不下去了，我支持不下去了。’我跟拉里在一起时，还不怎样难受，可是他一不在，那简直是地狱。”

我正在看着她；当她提到鸦片时，我就更加仔细地打量她起来，看出她的瞳孔缩成针眼一样大，这证明她现在还在抽。她的眼珠绿得骇人。

“我的结婚礼服是伊莎贝儿送的。这衣服不知道现在怎样了。真美。我们讲好我去找她，然后一同去摩林诺。这一点我是服帖伊莎贝儿的，她对衣服实在内行。我到了她的公寓，那个用人告诉我，他的女主人急急忙忙把琼带去看牙医生了，留下了话，说她即刻就回来。我走进客厅。桌上还放着咖啡壶和杯子，我问那人能不能给我来一杯咖啡。那时我靠着打气的只有咖啡了。他说替我烧点来，同时把吃剩的咖啡壶和杯子拿走，在盘子里留下一瓶酒。我看了一下，原来就是你们大家在里茨饭店谈论的那个波兰玩意儿。”

“苏布罗伏加，我记得艾略特说他要送几瓶给伊莎贝儿的。”

“你们全盛夸酒非常之香，引起了我的好奇心。我打开塞子，闻上一闻。你们讲的一点不错；酒闻上去的确他妈的非常之香。我点起一支香烟。过了几分钟，那人把咖啡送进来。咖啡也很好。人们都大夸特夸法国咖啡好，让他们去夸吧；我还是喜欢喝美国咖啡。这是我在法国唯一想念的东西。可是，伊莎贝儿的咖啡烧得不坏，我正感觉无聊，吃了一杯咖啡，人觉得好些。我望望桌上放的那瓶酒。真是馋人呀，可是，我说，滚他妈的蛋，我决不想它，于是又点起一支烟。我想伊莎贝儿就会来了，可是，她并不来；我变得神经非常不宁起来；我最恨等人，而且屋子里没有什么可以翻阅的东西。我在屋子里开始走动起来，看看墙上的画，但是，眼睛始终离不开那个混蛋的酒瓶。后来我想，我只倒一杯出来，看看它。它的颜色确实好看。”

“淡绿色。”

“对了。怪吧，它的颜色就跟它的味道一样。那种绿色就像你有时候在一朵白玫瑰心子里看见的那样。我非得看看它的味道是不是也是这样不可，我想尝一下对我不会有什么影响；我只打算呷一口，接着，我听见一声响，我当伊莎贝儿来了，就一口把酒喝掉，因为我不愿意被她撞见。但是，伊莎贝儿并没有来。天哪，我自从戒酒以后从来没有觉得这样好受过。我的确开始觉得人又活络起来。那时候，如果伊莎贝儿进来，我想我现在和拉里已经结过婚了。我不懂得那将会是怎样的结果。”

“她没有进来吗？”

“没有，她没有来。我很生她的气。她是什么了不起的人，叫我这样等她。接着，我看见杯子里酒又满了；我想我一定是无意中把酒斟上，不过，信不信由你，我并不记得我曾经倒过。可是，再把酒倒回去太没有意思了，所以我就把酒喝掉。没有话说，酒实在太美了。我觉得自己变了个人；觉得自己在大笑，三个月来，我从来没有这样感觉过。你可记得那个老屈死说，他在波兰看见有人用大杯子灌这种酒，但是神色不动吗？哼，我想，一个波兰狗崽子喝得了，我也喝得了，管他妈的索性喝它个痛快，所以我把剩下的咖啡倒在壁炉里，把杯子斟得满满的。什么母亲的奶是天下最美的，完全胡扯。这底下我就记不清楚是怎么一回事，不过，敢说等到我喝得尽兴之后，瓶子里已经所剩无几了。接着，我想到我要在伊莎贝儿进来之前溜掉。她几几乎撞上我。我才走出前门，就听见琼妮[①]的声音。

---

① 即琼的爱称。

我奔上公寓的楼梯，等她们全都进了自己公寓关上门之后，再奔下来，上了一辆出租汽车。我叫车夫死命地开，他问我上哪儿去，我向他哈哈大笑。人就像成佛成仙一样。”

“你回自己的公寓没有?”我问，明知道她没有回去。

“你把我当作什么样的大傻瓜？我知道拉里会来找我。那些我常去的地方一处也不敢去，所以我去了哈基姆那里。我知道拉里决不会在那里找到我。再者，我还要过一下烟瘾。”

“哈基姆是什么地方?”

“哈基姆。哈基姆是个阿尔及利亚人，而且只要你付得起钱，总能够替你弄到鸦片。他同我是很要好的朋友。你要什么他都能给你弄到，不管是男孩子，是男人，是女人，或者黑人。他手边总有半打阿尔及利亚人随叫随到。我在那里住了三天。我不知道搞了多少男人。”她开始哧哧笑起来。“各式各样的，和各种肤色的。总算把损失掉的时间捞回来。可是，你知道，我害怕起来了。我觉得在巴黎住下去不安全。我怕拉里会找到我，而且我的钱已经花光，那些狗娘养的，你得付钱，才跟你睡觉，所以，我就出来了，回到公寓里，给看公寓的女人一百法郎，告诉她如果有人来找我，就说我已经离开了。我把行李打好，当晚就坐火车来到土伦。一直到抵达这里之后，我的心才算放了下来。”

“你从此就没有离开吗?”

“一点不错，而且我要一直待下去。这儿的鸦片烟要多少有多少。那些水手从东方带来的，上等货色，不是他们在巴黎卖给你的那种烂狗屎。我在旅馆里有一间房间。你知道，商业与航海旅馆。晚上你走进旅馆，过道里全是鸦片烟味。”她放荡地嗅一下鼻子。“又香又刺鼻子，你知道客人们就在自己房间里抽，使你有一种亲切之感。他们而且不管你带什么人进来睡觉。早上五点钟时，他们来敲敲你的门，喊那些水手上船去，所以，你只管放心大胆睡觉。”接着，并不改换话题，就说：“我在沿码头的一家铺子里看见一本你的书；早知道要碰见你，我就会买下来，叫你签个名。”

刚才经过书店时，我曾经停下来看看橱窗，注意到在别的新书里面有一本我的小说的法译本，是新近出版的。

“我想，你看了不会觉得好玩的，”我说。

“为什么不？你知道，我是**能够**看书的。”

“而且你还能够写，我相信。”

她迅速地看我一眼，大笑起来。

“哎，我小时候常常写诗。想来一定不像样子，但是，我觉得很好。我想是拉里告诉你的。”她迟疑了一下。“人生反正是他妈的，可是，如果能找些乐儿，而你不去享受，那你就是天大的傻瓜。”她把头挑战性地向后一甩。“我如果买下那本书，你肯在上面写几个字吗？”

“我明天就离开。你真要的话，我买一本送你，留在你旅馆里。”

“那太好了。”

就在这时候，一艘海军汽艇开到码头上，汽艇里跑出一群水手来。索菲狠狠看了那些水手一眼。

“那是我的男朋友。”她向其中一个挥一下胳臂。“你可以请他喝一杯酒，然后最好溜掉。他是个科西嘉人，而且和我们的老朋友耶和华一样妒忌。”

一个年轻人向我们走来，看见我时迟疑了一下，但是，索菲做了一个打招呼的姿势，就走到我们桌子面前。他很高，黑黑的，胡子刮得很干净，很漂亮的深色眼睛，鹰钩鼻子，乌黑的鬈发。样子看上去不到二十岁。索菲介绍我是她童年时代的一个美国朋友。

“不会讲话可是漂亮，”她向我说。

“你喜欢他们粗暴，是不是？”

“越粗暴越好。”

“总有一天会割你的脖子。”

“完全意想得到，”她咧开嘴笑。“早死早好。”

“人要讲法文，是不是？”水手厉声说。

索菲转身向他一笑，笑里带有一点调侃味道。她说得一口流利的俚俗法语，美国音很重，但是，这样一来，却使她平日使用的下流猥亵语言带有一种滑稽腔调，使人忍俊不禁。

“我告诉他你很漂亮，但是怕你不好意思，我用英语讲了。”①她对我说。“他很棒。肌肉就像个拳击手。你摸摸看。”

这些恭维话使水手的愠怒消失了，带着满意的微笑弯起胳臂，把二头肌鼓出来。

“你摸摸看，”他说。“来吗，你摸摸看。”

我摸了一下，表示相当钦佩。我们拉呱了几分钟。我付了酒账，站起身来。

“我得走了。”

“见到你很高兴。别忘记那本书。”

“不会的。”

我和两个人都拉了手，漫步走开。途中经过书店时，买下那本小说，写上索菲和我的名字。接着，脑子里忽然来了一个念头，但是，想不出什么别的好写，我把龙萨②那首精美小诗的第一句写在上面（这首诗是所有选集里都有的）：

---

① 这句话是向水手讲的，因为水手并不是不懂英语。
② 龙萨（1524—1585），法国抒情诗人。

美人儿，我们去看看那玫瑰花……

我把书留在索菲的旅馆里。旅馆就靠近码头，我常住在那里，因为天一亮，人就被呼唤值勤人上班的喇叭吵醒；那时太阳曚昽照在港里平静的水上，犹如给那些幽灵似的舰只蒙上一层尸衣，十分娇美。第二天，我们开往卡锡，我要在这儿买点葡萄酒，然后开到马赛；在马赛换了一只我们预订的新船。一星期后，我回到家里。

七

我看到艾略特的用人约瑟夫的一封信，告诉我艾略特卧病在床，很想见见我，所以，第二天，我就开车子上昂第布去。约瑟夫在领我上楼见他主人之前，告诉我艾略特生了一场尿毒症，他的医生认为情形很严重。他现在已经熬过了，正在复原中，但是，腰子有病，要完全康复是不可能的。约瑟夫跟随艾略特四十年，对他很忠心，可是，尽管表面显得难过，人们不难看出，和他这个阶层的许多成员一样，当主人家遭到灾难时，他暗地里却在庆幸。

“**可怜的先生**，”他叹口气。“他当然有他的怪癖，不过，基本上为人还是好的。人迟早总是要死的。”

他的口气就好像艾略特快要断气了。

“我敢说你的赡养费他早已安排好了，约瑟夫，”我不客气地说。

“人不能不指望这个，”他哀叹地说。

当他把我领进艾略特的卧房时，我没有想到艾略特竟然很活跃。脸色苍白，样子看上去很老，但是，兴致很好。胡子刮过，头发梳得很整齐。身上穿的是淡青色绸睡衣，睡衣口袋上绣着他姓名的缩写字母，字母上面是他的伯爵冠饰。在翻过来的被单上，也绣有这些字母和冠饰,并且大得多。

我问他觉得怎么样。

"非常之好,"他兴孜孜地说。"不过是暂时欠安。再过几天,我就会起来了。我约了第米特里大公星期六和我共进午餐,而且告诉我的医生,无论怎样,到那时候,要把我治好。"

我陪他坐了半小时,出来时告诉约瑟夫,如果他的病复发,就来告诉我。一个星期后,我去赴一个邻居家里的午宴,没想到艾略特也在座。他穿着赴宴的衣服,脸色像个死人。

"你不应当出来,艾略特,"我跟他说。

"噢,这是什么意思,老弟。佛里达请了玛法尔达公主。我认识意大利王室已有多年,从可怜的路易莎在罗马任上的时候起,而且我总不能拆佛里达的台吧。"

我不知道究竟应当佩服他的不屈不挠精神,还是可怜他在偌大的年纪而且得了不治之症之后,还对社交生活这样热衷。你决不会想到他是一个病号。就像一个快死的演员,脸上一涂了油彩,踏上舞台,登时忘掉身上的病痛一样,艾略特也以他一贯的自如担当他的潇洒请客的角色。人极端和蔼可亲;对于适当的人能照应得使人洋洋得意;讲话刁钻刻薄,非常逗人,这是他的拿手好戏。我好像从来没有看见他使出这样浑身解数过。当那位殿下走后(而且艾略特鞠躬的那种翩翩风度,既表现了对公主的崇高身份的尊敬,又表现了一个老人对一个年轻美丽女子的景慕,真值得一看),无怪乎耳朵里听见我们的女主人跟他说,他是这次宴会的生命和灵魂。

几天后,他又躺在床上了。他的医生禁止他走出房门。艾略特简直冒火。

"偏偏在这个时候,真是糟糕透了。今年这个季节特别热闹。"

他滔滔不绝地谈出一大串知名人士今年夏天都要到里维埃

拉来。

我每隔三四天都去探望他一次。他有时候躺在床上,有时候穿一件华丽的晨衣坐在一辆两轮推车上。这种晨衣他好像备有若干件,因为我从来没有看见他穿过同样的。有一次去探望他——时间已是八月初——发现他异乎寻常地沉默。约瑟夫领我进屋子时告诉我,他人好像好了一点;看见他这样没精打采,我有点诧异。我把海边听来的一些花絮告诉他,想使他高兴一点,但是,他显然不感兴趣。他双眉微蹙,脸上有种愠怒的表情,这在他是少见的。

"你去参加爱德娜·诺维马里的宴会吗?"他突然问我。

"不,当然不。"

"她请了你没有?"

"里维埃拉的每个人她都请。"

诺维马里亲王夫人是一个美国巨富,嫁了一个罗马亲王,不过,不是意大利那种一钱不值的普通亲王,而是一个伟大家族的族长,一个雇佣兵队长的后代;这位雇佣兵队长在十六世纪就为自己割了一大片采邑。诺维马里亲王夫人已经六十岁,是个寡妇。由于法西斯政权索取她的美国进款太多了,她很不乐意,所以离开意大利,自己在戛纳山背面一块漂亮的地产上盖了一所佛罗伦萨式的别墅。她从意大利运来大理石作为她那些大客厅墙壁的镶边,从外国请来画家给她画天花板。她的藏画,她的铜像都异常精美;连艾略特向来不喜欢意大利家具的人,也不得不承认她的家具十分华贵。那些花园都很秀丽,一座游泳池的造价抵得上一个中产人家的财产。人非常好客,每顿饭总不少于二十个人。她安排好在八月里月圆时举行一次化装舞会。虽则还有三个星期的时间,里维埃拉已经到处都在谈论这次舞会了。晚上要放焰火,她还要从巴黎带一个黑人乐队下来。那些流亡的王公贵族相互谈论时又是羡慕,又是妒忌,认为她这一晚的花费足够他们一年的用度。

“真是豪华，”有人说。

“简直发疯，”有人说。

“庸俗之至，”有人说。

“你预备穿什么衣服？”艾略特问我。

“可是，我告诉过你了，艾略特，我不预备去。你认为在我这样的年纪还会穿得花花绿绿吗？”

“她没有请我，”他嗄声嗄气说，瞪着一双倦眼望着我。

“哦，她会请的，”我淡然说。“敢说请帖还没有发全。”

“她不预备请我。”他讲话的声音都变了。“这是故意给我难堪。”

“哦，艾略特，这个我不能相信。肯定只是一时疏忽。”

“我不是个会被忽略的人。”

“你健康坏到这样，反正是去不了的。”

“当然我应当去。这个季节最好的一次宴会！我就是躺在床上要死了，也会爬起来去。我有我祖先德·劳里亚伯爵的衣服可以穿。”

我不知道说什么是好，所以没有作声。

“你来之前不久，保罗·巴顿刚来看过我，”艾略特忽然说。

读者想必忘记这个人是谁了，因为我自己写到这里还得翻翻前面我给这个人起了个什么名字。保罗·巴顿就是那个艾略特引进伦敦社交界，后来觉得派不了艾略特用场就不理会他的美国青年，因此艾略特非常恨他。这个人近来相当引人注目，先是因为他加入了英国国籍，后来又因为他娶了一个报界巨头的女儿，而这位巨头已经晋升为贵族了。有了这样的后台，再加上人那样灵活，显然前途是不可限量的。艾略特恨透了。

"只要我夜里醒来,听见有只老鼠在护壁板里面扒,我就说,'这是保罗·巴顿在朝上爬。'我敢说,老弟,最后他总要进上议院的。感谢上帝,那一天我是看不见了。"

"他的来意是什么呢?"我问,因为我和艾略特一样清楚,这个年轻家伙决不会无缘无故跑来。

"我告诉你他的来意,"艾略特气哼哼地说。"他想要借我的德·劳里亚伯爵的服装。"

"真不要脸!"

"你懂得他的用意吗?这表明他知道爱德娜没有请我,而且不打算请我。她唆使他来的。这只老狐狸。没有我,她决不会混到现在这样。我为她开宴会。她认识的人都是我介绍的。她跟自己的汽车司机睡觉;这个你当然知道的。叫人恶心!巴顿坐在那儿告诉我,她预备把花园整个扎上灯彩,还要放焰火。我就爱焰火。他告诉我,许多人缠着爱德娜要请帖,可是,她全拒绝了,因为她要把宴会开得十分出色。他谈话的口气好像我被请是没有问题的。"

"你把服装借给他吗?"

"借给他?先叫他死了进地狱。我自己下葬时就要穿它。"艾略特在床上坐起来,像个发疯的女人,身子摇摇晃晃。"唉,真是忍心,"他说。"我恨他们,我恨他们所有的人。我能够招待他们时,他们都高高兴兴地捧我的场,但是,现在我又老又病,我对他们就派不了用场了。自从我病倒以后,来探望我的病的不到十个人,而且整整这个星期只有一束寒伧的花送来。我什么事情都替他们做。他们吃我的饭,喝我的酒。我给他们当差。替他们安排宴会。我竭尽心力帮他们的忙。而我得到的是什么呢?屁也没有。他们里面没有一个关心我的死活。唉,太狠心了。"他开始哭起来。大滴大滴的眼泪从他消瘦的面颊上滚下来。"我真懊悔离开美国。"

看见这个一只脚已经跨进棺材的老头儿，因为一家宴会没有请他，哭得像小孩子一样，实在遗憾；这使人觉得骇异，同时凄凉得有点令人吃不消。

“没有关系，艾略特，”我说，“宴会那天，可能下雨。那就会搞垮它。”

他就像传闻的快要淹死的人捞到一根稻草一样，赶快抓着我这句话，眼泪还没有干就哧哧笑了起来。

“我从来没有想到这上面。我要比平时祷告更加虔诚地向上帝祷告下雨。你讲的很对，那就会搞垮它。”

我总算把他的无聊念头引导到别的方面去，离开他时，他即使不是高高兴兴，至少已经安静下来。可是，我不愿意事情就这样了结；回到家里，我就打电话给爱德娜·诺维马里，说我明天得上戛纳山来，问她我能不能和她一起吃午饭。她叫用人回话，说她很欢迎，不过，明天她没有举行宴会。虽说如此，我到达时一看，除了她之外，还有十位客人。她这人并不坏，慷慨而且好客；她的唯一严重毛病是一张嘴不好。连和她最亲密的朋友，她也没法不讲人家坏话，不过她这样做是因为她是个愚蠢女人，除了讲人家坏话之外，没法引起人们对她的注意。由于她讲的那些坏话又被人传了出去，所以她和那些被她中伤的人往往不叫应，但是，她的宴会总很热闹，多数人经过一段时间之后，觉得还是不和她计较的好。我觉得求她邀请艾略特参加她的盛会未免丢艾略特的脸，不想这样做，所以先看看风色。她对举行这次宴会很兴奋，午饭时全是谈的这个。

“艾略特有一个机会穿他的菲力普二世服装，一定很高兴呢，”我尽量说得很随便。

“我没有请他，”她说。

“为什么不？”我装作诧异地问。

“我为什么要请他？他在社交界已经数不上了。他是个老厌物，是个势利鬼，是个传播流言蜚语的人。”

这些攻击对她同样适用，所以，我觉得，她太过分了。她是个蠢货。

“再者，”她又说，“我要保罗穿艾略特的服装。他穿上那套服装样子一定神气。”

我不再言语，但是，决心要替艾略特把他念念不忘的请帖弄到手，不管用什么手段。午饭后，爱德娜把她的朋友带到花园里去。这给我以可乘之机。我曾经有一次在这里作过几天客，所以知道一点她家的情况。我猜想总还有些请帖剩下来，这些当会留在秘书的房间里。我急匆匆向秘书的房间走去，打算悄悄塞一张请帖在口袋里，写上艾略特的名字寄掉；明知道他病得很厉害，赴不了宴会，但是，收到请帖一定使他非常高兴。可是打开门时，我愣住了，因为爱德娜的秘书就坐在写字台那边，而我原来指望她还在吃午饭呢。秘书是个中年的苏格兰女子，名叫吉斯小姐，赭黄色头发，脸上许多雀斑，夹鼻眼镜，从头到脚一副老处女派头。我装出随便的样子。

“亲王夫人带大伙儿去逛花园了，所以，我想进来和你一同抽支烟。”

“欢迎。”

吉斯小姐讲话时带有一种苏格兰的粗嗄音。她讲话冷隽，但只对自己喜欢的人讲，而当她这样谈时，粗嗄的喉咙就变得更粗嗄了，使她的那些话听上去极端令人发笑。但是，当你笑不可仰时，她却会诧然不悦地看着你，仿佛认为你觉得她讲的话好笑，简直是发神经。

“我想这个宴会给你增加了不少的麻烦事儿，吉斯小姐，”我说。

“简直弄得我团团转。”

我对她完全信赖得过,所以就单刀直入。

“为什么老东西不请谈波登先生?”

吉斯小姐刻板的脸上显出微笑。

“你知道她是怎样的人。她跟他有仇。是她亲自在名单上把他的名字划去的。”

“你知道,他快死了。他不会再起床的。他对没有请到他很感到难受。”

“他要是想跟她拉拢,当初就该明白一点,不应当到处告诉人,她跟自己的汽车司机睡觉。而且这个人有老婆,还有三个孩子。”

“那么她睡了没有呢?”

吉斯小姐从夹鼻眼镜上面看看我。

“我亲爱的先生,我当了二十一年的秘书,我一贯的准则是相信我所有的雇主都和积雪一样皎洁。我承认,当我的女主人之一发现自己有了三个月的身孕,而爵爷则去非洲猎狮子已有六个月时,我的信仰是有点支持不住的,可是,她去巴黎旅行了一趟,而且是一次很花钱的短期旅行,那就万事大吉了。亲王夫人和我同时都松了一口气。”

“吉斯小姐,我来并不是为了同你一起抽支烟的,我来是想偷一张请帖亲自寄给谈波登先生。”

“这样做很不妥当。”

“就算如此吧。吉斯小姐,请你做做好事。给我一张请帖。他不会来的,这会使老头儿快活。你对他没有什么不痛快吧?”

“没有,他一直对我很有礼貌。他是个正派人,这一点我对他是肯定的,而且比多数跑到这里来骗亲王夫人一顿吃喝,把大肚子装得饱饱的人都正派。”

所有重要的人物身边都有些得宠的下属。对这些倚仗人势的人,你最怠慢不得。当他们得不到自认为应受到的尊重时,他们就会产生敌意,并且反复在主子面前针对这些人放冷箭,进行挑拨离间。你必须和这种人搞好关系。艾略特比任何人都更懂得这一点,所以对那些穷亲戚,老年女用人或者倚为亲信的秘书,他总要和他们亲亲热热讲句话,或者有礼貌地微笑一下。我肯定他时常和吉斯小姐相互打趣,而且每逢圣诞节总记着送她一盒巧克力或者小手提包。

“求求你,吉斯小姐,发个善心吧。”

吉斯小姐把夹鼻眼镜在自己大鼻子上夹得更牢。

“毛姆先生,我肯定你没有意思要我做不忠于我的雇主的事;再者,如果那个老母牛发现我违背了她,她就会辞退我。请帖在写字台上,都装在信封里。我要向窗外看看,这一半是因为我在一个位置上坐得太久了,腿有点僵,想活动一下,一半是想看看美丽的景色。在我背后发生的事,不论上帝或者凡人都不能要我负责。”

当吉斯小姐重新坐下来时,请帖已经到了我的口袋里。

“今天很幸会,吉斯小姐,”我说,把手伸出来。“化装舞会上你预备穿什么服装?”

“我亲爱的先生,我是个牧师的女儿,”她回答说。“这种愚蠢的事,我留给上层阶级去做。当我看见《先驱报》和《邮报》的那些代表吃了一顿好消夜并且喝了一瓶我们的第二等最好的香槟酒之后,我的责任就结束了。我将回到我的卧室关起门来看一本侦探小说。”

八

两天之后,我去看艾略特时,发现他笑逐颜开。

“你看，”他说，“我收到请帖了。今天早上来的。”

他从枕头下面把请帖拿出来给我看。

“我不是告诉过你吗，”我说。“你看你的姓是从 T 开始的。那位秘书显然到现在才写到你。”

“我还没有回信呢。等明天回。”

听见这话，我一时害怕起来。

“你要不要让我替你写回信？我走时就可以替你寄掉。”

“不，为什么你要替我回？我完全能够亲自回答人家的请帖。”

我想，幸亏信封会由吉斯小姐拆，而她当会懂得把它扣下来。艾略特按按铃子。

“我要把服装拿给你看。”

“难道你真想去吗，艾略特？”

“当然要去。自从博蒙家那次舞会之后，我还没有穿过它呢。”

约瑟夫听见铃声进来，艾略特告诉他把服装拿来。服装放在一只大的扁盒子里，用薄绢包着。这里有白绸长袜，衬里的织金布短裤，白麻布镶边，配上紧身上衣，一件大氅，一条围在脖子上的绉领，一顶平顶丝绒便帽，一条长金链子，链子的一头挂着那个金羊毛勋章。我看出这是模仿提香画的菲力普二世穿的那件豪华服装，这张画就在普拉托①。当艾略特告诉我西班牙国王和英国女王结婚时，德·劳里亚伯爵穿的恰恰就是这样的装束，我认为他完全是想入非非。

第二天早晨，我还在吃早饭时，就有人打电话来。是约瑟夫；他告诉我，夜间艾略特又发病了，医生匆匆赶来之后，认为可能今天都熬不过去。我命人把汽车开来，赶到昂第布。艾略特正处于昏迷状

① 意大利地名，离佛罗伦萨不远。

态。艾略特坚决不肯用护士，可是我却看见有个护士在场，是医生从那个介于尼斯与博卢之间的英国医院找来的，这使我看了很高兴。我出去打了个电报给伊莎贝儿。她和格雷正带着孩子在拉保尔的海滨度夏，因为那边费用比较便宜。这条路很长，恐怕他们赶不到昂第布送终。她是艾略特唯一在世的亲人，除了她以外，就是她的两个哥哥，他们同艾略特已经多年不见了。

可是他的生活意志很强，不然就是医生用的药物生效，在这一天里，他慢慢恢复过来。尽管病得不成样子，他仍旧强作精神，和护士打趣，问一些关于她的性生活的猥亵问题。我在下午大部分时间里都和他在一起；第二天再去看他时，发现他虽则人很疲惫，兴致已经相当好了起来。护士只允许我和他待很短一段时间。我对发出的电报没有得到回音感到焦急；由于不知道伊莎贝儿在拉保尔的地址，电报是打到巴黎去的，生怕管家转电报时耽搁了时间。两天之后，我才收到回电，说立刻动身。也是活该倒霉，格雷和伊莎贝儿正坐汽车在布列塔尼半岛作短途旅行，所以刚刚收到电报。我查了火车表，看出他们至少要等过三十六小时才能到达。

第二天清早，约瑟夫又打电话给我，说艾略特夜里睡得很不好，而且要找我。我赶快去了。当我到达时，约瑟夫把我拉到一旁。

“先生，恕我冒昧跟您谈一件不大好说的事，”他跟我说。“我当然是不信教的，认为所有的宗教都只是神父企图控制人民的阴谋，但是，先生要知道，女人不这样看。我老婆和女佣都坚持老先生应当受到最后的祝福，而且时间越来越短了。”他相当不好意思地望望我。“实际的情形是，谁也说不了，也许一个人如果要死的话，还是把自己跟教会的关系搞搞好为上。”

我完全懂得他的意思。多数的法国人，不管他们平时怎样随便嘲弄宗教，到了临终时，都还是愿意和他们几乎骨肉相连的信仰妥协的。

“你是要我向他提出吗？”

“先生如果肯行好的话。”

这个差使我并不怎样喜欢，但是，艾略特毕竟多少年来都是个虔诚的天主教徒，所以，履行一个天主教徒的职责也是对头的。我上楼进了他的房间。他仰卧着，人又瘦又憔悴，但是，神志完全清楚。我请护士出去。

“艾略特，你的病恐怕很重了，”我说。“不知道，不知道你愿意不愿意找个神父来？”

他看看我，有半晌没有说话。

“你的意思是说我就要死了？”

“哦，但愿不是如此。不过还是把稳的好。”

“我懂了。”

他不作声。这的确是个难受的时刻，当你不得不向一个人说出我刚才向艾略特讲的话时。我没法望着他；自己牙关紧咬，生怕要哭出来。这时我人坐在床边，面向着他，伸出一只胳臂撑着身体。

他拍拍我的手。

“不要难过，我亲爱的朋友。义不容辞的事，你懂。”

我傻里傻气地笑了。

“你这个怪家伙，艾略特。”

“这就对了。现在打电话给主教，说我要忏悔并且受涂油礼①。如果肯派夏尔神父来，我将感激不尽。他是我的朋友。”

夏尔神父是主教的代理人，我以前也提到过。我下楼打了电话；在电话里，和主教亲自讲了。

① 天主教对临终的人的一种仪式。

"急吗?"他问。

"很急。"

"我立刻就办。"

医生来时,我告诉他适才的事情。他和护士一同上楼去看艾略特,我在楼下饭厅里等着。从尼斯到昂第布开汽车只消二十分钟,所以过了半小时多一点,一辆大黑轿车就开到门口。约瑟夫跑来告诉我。

"主教大人亲自来了,先生①,是主教本人。"他慌慌张张地说。

我出去迎接他。主教并不如往常一样带着他的副手,而是——不知道什么原因——带着一个年轻神父;神父携着一只盒子,想来里面装的是进行涂油礼的用具。汽车司机携了一只破烂相的黑皮包跟在后面。主教同我握手并介绍了他的同伴。

"我们可怜的朋友怎么样了?"

"恐怕病得很厉害呢,主教大人。"

"请您把我们带到一间屋子里,好穿上法衣。"

"餐厅在这儿,主教大人,客厅在楼上。"

"餐厅就行。"

我招待他进了餐厅,我和约瑟夫在外面等着。不一会,门开了,主教走了出来,后面跟着神父,双手捧着一只圣餐杯,杯子上面是一个小圆盘子,里面放一块祭祀用过的圣饼。这些都拿一块麻纱食巾盖着,麻纱非常之细,等于透明。我除掉在晚宴或者午宴席上和主教见面外,从来没有和他会见过;他而且是个食量很大的人,能欣赏一顿好饭和一杯佳酿,讲些滑稽甚至下流的故事起来津津有味。那时候,他给我的印象是一个身体结实强壮的人,只有中等身材。今

① 原文为法文。

天穿上白法衣，披上圣带，看上去不但很高，而且高贵。一张红红的脸，一般都是笑容可掬的，现在则很严肃。从外表上看，过去的那个骑兵军官在他身上找不到一丝痕迹；他的样子就像是教会里的一个大人物，而且实际也是如此。我看见约瑟夫在胸口画了十字，一点不觉得诧异。主教头向前倾，微微伛一下身体。

“带我上病人那里去，”他说。

我让他先上楼，可是，他请我在前领路。我们在庄严沉默中上楼。我走进艾略特的房间。

“主教亲自来了，艾略特。”

艾略特挣扎着坐了起来。

“主教大人，我感到不胜荣幸之至，”他说。

“你别动，我的朋友。”主教转身向着护士和我。“请你们离开。”然后又对神父说：“我到时候会叫你。”

神父向四下看看，我猜想他是想找个地方放圣餐杯。我把梳妆台上的玳瑁壳镶背的发刷推推开。护士下楼去了，我把神父领进艾略特作为书房的那一间。窗子开着，窗外是蓝天，神父走过去，站在一扇窗子口。我坐下来。海湾里一些两头尖的单桅帆船正在竞赛，它们的三角帆被蓝天一衬，白得闪烁耀眼。一条大黑壳纵帆船，红帆张开，正迎着风向港口驶来。我认出这是捕捞龙虾的船，是从撒丁捕获了一批鱼虾给赌场里的那些寻欢作乐者晚饭时食用的。从关闭门里，我能隐隐听见讲话声。艾略特正在做忏悔。我渴想抽支烟，可是，怕神父瞧见不以为然。他站着不动，向外面望出去，一个身材瘦削的年轻人，浓密的黑鬈发，清秀的深色眼睛，黄里带青的皮肤，表明他是意大利种。他的脸上带有南方的那种生命的活力，这使我心里盘算着是什么强烈的信仰，什么火热的心愿，促使他放弃日常生活的欢乐、年轻人的享受和感官的满足，献身为上帝服务。

隔壁房间的声音忽然停止，我看看门。门开了，主教出来。

“**来**，”他向神父说。

剩下我一个人。我重又听见主教的声音，知道他正在祈祷；这是教会命令要为将死的人说的。接着又是一阵沉寂，知道艾略特正在吃圣餐。恐怕这是远祖的影响，我虽则不是一个天主教徒，但是每次做弥撒时，听见侍从摇着小铃通知我圣饼举起时①，总不免感到一阵战栗；现在我同样感到一阵战栗，就好像冷风透过肌肤一样，感到又害怕又奇怪。门重又打开。

“你可以进来了，”主教说。

我走进去。神父正在把杯子和放圣饼的镀金小盘子用纱布盖上。艾略特的眼睛显出喜悦。

“送主教大人上车，”他说。

我们走下楼。约瑟夫和女佣们在厅堂里等着。女佣们在哭。她们一共三个人，都挨次地走上前来，跪下吻主教的戒指。主教伸出两个指头放在她们头上，为她们祝福。约瑟夫的老婆用肘部捣他一下，他上前一步，也跪下来，吻了戒指。主教微笑。

“你不是不信教的吗，孩子?”

我看出约瑟夫挣扎了一下。

“是的，主教大人。”

“别放在心上。你对主人很忠心耿耿。主将会饶恕你在理性上的错误。”

我陪主教到了马路上，给他开了汽车门。他向我鞠个躬，上车子时，欣然微笑说：

① 天主教宗教仪式之一，主持弥撒的神父背向教众，将盛圣饼的盘子举过头顶，俾与会者瞻仰。

“我们可怜的朋友病很重了。他的缺点只是些浮面的;他心地非常宽厚,而且对同类是仁慈的。”

九

我想艾略特经过了适才的临终忏悔仪式之后,可能不想见人,所以,上楼进了客厅,看起书来,可是,才坐下来,护士就进来通知我,说艾略特要见我。我爬上那串楼梯到了他的房间。是不是由于医生给他打了一针,帮助他能熬过即将临头的忏悔仪式,还是由于举行仪式给他的兴奋,他的兴致比较好,眼睛也有神。

“莫大的荣幸,我亲爱的朋友,”他说。“我将带着教会的一位大人物的介绍信进入天国。我想所有人家都会欢迎我。”

“恐怕你会发现人色一点不齐整,”我微笑说。

“你别相信它,我亲爱的朋友。我们从《圣经》上知道,天上和地上一样有阶级区别。有六翼天使和二级天使,有天使长和天使。我一直在欧洲的上流社会中走动,毫无疑问,我也将在天上的上流社会中走动。主曾经说过:在我父的家里有许多住处①。把大众安置在他们完全不习惯的环境里是极端不适合的。”

我猜艾略特把天国想象为德·罗思柴尔德男爵的宫堡一样,墙上镶有十八世纪的护壁板,比尔的桌子,嵌木细工的小房间和路易十五风格的成套家具,蒙着原来的精工刺绣。

“我不骗你,亲爱的朋友,”他停了一下,又说,“天上决没有那种混蛋的平等。”

他忽然睡着了。我坐下来,拿本书看。他一直睡下去。一点钟时,护士进来告诉我,约瑟夫替我把午饭烧好了。约瑟夫变驯服了。

---

① 典出《新约·约翰福音》第14章第2节。

“真想不到主教大人竟然亲自来。对我们可怜的先生是很大的光荣。您看见我吻他的戒指吗?”

“我看见了。”

“我自己不会吻它,是为了满足我可怜的老婆才做的。”

我在艾略特的房间内待了一下午。中间伊莎贝儿来了个电报,说她同格雷坐蓝钢车第二天早晨到达。我认为他们肯定赶不及送终。医生来了,摇摇头。太阳下山时,艾略特醒来,能够进一点饮食。这好像使他暂时有点力气。他向我招招手,我走到他的床前。他的声音很弱。

“我还没有回爱德娜的请帖呢。”

“噢,现在别管它了,艾略特。”

“为什么不管。我一直是个台面上的人;不能因为我就要离开,就忘掉礼貌。请帖在哪里?”

请帖放在壁炉板上,我交在他手里,但是,敢说他看不清楚。

“你在我的书房里可以找到一本信纸。你把它找来,我就可以口述回信。”

我走进书房,把信纸拿来,在他的床边坐下。

“你预备好了吗?”

“是的。”

他的眼睛闭着,可是,嘴边露出调皮的微笑。我盘算不知他会说些什么。

“艾略特·谈波登先生甚感遗憾,由于和赐福的主事先有个约会,不能接受诺维马里亲王夫人的盛意邀请。”

他发出一声轻微的幽灵似的冷笑。他脸色白得很古怪,看上去阴森森的,而且呼出的气息有他这种毛病所特有的令人作呕的恶臭。可怜的艾略特,过去一直就喜欢洒夏奈尔和摩林诺的香水的。

他手里仍旧抓着那张我偷来的请帖。我觉得拿着不方便，想从他手里取出来，可是，他勒得更紧。他忽然开口讲话，声音相当大，这使我吃了一惊。

“老淫妇，”他说。

这是他最后讲的一句话，接着人就昏迷过去。护士前一天晚上陪了他一夜，脸色非常疲乏，所以，我叫她去睡觉，答应在必要时叫她，由我来守夜。事实上，无事可做，我开了一只有罩子的灯，看书看得眼睛发酸，于是把灯熄掉，在黑暗中坐着。夜晚很热，窗户都洞开。灯塔的闪光每隔一定时间扫射一下屋子。月亮下去了；等月圆时，它就会俯视着爱德娜·诺维马里的化装舞会那片空洞而嘈杂的欢乐景象。天的颜色是一种极深极深的蓝，无数的星星照得骇人地亮。我大约打了一下瞌睡，但是，感觉仍旧清醒；忽然间，一声仓促的愤怒的声音，是人们所能听到最怕人的声音，死的呼啸，把我惊醒，人的神志变得极端清楚起来。我走到床边，凭着灯塔的闪光按按艾略特的脉搏。他已经死了。我开了他床头的灯，望望他。他嘴巴张开，眼睛睁着。我将他眼睛闭上之前，先对眼睛看了一会，自己感动了，觉得有几滴眼泪沿双颊流下来。一个老朋友，忠厚的朋友。想到他的一生过得那样愚蠢、无益和无聊，使我感觉难受。他参加过那么多的宴会，曾经和所有那些亲王、公爵、伯爵厮混过，现在都毫无道理了。他们已经忘记他了。

我觉得没有道理要叫醒那个筋疲力尽的护士，因此，回到我原来靠窗子的座位上。护士在早晨七点钟进来时，我已经睡着。我留下她做她认为应当做的事，自己吃了早饭，就上车站去接格雷和伊莎贝儿。我告诉他们，艾略特已经去世。由于艾略特的房子里没有客房，我邀他们上我家去住，可是他们愿意住旅馆。我回到自己家里洗了个澡，刮了胡子，换了衣服。

上午格雷打电话给我，说约瑟夫给他们一封信写的我的名字，是艾略特托付给他的。由于这封信里面讲的话可能只是对我一人讲的，所以，我说立刻就到，因此，一小时不到，我又一次进了那所房子。那封信的信壳是这样写的：在我死后，立刻交去；信里面是关于丧葬礼的指示。我知道，他一心一意要葬在他造的那座教堂那边，而且已经告诉过伊莎贝儿。他要涂上防腐香膏，并且提到可以进行这种手术的店铺名字。“我打听过，”他继续说，“人家告诉我，他们做得很道地。我信任你不会让他马虎了事。我要穿上我的祖先德·劳里亚伯爵的服装，佩上他的长刀，把他的金羊毛勋章挂在胸前。挑选棺材的事交给你办。不要很触目，但要符合我的身份。为了避免给人增加不必要的麻烦，我要求由托马斯·库克父子公司①承办一切转运遗体事宜，他们应当派一个人护送棺木到它最后安放的地点。”

我记得艾略特曾经说过，他要穿他那件古服装安葬，但是认为这只是闹着玩的一句话，没有想到他当真要这样做。约瑟夫坚持要执行他的遗志，我们好像没有理由不照办。他的遗体及时涂了香膏，然后，由我和约瑟夫给穿上那荒唐的装束。这件事使人倒尽了口味。我们先把他的两条长腿套上白长筒丝袜，再在上面拉上那金色布的紧身裤。好不容易才把两只胳臂塞进紧身上衣的袖管。给他戴上那浆洗好的宽大轮状绉领，再把缎斗篷给他披在肩上。最后把那只平顶丝绒帽戴在他头上，把金羊毛的领圈围着他的脖子。涂香膏的人已经给他的两颊搽上胭脂，嘴唇染红。艾略特的身体现在瘦得只剩一点点，这套衣服穿在他身上就仿佛是威尔地②早期歌剧

① 英国的一家旅行社。
② 威尔地(1813—1901)，意大利作曲家。

里的一个歌手。一个乏善可陈的悲惨的唐吉诃德。当装殓的人把他抬进棺材时,我把那柄作为道具的长刀沿着他的身体放在两腿之间,两手按着刀柄的圆头,就像我看见一个十字军骑士墓上雕塑放的那个样子。

格雷和伊莎贝儿去意大利参加葬礼。

第六章

一

我觉得应该先打读者一个招呼,他完全可以跳过这一章,而仍旧能抓着我要讲的故事线索,因为这一章大部分只是记述我和拉里的一次谈话。可是话又要说回来,如果不是由于这次谈话,我也许认为不值得写这部书。

二

那年秋天,在艾略特逝世后两个月,我去英国,中途在巴黎逗留了一个星期。伊莎贝儿和格雷,作了那次艰苦的意大利旅行之后,又回布列塔尼半岛,可是,现在重又在圣纪尧姆街的公寓里住下来了。伊莎贝儿把艾略特遗嘱的详细内容告诉我。他留下一笔钱给他造的那座教堂为他的灵魂做弥撒,另外还捐给教堂一笔维持费。他留给尼斯主教一笔可观的数目作为慈善费用。他留给我他收藏的那批真伪难说的十八世纪淫书,和弗拉戈纳尔①的一张美丽的绘画,画的一个山羊神和一个女仙干那背着人干的事。这张画太下流了,没法挂出来,而我又不是那种私下里贪看猥亵图画的人。他留给几个用人的钱都相当多。他的两个外甥每人各得一万元,其余的财产全归伊莎贝儿。这笔财产究竟值多少,她没有说,我也没问;从她那心满意足的外表看来,该是很大的一笔钱。

好久以来,格雷自从恢复健康之后,就急于想回美国重新工作。尽管伊莎贝儿在巴黎住得相当舒服,格雷定不下心来也影响到她。

格雷曾经和自己的那些朋友通过一个时期的信，但是，最好的一个机会是由他拿出相当大的一笔资本。这笔钱他拿不出。可是，艾略特死后，伊莎贝儿却拥有比格雷需要的数目多得多的钱，所以，在取得伊莎贝儿的同意之后，格雷又开始和人家接洽起来；如果情形真如对方所说，他预备离开巴黎，亲自去看看。但是在成行之前，有不少事情要做。他们必须和法国财政局在遗产税问题上取得一项合理的协议。他们要把昂第布的房子和圣纪尧姆街的公寓处理掉。他们得在德鲁奥旅馆筹备一次拍卖，处理掉艾略特的那些家具、藏画和素描。这些都很名贵，看来最好等到春天那些大收藏家可能在巴黎时拍卖最合算。伊莎贝儿认为在巴黎再过一个冬天并不坏；两个孩子现在法文已经讲得和英文一样流利，所以，伊莎贝儿很愿意让她们在法国学校里再呆几个月。三年来，她们全长高了，长长的腿，瘦瘦的身体，成了生动活泼的小姑娘，目前还没有长得像她们母亲那样美，但是，全懂礼貌，而且有一个永不满足的好奇心。

就这么多。

三

我和拉里是无意中碰到的。我曾经向伊莎贝儿问到他；她告诉我，从拉保尔回来之后，他们很少见到他过。她和格雷这时自己认识了一些朋友，都属于他们这一代的人，所以常有约会，比我们四个人时常在一起时的那些快乐的日子忙得多。有一天晚上，我去法兰西剧院看《贝蕾妮丝》。这个剧本我当然读过，但从没有看见它上演；由于难得演，所以很不愿意错过这个机会。这不是拉辛最好的戏，因为题材太单薄了，顶不了五幕，但是戏写得很感动人，

---

① 弗拉戈纳尔（1732—1800），法国人物和风景画家。

有几段够得上说是脍炙人口。故事是根据塔西佗[1]的短短的一段文字写的：铁图热烈爱上巴勒斯坦的女王贝蕾妮丝，甚至如人们所设想的，答应和她结婚，但是，为了国家大事在他登基的开始，却违反自己的愿望，也违反贝蕾妮丝的愿望，使她离开罗马。原因是元老院和罗马的人民都反对自己的皇帝和一个外国女王结合。剧本写的是铁图在爱情与义务之间的心理斗争；在他摇摆不定时，最后是贝蕾妮丝拿准了他爱她，赞成他的出发点，永远离开了他。

恐怕只有一个法国人能够充分欣赏拉辛诗句的文采和音调美，但是，即便是一个外国人，一旦习惯于诗句的那种矫揉造作风格之后，也没法不被他的柔情蜜意和高尚情感打动。很少人能像拉辛那样懂得人的语音里面含有那么多的戏剧成分。不管怎样，对我来说，那些流畅的亚历山大体[2]诗句的作用足可以代替情节，而且我发现那些长篇大论，以卓绝的手腕逐渐达到预期的高潮，和电影里任何惊险的镜头一样使人惊心动魄。

第三幕演完时有一场休息。我出去门厅里抽支烟；门上首竖着乌东[3]的伏尔泰雕像，咧着一张没有牙齿的嘴在讽刺地微笑。有人拍拍我的肩膀。我转过身去，可能有点着恼，因为我想要独自享受一下那些铿锵诗句在我心中引起的兴奋；我看见是拉里。和平时一样，我见到他总很高兴。我和他已经有一年没有见面，因此，建议看完戏，一同去喝杯酒。拉里说他肚子饿了，因为没有吃晚饭，提议上蒙马特去。到时候，我们碰上头，一同走出剧院。法兰西剧院有一种特殊的霉味。这种气味又和一代代的那些女招待员

① 塔西佗（约55—约117），罗马历史学家。
② 这个名称从希腊诗歌借来，在法文中指十二音缀的诗句。
③ 乌东（1741—1828），法国雕塑家。

身上的气味掺和在一起；她们从不洗澡，板着一副脸，把你带领到座位上，硬邦邦等你付小账。这使人走到外面来时深深透一口气；由于晚上天气很好，所以我们一路走了过去。歌剧院大街的弧光灯傲然炫耀着；天上的星星好像不屑跟它们较量，都把自己的光华隐藏在无完无尽的黑暗里。我们一边走，一边谈论着刚才看的戏。拉里感到失望。他原来指望演得自然一点，把诗句读得像说话一样，姿势也不要那样太戏剧化。我觉得他的看法错了。这出戏以辞藻胜，而且使用华丽的辞藻，所以，我认为台词读起来应当带有做作气。我喜欢碰到韵脚时那样顿一下；而且那些优美的姿势和身段，由一个悠久传统保留到今天的，好像和这种偏重形式的艺术格调很适合。敢说拉辛当年就愿意他的戏照这样子演呢。过去我对那些演员在重重限制下竭力演得真实、热烈和有人情味，总很佩服。艺术能够利用传统格式达到自己的目的，就是艺术的胜利。

我们到了克利希大街，走进布拉西里·格拉夫饭店。时间是夜晚十二点过去不久，馆子里挤满了人，但是，我们找到了一张桌子，叫了火腿蛋。我告诉拉里，我见到伊莎贝儿。

“格雷应该高兴能回美国，”他说。“他在这里就像鱼儿失水一样。他非要重新有了工作，是不会快乐的。敢说他会赚到很多钱。”

“他如果赚到很多钱，那都是亏的你。你不但治好他的病，而且治好他的心病。你使他恢复了自信心。”

“我做得很有限。我仅仅指给他看怎样医好自己。”

“这点‘有限’你是怎样学会的？”

“碰巧。那是我在印度的时候。我当时患失眠症，刚好向一个我认识的老瑜伽教徒谈起；他说即刻给我治一下。他对我做的就是你看见我给格雷做的那一套；那天晚上，我睡得很好，几个月来都没有睡得这样好过。后来,时间当在一年以后,我和我的一个印度朋友爬喜马拉雅山;他把脚踝跌伤了。当地找不到医生,而他的脚痛得不可开交。我想到照老瑜伽教徒那样试一下,竟然奏效。不管你相信不相信,总之他完全不痛了。”拉里笑起来。“我可以向你保证,我比任何人都更加诧异。这里面实在一点神秘也没有;它只是把这种想法灌输到病人的头脑里。”

“说来容易,做起来可不容易。”

“如果你的胳臂不由自主地从桌子上抬起来,你会诧异吗?”

“当然非常诧异。”

“它会的。当我们回到文明世界以后,我的印度朋友告诉人们,说我会这项本领,并且带领别的人来看我。我非常之不愿意做,因为我还不完全懂得这是怎么回事,可是,他们坚决要我做。不知道什么道理,我总把他们治好了。我发现不但能止痛,而且能驱除恐惧。奇怪的是,许多人都患恐惧病。我说的恐惧并不是指怕被关闭起来或者怕站在高地方,而是怕死亡,或者更糟糕的,怕生命。他们往往看上去好像非常之健康,生活富裕,一点心事也没有,然而却被恐惧折磨着。我有时觉得,这是人性中的最扰人意的一种心理倾向;有一个时候,甚至盘算这是不是植根于某种动物本能,是人类从那个第一次感到生命颤栗的原始物质继承下来的。”

我一面倾听着拉里,一面怀着期望,因为他很少讲话有这样长的。我而且觉察到这一次他总算愿意谈心了。也许我们刚才看的那出戏减轻了某种内心的压抑,那种明快的抑扬顿挫的节奏,正如音乐会引起的反应一样,克服了他的天生拘谨。忽然间,我感到自己的手有点不对头。我对拉里刚才说的那个半开玩笑的问题一点没有在意。现在我觉得自己的手不再搁在台子上,而是不由自主地离开台面有一英寸光景。我吃了一惊,看看手时,发现它微微有点抖。我感到自己胳臂的神经有一种古怪的颤动，它震动了一下，手和小臂就自动地抬了起来，我老老实实，既不参与也不抵抗，直到它们离开桌子有好几英寸；接着，感到整个胳臂举过肩头。

“这很古怪，”我说。

拉里笑了。我稍微运用一点意志，手就落回到桌子上。

“这不希罕，”他说。“别当它什么了不起。”

“是不是你刚从印度回来跟我们谈到的那个瑜伽教徒教给你的？”

“不是的，他对这类事情很不耐烦。我不知道他是否相信自己具有某些瑜伽教徒自命具有的能力，但是，他认为运用这些能力是幼稚无聊的。”

我们要的火腿蛋来了。两人吃得津津有味，喝喝啤酒，谁都没有说话。我不知道他在想些什么，我则在想着他。吃完之后，我燃起一支纸烟，拉里点上他的烟斗。

“你去印度首先是为了什么？”我蓦然问他。

“碰巧。至少当时是认为如此。现在我比较倾向于认为这是我在欧洲待了多年的必然结果。差不多所有对我影响最大的人都好像是偶然的遇合，然而，回想起来却像是非碰上他们不可似的。那就像是他们全在那里等待我在需要时找上他们。我去印度是想休息一下，因为工作得太累了，还想把思想清理清理。我找到一个水手的工作，就在那种周游世界的旅游船上。船正开往东方，并且要通过巴拿马运河到纽约。我已经有五年不回美国，很想家。人情绪低落。你知道我们好多年前在芝加哥初次见面时，我是多么的无知。我在欧洲读了许许多多的书，见识了不少事情，但是，比我开始着手寻找我要追求的东西时好不了多少。”

我想问他追求的什么，但是，感到他会笑笑，耸耸肩膀，说这事不值得一谈。

“可是,你为什么要去当一名水手呢?你又不是没有钱,”我换了个题目问他。

“我要体验一下。只要我精神上到了饱和点,只要我把暂时能吸收的全都吸收了,我发现做做水手之类的事情有好处。那年冬天,我和伊莎贝儿解除婚约之后,我就在朗斯附近的煤矿做了六个月的工。”

就在这时,他叙述了我在前面讲的他那些遭遇。

“伊莎贝儿把你扔掉时,你难过吗?”

在回答我以前,他有这么半晌眼睛盯着我看,一双深得很特别的眼睛这时好像不向外看,而是在向内看。

“是的。我那时年纪轻,已经打定主意要结婚,并且安排好我们的生活打算。我指望可以生活得很美满。”他淡淡一笑。“但是,结婚要有两个人才行,正如吵架要有两个人才吵得起来一样。我从没有想到,我给伊莎贝儿安排的那种生活使她大失所望。我如果懂得一点人情世故的话,决不会向她提出来。她太年轻,太热爱生活了。我不怪她。但是我没法妥协。”

读者现在可能想起,自从他和农场主的寡妇发生了那次荒唐的关系并且逃出农场之后,他是去波恩的。我急于想听他继续讲下去,但是,知道我必须当心,不要问些不必要的问题。

“我从来没有到过波恩,”我说。“小时候在海德堡上过一个时候的学。那是我一生最快乐的时期,我觉得。”

“我喜欢波恩;在那边待了一年。我在波恩大学一位教授的家里租了一间房间;教授已经亡故,他的遗孀收容了两个房客;两个女儿都已经达到中年,做饭和家事都由她们担当。她们的另一个房客是法国人,开头我有点失望,因为我只想说德国话,别国话都不想讲;可是他是阿尔萨斯人,德国话①即使讲得不比他的法国话更流利,至少吐音比他的法语准确。他穿得像个牧师;几天之后,我才知道他是个黑衣教士,这使我有点意想不到。他是经修道院批准到大学图书馆来做研究工作的,是一个饱学之士,但是,外表看上去和我心目中的僧侣并没有两样。身材又高又大,赭黄色头发,碧碧蓝的一双眼睛,红红的圆脸。人很怯生拘谨,看上去不大想跟我多搭讪,可是,礼貌相当周到,在餐桌上谈话时始终客客气气;我只在吃饭时见到他;午饭一吃完,他就回图书馆工作;吃完晚饭,我留在客厅里和那个不洗餐具的女儿谈话,练习德语,他总是回自己的屋子。

"有一天下午,那至少已经在我迁来一个月之后,他问我愿不愿意和他散一回步。这有点出乎我的意料之外。他说他能够指给我看邻近的一些地方,而这些地方敢说单靠我一个人是不会发现的。我相当能够走路,可是,他随时都能击败我。这第一次散步,我们一定足足走了有十五英里远。他问我来波恩干什么,我说来学德文,并且想熟悉一下德国文学。他很有谈吐,说他愿意尽量帮助我。这次以后,我们每星期总要出去散步两三次。我发现他教哲学已有好些年。在巴黎时,我读过一些哲学,斯宾诺莎啊,柏拉图啊,笛卡儿啊,但是,德国的那些大哲学家都没有读过,听他谈论这些哲学家正是求之不得。有一天,我们做了一次短途旅行,越过莱茵河,坐在一家卖啤酒的园子里喝啤酒,他问我是不是新教徒。

"'想来是的,'我说。

"他迅速扫了我一眼,我觉得他的眼睛里闪出一丝笑意。他开始谈论埃斯库罗斯②起来;你知道,我学过希腊文;他对这些伟大的

---

① 阿尔萨斯在普法战争后曾割让给德国,第一次大战后才归还法国,所以当地人常会两国语言。
② 埃斯库罗斯(公元前525?—456),古希腊三大悲剧家之一。

悲剧家之熟悉,我简直无法望其项背。听他谈很给人启发。我不懂得他为什么忽然问我这个问题。我的保护人纳尔逊叔叔是一个不可知论者,但是,他经常去做礼拜,因为他的病家指望他这样;他送我上主日学校,也是为了同样理由。我们的帮佣玛莎是一个顽固的浸礼会教徒;我做小孩时,她时常告诉我地狱里的烈火,有罪的人将要永远在地狱里受苦,以此来吓唬我。村子里某些人,她为了这种或那种原因,要给他们惩罚,就形容给我听,他们在地狱里将要受的各种苦难,自己觉得十分开心。

"到了冬天,我和恩夏姆神父已经混得很熟了。我觉得,他是个相当了不起的人。我从来没有看见他着恼过。人平和忠厚,比我可能指望的还要胸襟开阔,而且极其宽容。他学识渊博,而且肯定知道我什么都不懂,但谈起话来,往往把我当作好像和他一样有学问。对待我非常耐心,仿佛除掉帮助我之外,别无所求。有一天,我不知道什么缘故,患了腰痛,我的房东太太葛拉保夫人给了我热水袋,坚决要我睡上床。恩夏姆神父听说我病倒了,晚饭后,来到我的房间。我除掉腰痛得很厉害以外,人还是好好的。你懂得书呆子的为人,他们对书总要弄个明白;我把手里看的书放下时,他就拿了起来看看书名。那是一本讲梅斯特·艾克哈特的书,我在城里一家书铺里买到的。他问我为什么看这种书,我告诉他,我曾经涉猎过相当一部分有关神秘主义的书,并且和他谈到考斯第以及他怎样引起我对神秘主义的兴趣的。他用那双碧碧蓝的眼睛打量着我,眼睛里有一种神情只能形容为爱惜。我感到他觉得我相当可笑,但是,同时对我的钟爱并不因此而有所减弱。反正我从来就不在乎人家认为我有点像傻瓜。

"'你在这种书里面想寻些什么?'他问我。

"'我要是知道的话,'我答,'至少就会去寻它了。'

"'你可记得我曾经问过你是不是新教徒？你说想来是的。这话是什么意思?'

"'我就是这样长大的,'我说。

"'你相信上帝吗?'他问。

"我不喜欢人问我这些个人问题,所以首先想到的是告诉他,说这不关他的事。可是,他的脸色非常和善,使我感到没法顶撞他。我不知道说些什么;我不想回答相信,也不想回答不相信。也许是我的腰痛要说话,也许是他对我的某种影响。反正我和他谈了自己的经历。"

拉里迟疑了一下。当他继续说下去时,我知道他的讲话并不是对着我,而是对着那个黑衣教士。他已经把我忘却。我不懂得是什么时间因素抑是地点因素使他违反自己的沉默性格,不经我敦促,就把他长期讳莫如深的事情讲了出来。

"鲍勃·纳尔逊叔叔很民主,他送我进的是麻汾中学。只是因为路易莎·布雷德利伯母跟他唠叨个不停,到了我十四岁时,他才让我进圣保罗中学。我不论功课或者体育都不怎么行,只是还对付得过去。我认为我是个完全正常的男孩子。我对飞行特别迷。那时候,飞行还处在早期,鲍勃叔叔对飞行和我一样兴奋。他认识几个飞行员;当我说想要学飞行时,他就说愿意给我想办法。我年纪虽小,个子却长得高,十六岁就完全可以充十八岁。鲍勃叔叔叮嘱我务必保守秘密,因为他晓得人家知道他让我飞行全都会骂得他臭要死。可是,事实上,就是他帮助我溜到加拿大,并且给我一封介绍信去见他的一位熟人的。结果是,到了十七岁时,我已经在法国当飞行员了。

"当时我们飞的全是非常蹩脚的飞机;你每次上天等于拿性命打赌。飞行的高度,按照今天的标准,是荒唐透顶的,但是,我们全不懂得,反而认为了不起。我真爱飞行啊。我没法形容飞行时心里的感受,只觉得自己又得意又快乐。在天上,飞得高高的,觉得自己成了某种伟大而美丽的东西的一部分。我不知道这是什么,只知道到了两千英尺以上,我不再是先前那样孤零零的一个人,而是有所属了。这话听上去可能很愚蠢,但是,我实在说不清楚。当我飞到云层以上,看见那些云就像大群绵羊似的在我脚下,我的感受就像和无限合为一体了。”

拉里停了一下,从他那深不可测的眼窝里盯着我,可是,我说不出他是否看见我。

“我知道有成千上万的人死去,但是,我没有亲眼看见他们死去,所以对我没有什么影响。后来我亲眼看见了一个死人。这使我感到惭愧。”

“惭愧?”我不由自主地叫出来。

“惭愧,因为那个孩子只比我大三四岁,是那样的精力充沛和勇敢,在不久前还是充满生命力,还是那样善良,而现在只剩下一堆烂肉,那样子就像从来没有活过似的。”

我没有说什么。我读医科时曾经见过死人,在战争时看见的还要多。使我倒胃口的是他们看上去非常渺小,一点尊严没有。只是些弃置不用的木偶。

“那天晚上,我没有睡觉。我哭了。我并不是为自己担心;我感到忿恨不平;使我控制不了自己的是死的丑恶。战争结束了,我回到家里。过去我一直喜欢机械。如果航空没有什么干头的话,我就进一家汽车工厂。我曾经受过伤,只能暂时无所事事一下。后来他们要我就业。我没法做他们要我做的那种事情。这好像很无聊。我曾经有过很多时间在思索。我不断问自己,人生是为了什么。归根到底,我能够活着只是靠运气;我要一生有所作为,但是,不知道应当做什么。我从来没有对上帝开动过什么脑筋。现在却想起他来了。我不懂得为什么世界上要有恶。我知道自己很肤浅;我不认识什么可以请教的人,但是,我要学,所以我就胡乱地读起书来。

“当我告诉恩夏姆神父所有这些话时,他就问我:‘那么,你已经读了四年书了,是不是?你找到答案没有呢?’

“‘一点没有,’我说。

“他望着我,一脸的慈祥神气,把我都搞糊涂了。我不知道自己说了些什么使他这样感动。他在桌上轻轻敲着指头,就像脑子里在盘算一件事情一样。

“‘我们大明大智的老教会,’他当时说,‘曾经发现,如果你假装信教那样行事,你就会真正信教;如果你带着疑虑祈祷,但是出于真心,你的疑虑将会消除。我们圣餐仪式对精神的力量是为多少世纪以来的人类经验所证明了的;如果你肯使自己接受一下圣餐仪式的美,也许上天会赐给你宁静。我不久就要回修道院。何不跟我们一同去住几个星期呢?你可以和我们的杂役僧人一起在地里做活;晚上在图书馆里看书。这个经验不见得不及在煤矿或者在德国农场上做工。’

“‘你为什么要建议我这样做呢?’我问。

“‘我从旁观察你已有三个月了,’他说。‘也许我理解你比你理解自己还要多些。你和信仰之间只隔开一层薄纸。’

“我对他这话没有说什么。那就像有人扣着我的心弦,并且拨了一下,给人一种古怪的感觉。终于我跟他说,让我考虑考虑。他就不再言语。在恩夏姆神父逗留在波恩的余下期间,我们从不再提有关宗教的事,可是,在他离开时,他开了修道院的地址给我,说如果我决定去,只要写个便条给他,他就会替我安排住所。他走后,我比预计的还要想念他。日子过得很快,又是仲夏天气。在波恩过夏天相当不错。我读了歌德、席勒、海涅；读了荷尔德林[①]和里尔克[②]；但是，仍然没有找到答案。我时常盘算恩夏姆神父讲的那些话，终于决定接受他的邀请。

"他上车站来接我。修道院在阿尔萨斯，乡间很美。恩夏姆神父介绍我见了院长，然后，领我到指定给我的小房间。房内有一张狭窄铁床，墙上挂了一只耶稣殉难的十字架，陈设简陋，只是些生活必需的东西。午饭铃响时，我向食堂走去。那是一间有穹顶的大厅。院长带领两个僧侣站在门口，一个僧侣端一盆水，另一个手里拿条毛巾，院长在客人两只手上洒几滴水洗洗，然后用僧侣递给他的毛巾将两手擦干。除了我之外，还有三个客人，另有两个过路牧师留下吃午饭的；还有一个年长的满腹牢骚的法国人，到这里来归隐的。

"院长和两个助手，一正一副，在餐厅的上首就座，各自坐一张桌子；神父们在沿墙的两边坐，修道士和勤杂人员以及客人们则坐在餐厅正中。做了感恩祷告之后，大家就吃起来。一个见习修士站在餐厅进口处，以一种单调的声音读一本道书。吃完饭，大家又做感恩祷告。院长、恩夏姆、客人和招待客人的修士走进一间小点的屋子喝咖啡，谈些杂七杂八的话。然后我就回自己的小房间。

"我待了三个月，人很快乐。那种生活对我完全适合。图书馆很好，我看了不少的书。神父们没有一个企图用任何方法影响我，但是，很高兴和我交谈。他们的学问，他们的虔诚，和他们的那种不随流俗的派头，都深深打动了我。你不要以为他们过的是一种无所事事的生活。他们一直都不得闲。自己种地，自己打粮食，也高兴

---

① 约翰·克里斯蒂安·荷尔德林（1776—1843），德国诗人，拥护资产阶级革命。
② 勒内·马里亚·里尔克（1875—1926），奥地利象征主义诗人。

我帮助他们做。我喜欢做祈祷的华丽场面，但是，最最喜欢的是晨祷。那是在清晨四点钟。你坐在教堂里，四周围全是黑夜，觉得特别动心；这时候，修士们都神秘地穿上他们的服装，头巾拉上来遮着头，用他们有力的男声唱着礼拜仪式的平易歌曲。这类日以为常的活动给人以一种安全感；而且尽管花了偌大的精力，尽管思想从没有停止过活动，你仍然感到一种持久的宁静。”

拉里带有憾意地微笑一下。

“我就像罗拉[①]一样，生得太晚了，没有碰上自己的时代。我应当生在中世纪，那时候，信教是天经地义的事。那样的话，我就会看清自己的前途，在教会里谋一个职位。现在我没法相信。我想要相信，但是，我相信不了一个比一般上流人士好不了多少的上帝。神父们告诉我上帝创造世界是为了颂扬自己。这在我看来并不是怎么高尚的事儿。贝多芬写他的那些交响乐难道是为了颂扬自己？我不相信是如此。我相信他写那些创作是因为他的灵魂里有一种音乐要表现出来，而他要做的就是尽自己的能力把这些音乐表达得尽善尽美。

“我常听神父们反复念餐前祈祷，心里盘算他们怎么会一直祈祷而不怀疑到他们的天父给他们每日粮食呢。儿童会恳求他们尘世的父亲给他们食物吗？他们指望他这样做，对他这样做既不感谢，也不需要感谢；对于一个生了孩子而养不活或者不愿养活孩子的父亲，我们对他只有责备。我觉得一个万能的造物主如果不准备给他创造的众生以生存的必要物质和精神食粮，他还是不创造的好。”

“亲爱的拉里，”我说，“你还是不生在中世纪的好。否则，你准

---

① 理查·罗拉（1290—1349），亦称汉波尔隐士，英国苦行主义者，曾将《圣经》中的《诗篇》译为英语并改写为散文；用拉丁语和英语写有长诗《良心的刺激》。

被判处火刑。”

他笑了。

“你获得不少成就，”他继续说。“你可愿意人当面恭维你吗？”

“这只会弄得我很尴尬。”

“我替你想，也会是这样。我也没法相信上帝要人恭维。在空军里面，一个家伙靠巴结指挥官弄到美差，我们都看不起他。一个人想要靠穷巴结，而从上帝那里得到拯救，我相信上帝也会看不起他。我总认为，上帝最喜欢的崇拜者是那种按照你的知识程度尽力而为的人。

“可是，使我想不通的首先还不是这个。我没法理解那种原始罪恶的想法，而以我所知，那些神父的头脑里多多少少都带有这种成见。我参加空军时认识许多人。当然他们只要有机会就喝醉酒，就找女孩子睡觉，而且嘴里不干不净的；我们里面有一两个坏蛋：一个家伙因开空头支票被逮捕，并且判了六个月徒刑；这不完全是他的过错；他从来没有过钱，当他拿到比自己想望更多的钱时，他就忘乎所以了。我在巴黎碰到过坏人；回到芝加哥时，碰到过更多的坏人，但是，他们做坏事大都由于遗传，而这是他们无法可想的，或者由于环境，这也是不由他们自己选择的：对于这些罪恶，敢说社会应当比他们负有更大的责任。我如果是上帝的话，我就设法惩罚他们里面的一个，甚至里面最坏的一个，堕入地狱，永受沉沦之苦。恩夏姆神父思想比较开通；他认为地狱就是失去上帝护持，但是，如果这样就是一种使人忍受不了的惩罚，够得上是地狱，你能想象仁慈的上帝会执行这种惩罚吗？归根到底，是他创造了人类；如果他创造的人类使他们能够犯罪，那就是他要他们犯罪。如果我训练一只狗去咬闯进我后院来的生人的咽喉，它咬了生人的咽喉之后，我再去打它，那是不公平的。

“如果一个至善和万能的上帝创造了世界，为什么他又创造恶呢？神父们说，这是为了使人克服自己恶的本性，抵拒诱惑，把痛苦和忧患作为上帝用以洗刷自己的考验来接受，使自己终于配得上享受上帝的恩典。这就像派个人送封信到某地去，然后在他必经之路上造一个迷阵，使他不容易通过，又挖一条壕沟，使他要游泳过去，最后又造一道城墙使他攀缘过去。我不相信全能的上帝会没有常识。我不懂得为什么你们不能设想一个并没有创造世界的上帝，而是尽力而为的上帝，比人类好得多，聪明得多，伟大得多，在和一个不是由他创造的恶斗争，而且说不定最后会战胜恶。但是话又说回来了，我也说不出为什么你们应当信仰这样一个上帝。

“那些神父对使我困惑的这些问题，不论在理智上或者在情感上，都没法替我解决。我和他们不在一个道儿上。当我去向恩夏姆神父告别时，他没有问我有没有从他认为满有把握的经验中得到益处。他无限仁慈地把我看看。

“‘恐怕我辜负了你的美意，神父，’我说。

“‘不，’他回答。‘你是一个有极深宗教观念的不信上帝的人。上帝将会挑选上你。你会回来。是回到这里或者别处，只有上帝说得了。’”

四

“那年冬天余下的时间，我都住在巴黎。我对科学一点不懂；觉得现在该是我对科学至少有点入门知识的时候了。我读了不少的书。我不知道自己学到多少，只知道自己极端无知。不过这一点我过去已经晓得了。春天来时，我就去乡间住在小河边一个旅馆里，靠近一个美丽的旧式小镇；这类小镇法国很多，生活在这里好像二百年来就没有变动过。”

我猜想这就是拉里和苏姗·鲁维埃一起度夏的地方，可是，我没有打断他。

“后来，我去西班牙。我要看看贝拉斯克斯[1]和艾尔·格列柯；盘算艺术能不能给我指出宗教所不能指出的一条出路。我游荡了一个时期，然后到了塞维利亚。这地方使我很喜欢，心想我要在这儿过冬。”

塞维利亚我二十三岁时也到过，那地方我也喜欢。我喜欢那些白色的弯弯曲曲的街道，那些教堂，和瓜达尔基维尔河一带广阔的平原；可是我也爱那些安达卢西亚女郎的风韵和欢快，深色的眸子，和佩在她们黑头发上的麝香石竹，把头发衬得更黑，而石竹花也被头发衬得更鲜艳；我喜欢她们浓郁的肤色，她们嘴唇的诱惑性肉感。那时候，确实是，只要年纪轻就等于置身天堂。拉里去塞维利亚时不过比那时候的我稍微大一点，所以，我不由而然盘算他面对这些迷人精的引诱，是否仍旧无动于衷。他回答了我没有说出的问题。

“我碰到一个在巴黎认识的画家，一个叫奥古斯特·科泰的家伙；他一度和苏姗·鲁维埃住在一起过。他来到塞维利亚写生，在那边找到一个女子就同居起来。有天晚上他请我去埃里丹尼亚剧院听一个弗拉门科[2]歌唱家唱歌，并且带了那女子的一个朋友来。你从来没有见过那样娇小玲珑的女子；年纪只有十八岁。她跟一个男孩子闯了祸；因为有了身孕，只好离开自己村子。男孩子正在服兵役。她生下孩子之后，把孩子交给乳娘带，自己在烟草工厂里找了一个工作。我把她带回家。她人非常快活可爱；几天之后，我就问她愿不愿意和我同居。她说愿意，所以我们就在有余屋分租的人家租了两间房，一间卧室，一间起坐间。我跟她说她可以不去做工，

① 贝拉斯克斯（1599—1660），西班牙画家。
② 阿根廷地名。

可是她不肯,这对我也合适,因为这样白天我就可以自己支配。厨房是公用的,所以,她总是在上工之前给我把早饭烧好,中午时候回来烧午饭,晚上我们上馆子,饭后看电影或者找个地方跳舞。她把我看作是疯子,因为我洗过一次蒸汽浴,而且每天早上非要用海绵蘸冷水淋身不可。她把孩子托在一个村子里,离塞维利亚有几英里,我们常在星期天去看他。她并不瞒我,她跟我同居是为了多赚两个钱,等她的男朋友服兵役期满之后,好和他在大杂院里找个住的地方。她是个很惹人疼的小东西,肯定说她会成为她的帕科的好妻子。人兴致好,性情温和,热忱。她把人们讳言的性交看作是身体的自然功能之一,和别的身体功能一样。她从中找到快乐,也高兴给人快乐。她当然像一只小动物,但她是一只很好的、吸引人的、驯化了的动物。

"后来有一天晚上,她告诉我,她收到帕科从西属摩洛哥(他服兵役的地方)寄来一封信,说他就要复员,两天内将抵达加的斯。第二天早上,她把自己东西打了包,把钱塞在长袜子里,让我送她上车站。当我把她送上车厢时,她热烈地吻了我,可是,她太兴奋了,一脑门子只想到和自己的情人重逢,谈不上和我惜别。我有十足的把握,在火车还没有完全开出车站之前,她已经把我忘记得一干二净了。

"我在塞维利亚继续住下去;到秋天就动身去东方,也就是那一次使我到达印度的。"

五

时间已经很晚了。客人逐渐少下来,只有几张桌子还坐了些人。那些因为无所事事而坐在那里的人都回家了。那些看完了戏或者电影来这里喝杯酒或者吃点东西的人,也已经离开。偶尔会有些晚到的客人,闲闲散散走进来。我看见一个高个子,显然是个英国人,带了一个年轻流氓进来。他有一张英国知识分子长长的疲惫的脸,稀疏的鬈发;他有着和许多人一样的幻觉,总以为只要人到了国外,你在国内认识的人就没法认出是你来。年轻流氓狼吞虎咽地吃一大盘三明治,他的同伴则带着喜悦和仁慈的眼光在一边看着他。真好的胃口!我看见一个脸熟的人,因为我们在尼斯时同在一家理发店理过发。这人个子高大,年纪不小了,花白头发,一张红红的虚胖的脸,眼睛下面两个大大的眼包。他是美国中西部的一个银行家,经济大崩溃之后,宁可离开自己根生土长的城市,而不愿意对簿公堂。我不知道他究竟犯了罪没有;如果他犯了罪,他在法国当局的眼中恐怕也是个提不上嘴的人物,犯不着引渡他。他派头很大,而且像蹩脚政客那样假装兴高采烈,但是,他眼睛里显出害怕和忧郁。他从来没有完全醉过,也从来没有完全清醒过。他总是带着一个妓女,而这个妓女显然在尽可能地榨取他。而现在他正带着两个满脸脂粉的中年妇女坐在那里;两个妇女显然在嘲笑他,而且并不打算加以掩饰;他呢,只勉强懂得她们讲话的意思,还在哧哧地傻笑。繁华的生活啊!依我看来,他还是待在家里吃下那帖苦药的好。有一天,女人会把他榨干,那时候,他就只有投河或者服安眠药自杀的一条路了。

在两点和三点之间,生意好一点起来,大约是因为夜总会关门了。一伙美国青年踱了进来,喝得烂醉而且闹得厉害,不过,不久就走了。离我们不远,两个脸色阴沉的胖女人穿着男人似的紧身装束,并排坐着,一声不响在忧郁地饮着威士忌苏打。来了一群穿晚礼服的人,是法文里叫作有身份的人①的人,显然是到各处逛逛,现在要找个地方吃消夜,作为结束。他们来了又走了。一个小个子男人,穿着朴素,坐在那里有一个多钟点,面前放了一杯啤酒,在看报。

① 原文为法文。

这人引起我的好奇心。他留了一撮整齐的黑胡子，戴夹鼻眼镜。终于进来了一个女人和他坐在一起。他向女人点一下头，毫不亲热。我猜想，他大约因为女人使他久等，生气了。女人年纪轻，穿得很不像样，但是涂得满脸脂粉，而且看上去很疲倦。过不久，我看见女人从手皮包里拿个东西交给他。钱！他看看，脸色沉下来。他跟女人讲的话我听不见，但是，从女人的样子看来，这些话大约是骂她的，而且她好像在给自己开脱。突然间，他探身过去，给了女人一记响亮的耳光。她叫了一声，呜呜咽咽哭起来。经理听见闹声赶来，看是怎么回事。他好像在告诉他们，如果不守规矩，就滚出去。女子转身向着经理，并且为了使别人听见，尖着嗓子用下流话告诉他不要多管闲事。

“他打我耳光是我自找的，”她大声说。

这些女人！过去我一直认为一个人要靠女人卖淫吃饭，一定得身体精壮、面目姣好而且具有性感，随时会动刀子或者拔出手枪；没想到这样一个矮小委琐的家伙，从外表看来，可能只是律师事务所的一个小职员，竟而能够在这人满为患的职业里有插足之地。

六

那个伺候我们这张桌子的侍役要下班了；为了拿到小账，把账单送过来。我们付了钱，并叫了咖啡。

“怎么样？”我说。

我觉得拉里有心思讲下去，我也知道自己有心思听下去。

“我不使你厌烦吗？”

“不。”

“好吧。我到了孟买。船在孟买要停三天，让那些旅游者借此游览一下，并作短途旅行。第三天，我下午不值班，就上岸去走走。

我走了一转，看看来往人群：真是五方杂处！中国人，穆斯林教徒，印度教徒，和你的帽子一样黑的泰米尔人；还有那些拖大车的、长着两只长角的驼背公牛！后来我去石像山逛了那个山洞①。一个印度人在亚历山大城搭了我们的船去孟买，那些旅游者都不大看得起他。这人矮而胖，一张棕黄色的圆脸，穿一套黑绿两色格子的厚花呢衣服，围一条牧师的领子。有天晚上，我正在甲板透透空气，他跑上来和我攀谈。刚巧那时候我不想跟任何人谈话，我要单独一个人；他问了我许多问题，恐怕我对他有点不大客气。反正我告诉他我是一个学生，为了回美国省点路费而在船上干活的。

"'你应当在印度逗留一下，'他说。'东方能够教给西方的东西，比西方所想象的要多。'

"'是吗？'我说。

"'反正，'他继续说，'你一定得去看看石像山的山洞。你决不会后悔。'"拉里打断自己问了我一个问题。"你到过印度没有？"

"从没有到过。"

"是这样，我正在瞧着那个庞大的三头神像，这是石像山的巨观，而且弄不懂这是什么意思时，听见身后有人说道：'原来你接受我的劝告了。'我转过身去，一眼就看出是谁在跟我说话。就是那个穿厚花呢衣服，戴牧师领子的矮子，可是，现在，他穿上一件番红色长袍；事后我才知道，这种长袍是罗摩克里希纳教会长老②着的。

① 孟买的名胜，此山上有一座石雕像，上面驮一只老虎得名。这里最有名的是山洞，有130英尺长。

② 罗摩克里希纳（1836—1886）出生于印度的一个贫苦婆罗门家庭，几乎没有受到什么教育，等于文盲；他始终只讲一种粗俗的孟加拉方言，既不懂英语，也不通梵文。他20来岁时成了苦行主义者，并经人传授给他瑜伽师的修炼术和吠檀多教义及不二论哲学。他以身作则，证明一切宗教的本质都是一样的而且都是真理。他的教导传到欧洲，受到世人的重视；人们争先恐后来到加尔各答他的住处听他讲道。他从不写书，他的言论集是他的弟子收集出版的。罗摩克里希纳教会是经他的大弟子辨喜的宣传成立的，现在仍遍及印度各地。

他已经不再是以前的那个滑稽相的吱吱呱呱小矮子,而是很有派头,很神气了。我们同时都盯着那个庞大的胸像看。

“‘“大梵天”,司创造,’他说。‘毗湿奴,司护持;湿婆,司破坏。绝对精神的三个表现。’

“‘我不大懂得你的意思,’我说。

“‘这并不奇怪,’他回答,唇边露出微笑,眼睛睒了一下,仿佛在嘲笑我。‘一个能够被人了解的上帝就算不上上帝。无限岂能形诸语言?’

“他合掌微微躬身,就漫步走去。留下我望着那三个神秘的头像。也许我正处在一种虚心接受状态,自己感到异常激动。你知道,有时候,人在回忆一个名字的情形;那名字就在嘴边,可你就是叫不出来:当时我的感受就是这样。我从山洞里出来之后,坐在石阶上很久很久,望着大海。我关于婆罗门教的全部知识只是爱默生①的那些诗,现在想把那些诗背出来,但是背不出。这使我很恼火。回孟买时,我走进一家书店,看能不能找到什么书收进这些诗的。原来在《牛津英诗选》里。你记得吗?

> 他们刷掉我是他们失算,
> 他们逃避我,我就是羽翼;
> 我是怀疑者,我也是怀疑,
> 我是婆罗门歌唱的圣诗。

“我在一个本地饭馆吃了晚饭,然后到练兵场上走走,眺望大海,因为我可以玩到十点钟上船。我觉得从来没有看见天上有这么

① 爱默生(1803—1882),美国哲学家兼诗人。

多的星星过。一天酷热之后，晚凉使人很受用。我找到一处公园，在长凳上坐下。公园里很黑，沉默的白色人影在我身旁来来去去。这个神奇的一天，朗照的日光，五颜六色的闹吵吵的人群，辛辣而芳香的东方气味，使我心醉了；而那三尊'大梵天'、毗湿奴和湿婆的庞大头像，就像画家用来使他的构图具有完整性的一个物体或者一片颜色似的，赋予这一切以一种神秘的意义。我的心开始疯狂地跳起来，因为我突然间深深体会到印度能给我某种我非有不可的东西。那就像有个机会摆在我面前，我要么立刻拿到手里，要么就永远失之交臂。我很快打定主意，决定不回船。船上我没有留下什么，只有一只旅行袋，装了几样东西。我慢慢走回本地居民区，看有没有旅馆；不久就找到一家，要了一个房间。我有的是身上穿的衣服，一点零钱，护照和取款证明信；我觉得非常自由，大声笑了。

"开船在十一点钟；为了保险起见，我等到十一点才走出房间。我走到码头上，看船开出去，然后去罗摩克里希纳教会，访出那位在石像山和我谈话的长老。我不知道他的名字，但我讲明要见那位刚从亚历山大城来的长老。我告诉他，我决定在印度呆下来，并且问他应当看些什么。我们谈了好半天，最后，他说，他当晚要去贝那勒斯，问我可愿意和他一同去。我高兴得跳起来。两个人坐的三等车厢。车厢里满是人，吃东西，喝酒，谈话，而且热得简直吃不消。我一夜没有闭眼；第二天早上，人相当疲倦，可是，那位长老就像一朵雏菊那样精神奕奕。我问他怎么会的，他说：'靠参究混沌；我在绝对中找到休息。'我不懂得该怎么想法，可是，我能够亲眼看出他就像在一张舒适的床上睡了一夜好觉那样神清气爽。

"贝那勒斯总算到了。一个和我年纪相仿的年轻人来迎接我的伙伴；长老命他给我找一间房子住。他的名字叫马亨德拉，是大学里的一个教师。人忠厚聪敏，很喜欢我；我也很喜欢他。那天傍晚，他带我坐一条船去游恒河;这对我可说是开眼界,全城的人都拥到水边来,望去很美,简直惊心动魄;但是,第二天早上,他还有更好的指给我看。天没有亮,他就到旅馆来叫我起身,重又把我带到河边。我看见的事情使我简直不相信自己眼睛:成千上万的人来到水边洗去邪浴和祷告。我看见一个又长又瘦的高个子家伙,蓬发虬髯,只穿一条兜带遮着下体,立在那里伸出两只长胳臂,仰起头,高声向着初升的太阳做祈祷。我没法形容给你我所获得的印象。我在贝那勒斯呆了六个月,破晓时,屡次到恒河边去看这种稀有的景象。我永远忘记不了这种奇观。那些人一点不是将信将疑,一点不带有保留,或者疑虑参半。

"人人都对我很好。他们一旦发现我来并不是为了打老虎,或者做买卖,而是求学,就想尽方法帮助我。他们很高兴我想学习兴都斯坦语,并且替我找先生。他们借书给我;回答我的问题从来不感到累。你对印度教可懂得吗?"

"很有限,"我答。

"我以前还当作你会感觉兴趣呢。印度教认为宇宙没有开头,没有结尾,而是永远从成长到平衡,从平衡到衰落,从衰落到解体,从解体到成长,如是以至无穷;可有什么见解比这个更了不起的?"

"印度教徒认为这种无完无尽的周而复始,其目的是什么?"

"我觉得他们会说这就是绝对的本性。你晓得,他们相信生死是一个阶段,其目的是对灵魂的前世行为给予惩罚或者奖励。"

"这就是主张轮回说。"

"三分之二的人类都相信这个学说。"

"有许许多多人相信并不能保证它就是真理。"

"不能,但至少值得认真对待。基督教吸收了不少的新柏拉图主义,它当初说不定很便当地也吸收了轮回说;事实上,有一个早期基督教派就相信轮回说，但是被宣称为异端。如果不是因为这个缘故，基督教徒就会对轮回和对耶稣复活一样深信不疑。”

“轮回是不是指灵魂从一个身体转到另一个身体，并且根据前生的功过没完没了地经历下去？”

“想来是这样。”

“可是，你知道，我不但是我的灵魂，也是我的身体。谁说得了我之所以为我，有多少是我的身体碰巧造成的。拜伦不是因为碰巧生了一只畸形的脚会是拜伦吗？陀思妥耶夫斯基不是因为碰巧有羊痫风会是陀思妥耶夫斯基吗？”

“印度人不愿意说碰巧。他们会说是你前生的所作所为，才使你的灵魂投进一个残缺的身体。”拉里用手指轻轻敲着桌子，眼睛空无所瞩地在出神。后来，嘴边露出微笑，眼睛里显出深思的神气，继续说道：“你可曾想到过，轮回既是世间有恶的解释，也是恶的存在理由？如果我们受的恶报是我们前生造孽的结果，我们就会服服帖帖地忍受，并在今生努力行善，使来生少受些苦。但是，自己忍受恶报比较容易，只要硬挣一点就行；使人不能忍受的是看见别人受苦，而这些苦难看起来往往不是应得的。如果你能够说服自己，认为这是前世作的孽，你可以怜悯人家，可以尽力减轻其痛苦，而且应当如此，但是，你没有理由抱怨或者不平。”

“可是，为什么上帝不在一开始就创造一个没有痛苦和不幸的世界，使人决定自己的行动时没有功过可言呢？”

“印度教徒会说开始是没有的。个人灵魂是与天地同存的，从古如斯，它的善恶则由以前的生存决定。”

“那么相信轮回说对人的生活会有实际影响吗？说来说去，考验就在这上面。”

“我认为有影响。我可以告诉你我的一个相识，轮回说对他的生活肯定产生了很实际的影响。我到印度的最初两三年中,大都住在当地的旅馆里,但是,有时候,也有人请我到他家里去住,而且有一两次在一位生活很阔气的土邦主的家里作客。通过我在贝那勒斯一个朋友的关系,我被邀请到北方的一个小土邦去住住。首府很爱人;'一座桃红色的城市,有时间一半老'。朋友介绍我认识的是一位财政部长;他受过欧洲教育,在牛津读过书。跟他谈话时,你得到的印象是一个有学识的进步开明人士,而且以一个极端能干的部长和精明的政治家知名于时。他穿西装,外表很整洁;相貌相当漂亮,和一般印度人达到中年时一样,身体稍微有点发胖,留了一撮修剪得很整齐的上须。他时常请我到他家里去。家里有座大花园,我们常坐在大树的阴影里聊天。他有一个妻子,两个成年的孩子。你会把他看作只是一般的,相当平常的,英国化的印度人,所以,有一天,我发现一年之后他五十岁时,就要辞去自己进项很好的职位,把财产交给妻子和孩子,去做托钵僧到处去飘流,不由得大吃一惊。但是,更使人诧异的是,他的朋友们,以及土邦主,都认为事情已成定局,并且把这看作是很自然的事,而不是什么出奇出格的行为。

"有一天,我跟他说:'你这人头脑是很开通的,而且见过世面,读过万卷书,科学,哲学,文学——难道你真心真意相信灵魂转世吗?'

"他的整个表情变了,完全是一副先知的脸。

"'我亲爱的朋友,'他说,'如果我不相信灵魂转世,生命对我将会毫无意义。'"

"那么你相信吗,拉里?"我问。

"这个问题很难回答。我认为,我们西方人不可能像东方人那样从心眼里相信。这和他们是血肉相连的;而对我们说来,只能是种见解。我既不相信,又不不相信。"

他停了一下,手托着脸看着桌子;然后向后靠起。

“我想告诉你,我有过一次非常奇怪的经验。那时,我在阿什拉玛;一天晚上,在自己的小房间里按照我的印度朋友教给我的方式参禅。我点了一支蜡烛,把注意力集中看着火焰;过了一段时间,我从火焰里很清晰地见到一长串的人物。为首的是一个年事已长的妇女,头上一顶花边帽,戴一对灰色耳环,穿一件黑紧身上衣和一条黑绸撑裙——大约是十八世纪七十年代穿的那一种;她站在那里,正面向着我,态度娴雅谦虚,两臂沿身体下垂,手掌心向着我。一张有皱纹的脸,脸上神情给人以和蔼可亲的感觉。紧接在她后面是一个瘦长个子的犹太人,偏着身子使我只能看见他的旁相;他长了一只鹰钩鼻子,和两瓣厚嘴唇,穿一件黄色粗布衣服,一顶黄便帽遮着浓密的深色头发。他的神态像个好学深思的学者,表情严肃,同时又富于情感。在他身后是一个年轻人,但是脸朝着我,就像我们中间不隔着任何人似的,他面色红润愉快,一眼就看出是一个十六世纪的英国人。他直挺挺地站着,两腿稍稍分开,神情强悍骄横;全身装束都是红色,就像朝服一样华丽,脚上穿的宽头黑丝绒鞋,头戴黑丝绒扁帽。在这三个人后面,还有一长串数不尽的人,就像电影院外面排的长队,但是,模模糊糊,看不清他们的面貌。我只感觉到他们的模糊形状和夏风吹过麦田时的那种起伏动作。没有一会儿工夫,不知道是一分钟,还是五分钟,还是十分钟,他们便慢慢消失在夜晚的黑暗里,只剩下蜡烛的稳定火焰。”

拉里微笑一下。

“当然可能是我睡糊了或者做梦。可能是我把注意力集中在那微弱的火焰上,使我进入一种催眠状态,而我看见的三个像你一样清晰的人只是保留在潜意识里的过去见到的图画。但也可能是前世的我;可能不多年以前我是新英格兰的一位老太太,而在这以前是勒旺岛一带的一个犹太人，而再在这以前的若干年，在塞瓦斯蒂安·卡博特[1]从布里斯托尔启航不久以后，是亨利王太子宫廷的一个风流人物。”

“你那个桃红色城市的朋友结局怎么样？”

“两年后我去南方的一个叫马都拉的地方；一天晚上，在庙里有人碰碰我的胳臂；我转身看时，瞧见一个留了胡须和长头发的人，只在腰间围了一块布，拿一根手杖和圣徒化缘的钵子。直到他开口，我才认出是谁，原来就是我那位朋友。我惊得不知说什么是好。他问我这两年做些什么，我告诉了他。他问我去哪里，我说去特拉凡哥尔；他叫我去见见西里·甘乃夏。‘他会传授给你你寻求的东西的。’我请他谈谈这个人，他只是笑笑，说一切见面自知。那时候，我对这些事已经司空见惯了，就问他在马都拉干什么。他说，他正徒步到印度各地朝圣。我问他食宿怎样解决的。他告诉我，有人家肯借宿，他就睡在凉台上，没处借宿就睡在树下，或者在庙里安身；至于吃的，有人施舍就吃，没有就饿肚子。我看看他，说‘你瘦了’。他大笑，说他觉得瘦了更好受。接着他就向我告别，听这个腰间只围一块布的人向我说英语‘Well, so long, old chap’[2]，真是滑稽——后来，他就走进了庙中的内室，那是我进不去的。

“我在马都拉呆了一个时期。这庙恐怕是印度唯一的可以让白人随意走动的庙宇，只有庙中最圣洁的部分不能进去。天黑以后，庙里挤满了人，男男女女，大大小小。男人赤膊穿件围腰布，额上，往往连着胸口和胳臂，都涂上牛粪烧剩的白灰。你看见他们在这个或那个神龛面前膜拜，有时候，整个人匍匐在地上，脸朝下，行五体

① 塞巴斯蒂安·卡伯特（1476—1557），英国航海家、探险家。父亲约翰·卡伯特也是探险家，发现北美洲大陆。他自己的探险活动有一半是英国支持的，后死在英国。

② 再见，老弟。

投地礼。他们祈祷并且朗诵连祷经文;他们相互叫唤,招呼,斗嘴,热烈争辩。一片邪恶的吵闹声,然而,莫明其所以然,上帝好像近在咫尺而且活灵活现。

“你穿过许多长厅堂,厅堂的屋顶都有雕塑的柱子撑住,靠近柱子下面都有一个托钵僧人坐着:每人面前放一只化缘的碗,或者一小块席子,让虔诚的人不时丢一个铜板。他们有些穿着衣服,有些几乎是赤身裸体。有些在你经过时瞠目望着你;有些念着经,或者读出声来,或者默诵,对川流不息的人群仿佛毫不觉察。我想在他们中间寻找我那位朋友,但是,就此见不到他了。想来他已经开始自己预定的行程了。”

“那是什么呢?”

“不再堕入轮回。根据吠陀经义,真我,即他们称作阿特曼而我们称作灵魂的,与身体及其感觉,与心灵及其智力,都不相同;它不是绝对的一部分,因为绝对由于是无限的,就不能有部分而只能是它本身。灵魂不是创造出来的;它亘古以来就有了,而当它终于解脱掉愚昧的七重蒙蔽之后,就会回到它原来的无限去。它就像海里蒸发起来的一滴水,在一场雨后坠进水潭,然后流入溪涧,进入江河,通过险峻的峡谷和广袤的平原,迂回曲折,络石萦林,终于抵达它所由升起的无垠大海。”

“但是,这一小滴可怜的水,当它重又和大海合为一体时,肯定是失去个性了。”

拉里咧开嘴笑。

“你要尝尝糖的味道,你并不要变做糖。个性除掉表现我们的自我中心主义外,还会是什么?除非灵魂摆脱掉自我中心的最后痕迹,它就不能和绝对合为一体。”

“你谈起绝对来,好像很熟悉,拉里,而且这个名词非常冠冕堂皇。它对你究竟意味着什么？”

“现实。你没法说它是什么，你也没法说它不是什么。它是无法表达的。印度称它为大梵天。它是无在而无所不在。万物都蕴涵它，仰藉它。它不是人，不是物，不是因。它没有属性。它凌驾在久与变之上，整体与部分之上，有限与无限之上。它是永恒的，因为它的完善与时间无关。它是真理和自由。”

“我的老天！”我肚子里寻思，但是对拉里说道：“不过，一个纯理智的观念怎么能成为受苦人类的慰藉呢？人总是要求一个人化的上帝，俾能在苦难时祈求安慰和鼓励。”

“也许在遥远的将来，通过更大的洞察力，人类有一天将会看出只有在自己的灵魂里面寻找安慰和鼓励。我自己以为崇拜个人化的上帝只是古代祈求残忍神祇的蛮性遗留。我相信上帝只在我心里，此外哪儿都没有。如果是这样，我应当崇拜谁呢？崇拜我自己？人的精神发展是分不同阶段的，因此在印度人的想象中，绝对就表现为大梵天、毗湿奴和湿婆和上百种其他名称。绝对在‘自在’（即宇宙大神）里，它是世界的创造者和统治者，也在那些卑微的神物①里，那些在太阳烤得滚烫的田里的农民放一朵花供奉的卑微的神物。印度的那些名目繁多的神只是些用以达到使自我与至高的我合为一体的手段。”

我望着拉里，一面沉思。

“我不懂得是什么使你向往这种严峻的信仰，”我说。

“我想我可以告诉你。我一直觉得那些宗教的创始人有种使人觉得可悲的地方，因为他们要你信仰他作为得救的条件。看上去好像他们要倚靠你们的信心才能对自己有信心。这使你联想起古代

① 一块圆柱石头（可大可小），即马克思论印度文中所说的“林加”。

DAVID
KNIGHT

那些异教的神祇，如果没有信徒的祭祀，就会变得日益憔悴。吠檀多的不二论哲学并不要求你凭信仰去接受什么；它只要求你具有认识现实的热烈欲望；它断言你能够像感到快乐或痛苦一样有把握地感觉到上帝。而且今天印度有许多人——以我所知总有成百上千的人——自认已经做到这一点。我对于人可以通过知识达到最高现实这种想法感到非常满意。在后期，印度的圣徒有鉴于人类的软弱性，承认通过爱和通过工作也可以得到解脱，但是，他们从来不否认最高但是最艰难的途径是通过知识，因为知识的工具是人类最宝贵的能力，即他的理智。”

七

这里我得先行交代一下，我并不想在本书里阐述所谓《奥义书》①的哲学体系。我懂得太少了，但是，即使懂得很多，这也不是阐述《奥义书》教义的地方。我们的谈话很长；拉里告诉我的比这里写的要多得多，但是，这本书说到头毕竟是部小说，不适宜把拉里讲的话全都记录下来。我想到的只是拉里。下面不久我就要讲到拉里所要采取的行动；我觉得至少要提一下他的那些哲学思考，和可能由此而引起的稀罕经验，否则就会使人觉得他的那些行径不合乎人情；除掉这个原因，我根本不会涉及这样一个复杂绕人的宗教问题。他的声音非常悦耳，连最最随便的一句话都带有说服力；他的脸部表情经常随着他的思想在变化，从严肃到轻快，从沉吟到嬉戏，就像钢琴在许多小提琴猛然奏起一个协奏曲的几个主题时发出的涟漪一样；而使我感到恼火的是，所有这些我休想用语言形容得了。尽管在谈正经事情，他谈时却很自然，口气就像平时谈话一样，

① 印度最古经典《吠陀》的最后一部分。

也许有点踟蹰,但是丝毫不勉强,犹如在谈天气或者庄稼。如果读者有一个印象好像他在说教,那完全是我的过失。他的谦虚,和他的诚恳,都是一望而知的。

咖啡馆里已经稀稀落落,剩下没有几个人了。那些闹酒的早已离开。两个靠爱情做生意的可怜虫也已经回到他们肮脏的寓所。不时走进来一个满脸倦容的人要一杯啤酒和一块三明治,或者一个好像还没有完全睡醒的人要一杯咖啡。都是些脑力工作者。一个是值完夜班回家睡觉;另一个是被闹钟惊醒,一肚子不愿意去参加冗长的一天劳动。拉里似乎对时间和对周围情况都毫不觉察。我这一生中碰到的离奇事情可多着。我曾经不止一次差一点儿送命;曾经不止一次几乎做下风流勾当而且自己心里明白;曾经骑一匹小马沿着马可·波罗当年通往传说中的中国那条路穿过中亚细亚;曾经在彼得堡一间整洁的会客室里一面喝俄国茶,一面听一个穿黑上衣条纹裤子的、和声和气的矮子谈他怎样暗杀一个大公;曾经坐在议会大厦一间客厅里倾听着海顿①的恬静温柔的钢琴三重奏,而飞机的投弹则在外面爆炸着;但是,这些遭遇我觉得都不及眼前这样离奇:在一家花花绿绿的咖啡馆里,坐着红丝绒椅子,听拉里一个钟点接一个钟点谈下去,谈上帝和永恒,谈绝对和厌倦的没完没了的轮回。

八

拉里有几分钟没有说话。我不想催他,所以等着。接着,他向我友善地一笑,仿佛突然又觉察到我。

"当我到达特拉凡哥尔时,我发现根本不用打听西里·甘乃夏

① 弗朗茨·约瑟夫·海顿(1732—1809),奥地利作曲家。

的下落。人人都知道他。有好多年他都住在深山的一个山洞里，但是，最后被人劝说迁移到平原上来，由一位施主舍出一块土地，给他造了一间土砖墙的房子。这里离首府特里凡得琅有很长一段路，我花了整整一天，先是坐火车，然后坐牛车，才到达道观。在院子的进口处，我碰见一个年轻人，问他能不能见到师长①。我带了一筐水果，这是通常的觐见礼。几分钟后，年轻人回来，领我到一处长轩，四周围全是窗子。在长轩的一角，西里·甘乃夏坐在一张蒙着虎皮的平台上参禅。'我在等你呢，'他说。这使我感到诧异，但是，猜想大约是我在马都拉的那个朋友跟他谈到我的。可是，当我提起这个朋友的名字时，他摇摇头。我把水果呈上，他叫年轻人把水果拿走。这时只剩下我们两个人，他看看我，没有说话。我不记得这样的沉默有多久；可能有半小时。我已经告诉过你他的仪表；但没有告诉你他身上焕发出的那种宁静，那种善良、平和、无我的气息。我一天旅行下来，人又热又疲倦，但是，逐渐感到完全安静下来。在他没有再开口之前，我已经知道他就是我要访求的人了。"

"他说英语吗？"我打断他。

"不。可是，你知道，我学语言相当快。我已经学了不少泰米尔语，使我能在南部和人应对。他终于开口了。

"'你来做什么的？'他问。

"我开始告诉他，我是怎样来印度和怎样度过这三年的；怎样根据人家传说某某人多么智慧、多么圣洁，我一个个找上门，但发现他们谁也没能给我满意的答复。他拦着我。

"'这我全知道。用不着告诉我。你来这儿做什么？'

"'希望你做我的师傅，'我回答。

① 即瑜伽信徒。

“‘只有大梵天才是师傅，’他说。

“他以一种古怪的神情死命盯着我瞧，后来，突然身体变得挺硬，眼睛像是转为内视，看得出他的人进入印度人叫做的入定状态，在这种状态下，物我之分开始消失，人成为绝对知识。我盘膝坐在地上，面向着他，心怦怦跳。经过了不知多久时间，他叹口气，我知道他已经恢复正常知觉。他以慈爱的神情看了我一眼。

“‘住下吧，’他说。‘他们会告诉你住宿的地方。’

“他们拨给我的住处就是西里·甘乃夏初次来到平原时住的那间土砖墙房子。他现在日夜住的长轩是在他的门徒聚集得越来越多，和有更多的人慕名而来之后兴建的。为了不至引人注目，我改穿了舒适的印度服装，而且皮肤晒得黝黑，除非你特别注意到我，否则，很可能把我当作是本地人。我读了许多书；一个人思索；在西里·甘乃夏高兴讲话时，听他讲。他不大讲话，但是，你有问题问他时，他都愿意回答。听他讲话，真使人振奋；听上去就像音乐一样。他自己虽则在年轻时持戒律极严，但并不要求自己的门徒照做，只是劝导他们摆脱私心、情欲、声色的奴役，告诉他们通过静穆、克制、谦虚、退让，通过专心致志，通过对自由的孜孜向往，他们就可以得到解脱。人们常从三四英里外的一个镇市赶来求他；那儿有一座著名的庙宇，每年都有大群的人来赶庙会；人们从特里凡得琅来，从辽远的地方来，把自己的苦难告诉他，向他请教，听他的教导；离开时，全都胸怀舒畅，心定神安。他的教导很简单。他教导说，人都比他自视的为高，而智慧是解脱之道。他教导说，要脱离苦海并不一定要出家，只要去掉一个我字。他教导说，行事不怀私心使心地纯洁，责任为个我并入大我提供机会。但是感人最深的并不是他的那些教导而是他的为人，他的慈祥，他的气度，他的圣洁。只要能见到他的面，就是福气。同他在一起，我觉得很幸福。我感到终于达到了自己追求的目的。一个星期接一个星期，一个月接一个月，日子过得想象不到地快。我打算住到他死为止，因为他告诉我们，他不打算在这躯壳里待多久了，不然就是等我有一朝大彻大悟，那就是终于冲破愚昧的藩篱并且深信不疑自己与绝对合而为一了。”

“那么这下面呢？”

“这下面，如果他们讲的话属实，就没有可说的了。灵魂的尘世旅程就此结束，永不再来。”

“西里·甘乃夏死了吗？”我问。

“以我所知，还没有死。”

他说时看出我问这话的用意，轻微地笑了一声。经过片刻迟疑之后，方才又说下去，可是，说话的派头使我起先以为他想避免回答我在口边上的第二个问题，那当然是指他有没有达到大彻大悟。

“我并没有一直住在道观里。我有幸认识当地一个森林管理员，他的住处就在山脚下一个村子边上。这人最笃信西里·甘乃夏，在公务之暇，总要来跟我们盘桓两三天。人非常之好，和我们一谈半天。他喜欢找我练习英语。和我认识了一段时间之后，他告诉我森林管理所在山上有间小屋子，哪一天我想一个人上山去住住，他就把钥匙交给我。我有时候去那里。路上要走两天；先坐长途汽车到森林管理员的村子，下面只好步行，可是，到达之后，那种庄严，那种幽静，真是壮丽。我把所能携带的东西装在一只背袋里，雇了个脚夫替我扛食物，一直待到粮食吃完为止。那只是一所用树桩钉成的小屋，后面有一间烧饭的地方；家具除掉一只可以放一张席子的支起架床，和一张桌子、两把椅子外，别无长物。山上很风凉，有时候，晚上升个火，倒也受用。想到二十英里之内渺无人烟，不禁感到惊心。晚上常常听见虎啸或者象群穿过丛莽的嘈杂声。我常在森林中走得很远。有一个地方是我最喜欢坐的，因为坐在那里全山景色都映入眼帘，还可以俯眺下面的湖水。在黄昏时刻，许多野兽，如鹿、豕、水牛、象、豹都来饮水。

“我待在阿什拉玛刚满两年之后，就到我山上那个隐居的地方去住；我去的理由，你听了也许会好笑，我要在那边过我的生日。我在生日的前一天到达那里。第二天早上，天没亮就醒来，想去我刚才告诉你的那个地方看日出。那地方我闭着眼睛也摸得到。我坐在一棵树下等着。当时还是黑夜，但是，星儿淡了，说明白天就要到来。我怀着一种古怪的期望心情。光线开始一点一点地，几乎使人觉察不到，缓缓透过黑暗，就像一个神秘的身形蹑足穿过树丛。我感到心跳，就像碰到危险似的。太阳升了起来。”

拉里停了一下，嘴边露出苦笑。

“我不会形容，那些写景的字眼我全不会使用，我讲不来，不能使你亲眼看见破晓时展现在我面前的那片壮丽景色。那些满布茂密林莽的群山，晓雾仍旧笼罩在树顶上，和远在我脚下的那座深不可测的大湖。太阳从山峦的一条裂缝中透进来，照耀得湖水像灿银一样。世界的美使我陶醉了。我从来没有感到过这样的快意，这样超然物外的欢乐。我有一种古怪的感觉，一种震颤从脚下起一直升到头顶，人好像突然摆脱掉身体，像纯精灵一样分享着一种我从来没有意想到的快感。我感到一种超越人性的知识掌握着我，使得一切过去认为混乱的变得澄清了，一切使我迷惑不解的都有了解释。我快乐得痛苦起来；我挣扎着想摆脱这种状态，因为我觉得再这样继续下去，人就会立刻死掉；然而，我是那样陶醉，又宁可死去而不愿放弃这种欢乐。我有什么法子告诉你我那时的感觉呢？没有言语能够形容我当时的幸福心情。等我恢复到原来的我时，人变得精疲力竭，而且在发抖。我睡着了。

“我醒来时，已经是中午。走回我的小屋时，人是那样的轻松愉快,好像脚不沾地一样。我给自己弄点吃的,我真的饿了,并且点上烟斗。"

拉里这时也点上烟斗。

"我不敢认为这是我,伊利诺斯州麻汾镇的拉里·达雷尔所得到的启示,而别人穷年累月苦行苦修到今天还没有到手的。"

"你为什么不认为这只是一种催眠状态,是你当时的心情,加上你的孤寂,破晓时的神秘气氛和你脚下那片灿银的湖水,造成的呢?"

"那是由于它的极端真实感。说实在话,它就是千百年来世界各地的神秘主义者所获得的那类经验。印度的婆罗门,波斯的苏非①,西班牙的天主教徒,新英格兰的新教徒;只要他们想要形容那无法形容的境界,使用的语言都差不多。这种境界的存在是无从否认的;唯一的困难在于解释。是不是我一时间和绝对合为一体,还是潜意识里的一种亲力(我们全都有这种潜在亲力)流进普遍精神所致,我也说不了。"

拉里停了一下,向我嘲弄地看了一眼。

"还有,你能用拇指碰到你小指头吗?"他问。

"当然能,"我笑着说,并且当场做给他看。

"你可知道这只有人和灵长目动物能够做到?由于拇指能够和别的指头相对,手才成为现在这样可爱的工具。这种能够和别的指头碰到的拇指,当它还在雏形时,会不会只在个别的人类祖先和大猩猩中才有;它之成为人类的共同特征只是经过无数世代发展的结果,会不会呢?而这类和绝对合为一体的经验,过去为许多不同的人所具有的,会不会指向人类意识的一个第六感觉的发展方向,即

① 伊斯兰教的泛神论神秘主义者。

在遥远遥远的将来，它将成为人类共同的感觉。人类将如现在感到感官事物一样，直接感到绝对呢？这至少是可能的。”

“如果那样，你指望会对人类有什么影响呢？”我问。

“我无法告诉你，就如同那第一个能将拇指碰到小指的人，无法告诉你这点细微动作将蕴涵多少重大后果一样。我只能告诉你，那片刻陶醉时抓住我的浓郁的宁静、欢乐和安泰感仍旧留在我心里，那种第一次使我眼花缭乱的宇宙美丽境界，现在仍旧同样鲜明生动。”

“可是，拉里，你关于绝对的见解肯定会逼使你认为世界和世界的美只是幻觉——是玛雅①一手造成的。”

“认为印度人把世界看作是幻觉，这是错的；印度人并不如此；他们只说世界的真实和绝对的真实不能同日而语。玛雅只是那些热衷的思想家编出来的，借此解释无穷怎样创造有穷。沙姆卡拉，他们里面最聪明的一个，断言这是一个解决不了的谜团。你知道，困难在于解释为什么婆罗门要创造世界。婆罗门是存在、福祉和智慧；它是不可改变的；它一直在这里，而且永远保持静止，它什么都不缺，它什么都不需要，因此既不知道变易，也不知道争夺，它是十全十美的；既然如此，它为什么要创造世界呢？你假如问这个问题，你得到的一般解答是，绝对创造世界是闹着玩的，并不带有什么目的。可是，当你想到洪水和饥馑，地震和飓风，想到折磨人体的一切疾病，你的正义感就会爆发出来，认为这么多骇人听闻的东西当初怎么会这样随随便便就创造出来。西里·甘乃夏心地太忠厚了，所以不相信这种学说；他把世界看作是绝对的表现，而且是它的完善的泛滥。他教导说，神没法子不创造，而世界则是神性的表现。我

---

① 印度教中制造幻境的女神。

问他，既然世界是一个十全十美的主宰的本性表现，为什么它是这样的可恨，使众生的唯一合理出路就是摆脱它的束缚。西里·甘乃夏回答说，尘世的满足都是暂时的，只有无限能提供持久的快乐和幸福。但是，时间的没完没了并不能使善更加善些，也不能使白更加白些。如果中午的蔷薇失去它在清晨时的娇美，它在清晨时的娇美仍然是真实的。世间万事万物都有个完，我们除非是傻子才要求事物永久不变，但是，如果我们不抓着手里的东西及时享受它，肯定说我们就更傻了。如果变易是事物的本性，我们会认为把这一条作为人生哲学的前提，是最合情合理了。我们谁也不能两次濯足于同一的河流，然而，河水流去，继之流来的水仍旧一样清凉沁人。

“往昔雅利安人初次来到印度时，把我们知道的世界看作只是不可知世界的表象；但是，他们欢迎这样一个世界，觉得它窈窕多姿。只是经过了若干世纪之后，当征伐的劳累和困人的气候消磨掉他们的活力，使得他们成为异族大举入侵的俎上肉时，他们方才仅仅看见人生的丑恶一面，并且渴望从轮回中解脱出来。但是，为什么我们西方人，特别是我们美国人，慑于腐朽、死亡、饥渴、疾病、衰老、愁恨和虚幻呢？我们的生命力是旺盛的。当时，我坐在自己的小木房子里抽着烟斗时，觉得自己比从前任何时候都更加精神。我觉得体内有种力量急于要扩展出来。要我离开世界，住进一个修道院，我决计不干；相反，我要生活在世界上，爱这世界上的一切，老实说不是为它们本身，而是为了它们里面的无限。如果在那几次的片刻陶醉中，我的确和绝对合为一体，那就如他们告诉我的，什么都不能伤害我，而当我清算了今生的前因后果之后，我就不会再回到世界上来。一想到这里，我不禁充满惶惑。我要投生，投生再投生。我愿意接受形形色色的生活，不管它是怎样忧伤痛苦；我觉得只有生生不息，一个生命接一个生命，才能满足我的企求，我的活力，我的好奇心。

“第二天早上，我动身下山，于次日到达道观。西里·甘乃夏看见我穿上西服感到诧异。那些衣服是我上山时在森林管理员那所小屋子里换上的，因为山上比较冷；下山时也没有想起要换掉。

“‘师傅，我是来告别的，’我说。‘我打算回家乡了。’

“他没有开口。和平时一样，他盘膝坐在铺着虎皮的禅床上，前面火钵里点了一支香，空气里微微闻得见一点香味。跟我第一天看见他时一样，他只是一个人。他凝神盯着我看，好像一直看到我的内心深处。我知道他已经完全懂得了。

“‘这样好，’他说。‘你离家太久了。’

“我朝他跪下，他为我祈福。当我站起来时，我的眼睛湿了。他是一个高尚圣洁的人。我将永远以认识他为荣。我和院中那些修士一一告别；他们有些已经修道多年，有些是在我之后来的。我把自己的一点衣物和书籍留下，觉得说不定对他们有用，于是把背包扛在肩上，穿着我到达时的旧长裤和褐色上褂，戴一顶破帽子，步行回到镇上。一星期后，在孟买搭上一条船，在马赛上了岸。”

我们两人都沉默下来，各自在思索；可是尽管我已经十分疲倦，有一件事我还是急切地要问个明白，所以最后还是我开口。

“拉里，老弟，”我说，“你这次长时期的探索是从恶的问题开始的。是世界上有恶的存在使你孜孜以求的。可是，谈了这半天，你对这个问题连一个初步答案也没有提到。”

“也许就没有什么答案，也许我不够聪明，因而找不到答案。罗摩克里希那把世界看作是神的一种游戏。他说，‘世界就是游戏，在这种游戏里，有乐有忧，有道德亦有堕落，有知识亦有愚昧，有善亦有恶。如果罪恶和痛苦在创世时就被完全排除掉，游戏还能继续玩下去吗？’我将以全力否定这种说法。我能提出的最好设想是，当绝对在这世界上表现为善时，恶也自然而然连带着出现。没有地壳灾变的那种无法想象的恐惧，你就决不会见到喜马拉雅山的壮丽景色。中国烧瓷的匠人能够把花瓶烧得像蛋壳一样薄，烧得造形那样优美，点缀上美丽的花饰，着上迷人的色彩，涂上粲然的光泽，但是，由于它的本质是瓷，他就没法改变它的脆弱性。如果失手落在地上，它就会变成许多碎片。根据同样的道理，我们在这世界上所珍视的一切美好的、有价值的事物，只能和丑恶的东西共同存在，你说是不是呢？"

"拉里，这是一个很别致的想法。我觉得并不怎样令人满意。"

"我也不满意，"他微笑说。"顶多只能说，既然得出某些事情是不可避免的结论，一个人就只能尽力而为。"

"你现在有什么打算？"

"我有一件工作要在这里做掉，然后回美国去。"

"回去干什么？"

"生活。"

"怎样生活？"

他的回答很冷静，但是，眼睛里闪出一种好笑的神气，因为他料准我会完全意想不到。

"不急躁，对人随和，慈悲为怀，丢掉一个我字，不近女色。"

"高标准！"我说。"那么，为什么要不近女色？你还年轻；女色和吃饭一样是人这个动物最强的本能，你这样抑制它是否明智呢？"

"所幸的是对我说来，接近女色只是寻欢作乐，而不是出于生理需要。根据我个人的经验，印度的那些哲人主张不近女色可以大大增强精神的力量，这话说得再确当没有了。"

"我还以为最明智的生活方式是在肉体需要和精神需要之间保持一种平衡呢。"

“印度人认为这恰恰是我们西方人所没有做到的；认为我们有了许许多多的发明，许许多多的工厂和机器以及生产出来的商品，总想把幸福建筑在物质上，但是，幸福的取得并不靠这些，而是靠精神。他们而且认为我们选择的道路是毁灭的道路。”

“你以为美国那种地方对实现你的理想适合吗?”

“我看不出为什么不适合。你们欧洲人一点不理解美国。因为我们积聚了大笔财富，你们以为我们只是要钱。我们一点不要钱；我们一有钱就拿来花掉，有时候花得好，有时候花得不好，但我们总是花掉。钱对我们说是不在话下的，它只是成功的象征。我们是世界上最大的理想主义者；我只是认为我们把理想放错了地方，我认为一个人能够追求的最高理想是自我的完善。”

“这是一个崇高的理想，拉里。”

“这种理想值不值得人努力去实现呢?”

“但是，你有没有想到，以你这样一个人，对美国这样一个贸贸匆匆、忙忙碌碌、目无法纪、极端个人主义的民族会有什么影响呢?这无异想要赤手空拳阻止密西西比河的河水不流。”

“我可以试试。是一个人发明轮子的；是一个人发现引力的定律的。没有一件事情不会产生影响。你把一粒石子投入池中，宇宙就不完全是它先前那样子。把印度的那些圣者看作生无益于时，是错误的。他们是黑暗中的明灯。他们代表一种理想，这对他们的同类是一帖清凉剂；普通的人可能永远做不到，但是，他们尊重这种理想，而且生活上始终受到它的影响。一个人变得纯洁完善之后，他的性格就会产生广泛的影响，使得那些追求真理的人很自然地去接近他。如果我过着给自己安排的那种生活，它也可能影响到别人。这种影响也许并不比石子投入池中引起的涟漪影响更大，但是，一道涟漪引起第二道涟漪，而第二道又引起第三道涟漪；很可能有少数几个人会看出我的生活方式带来幸福和安适，而他们也会转而把自己所学到的传给别人。”

“我不知道你可知道自己在和什么人作对，拉里。要知道那些不学无术的人过去用拉肢架和火刑架镇压他们害怕的意见，现在早已放弃不用了；他们现在发明了一种更恶毒的毁灭武器——说俏皮话。”

“我这个人相当顽强，”拉里微笑说。

“好吧，我只能说你有点个人收益总算有你的狗运。”

“这对我是很大的帮助。如果不是靠这点钱，我就没法像过去那样天南地北地跑。可是，我的学徒阶段结束了。从现在起，它将成为我的包袱。我要扔掉它了。”

“这将是非常不明智的事。你打算过的那种生活之所以可能，唯一靠的就是经济上不仰求别人。”

“相反，经济上不仰求别人，将使我计划的那种生活成为没有意义。”

我实在按捺不住了，摆出一副不耐烦的样子来。

“这对印度那些云游四方的托钵僧也许很合适；他可以在树下过夜，而那些虔诚的人，为了结缘，都很愿意把他的讨饭钵子装满吃的。可是，美国的气候对露宿是很不相宜的，而且我虽然不敢自命对美国十分了解，至少有一件事是美国人全都同意的，就是要吃饭就得工作。可怜的拉里，恐怕你还没有起步，就会被人当作流浪汉抓到教养院去了。”

他大笑。

“我懂。人得适应自己所处的环境，我当然要工作。我到达美国之后，将要设法在汽车修配厂找一个工作。我是个相当好的机械工，想来这不大困难。”

"这一来,你不是把本来可以派用场的精力浪费掉?"

"我喜欢体力劳动。不论什么时候,只要看书看不下去了,我就从事一个时候体力劳动。我觉得这样能使人精神振作起来。记得有一次,我读斯宾诺莎传,读到这位哲学家为了糊口不得不打磨镜片,作者非常愚蠢地认为这对斯宾诺莎是很大的折磨。我敢说这对他的理智活动只会有好处,别的不谈,单单使他暂时不去苦思苦想那些哲学问题,也就够了。当我冲洗车子或者修理汽化器时,我的脑子是不去想什么的,而当我把手里的活做完之后,我会有一种乐滋滋的味儿,觉得自己完成了一件事情。当然,我不会在一个汽车修配厂永远待下去。我离开美国已经有好多年了,我得重新熟悉它。我将设法找一个卡车司机的工作。那样的话,日子长了,我就会把美国全都跑到。"

"你大约忘记钱有一个最大的用处,就是节省时间。生命太短促了,而我们要做的事情是那样多,所以一分钟也不能浪费。比如说,你从一个地方徒步走到另外一个地方,而不坐公共汽车,又如搭公共汽车而不坐出租汽车,你将浪费多少时间?"

拉里笑了。

"讲得很对,这一点是我没有想到的,但是,我可以拥有自己的出租汽车来解决这个困难。"

"你这话是什么意思?"

"最后我将在纽约定居下来,别的理由不说,还因为纽约拥有最大的图书馆。我只需要很少一点生活费;我对住宿的地方毫不在乎;一天只要吃一顿饭就够了;等我把美国要逛的地方全逛到了,我将会省下一笔钱来买一部出租汽车,自己当司机。"

"你应当关起来,拉里,你疯了。"

"一点不疯。我很懂事,也很实际。当一个出租自己的汽车的司机，我每天开车子的时间只要够我的食宿和车子的折旧就行了。其余的时间可以用来从事别的工作。如果有什么急事要上哪儿去，就可以开自己的出租汽车去。”

“可是，拉里，一部出租汽车和政府公债一样也是财产，”我故意说这话逗他。“而占有一部出租汽车，你就是一个资本家。”

他大笑。

“不然。我的出租汽车只是我的劳动工具，无异于托钵僧的手杖和食钵。”

这样打趣一番之后，我们的谈话中止了。我久已看出，咖啡馆里的客人愈来愈多了。一个穿晚礼服的人离我们不远坐下，叫了一份很丰盛的早餐；他那疲倦而带有满足的面容，说明他过了一夜风流，现在回想起来还有余味。几位老者，由于年纪大睡觉少，都起身很早；他们一面一本正经地喝牛奶咖啡，一面从深度眼镜里读着晨报。年纪轻一点的人，有的衣冠楚楚，有的穿得破烂，匆匆走进来，三口两口吞下一只面包，喝掉一杯咖啡，就赶往写字间或者店铺去。一个干瘪老太婆挟了一捆早报进来到处兜售，但是，看上去好像一份也没卖掉。我从大玻璃窗户望出去，看见天色已经大亮。一两分钟后，电灯全都熄掉，只有这家大咖啡馆的后面一半还开着。我看看表，已经七点过了。

“来点早饭怎样？”我说。

我们吃了油炸面包和牛奶咖啡；油炸面包是新出锅的，又热又脆。我人很疲倦，没精打采的，样子一定很难看，但是，拉里却像平时一样精神，眼睛奕奕有神；光滑的脸上一条皱纹也没有，看上去顶多只有二十五岁。咖啡使我振作了一点。

“容许我给你一点忠告，拉里。我是不大给人忠告的。”

“我也不大接受人家的忠告，”拉里回答，咧开嘴一笑。

“在你处理掉你那一点点财产之前，希望你慎重考虑一下。因为一旦脱手之后，就永远不会回来。说不定有一天你为了自己或者为了别人迫切需要钱用，那时你就会后悔莫及，觉得自己做了一件蠢事。”

他回答时，眼睛里带有嘲笑的神气，但是，丝毫不含恶意。

“你比我把钱更加看得重。”

“我很重视，”我直率地回答他。“要知道，你一直有钱，而我并不如此。钱能够给我带来人世上最最宝贵的东西——不求人。一想到现在只要我愿意，我就能够骂任何人滚他妈的蛋，真是开心之至，你懂吗？”

“可是，我并不要骂任何人滚他妈的蛋；而如果我要骂的话，也不会因为银行里没有存款就不骂。你懂吗，钱对你说来意味着自由，对我则是束缚。”

“你是个讲不通的家伙，拉里。”

“我知道。这没有法子。反正时间还早着，我要改变主意，尽来得及。我要等到明年春天才回美国。我的画家朋友奥古斯特·科泰把萨纳里的一所村舍借给我，我打算在那边过冬。”

萨纳里是沿里维埃拉的一个不大出色的海滨休养地，介于班多尔和土伦之间。艺术家和作家不喜欢圣特罗佩那些花花绿绿的宗教仪式的，常到这里来。

“那地方就像一潭死水那样了无生气，你如果不在乎这一点就会喜欢它。”

“我有事情要做。我搜集了一大堆资料，预备写一本书。”

“写的什么呢？”

“写出来后你就会知道，”他微笑说。

“书写成之后，你假如愿意寄给我，也许我可以设法替你出版。”

“你不用费心。我有几个美国朋友在巴黎办了个小小的出版社。我跟他们谈好替我印出来。”

“可是,这样出版一本书很难指望有销路的,而且不会有人给它写书评。”

“我不在乎有人给它写书评,也不指望出售。书的印数很少,只预备寄给我的印度朋友和在法国的少数可能对它感觉兴趣的人。它并没有什么了不起,我写它出来只是为了把搜集到的资料处理掉,而出版它是因为我觉得只有印出来才能弄清楚它是什么货色。”

“这两条理由我都懂得。”

这时我们的早饭已经吃完,我叫侍役开账。账单来时,我把它递给拉里。

“你既然打算把你的钱全部送光,老实不客气,这顿早饭要你请了。”

他大笑,把钱付掉。坐了这样久,我人都僵了;走出咖啡馆时,觉得两胁在痛。秋天早晨的空气非常新鲜,人很好受。天是蓝的,德·克利希大街在夜里是那样一条肮脏的通道,现在却显出一点活泼气象,就像一脸脂粉的消瘦妇人走着女孩子的轻快脚步,看去并不讨厌。我向一部过路的出租汽车打一个手势。

“带你一段路怎样?”我问拉里。

“不用。我预备步行到塞纳河边,找一处洗澡的地方游泳一下,以后还得上图书馆去,我有些东西要查。”

我们拉了手。我望着他的两条长腿大踏步走过马路。我这块料可没有他硬挣,所以坐上出租汽车回到旅馆。走进起坐间时一看,已经八点过了。

“一个年纪大的人在这个时候才回家,”我向玻璃罩里的裸体女子不以为然地说；一八一三年以来她一直就横陈在时钟上面，身体的位置在我看来极端不舒服。

她继续望着自己在镀金铜镜里的镀金铜脸，而那座钟的回答只是：滴答、滴答。我放了一盆热洗澡水；一直泡到水不太热时，方才把身体擦干，吞下一片安眠药，把瓦勒里[1]的《海葬》带到床上去看（书刚巧放在床头柜上），一直看到睡去。

① 保罗·瓦勒里（1871—1945），法国当代著名诗人。

第七章

一

六个月后,在四月里的一个早晨,我正在弗拉特角自己房顶书室里忙着写稿子,一个用人进来说,圣让(我的邻村)的警察在楼下要见我。我对受到打搅很恼火,而且想不出警察找我有什么事情。我没有亏心事,定期的慈善捐款也已经交纳。他们还发给我一张身份证,被我藏在汽车里,预备开车超出规定速度或者在马路上停错地方被人捉着时,可以在出示行车执照时,让警察无意中瞧见,免得警告没有个完。当时我想很可能是我的那些用人里面,有一个被人家写了匿名信(这是法国人生活中一个可爱之处),因为她的身份证还没有办妥;不过,我和当地的警察关系处得不坏,在打发他们走之前,总要请他们喝杯酒,所以想来不会有什么大了不起的事。可是,他们(总是两个人一同来)这次来却负有完全不同使命。

我们握了手并且相互问好之后,年长的一个——他的称呼是班长,蓄了一部我从没有见过的又浓又密的上须——从口袋里掏出个本子,用肮脏的拇指翻着。

"索菲·麦唐纳这个名字你听说过吗?"他问。

"我认识的人有叫这个名字的,"我小心地回答。

"我们刚和土伦的警察局通电话,那边的警长要你立刻就去,请您去一趟[1]。"

"为什么?"我问。"我和麦唐纳夫人并不熟。"

我立刻想到索菲一定出事了,很可能和鸦片有关系,但是,弄不懂为什么会把我牵连进来。

“这个我不管。毫无疑问，你和这个女人有过交往的。好像是她有五天没有回她的住所，后来，有人在海港捞到一具女尸，警察认为可能就是她。局里要你去认一下。”

我打了一个寒噤。不过，这事并不怎样出乎我的意料。她过的那种生活很可能使她在抑郁无聊之际突然结束自己的生命。

“可是，从她穿的衣服和随身的证件也可以认出是她来。”

“她被捞到时是赤条条的，而且脖子割了。”

“老天啊！”我一面感到毛骨悚然，一面自己在动脑筋。很可能警察会强逼着我走，所以我还是遵命为上，落得个漂亮。“好的。我搭第一班火车就去。”

我看了火车时刻表，查到五点到六点之间，有一班火车可以搭到土伦。班长说他会打电话报告土伦的警长，并且叫我一到达就直接上警察局去。我把必要的衣物装了一只手提箱，吃完午饭，就坐汽车上火车站。

二

我上土伦警察局报到时，立刻被引进警察长的房间。警察长坐在桌子后面，长得又粗又黑，脸色阴沉沉的，看上去像是科西嘉岛的人。也许习惯使然，他怀疑地看了我一眼；可是当他注意到我（为了防而不备）佩在领孔上的勋章②时，就假意地一笑，请我坐下，满口打招呼，说是惊动我这样一个有身份的人，实在出于不得已。我也同样客客气气回答，说是只要能够替他效劳，我是不胜荣幸之至。

---

① 原文为法文。
② 荣誉勋章，拿破仑一世所创制。

接着我们就谈起正经事情来。他又恢复到先前粗鲁而且相当傲慢的神情,看看放在面前的文件,对我说:

"这是一件不光彩的事情。看来这个麦唐纳女人的名声很坏,酗酒,吸毒,一个烂污货。她不但经常和船上下来的水手睡觉,还和当地的流氓睡觉。你这样年纪和身份的人,怎么会和这种人混起来?"

我本来想告诉他这不关他的事,可是,根据我钻研几百本侦探小说的经验,对待警察还是客气的好。

"我和她并不熟;是在芝加哥碰见她的,那时,她还是个女孩子。后来她在芝加哥和一个有身份的人结了婚。一年多以前,通过她和我共同认识的一些朋友,才重又和她见面。"

在这以前,我一直弄不懂他怎么会把我和索菲联系在一起,可是,现在,他把一本书推到我面前。

"这本书是在她房间里找到的。请你看看上面写的话,你当会懂得你们的关系决不是如你自称那样的泛泛之交。"

就是那本索菲在书店橱窗里看见的我的小说法文译本,她要我在上面写几个字的。我在自己的名字下面写了"美人儿,我们去看看那玫瑰花,①"因为是提笔就想起的。这当然看上去太亲热一点。

"你假如认为我是她的情人,那你就错了。"

"这不关我的事情,"他答,接着眼睛眨了一下:"而且我丝毫没有独犯足下的意思,根据我打听到的这个女人的癖好,敢说你也不是她会看中的人。但是,你对一个完全陌生的人显然不会称呼为美人儿。"

"这句诗,局长先生,是龙沙一首脍炙人口的诗的头一行,他的

① 原文为法文。

作品以你这样有文化教养的人肯定是熟悉的。我录了这句诗因为我有把握她知道这首诗并且会连带想起下面的诗句，这一来，说不定使她感到自己过的那种生活，别的不说，至少是不检点的。”

“我在学校里显然读过龙沙，可是，我的事情非常繁忙，你提起的那些诗句早已被我忘了。”

我把那首诗的第一节背了出来，满知道他在我提到这位诗人之前，从来就没有听到这个名字过，所以一点不怕他会想到这首诗的最后一节丝毫不带有劝人学好的味儿。

“她摆明是读过一点书的。我们在她的房间里找到若干侦探小说和两三本诗集。有一本波德莱尔①，一本兰波②，还有一本英文诗，一个叫艾略特③写的。他出名吗？”

“名气很大。”

“我没有时间读诗。反正我不懂英语。可惜的是他如果是个好诗人，为什么不用法文写诗，使得受教育的人都能读他。”

想到这位局长在读艾略特的《荒原》，我真乐了。突然间，他把一张照片送到我面前。

“你可看得出这是何等样人？”

我一眼看出是拉里。他穿着游泳裤，照片是新近拍的，据我猜想，大约就是前年夏天他和伊莎贝儿和格雷在迪纳尔避暑时照的。我脱口而出的一句话是想说我不认识，因为我从心里不愿意这件可恨的事情牵连到拉里，可是再一想，倘若警察局查出是拉里的话，我的否认就会使他们疑心到我认为这里面有什么不可告人之处。

“他是个美国公民，叫劳伦斯·达雷尔。”

---

① 波德莱尔（1821—1867），法国象征派诗人，代表作有《恶之华》。
② 兰波（1854—1891），法国象征派诗人。
③ 托马斯·艾略特（1888—1965），现代英国美裔诗人，《荒原》是他的代表作。

“这是我们在这女人的东西里面找到的唯一一张照片。他们之间什么关系?”

“他们都是在芝加哥附近同一个村子里长大的,从小就认识。”

“可是,这张照片拍了没有多久,想来是在法国北部或者西部一个海滨休养地。查出究竟在什么地方并不难。他是怎样的一个人?”

“是一个作家,”我大胆说。警察局长的两撇浓眉毛稍稍抬一点起来,我想他认为干我这一行的人,行为都是不大检点的。“而且生活不靠稿费收入,”我又补上一句,企图抬高他的身份。

“他现在在哪里?”

我又禁不住想说我不知道,但是,仍旧认为这一来只会把事情弄别扭。法国警察也许有许多毛病,但是,他们的组织体系却能使他们很快就查出一个人来。

“他住在萨纳里。”

警察局长头抬了起来,显然感觉兴趣。

“地址呢?”

我记得拉里告诉过我奥古斯特·科泰把自己乡下的小房子借给他住;我圣诞节回来时,曾经写信给他,邀他到我家来住一个时候,但是,不出我所料,他谢绝了。我把他的地址告诉了警察局长。

“我就打电话到萨纳里,叫人把他带到这儿来。可能从他嘴里问出点名堂。”

我不由而然觉得警察局长大约认为这可能是个嫌疑犯,真想笑出声来。我断定,拉里会很容易证明他和这件事情无关。我急于想知道的是关于索菲的悲惨结局的详情,但是,局长告诉我的只比我知道的多出一些细节。两个渔夫把尸体捞到。当地的警察告诉我尸体一丝不挂,其实是耸人听闻。凶手把三角裤和奶罩都留下了。

如果索菲的衣着和我看见她时一样，那么，凶手只要剥去她的长裤和紧身衫就行了。由于查不出她的姓名，警察就在当地报纸上加上一段描写。有个女人在一条小街上出租房间的（法国人叫它做**临时房间**，客人可以随意把女人或者男人带去睡觉），见报后就上警察局来。她原是警察局的耳目，警察常要她报告谁上她的客栈来，和来了干什么。我上次碰见索菲时，她刚被码头附近的那家旅馆赶了出来，因为她的行为实在太不像话，连一向马虎的旅馆主人都忍耐不下去了。这以后她就找到上述的那个女人，在她的房子里租下一个卧房，另外加一间小起坐间。一间房间一夜租出去两三次，赚的钱比较多，可是，索菲出的价钱很大，所以那女人就答应租给她，按月计算。这个女人现在到警察局来，说她的房客有好几天没有回来住宿了；她原也不放在心上，以为她暂时去了马赛或者维尔弗朗什，因为英国军舰最近开来了，这件事对沿海岸一带的老少女子都具有吸引力；但是，她读到报上关于死者的那段描写，觉得可能是她的房客。警察带她去看了尸体，她稍微迟疑一下，就声称这是索菲·麦唐纳。

"可是，如果尸体已经被认出是谁，你们找我来做什么？"

"贝莱太太是个很诚实的女人，而且品行不错，"局长说，"可是，她认出这个女尸的理由可能是我们不知道的；反正我觉得应当找一个和死者关系比较密切的人来证实一下。"①

"你认为有可能捉到凶手吗？"

局长耸耸自己宽阔的肩膀。

"我们当然在查访。我们到她常去的酒吧间问了一些人。她可

① 警察局长故意含糊其辞，实际上他对那个出租房间的女人并不信任，怕她冒认一个无名女尸是索菲，而真正的索菲则被她毁尸灭迹了。这些门面话当然瞒不过作者，所以接着就问到缉拿凶手的问题。

能是被一个水手出于妒忌杀害的，而水手的船已经离开港口了，也可能是当地一个流氓抢她身上的钱而杀死她。看上去她身边总带有不少的钱使那些歹徒会看上她。也许有些人认为某某人有很大的嫌疑，但是，在和她交往的人中间，除非为了自身的利益，谁也不会说出来。像她那样跟这批坏蛋朝夕相处，得到这样的下场是完全意想得到的。"

我对他这话也没有可说的。局长请我明天早上九点钟之后来，那时候，他当会和"照片中的这位男子"见过面，底下就由一个警察领我们去停尸所看尸首。

"她的打葬事情呢？"

"如果验明正身，你们承认是死者的朋友并且愿意负担丧葬费的话，你们将会得到批准。"

"我敢说达雷尔先生和我都愿意很快得到批准。"

"我完全理解。这可怜的女人遭遇太惨了，能够越早安息越好。你的话使我想起我这里有一张丧葬承办人的名片，他收费公道，而且办事利落。我将在上面写几个字，叫他办得更周到些。"

我有把握他在丧葬费用上会得到回扣，可是，我满口感谢他。在他竭力表现得毕恭毕敬，送我出门之后，我立刻就找到名片上的地址。丧葬承办人既活跃又一本正经。我挑了一口棺材，既不是最便宜的，也不是最贵的。他主动提出替我向他熟识的一家花店订购两三只花圈——"免得先生履行一项不愉快的义务，并且出于对死者的尊敬，"他说——约好柩车于次日两点钟到达停尸所。他告诉我，对坟地用不着操心，一切他都会安排好的，又说"想来太太是新教徒吧"，所以如果我同意的话，他将找一位牧师等在公墓那边，于下葬时为死者祈祷。所有这一大套使我不由得佩服他的办事能力。但是，由于我和他素不相识，而且是个外国人，如果请我肯惠然给他预先开一张支票，敢说我是不会介意的。他说出的数目比我指望的要大一点，显然是准备我还价；可是，我一声不嘀咕，掏出支票本来，开了一张支票给他；当时看得出他脸上显出诧异的样子，甚至于有点失望①。

我在旅馆开了一个房间，第二天早上，又到警察局去。先在候见室等了一段时间，然后由人请我到警察局长的房间去。我看见拉里，神情严肃而且不自如，就坐在我昨天坐的椅子上。局长兴高采烈地和我招呼，仿佛我是个多年失散的弟兄似的。

"很好，我亲爱的先生，你的朋友极其坦率地回答了我有责任问他的问题。我没有理由不相信他已经有一年零六个月没有见到过这个可怜的女人。他叙述了自己在上星期的行踪，以及那个女人房间里他那张照片的由来，讲得都非常令人满意。照片是在迪纳尔拍的，有一天，他和那女人吃午饭时，刚好放在她口袋里。我从萨纳里收到的关于这位年轻人的情况报告非常之好，我而且，并不是我想卖弄，本来就善于识人；深信他不可能干下这种勾当。我而且不揣冒昧向他表示同情，一个童年的朋友，而且在一个健康和有种种教养的家庭长大的，竟会堕落到这种地步。可是，这就是人生。现在，亲爱的先生们，我的一个下属将陪二位上停尸所去，在你们证实死者之后，就没有你们的事了。去吃一顿好午饭吧。我这里有一张土伦最好餐馆的卡片，只消我在上面写几字，餐馆老板就会尽力招待。经过这番折腾之后，来一瓶好酒对你们两位都有益处。"

他这时的的确确充满善意了。我们跟随一个警察走到停尸所。这地方的生意并不兴隆。只有一张板上停了一具尸体。我们向着尸首走去，看守人把头部的遮布揭开。那形象很不好看。海水已经

① 暗指对方懊悔没有索价更高。

把烫弯曲的银灰色染发泡直,而且湿濡濡地粘在颅骨上。脸肿得厉害,看上去使人毛骨悚然,但是,毫无疑问,是索菲。看守人把遮布又拉下一点,给我们看了那道一直割到两边耳朵下面的骇人刀痕;对我们两个来说,还是不看见的好。

我们回到局里。局长没有空见客,我们只好把应当说的话告诉一个助理。他丢下我们,不久就拿了证件出来;我们带了证件去交给丧葬承办人。

"现在去喝杯酒吧,"我说。

拉里从我们离开警察局上停尸所,除掉从停尸所回来时声称他认出尸身是索菲·麦唐纳外,一句话也不说。我领他上码头那边,和他坐在从前和索菲坐的那家咖啡馆里。外面正吹着一股强烈的北风,平时波平如镜的海港到处点缀着白浪花。渔船轻轻摇曳着。阳光朗照;和每次刮北风时一样,眼中望去的任何物体都异常清晰耀眼,就好像从望远镜中特别对准了物体眺望,给人以一种震撼心弦和生命在颤栗的印象。我喝了一杯白兰地苏打,但拉里始终没有碰我给他叫的一杯。他郁然坐着,一声不响,我也不打搅他。

过了一会,我看看表。

"我们还是去吃点东西吧,"我说。"我们两点钟要到停尸所。"

"我饿了,我没有吃早饭。"

我根据警察局长的外貌断定他是懂得吃好菜的,所以把拉里带到局长告诉我的那家饭店。我知道拉里很少吃肉,所以叫了摊鸡蛋和煎龙虾,然后把酒单要来,仍旧遵照局长的话,挑了一瓶葡萄酒。酒送来时,我给拉里倒了一杯。

"你还是喝下这劳什子,"我说。"它可能给你提示一个话题。"

他乖乖地遵照我的话喝了。

"西里·甘乃夏常说沉默也是谈话,"他咕哝着说。

“这使人想起剑桥大学那些冬烘先生一次欢快的聚会。”

“恐怕你得单独负担这笔丧葬费呢,”他说。“我没有钱了。”

“我完全愿意,”我回答。接着,他这句话的含义触起我。“你难道真的做了不成?”

他有半晌没有做声。我注意到他眼睛里那种诡诈神情。

“你没有把你的钱送掉吧?”

“除掉等我的船开到之前必要的用度外,全送掉了。”

“什么船?”

“我在萨纳里住的房子的邻舍负责一家货轮在马赛的办事处,货轮的航线往返于近东和纽约之间。他们从亚历山大城打电报给他,说一条开往马赛的船有两个水手生病,在亚历山大城上了岸,叫他找两个替工。他是我的好朋友,答应把我弄上船。我把自己的旧雪铁龙送给他做纪念。上船之后,我除掉身上的衣服和一个手提包的东西外,便别无长物了。”

“嗯,反正是你自己的钱。现在你自由了,白种人而且满二十一岁①。”

“自由这个字眼用得很对。我一生从来没有比现在更感到快活和更无牵无挂了。我到达纽约时,他们会付给我工资,这钱将能够维持到我找到一个工作。”

“你写的书怎样了?”

“噢,已经写完而且印好了。我开了一张赠书的名单,你在一两天内当会收到。”

“多谢。”

① 美国法律,白种人满21岁就是成年,可以自由处理财产。黑种人大约不同于白种人。

这下面没有什么可说的。我们在友好的沉默中吃完午餐。我叫了咖啡。拉里点起烟斗;我点起一支雪茄,若有所思地望着他。他感到我的眼光朝着他,将我看了一眼;他自己的眼睛闪出顽皮的神气。

“你要是想骂我是个大傻瓜蛋,你就只管骂吧。我一点不介意。”

“不,我并不怎样想骂你。我只是盘算,如果你像别人一样结婚生子,生活方式会不会变得更正常些。”

他笑了。过去我提到他的笑很美,肯定总有二十次了;他笑得是那样适意,真挚和迷人,恰恰反映出他那优良品质的坦率和诚实的一面,可是我还要再提一次,因为现在他的笑除掉上述的种种以外,还含有一种凄惨和温柔的味道。

“现在太迟了。我碰到的有可能和她结婚的女子只有可怜的索菲。”

我诧然望着他。

“经过这一切之后,你还能这样说吗?”

“她有个可爱的灵魂,热情,超脱,慷慨。她的理想是高尚的。甚至到最后她寻找自我毁灭的方式,也具有崇高的悲剧味道。”

我没有作声;我不懂得对这些古怪的评述该怎样看待。

“当时你为什么不和她结婚呢?”我问。

“她那时还是个孩子。告诉你实在话,我从来没有想到当初我常到她祖父家,和她一同在榆树下读诗时,这个瘦骨嶙峋的小鬼蕴藏着灵魂美的种子。”

我不由得感到诧异的是,在这个当口,他竟然不提伊莎贝儿。他不可能忘记曾经和她订过婚。人们只能设想他把订婚的事看作是两个没有成熟的年轻人糊里糊涂干出来的蠢事,毫无道理。他决没有想到伊莎贝儿一直在苦恋着他，这件事我深信在他脑子里连个影子都没有。

现在是动身的时候了。我们走到拉里停车的广场，汽车已经很破旧了。我们开到停尸所。丧葬承办人没有虚报。什么事情都办得井井有条；在那片光华耀眼的天光下，狂风把墓地的柏树都吹弯了，给殡葬添上最后一点恐怖气氛。各事完毕以后，承办人恭敬如仪地和我们拉手。

“两位先生，希望你们满意。办得很不错吧？”

“很不错，”我说。

“请先生记着，如果有什么差遣，随时吩咐好了。路远毫无关系。”

我谢过他。当我们走到公墓门口时，拉里问我还有什么事情要他做的。

“没有了。”

“我想尽快赶回萨纳里。”

“把我开到我的旅馆，好吗？”

开着车子时，我们一句话都没有说。我到旅馆时下车，两个人拉拉手，他就开走了。我付了旅馆账，拿了手提箱，雇一辆出租汽车上火车站。我也要赶快离开。

三

几天之后，我就动身去英国。我原来的打算是沿路不停，但是，出了索菲这件事情之后，我特别想看看伊莎贝儿，所以决定在巴黎停留二十四小时。我打了个电报给她，问她我能不能在下午晚一点时候去，并在她家吃晚饭。到达我的旅馆时，我收到她留下的一张便条，说她和格雷晚上有饭局，可是，欢迎我五点半以前来，因为五点半以后她要去试衣服。

天冷，雨下下停停，但下得很大；我猜想格雷不会上毛特芳丹去打高尔夫。这对我不大合适，因为我想单独会见伊莎贝儿。但是，当我到达公寓时，她告诉我的第一句话就是，格雷上旅行者俱乐部打桥牌去了。

“我告诉他不要回来太晚，如果要见你的话，不过，我们要到九点钟才吃晚饭，这就是说，我们用不着在九点半以前到达，所以我们满有时间痛痛快快谈一下。我有一大堆事情要告诉你。”

他们已经把公寓转租出去。艾略特的藏画将在两星期内拍卖。拍卖时他们要到场，所以正准备搬到里茨饭店去住。然后上船回国。伊莎贝儿除掉艾略特在昂第布房子里挂的那些近代绘画之外，什么都卖掉。这些近代绘画她虽则不大喜欢，但是，认为这些挂在他们未来的家里将会抬高他们的身价；她想得完全对头。

“遗憾的是，可怜的艾略特舅舅并不太合时宜。毕加索，马蒂斯，鲁奥①，你知道。我想他的藏画好还是好的，不过恐怕过时了一点。”

“我倘若是你的话，就不去管它。几年之后，别的画家将会出头，毕加索，马蒂斯比起你那些印象派画家来也未见得更时新了。”

格雷和人家的谈判快结束了。他有了伊莎贝儿给他提供的资本，将以副经理的身份参加一家生意兴隆的企业。这家企业和石油有关系，所以他们打算住在达拉斯。

“我们的首要事情是找一幢合式的房子。我要有一个很好的园子，这样格雷工作回来可以有地方闲逛逛，而我非要有一间真正的大起坐间不可，这样才可以招待客人。”

---

① 乔治·鲁奥(1871—1958)，法国野兽派画家。

“我不懂得你为什么不把艾略特的家具带走。”

“我认为不大合适。我要打全套的摩登家具,也许在有些地方来点墨西哥式样,使它带有一种情调。我一到纽约就去打听现在哪一个屋内装饰家最吃香。”

安托万,那个男用人,捧了一只盘进来,上面放了许多酒瓶。伊莎贝儿总是那样机灵,知道十个男人有九个都自命搀鸡尾酒比女人搀得好(而且这个看法是对的),所以叫我搀两杯。我把杜松子酒和努瓦里普拉①倒出来,搀上少量的苦艾酒;就靠这点苦艾酒把原来是不甜的马地尼②从一种说不出名堂的酒变成仙露,连奥林匹斯山上的诸神肯定都会放弃自己的家酿来喝它。我私下里一直觉得这是一种可口可乐的饮料。当我把酒杯递给伊莎贝儿时,我注意到桌上有一本书。

“嗨,”我说。“这就是拉里写的书啊。”

“是的,今天上午寄来的,可是,我非常之忙,午饭之前,有说不尽的事情要做;午饭是在外面吃的;下午又去了摩林诺时装店。不知道什么时候才能稍微翻一下。”

一个作家成年累月地写一本书,也许呕心沥血才写成它,但是,被人随便放在那里,一直到无事可做时才会看它;想到这里,我感到抑然。

“想来你知道拉里整个冬天都在萨纳里过的。你碰见过他没有?”

“碰见过。前几天还一起在土伦的。”

“是吗?你们去土伦干什么?”

---

① 一种白葡萄酒的商标名。
② 鸡尾酒的一种。

“打葬索菲。”

“她难不成死了?”伊莎贝儿叫出来。

“她如果不是死了,我们会有什么借口去打葬她?”

“这并不好笑,”她停了一下。“我不想假装难受。恐怕是酗酒和吸毒双重原因。”

“不是的,是被人割了脖子,赤身裸体抛到海里的。”

和圣让的警察班长一样,我觉得有必要强调一下她的脱光情况。

“太可怕了!可怜的人儿。当然像她那样子生活,结局一定是悲惨的。”

“这也是土伦的警察局长说的话。”

“他们知道凶手是谁吗?”

“不知道,但是我知道。我认为是你杀了她。”

她诧异地盯着我望。

“你讲的什么?”接着,似笑非笑的一声:“再猜猜:我有铁证,不在犯罪的现场。”

“去年夏天,我在土伦碰见她,和她有一次长谈。”

“她没有喝醉酒吗?”

“相当清醒。她告诉我,在她将要和拉里结婚的前几天,她是怎样会无缘无故失踪的。”

我看见伊莎贝儿的脸色板了下来。接着,我把索菲告诉我的话一五一十地告诉她。伊莎贝儿竖着耳朵在听。

“从那次之后,我把她告诉我的话盘算了很久,越想越发现这里面肯定有鬼。我在你这里吃午饭总有过二十次,你在午饭时,从来不备甜酒。那天你一个人吃午饭。为什么放咖啡杯子的盘子里有一瓶苏布罗伏加酒呢?”

“艾略特舅舅刚派人把酒送来。我想尝尝看，是不是和我在里茨尝到时一样合口味。”

“对，我记得你当时盛夸这酒。我觉得诧异，因为你从来就不饮甜酒；你非常注意自己的身材，决不会想喝甜酒。那时候我有个印象，你是想撩索菲；我觉得你简直不怀好心。”

“谢谢你。”

“你一般和人约会都很守时间。你约索菲去试结婚礼服，这件事对她说很重要，对你说也好玩，为什么你要跑出去？”

“这是她亲口告诉你的。我对琼的牙齿不大放心。我们的牙医生很忙，只能在他指定的时间去。”

“看牙医生总是在上一次走前约好的。”

“我知道。可是，他早上打电话给我，说有事不能看病，但是，可以改在当天下午三点钟；我当然不放过这个时间。”

“难道不能叫保姆带琼去吗？”

“琼吓得要命，可怜的孩子，我觉得亲自带她去，她会好受一点。”

“你回来的时候，看见那瓶苏布罗伏加四分之三光了，索菲也不见了，你难道不诧异吗？”

“我以为她等得不耐烦，自己去摩林诺了。我到摩林诺一问，她并没有去，弄得我莫名其妙。”

“还有那瓶苏布罗伏加呢？”

“哦，我的确看出酒喝掉许多，还以为是安托万偷喝的，几几乎要说他，可是，他的工资是艾略特舅舅付的，他又是约瑟夫的朋友，所以我想想还是不理会的好。他是一个很好的用人，即使偶尔偷点嘴，犯不着我来责备他。”

“你真是个说谎精，伊莎贝儿。”

“你不相信我吗？”

“一点不相信。”

伊莎贝儿站起来，走到壁炉架那边。壁炉里烧着木柴，在这阴寒天使人很适意。她把肘部撑在壁炉板上，姿态很文雅；这是她可喜的禀赋之一，能够不显得一点做作。多数的法国上流女子白天穿黑，她也如此，这对她瑰丽的肤色特别相宜；今天她穿了一件很贵重但是式样简单的衣服，很能衬出她的苗条身材。她有一分钟抽着香烟。

“我跟你还有什么不可以说的。那天我要出去一趟确是很不幸，而且安托万实在不应当把甜酒和咖啡杯盘留在房间里，应当在我出去时就拿走。我回来时，看见瓶里酒差不多光了，当然知道是怎么回事，后来听说她失踪，我猜想，她大概是喝醉酒胡闹去了。这事我没有声张出去，因为说了只会使拉里更尴尬，单单这样子已经够他烦心的了。”

“你肯定那瓶酒不是你故意叫人放在那里的？”

“肯定不是。”

“我不相信。”

“那就不相信吧。”她恶狠狠地把香烟扔到炉火里；眼露凶光。“好吧，你要了解真相的话，那就老实告诉你，并且滚你妈的蛋。是我做的，而我现在还会做。告诉你，我要不惜一切阻止她和拉里结婚。你是不会阻止的，你或者格雷，你们只会耸耸肩膀，说这事做得太荒唐。你们一点不关心，我关心。”

“你如果不插手的话，她现在还会活着。”

“跟拉里结婚，弄得拉里痛苦不堪。他觉得能使她变一个新人。男人真是傻瓜！我早就知道迟早她会把持不住。这是摆明的。我们大家在里茨吃午饭时，你自己亲眼看见她多么坐立不安。我注意到她喝咖啡时，你在看她；她的手抖得厉害，一只手不敢拿，只好两只手捧到嘴边。我看出侍者给我们倒酒时，她的眼睛盯着酒望；一双没精打采的眼睛跟着瓶子转，就像一条蛇盯着一只羽毛方满的小鸡拍翅似的。我知道她会拼死弄一杯喝的。"

伊莎贝儿现在面向着我，眼睛里充满激情，声音严厉，迫不及待地讲了下去。

"当艾略特舅舅把那混蛋的波兰甜酒捧上天的时候，我觉得糟透了，但是，硬说我从来没有尝到过这样美的酒。我有把握说，她一有机会，绝对没有勇气抵制得了。所以我就带她去看时装展览。所以我要送她一套结婚礼服。那一天最后试样时，我告诉安托万，午饭我要喝杯苏布罗伏加，后来，又告诉他，我约好一位太太，她来时请她等一下，喝杯咖啡，并且把甜酒留下来，说不定她会高兴喝上一杯。我的确把琼带到牙医生那里，但是，由于没有预先约好，医生不能看病，我就带琼去看了一场新闻片①。我打定主意，如果索菲不碰那活儿，我就勉为其难，尽量和她要好。我发誓，这是实话。可是，我回家时，一看酒瓶，知道自己算对了。她走了，我而且可以拿头来打赌，她将永远不会回来。"

伊莎贝儿说完时，人老老实实都有点喘了。

"这和我想象的多少有点像，"我说。"你看，我猜对了；你无异亲手拿刀子割了她的脖子。"

"她是坏人，坏人，坏人！我很高兴她死了。"她猛然倒在一张沙发上。"给我一杯鸡尾酒，你这混蛋。"

我走过去，又搀了一杯。

"你是个卑鄙的坏蛋，"她接过我手里的鸡尾酒时说。后来勉

① 当时有这种专映短纪录片或新闻片的电影院。

强一笑;她的笑就和小孩的笑一样,知道自己笑得很顽皮,但是,认为仗着那一点天真的派头,可以哄得你不会生气。"你不会告诉拉里吧?"

"你怎么想得到的。"

"你能对天发誓吗?男人是顶顶靠不住的。"

"我答应你不告诉他。可是就算我想告诉他,我也没有机会,因为我今生今世恐怕不会和他再见面了。"

她身子坐直。

"你说的什么?"

"这时候,他已经搭上一艘货轮,当水手或者司炉,开往纽约了。"

"你这话是真的吗?他真是个怪人!几个星期前,他还到巴黎来,为他那本书上公共图书馆查资料的,可是,绝口不提他要去美国。我很高兴;这就是说,我们又要和他见面了。"

"我不敢说。他的美国离开你的美国就和戈壁沙漠一样远。"

接着,我就告诉伊莎贝儿,拉里怎样处理掉自己的财产,以及他今后的打算。她张口结舌地听我讲;脸上显出骇异的神情;有时候,打断我的话,喊"他疯了,疯了"。我说完之后,她垂着头,两行眼泪沿颊上流下来。

"现在我真正失去他了。"

她转过身去,脸抵着沙发椅背哭起来。悲伤破坏她的美丽容颜,她也不在乎。我束手无策;不懂得在她的心灵深处是什么愚蠢而矛盾的希望被我传来的消息最后砸得粉碎。我有个模糊看法,好像能够偶尔见到拉里,至少知道拉里是她的世界的一部分,就把她和拉里牵在一起,而拉里的行动最后把这根微弱的牵线也割断了,因此她觉得自己永远丧失了他。我弄不懂使她痛苦的,使她枉自悔恨的是什么;想想还是让她哭一阵的好。我拿起拉里的书,看看目录。我的一本在我离开里维埃拉时还没有寄来,现在在几天之内没法看到。书写得完全出乎我的意料,是一本论文集,篇幅和利顿·斯特雷奇①的《维多利亚名人传》相仿佛,论述了若干有名人物。他挑选的人使我迷惑不解。有一篇论述罗马独裁者苏拉②,在独揽大权之后,退位归隐,一篇论建立帝国的蒙古征服者阿克巴尔③;一篇论吕本④,一篇论歌德,还有一篇论切斯特菲尔德伯爵⑤,那个搞文学的。显然每篇文章都需要读许多书,无怪拉里要花这么长的时间才能写成,可是,我不懂得为什么他认为值得在这上面花这么多时间,也不懂得他为什么选择这些人来研究。接着我想起来,这些人都各有一套方式在自己一生中取得卓越的成就,而使拉里感觉兴趣的想来就在于此。他有心估量一下究竟是怎样的成就。

我随便读了一页,看看他的文笔怎样。是那种学术性的文章,但是写得流畅,一点没有初学写作的人往往有的卖弄或者陈腐气。看得出他就和艾略特·谈波登经常亲近达官贵人一样,他也是经常浸润在名著中的。我的思绪被伊莎贝儿的一声叹息打断了。她坐起来,皱着脸把变得微温的鸡尾酒一饮而尽。

"我再哭下去,眼睛要肿得不像样子了;今天晚上,我们还要出去吃晚饭呢。"她从皮包里取出一面镜子,不放心地照照自己。"对了,用冰袋在眼睛上放半小时,这就是我要做的。"她在脸上扑了粉,涂了口红。后来若有所思地望着我,"你听了我这样作为,会瞧不起

① 利顿·斯特雷奇(1880—1932),英国近代传记作家。
② 苏拉(前138—前78)。
③ 阿克巴尔(1542—1605)。
④ 彼得·保罗·吕本(1577—1640),佛兰德画派大师。
⑤ 切斯特菲尔德伯爵(1694—1773),英国政治家、外交家,以他写给自己儿子的书信集闻名于后世。

我吗?”

“你在乎吗?”

“你也许会奇怪,我在乎。我要你觉得我人不错。”

我笑了。

“亲爱的,我是一个很不道德的人,”我答。“当我真正欢喜一个人的时候,尽管我不赞成他做的那些坏事,但是照样喜欢他。按说你不是个坏女人,而且风度翩翩。我知道你的美貌是两种因素的巧合,高超的审美眼光和不顾一切的决心,但并不因此而影响我对你的欣赏。你只是缺少一样使人完全对你着迷的东西。”

她微笑着等待。

“温柔。”

她唇边的笑意消失了,恶狠狠地看了我一眼,可是还没有来得及定下神来回答我,格雷已经蹒跚地走进来。在巴黎住了这三年,格雷已经胖得厉害,脸色变得更红,头发秃得很快,可是健康好到极顶,而且兴致勃勃的。看见我时,高兴得一点不做作。他讲话充满了口头禅。不管怎样过时的字眼,他说起来总深信自己是第一个想到这样说的。上床是打稻草,睡觉总睡得像没有亏心事的人一样;下雨总是敲锣击鼓,巴黎必定是繁华的巴黎。可是他为人非常善良,非常不自私,非常正直,非常可靠,非常不搭架子,使人没法子不喜欢他。我对他倒有真实感情。他现在对于即将动身回国很兴奋。

“天哪,又要上笼头了,真开心,”他说。“我已经闻到饲草香了。”

“是不是都谈妥了?”

“我还没有在虚线上签字呢,但是有十成十了。我打算合伙的是我大学里一个同房间同学,一个好样的,我敢保他不会叫我上当。可是,我们一到达纽约,我就会飞往得克萨斯把整个设备检查一下,在我把伊莎贝儿的钱吐出之前,敢保任何可疑的情况都不会逃过我的眼睛的。"

"你知道,格雷是一个很精明的生意人,"她说。

"我又不是在牛棚里长大的,"格雷微笑说。

他继续告诉我他预备加入那项生意的情况,时间拖得相当长,可是我对这类事情简直不懂,只掌握到一件具体事实,就是他很有希望赚一大笔。他对自己讲的事情越来越感兴趣,所以,不久就转身向伊莎贝儿说:

"我说,我们何不把今晚这顿讨厌的饭回掉,就我们三个人上银堡痛痛快快吃一顿晚饭呢?"

"哎,亲爱的,这不能做。他们是为我们请的客。"

"反正我也来不了,"我插嘴说。"在我听到你们晚上有饭局之后,我打电话给苏姗·鲁维埃,约好带她出来吃饭了。"

"苏姗·鲁维埃是谁?"伊莎贝儿问。

"拉里认识的一个女子,"我说了故意捉弄她。

"我总疑心拉里有个小娘儿藏在哪儿不给我们知道,"格雷说,咯咯笑了出来。

"胡扯,"伊莎贝儿愤然说。"拉里的性生活我全知道。他没有人。"

"好吧,让我们分手之前再喝一杯鸡尾酒,"格雷说。

我们喝了鸡尾酒,然后,我和他们道别。他们陪我到了穿堂里。当我穿上大衣时,伊莎贝儿把胳臂和格雷的胳臂套起,挨近他身子,盯着他的眼睛看,脸上带着我指责她所缺乏的那种温柔表情。

"你说说,格雷——坦白地说——你觉得我狠心吗?"

"不,亲爱的,远不是如此。怎么,难道有人说你狠心吗?"

"没有人。"

她把头掉过去，使格雷看不见她，向我把舌头吐了出来，那个派头艾略特肯定会说不像个上流女子。

“那是两回事情，”我一面咕哝着，一面走到门外，随手把门带上。

四

我再经过巴黎时，马图林一家已经走了；艾略特的公寓已经住进别人。我很怀念伊莎贝儿。她长得好看，而且谈话不大拘束，领会很快，对人没有恶意。我后来从没有见过她。我不会写信而且拖拉，伊莎贝儿则从不和人通信。她如果不和你通电话或者打电报，你就休想得到她的消息。那一年圣诞节，我收到她一张贺片，上面有张漂亮照片，照的是一幢有殖民地时期门廊的房子，四周围长着茂密的栎树，想来就是农场那边的房子；当初他们需要钱时卖不掉，现在大约愿意留下来了。邮戳表明信是从达拉斯寄出的，可以肯定，合营的交易已经谈妥，他们已在达拉斯定居了。

我从来没有到过达拉斯，但可以想象它和我见到的美国其他城市一样，有一个住宅区，坐汽车去商业中心和郊外俱乐部都不需要多少时间；住宅区阔人家的房子都很漂亮，有大花园，从客厅窗子里可望见幽美的山陵或者溪谷。伊莎贝儿肯定住在这样一个地方和这样一幢房子里，房子从地窖到阁楼都是由纽约最时髦的屋内装饰家按照最时新的式样布置的。我只希望她挂的那些画，勒努瓦，马奈的花卉，莫奈的风景和高更看上去不太过时。餐厅无疑不大不小，正适合伊莎贝儿经常招待午宴，酒肯定好，菜肴当然是第一流。伊莎贝儿在巴黎学到不少东西。她一眼就可以看出客厅够大不够大，客厅不大的房子她是不会住的；因为她要等两个女儿长大了一点，在客厅里开未成年人的舞会，这是做母亲的一项愉快的责任。

今天琼和普丽西拉该已到结婚的年龄了。肯定她们都有很好的教养。她们进的是最好的学校，伊莎贝儿准会把她们培养得面面俱到，使她们在合格的青年人眼中成为可以追求的对象。格雷现在想来脸色更红润了，兴致更好了，头更秃了，体重更增加了，但是，伊莎贝儿我不相信会变到哪里去。她仍旧会比两个女儿长得美。马图林这一家肯定是社会上少不了的，我而且有十足把握他们在当地的人缘很好，这也是应该的。伊莎贝儿人风趣、文雅、殷勤、机智；至于格雷，不用说，是标准美国人中的精华。

五

我不时仍去看望苏姗·鲁维埃。后来，她的境遇发生了意想不到的变化，使她离开巴黎，也在我的生命中消失了。那是一天下午，大致在我叙述的事件两年之后，我先在奥台翁剧院的走廊上浏览书籍，很惬意地消磨了一个钟点，后来一时无所事事，就想起去看望一下苏姗。我有六个月没有见到她了。她开门时，拇指搭着调色板，嘴里咬一支画笔，穿一件罩衫，上面满是油彩。

“啊，是您，亲爱的朋友。请进来。”①

她这样客气使我有点诧异，因为一般我们只是你我相称。我走进那间客厅兼画室的房间。画架上放了一张油画。

“我很忙，不知道怎么办是好。我一分钟也不能浪费。说来你不会相信，我要在梅耶海姆画店开个人画展，得准备三十幅画呢。”

“在梅耶海姆？这真了不起。你是怎样做到的？”

因为梅耶海姆并不是塞纳路上的那些靠不住的画商；那些人开一爿小店，由于付不出房租，随时都有关门的可能。梅耶海姆在塞

① 原文为法文。

纳河繁华的这一边有一爿漂亮画店，而且享有国际声誉。一个画家被他看中了就会发财。

“亚希尔先生带他来看我的作品，他认为我很有才气。”

“À d'autres, ma vieille,”我答，这句法文我想最好的译法是“鬼相信你，小女人”。

她看了我一眼，哧哧笑起来。

“我要结婚了。”

“跟梅耶海姆？”

“别装傻了。”她把画笔和调色板放下来。“我工作了一整天，现在该休息一下了。让我们喝杯红葡萄酒，我再告诉你经过。”

法国生活的一个不大愉快的方面是，你往往逼得要在不适当的时候喝一杯酸溜溜的红葡萄酒。你只好听命。苏姗取出一瓶酒和两只杯子，把杯子斟满，坐下来如释重负地叹了一口气。

“我站了有好几个钟点，我的静脉曲张血管都痛了。是这样的。亚希尔先生的妻子今年年初去世了。她是个好女人，也是个好天主教徒，但是，亚希尔和她结婚并不是出于自愿；他娶她是为了生意经，因此虽则他器重她，尊敬她，要说她的亡故使亚希尔先生怎样伤心，那就过甚其辞了。他儿子的婚姻很不坏，在公司里也做得很出色；现在他女儿的婚事也谈妥了，对方是一位伯爵，虽说是比利时人，倒是货真价实的贵族，在那慕尔附近有一座很美丽的宫堡。亚希尔先生认为，他可怜的妻子不会为了自己的缘故耽误两个年轻人的幸福，所以尽管还在居丧期间，一等到财产过户手续①完成后，立刻就举行婚礼。显然亚希尔先生住在里尔的那幢大房子里会感到寂寞的；他需要有个女人照应他的生活起居，还要管理好那所关系

① 欧洲社会上流人士结婚前，要把一笔资财过在女方名下。

到他身份的住宅。长话短说，他要我代替他妻子的位置；他讲得入情入理：‘我第一次结婚是为了消除两家对立的竞争，我而且并不懊悔，但是第二次结婚那就要听我喜欢了。’”

“恭喜恭喜，”我说。

“当然我将失去自由，而我是喜欢无拘无束的。可是，一个人应当考虑到自己的前途。不瞒你说，我已经是四十开外的人了，这事只有你我知道。亚希尔先生正处在危险的年龄；万一他忽然想入非非追求一个二十岁的女孩子起来，我怎么办呢？我还要替我的女儿着想，她现在十六岁，看上去会出落得和她父亲一样漂亮。我使她受到很好的教育。但是，事实摆在你面前，不容你否认；她既没有才干当一个演员，也没有她可怜母亲的气质去当妓女，那么我问你，她能指望什么呢？当个女秘书，或者在邮局里当个职员。亚希尔先生很慷慨地同意她和我们住在一起，并且答应给她一笔厚厚的奁资，使她能嫁个好人家。说实在话，我亲爱的朋友，别人怎样说不去管它，结婚仍旧是女人的最最满意的职业。很明显，当我想到女儿的幸福时，我毫不迟疑就接受了亚希尔先生的建议，即使牺牲某种满足也在所不惜；反正一年年过去，这种满足愈来愈不容易获得了。而且我一定要告诉你，我结婚之后，预备绝对恪守妇道〔d'une vertu farouche〕，因为根据我多年的经验，深信幸福的婚姻唯一倚靠的就是双方绝对的忠实。”

“这是很高尚的情感，我的美人儿，”我说。“亚希尔先生还预备每两个星期来巴黎谈生意吗？”

“**哎呀呀**，你把我当作什么样人，我的小宝贝？亚希尔先生向我求婚时，我跟他讲的第一件事就是：‘你听我说，亲爱的，你到巴黎来开董事会时，我也跟着来，这算讲定了。你一个人在这里我是不放心的。’‘你不能设想我这样年纪还会做出蠢事来，’他答。‘亚希尔先生,'我跟他说,'你正当壮年,我而且比谁都清楚你是个多情人,而且风度翩翩,神气十足。种种地方都会被女人看中。总之,我觉得最好你不要受到引诱。'最后,他答应把董事的位置让给儿子,由他代替父亲来巴黎开会。亚希尔先生假装不快,认为我不讲理,事实上他心里觉得很好受。"苏姗满意地叹了一口气。"对我们可怜的女人来说,如果不是因为男人的这种想象不到的虚荣心,生活就更加难办了。"

"这一切都很好,但是,这和你在梅耶海姆开个人画展有什么相干?"

"我可怜的朋友,你今天有点儿笨头笨脑的。多少年来我不是告诉过你,亚希尔先生是一个极端聪明的人吗?他要考虑到自己的地位,而且里尔的人是很挑剔的。亚希尔先生要我在社会上有地位;作为他这样重要人物的妻子,我有权利享受这种地位。你知道那些外省人是怎样的,他们最欢喜管别人的闲事;他们要做的第一件事情就是问:苏姗·鲁维埃是什么人?好吧,这就是他们的回答。她是一位名画家,最近在梅耶海姆画店开的画展获得很了不起和当之无愧的成功,'苏姗·鲁维埃是殖民步兵团一位军官的遗孀,好些年来都靠自己的艺术才能维持生活,并抚养一个早年丧失父爱的娇女,表现了典型的法国妇女的刚毅性格。现在我们欣悉她的作品不久将在目光犀利的梅耶海姆先生的画室展出;广大公众将有机会观赏她的细致笔触和过得硬的技巧。'"

"你胡说些什么?"我说,耳朵竖了起来。

"亲爱的,这就是亚希尔先生计划做的抬高我的宣传。法国重要一点的报纸都将登载这条新闻。他真是了不起。梅耶海姆先生的条件很苛刻,亚希尔先生毫不在乎全接受了。预展时要开香槟酒庆祝;美术部长(他本来欠亚希尔先生的人情)将要在开幕式上来一篇夸夸其谈的演讲;他将着重提到我的品德和绘画才能,最后他将宣布国家的责任和职权是论功行赏,所以已经买下我的一张画由国家收藏。巴黎各界人士都将到场,梅耶海姆先生将亲自招呼那些评论家,保证他们的报道不但要讲好话,还要占相当篇幅。那些可怜的家伙,他们挣的钱实在太少了。给他们一个机会额外挣点钱也算是做好事。"

"这一切是你本来应当得到的,"我说。"你一直是个好心肠的人。"

"别啰嗦,①"她答,这句话无法翻译。"可是这还不算数。亚希尔先生又用我的名义在圣拉斐尔海边买了一所别墅,所以我将不仅以一个艺术家,而且还要以一个有产业的妇女在里尔的社交界露面。再过两三年他就要退休了,那时,我们将像上流人士那样(Comme des gens bien)在里维埃拉住下去。他可以在海上划船,捞虾子,我则画我的画。现在我把画拿给你看。"

苏姗作画已有好几年,而且学会了她那些情人的作画方式,终于画出了她自己的风格。素描仍旧不会,但是色彩感很不错。她给我看的画有和她母亲住在昂儒省时画的风景,有凡尔赛宫花园和枫丹白露森林的小景,有在巴黎近郊被她看中的街道风光。她的画像浮光掠影,不踏实,但是具有一种花枝招展的美,甚至某种不经意的情趣。有一张画我很中意,告诉她我要买,因为我认为这样会使她高兴 。这张画我记不起是叫《林中荫道》,还是叫《白围巾》,而且事后检阅,到今天还说不出来。我问了价钱,要价也很合理,所以说我要买下它。

"你是个宝,"她叫。"我的第一笔交易。当然你在展览会开过

① 原文为法文。因为苏姗不要毛姆打断她话头。

后才能拿到，可是，我要叫他们在报上登出来，说你买了它。反正一点点宣传对你是没有妨碍的。我很高兴你挑了这一张，我认为这是我的一张得意之作。”她拿起一面镜子，从镜子里端详这张画。“很有情调，”她说，眼睛眯了起来。“没有人能否认这一点。这些绿颜色——多么浓郁，然而又多么娇嫩！还有中间这点白颜色，确是神来之笔；它把整个画面统一起来了，它有特色。这是才气的表现，毫无疑问，真正的才气。”

我看出她在通往职业画家的路上已经迈出老远了。

“现在，我的小宝贝，我们谈得够长了，我得重新工作起来。”

“我也得走了，”我说。

“顺带问一句，那个可怜的拉里还住在印第安人中间吗？”

她提到上帝自己国家①的居民时，一向习惯于用这种鄙薄口气。

“据我知道，还在那里。”

“以他那样温和可爱的人，日子一定很不好过。如果那些电影使人信得过的话，有那许许多多的匪帮、牛仔和墨西哥人，那边的生活肯定是使人受不了的。并不是说那些牛仔没有一种吸引力，使你想起什么来。**哎呀呀**。可是看上去一个人在纽约街上行走，口袋里如果不带一支手枪的话，那将是**极端**危险的。”

她送我到门口，并且吻了我的两颊。

“我们曾经在一起玩得很开心。日后多想想我。”

六

这就是我的故事的结束。我从没有听到拉里的消息，也不指望

---

① 指美国。

听到。由于他一般都按照自己的打算行事，我想他回到美国以后，可能就在汽车修配行里找一个工作，然后当卡车司机，直到他获得关于他阔别多年的这个国家的知识为止。在达到这项目的以后，他很可能把开出租汽车的怪想法付诸实施：诚然，这在当时不过是我们在咖啡馆里对面坐时随便说的一句玩笑话，但是，如果他当真这样做起来，我也丝毫不感到奇怪；我而且后来每次在纽约雇出租汽车时总要把司机看一眼，指望说不定会和拉里的那双深陷的庄重而微笑的眼睛碰上。我从来没有碰到过。大战爆发了。他年纪不小，飞行当然谈不上，但可能重新去开卡车，在国内或在国外；也可能在一家工厂做工。想来他会在空余的时间写一本书，试图阐述他的人生体会和对自己同类的教导；可是，如果在写的话，也要等很长的时间才会完成。他有的是时间；岁月在他身上没有留下痕迹；不管从哪一方面说，他还是个青年。

他没有野心，不要名；他最厌恶成为知名人士；所以很可能安心安意地过着自己挑选的生活，我行我素，别无所求。他为人太谦虚了，决不肯使自己成为别人的表率；但是，他也许会想到，一些说不上来的人会像飞蛾扑灯一样被吸引到他身边来，并且逐渐和他的热烈信仰取得一致，认为人生最大的满足只能通过精神生活来体现，而他本人始终抱着无我和无求的态度，走着一条通往自我完善的道路，将会作出自己的贡献，就如同著书立说或者向广大群众发表演讲一样。

但是这都是揣测之辞。我是个俗人，是尘世中人；我只能对这类人中麟凤的光辉形象表示景慕，没法步他的后尘。有时候一些比较接近通常类型的人，我自命能了解他们的内心深处；对拉里，我不能。拉里已经如他自愿的那样，藏身在那片喧嚣激荡的人海中了；而这片人海又是被那么多的矛盾利益困扰着，那样迷失在世界的混乱里，那样渴望好的，那样外表上笃定，内心里彷徨，那样慈善，那样残忍，那样诚实，又那样狡猾，那样卑鄙，又那样慷慨；而这就是美国人民。我讲拉里只能到此为止，我知道这很不够，但是，没有办法。可是，当我写完这本书，感到准会使读者摸不到边际而有点不自在时，我就把这冗长的故事在脑子里重温了一遍，看看有没有办法设计一个令人满意一点的结局。使我非常吃惊的是，我忽然恍悟，尽管丝毫没有意思要这样做，我不多不少恰恰写了一部以“成功”为题材的小说。因为书中和我有关的人物无不如愿以偿：艾略特成为社交界名流；伊莎贝儿在一个活跃而有文化的社会里取得巩固地位，并且有一笔财产做靠山；格雷找到一个稳定而赚钱的职业可以每天从早上九点到下午六点上班；苏姗·鲁维埃得到生活保障；索菲获得死；拉里找到了安身立命之道。所以，不管那些自命风雅的人多么挑剔，一般公众从心眼里还是喜欢一部如愿以偿的小说的；所以，也许我的故事结局毕竟并不是怎样不尽如人意呢。